K.D. Edwards habite et écrit en Caroline du Nord, mais il est passé avant cela par le Massachusetts, le Maine, le Colorado, le New Hampshire, le Montana, et l'État de Washington. (Le point commun de tout cela avant la Caroline du Nord : la neige. Beaucoup trop de neige.) Après avoir enchaîné des petits boulots dans la restauration, la télévision interactive, la banque d'entreprise, la gestion de commerce et le mobilier bariatrique, il s'est fait sa place dans l'enseignement supérieur et travaille actuellement pour l'université de Caroline du Nord.

Du même auteur :

Tarot :
1. *Le Dernier Soleil*
2. *Le Pendu*
3. *Le Trône de Sablier*

Ce livre est également disponible au format numérique

www.bragelonne.fr

Le B.A.BA des dédicaces : à mes parents.

Prologue

Le 24 octobre 1946. Voilà le moment où mes semblables ont compris que la fin de leur monde approchait.

Ce jour-là, un missile V2 lancé depuis la zone d'essais de White Sands, au Nouveau-Mexique, est monté à près de cent kilomètres d'altitude pour prendre le tout premier cliché de la Terre vue de l'espace.

Alors que les humains célébraient cet exploit historique, mon peuple, quant à lui, s'inquiétait des répercussions qu'il pouvait entraîner. Inquiétude qui n'a cessé de croître par la suite avec l'invention puis le lancement de satellites et de fusées, dont les appareils photographiaient continents et océans sous toutes les coutures. Le couperet a fini par tomber, et nos sorts et nos illusions ont connu leur ultime échec quand Youri Gagarine, un cosmonaute russe, a fait le tour de la Terre à bord du Vostok 1. À cette distance phénoménale, ses yeux humains ont accompli un nouvel exploit historique : ils ont percé notre voile. Il existe, dit-on, un enregistrement audio sur lequel le cosmonaute se voit accusé d'être ivre pour avoir demandé qu'on lui apporte vite un atlas.

Il venait tout simplement d'apercevoir une immense île dans l'Atlantique Nord, aussi grande que le Japon, à peu près sous la même latitude que le Massachusetts.

L'Atlantide.

La fête était finie, et les Atlantes en avaient conscience. Aussi ont-ils décidé de revêtir leurs plus beaux habits, d'annuler les enchantements qui avaient caché notre terre des millénaires durant et de se révéler au monde.

Vous souvenez-vous des journaux télévisés ? des articles sur les émeutes ? des vidéos montrant les églises et les autoroutes saturées ?

L'existence avérée de l'Atlantide a chamboulé tous les repères de l'humanité ! Nous étions derrière tant de mythes et de légendes. Sans même parler de Zeus, d'Odin et de Shiva, nous étions les fripons et les dieux du tonnerre, les divinités de la fertilité et les mages de guerre, les sorciers et les changelins. Les vampires, les métamorphes, les morts-vivants, encore nous. Les humains avaient même repris, sans le savoir, les noms de nos couronnes pour en faire un jeu de cartes mystique. Le Hiérophante, le Fou, le Diable, la Roue de Fortune, la Tempérance, la Justice… toutes ces figures existaient en chair et en os. On les appelle les Arcanes : vingt-deux femmes et hommes ancestraux, chacun doté de la puissance d'une nation entière.

Confrontée à notre monstrueuse magnificence, l'humanité a jugé que la démarche la plus prudente était de nous anéantir.

La Guerre mondiale atlante s'est révélée aussi brève que dévastatrice.

Des terres souillées par la radioactivité magique dans le nord-ouest des États-Unis et en Pologne ; la quasi-extinction des dragons ; la vie décimée par un virus en Atlantide. Une centaine de milliers de morts, des milliards de dollars de dégâts.

Les deux camps ont finalement décidé de signer un traité de paix.

Vers la fin des années 1960, les derniers Atlantes se sont regroupés et réfugiés sur une île, au large du Massachusetts, dont ils achetaient secrètement les terrains depuis les années 1940 : Nantucket. L'établissement de ce nouveau foyer (ou le Déracinement, comme nous l'appelons entre nous) a pris trente ans. Dans un déploiement de magie sans précédent, et jamais réitéré depuis, les Arcanes avaient conjugué leurs efforts afin de téléporter des ruines humaines issues des quatre coins du monde. Du jour au lendemain, littéralement, ils ont érigé une ville hétéroclite, un genre de Gotham où se mêlaient des architectures toutes plus éclatantes les unes que les autres. Cette forêt d'immeubles a pris le nom de Nouvelle-Atlantide.

De nos jours, la Nouvelle-Atlantide s'est taillé sa place. C'est désormais une métropole florissante à l'économie et au rayonnement mondiaux, guidée par le talent et le discernement d'êtres séculaires.

Je m'appelle Rune Saint-John.

Je suis avant tout un survivant : celui d'une Maison déchue, d'une violente agression, celui d'alliés fielleux et d'ennemis infatués, celui d'une vie au sein d'une caste qui m'a tourné le dos il y a plusieurs décennies.

Mon nom jouit d'une triste célébrité dans les hautes sphères. Je suis le prince Éromène ; le prince du Jour ; le prince de la Ruine. Je suis le dernier descendant de la cour anéantie de mon défunt père, autrefois appelée le trône de Soleil, le plus rayonnant de tous les Arcanes, aujourd'hui réduit à un amas de cendres et de gravats.

Voici mon histoire.

Le trône de Cœur

— ...m e dit : « Tu me prends pour quoi, ton *talla* ? » Je lui réponds : « Pauvre fou. Trouve-toi donc quelqu'un d'autre pour t'entretenir, espèce d'ignoble parasite. »

L'homme riche prononça « ignoble » avec un vieil accent atlante, en marquant l'emphase sur les deux syllabes.

Je me débarrassai d'une queue de crevette dans un pot de fleurs et m'essuyai la bouche avec la manche de mon smoking. La petite amie du nabab m'adressa un regard outré. *Ah, oui ! les bonnes manières*, me rappelai-je.

Je fis un nouveau tour de la salle de bal, l'équivalent d'un terrain de foot de parquet truffé de mondains. De majestueuses fenêtres hautes comme deux étages s'élevaient vers un toit en cathédrale de style baroque. Les miroirs dorés qui occupaient le restant des murs reflétaient à l'infini les lumières et le ballet du gala. C'était du plus bel effet, quoique, à mes yeux, un beau gâchis avec cette foule de décadents – un peu comme un plombage en or sur une dent cariée.

Je consultai ma montre : encore trente minutes avant le lancement du raid. Masquant mon impatience derrière un regard absent, je repris ma déambulation.

Les curiosités ne manquaient pas. Des statues de glace de satyres nus. Des tables de banquet couvertes de bols en cristal garnis de pilules semblables à des joyaux, et de fines bouteilles contenant d'étranges substances – moins des boissons que l'idée de boissons, remplies d'huiles, d'aloès et d'épaisses volutes de fumée. Un orchestre de quarante personnes jouait de la musique de chambre ; une femme dévoilait des dents sur lesquelles dansaient des flammes ; un jeune page givrait les verres des convives à l'aide d'un sort qui lui laissait des engelures sur les paumes.

Une cohorte de domestiques grossissait la foule en portant une succession de plateaux de champagne. De jeunes beautés maintenues sous drogue. Je contins mon dégoût et m'abstins de tout commentaire. Ce triste spectacle prendrait bientôt fin de toute façon.

Pensant à Brand, je me donnai une tape du doigt derrière l'oreille. Cette mascarade lui donnerait certainement des envies de meurtres à lui aussi.

— Elle fonctionne, ton oreillette, pesta-t-il, sa voix résonnant dans ma tête avec un écho métallique. Calme-toi, bordel !

Je dissimulai un sourire, activai de l'ongle l'émetteur, puis repris mon tour.

Bousculé par la foule de noceurs, je me retrouvai bien malgré moi à un endroit que j'avais soigneusement évité jusque-là : devant les fenêtres qui donnaient sur l'océan. Je restai un instant à contempler la grève familière attenante à la propriété des Amoureux. Le faisceau d'un phare ornemental balayait la mer, grisâtre à cette heure nocturne. Dans mon souvenir, cependant, il faisait jour ; je voyais une longue plage blanche de sable fin, doux comme du velours.

Je me détournai de la fenêtre.

Mon attention fut captée par le monologue nasillard d'une femme. Sa tenue se composait d'étoffes de dentelle ceintes à la taille par un ruban de soie de luxe. Ses seins en gants de toilette tendaient le tissu alors qu'elle pointait la fenêtre du doigt tout en haranguant un cercle de jeunes gens.

— Je vous l'assure. Vous connaissez certainement cette histoire, très chers. C'est l'ancien domaine du seigneur Soleil que vous apercevez là-bas. J'étais ici la nuit de son assassinat. Sur le moment, évidemment, nous ne nous sommes doutés de rien : les agresseurs avaient placé des sorts de Furtivité. Aucun cri ni aucun bruit de lutte ne nous est parvenu. Ce fut un massacre. Presque total. Quant au seul rescapé, l'héritier de la cour… il fut emmené dans un abri de jardin. (Elle se pencha alors vers son auditoire et baissa la voix.) Emmené dans cet abri par sept hommes masqués et, par les dieux, les atrocités qu'ils ont infligées à ce pauvre garçon ! Il est resté des heures entre leurs mains avant de parvenir à s'enfuir. L'unique survivant. On l'aperçoit encore, de temps à autre. Un très joli minois, hélas drapé de ténèbres. Elles le précèdent comme un nuage fétide. Je perçois ces choses, voyez-vous, j'ai du sang de devin. On le surnomme le prince Éromène, en raison de sa… relation avec la Tour – ce que je me garderais bien sûr de répéter en plus grande compagnie. Vous connaissez assurément…

— Ma famille, paraît-il, aurait également du sang de devin, l'interrompis-je.

— Eh merde ! soupira Brand dans l'oreillette.

La femme me fit face. Des sceaux de saphir en forme de bijoux étincelaient à ses oreilles et à son cou. Dix, non, douze. Elle portait douze sceaux ! Et encore, je ne comptais que ceux qui étaient visibles. Il y en avait pour un million de dollars de ressources magiques, et le tout ne servait probablement à stocker rien de plus que des sorts destinés à masquer ses flatulences ou à lui dessiner des sourcils épilés.

— Ah, vraiment ? dit-elle, finalement charmée par mon intervention.

Elle fixa un regard intéressé sur mon front, là où se trouvaient les yeux de mon sort de Travestissement. L'illusion me faisait paraître plus grand et blond – et masquait à l'évidence mes ténèbres fétides.

— Oui, mentis-je. Je vous assure.

— En ce cas, bel inconnu, révélez-moi mon avenir.

Pendant que sa jeune clique affectait des expressions complaisantes qui frôlaient le roulement d'yeux, je lui pris la main.

— Je vous vois ramper dans une scène de sang et de ruine, des fragments d'os plein les cheveux.

Elle écarquilla les yeux, véritable marée noire de mascara.

— Rune ! m'avertit Brand, mais je passais déjà mon chemin.

Au diable cette mégère. Au diable ses sceaux, ses gros doigts, sa clique de lèche-culs décérébrés. Au diable les Amoureux, leur trône de Cœur et leurs esclaves drogués. Au diable neuf hommes avec des masques d'animaux dans une remise à calèches, et autres détails à la con que les gens ne cessaient de déformer.

— Je te préviens, ne m'oblige pas à venir, ajouta Brand.

Malgré son ton bourru, son inquiétude sourdait par notre lien d'Acolyte. Aussi m'arrêtai-je, fermai les yeux et pris une inspiration. Puis une deuxième. Je n'étais pas le seul à avoir survécu à la destruction de la cour de mon père. Brand aussi s'en était sorti : mon Acolyte, né humain et lié à moi dès le berceau, élevé et formé pour assurer ma protection. Ça, pour me protéger, il m'avait protégé ! Il m'avait sauvé cette nuit-là. Nous avait sauvés tous les deux.

Je baissai la tête et murmurai :

— Je déteste les devins.

— Merci, je suis au courant, répondit-il.

— Surtout les faux. Cette femme est un faux devin. Je hais les faux devins.

— J'ai déjà dit que j'étais au courant ?

— C'est l'heure, là, non ? demandai-je.

Son « hmm… » évasif me mit la puce à l'oreille.

— Il y a un léger contretemps, avoua-t-il. J'ai Julie en ligne pour les infos.

— *Julia*, le corrigea une femme d'un ton glacial.

Brand marqua une pause, très certainement pour garder son calme.

— J'en prends note, marmonna-t-il. Rune, tu te souviens de Julia, notre coordinatrice de raid collet monté. Eh bien ! il semblerait qu'elle ait merdé en omettant de préciser que l'aile des labos est gardée par un système de sécurité autonome.

— Je n'ai pas… !

— Allons, Julia, restez concentrée, la coupa-t-il. Ça ne sert à rien de chercher des coupables. Je suis sûr que le seigneur Tour vous pardonnera cette boulette monumentale.

La femme eut un hoquet d'indignation.

— Seigneur Soleil, écoutez-moi, je vous prie. C'est vrai, l'aile des laboratoires possède un système de sécurité indépendant, mais il nous reste quelques minutes avant le lancement du raid. J'ai sous les yeux le planning de la sécurité pour la fête de ce soir ; je sais quels agents sont en civil et où ils sont postés. J'ai identifié au moins un chef de la sécurité avec un badge qui devrait vous donner accès au laboratoire.

Suivant ses instructions, je gagnai une arcade près de l'orchestre, la première d'une série d'ouvertures alignées de manière à révéler une enfilade de pièces richement meublées. Julia me souffla de chercher un homme dans les un mètre quatre-vingts, avec des cheveux roux et des yeux noisette.

— Y en a trois, murmurai-je.

— Trois quoi ? s'enquit Brand.

Je fis mine de tousser dans ma manche pour préciser :

— Y a trois grands rouquins dans la salle.

— Putain de poisse ! maugréa-t-il.

— Attendez que le souffle du sommeil se déclenche, puis fouillez leurs poches, me conseilla Julia. Il vous faudra un badge sur lequel figure le symbole du trône de Cœur. Je n'ai pas mieux à vous proposer. Ils ne retarderont pas le raid pour nous.

Je jetai un nouveau coup d'œil aux rouquins. L'un d'eux se regardait les doigts d'un air rêveur, la bouche maculée de taches de couleur. Il s'était probablement servi au buffet de pilules. Les deux autres observaient les frasques des convives, campés contre le mur.

Je replongeai dans la foule en quête d'un fêtard bien ivre et bien bruyant.

— C'est vrai ce qu'on raconte ? demandai-je au plus cuit que je trouvai.

L'ivrogne se détourna en chancelant d'un groupe de personnes gênées, qui profitèrent de mon interruption pour s'éclipser. L'homme me toisa d'un regard vitreux et marmonna :

— Quoi qui est vrai ?

— Vous savez, le truc que vous avez fait. Avec un cheval.

— Quel truc avec un cheval ?

— Le rouquin près de la porte, là-bas, il dit que vous avez sucé un cheval à l'écurie pour gagner un pari. Il en parle à tout le monde. Comment vous avez fait pour que le canasson ne bouge pas ? J'ai des Tic Tac si vous voulez.

Le poivrot se lança dans la foule comme un bulldozer. Un instant déboussolé en voyant deux rouquins, il en choisit un au hasard. Il baragouina quelques phrases de gros dur, puis se mit à pousser le type, qui lui rendit la pareille.

On peut en apprendre beaucoup sur une personne à sa manière de se battre : sa profession, son caractère, voire parfois son origine ethnique ou sa nationalité. Ce rouquin n'avait aucun entraînement, aucun équilibre. Il repoussait l'ivrogne sans prévoir aucune attaque, encore moins de contre-attaque. *L'autre* rouquin, en revanche, observait l'altercation avec un regard calme et analytique. Il se tenait de biais, de façon à ne pas trop s'exposer, les jambes souples et écartées, prêt à réagir.

— Rune, ça va commencer, me prévint soudain Brand. Fais gaffe.

Je n'eus pas le temps de dire ouf.

Le sort explosa dans la salle – pas de réelle déflagration, plutôt comme une brume de chaleur s'élevant du bitume en accéléré. La quasi-totalité des présents s'écroulèrent. D'un coup. On n'entendit que le bruissement des tissus, le fracas d'instruments de musique et le bruit d'un bol de pilules renversées sur le parquet.

Après quoi, nous n'étions plus que quatre encore debout. Chacun se faufila au milieu des amas de corps en se fendant de saluts de la tête assortis de brèves salutations.

Un grand nombre d'Arcanes s'étaient ligués pour mener ce raid contre les Amoureux ; maintenant que les gardes étaient neutralisés, chacun s'en allait dépouiller sa partie de la charogne.

— Tout va bien ? me demanda Brand.

— Le contresort a parfaitement fonctionné, lui assurai-je, avant d'aller fouiller les poches de l'agent de sécurité.

Je trouvai son badge du premier coup.

À une lointaine époque, le trône de Cœur était l'archétype du sexe, de l'amour et des fluides du bonheur. Il jouait alors un rôle prépondérant en Atlantide. Nous sommes, après tout, une société qui embrasse l'idée du mariage collectif, qui considère l'hétérosexualité absolue aussi absurde que l'homosexualité du même type. Étaler nos attraits est pour nous une affaire de survie.

Hélas ! après l'anéantissement de notre terre d'origine, les Amoureux, comme beaucoup parmi les miens, avaient changé. Ils s'étaient peu à peu tournés vers des pratiques contestables, voire proscrites. Pire, ils n'hésitaient pas à traverser des frontières pour s'y adonner. Leurs actes compromettaient notre traité avec le monde humain et mettaient en péril la Nouvelle-Atlantide tout entière.

La réponse ne s'était pas fait attendre. Pas moins de douze Arcanes s'étaient rassemblés derrière ce raid entériné par le gouvernement. En échange d'un appui tactique et d'effectifs, chacun d'eux obtiendrait une portion du butin. Tout le patrimoine des Amoureux serait réparti : individus, actifs, métaux précieux, propriétés immobilières, comptes bancaires, magies, œuvres d'art, héritages, technologies, sceaux… Des termites seraient moins efficaces qu'un raid officiel.

Je me trouvais là à la demande de mon employeur occasionnel et ancien protecteur : le seigneur Tour. Voilà pourquoi je me dirigeais vers ce fameux laboratoire, où j'aurais peut-être enfin l'occasion de taillader quelqu'un.

En chemin vers l'aile ouest, je croisai furtivement d'autres participants au raid. Ils étaient déguisés en convives, en domestiques, en esclaves, en valets, en barmans ou barmaids… Bref, tout ce qui leur avait permis de passer la porte pour se mettre en position pour l'assaut.

Le badge m'ouvrit toutes les portes. Les fioritures du bâtiment principal cédèrent bientôt la place aux moquettes grises et aux néons fonctionnels de bureaux.

D'un mouvement du poignet, j'activai mon sabre. Le protège-poignet en or rayé s'allongea puis remonta sur mes articulations. Le temps qu'il arrive dans ma main, c'était devenu une poignée sans lame, que j'orientais vers l'extérieur comme un poing américain. C'était un outil puissant et polyvalent, forgé par la magie de feu. L'une des rares armes à avoir survécu à la chute du trône de Soleil.

— Tu n'appelles jamais, tu n'écris jamais, se plaignit Brand dans l'oreillette.

Je souris.

— Que se passe-t-il en bas ?

— Le raid principal vient de débarquer en force. C'est la fête.

— Et les gens des Amoureux sont toujours KO ?

— Ouais, mais reste vigilant. Te connaissant, tu tomberas nez à nez avec le seul garde abrité au moment du sort dans des chiottes en plomb.

— Je sais me débrouiller.

— Je dis pas le contraire, mais c'est ma veste que tu portes.

— Julia est toujours sur notre canal ?

— Je suis là, répondit l'intéressée.

— Par curiosité… des nouvelles de dame Amoureux ?

— Négatif. On n'a même pas confirmation de sa présence sur les lieux. Une équipe s'attache à la localiser.

L'entrée de l'aile des laboratoires se profilait devant moi. Une vitre en Plexiglas blindée bloquait l'accès. Un lecteur de carte commandait l'ouverture de la porte transparente. Sept mercenaires m'attendaient. Il leur incomberait de ligoter les scientifiques et les laborantins inconscients. Le premier, fusil d'assaut à l'épaule, s'avança vers moi.

— C'est un système de sécurité autonome, monseigneur. On va devoir recourir aux explosifs.

— Ou alors…, dis-je en passant le badge devant le lecteur.

Une diode verte s'alluma et la porte coulissa. Sans un mot, les soldats pénétrèrent dans le couloir en rasant le sol, avant de se disperser.

Je me fiai pour m'orienter au plan de l'étage que j'avais mémorisé ainsi qu'aux indications ponctuelles de Julia. Je cherchais un laboratoire de chimie. D'après nos informations, c'était l'un des endroits les moins sécurisés offrant un accès au système d'exploitation des Amoureux. Ce système en développement était, apparemment, ce qui se rapprochait le plus à l'heure actuelle d'une véritable intelligence artificielle ; la Tour avait fait jouer pas mal de relations pour se le garantir durant le raid.

Je pénétrai dans le laboratoire, sabre levé. Deux hommes – deux hommes bien éveillés – se tenaient recroquevillés de l'autre côté de la pièce.

Blêmes et tremblants, ils ressemblaient dans leur blouse blanche aux souris chétives qui leur servaient de cobayes. Le plus jeune tenait une agrafeuse ; l'autre une lampe de bureau débranchée.

— Deux scientifiques dans un labo bourré de dangereux produits chimiques et c'est tout ce que vous avez trouvé pour vous défendre ? me moquai-je.

Le plus âgé lâcha sa lampe pour se saisir d'un coupe-papier, puis tira son jeune collègue devant lui pour s'en faire un bouclier humain en lui appliquant la pointe de son arme de fortune sur la gorge.

— Je vais le tuer, menaça-t-il d'une voix haletante. Je vous jure que je le ferai. Reculez et laissez-moi partir.

— Il y a quelque chose qui m'échappe ? demandai-je.

— Vous voulez sa mort sur la conscience ?

— C'est un esclavagiste. Tout comme vous. Je ne vois toujours pas ce qui m'échappe.

— C'est un stagiaire. Et nous ne sommes pas des esclavagistes !

— Je vois, dis-je, avant de tirer un trait de feu dans la cuisse de son otage.

Le jeune homme s'écroula dans un hurlement et vomit en se repliant en position fœtale. L'autre scientifique se perdit en balbutiements paniqués. Il plongea dans un coin de la pièce puis se roula en boule.

Je gagnai l'ordinateur le plus proche et branchai une clé USB. Heureusement, elle était programmée pour faire tout le boulot à ma place, car mes compétences en informatique se limitaient à éviter les logiciels espions sur les sites porno. Quand la lumière rouge cessa de clignoter, je récupérai la clé et rebroussai chemin.

— C'est honteux, geignit le vieux scientifique.

Je m'arrêtai net.

— Je vous demande pardon ?

— Ce n'est pas normal.

— Avez-vous la moindre idée de ce qui se passe ? lui demandai-je.

— Des boucs émissaires, cracha-t-il. Vous avez fait de nous des boucs émissaires face à la loi humaine. Nous sommes *atlantes.*

— Participez-vous au projet Laïos ?

Il ferma la bouche, surpris.

— Je prends ça pour un oui, dis-je. Vous ne pouviez pas me faire plus plaisir.

Je lui logeai un éclair de feu dans la tête. Il tomba à la renverse et convulsa deux bonnes secondes avant de mourir.

Les affaires nées de projets comme Laïos avaient mené au lavage de cerveau de mineurs qui passaient ensuite le reste de leur sinistre vie avec un collier de chien au service de quelqu'un. D'où mon geste et ma conscience tranquille.

Brand braillait dans l'oreillette quand je sortis de la pièce.

— Pourquoi tu gueules ? demandai-je en remontant le couloir à petites foulées.

— Qu'est-ce qui t'est arrivé !?

— J'ai téléchargé le programme. Tu n'as pas entendu ce qui vient de se passer ? Je suis tombé sur deux gars éveillés.

— Entendu quoi ? Je ne te percevais même plus à travers notre lien. Julia, c'est quoi ce bordel ? Pourquoi on l'a perdu ?

Il y eut des parasites, puis Julia répondit :

— Je reçois des rapports semblables des autres mercenaires de la zone. Ces pièces sont certainement protégées par un sort. L'explosion n'a pas neutralisé tout le monde. Nous devons procéder à votre exfiltration, seigneur Soleil.

D'autres bruits se firent entendre sur la ligne. Julia reprit :

— Attendez ! on… Oui. On nous informe que l'effet de la bombe magique s'estompe plus vite que prévu. J'ignore si une équipe a eu le temps de sécuriser le toit. On annule la sortie par cette voie.

— Non, décrétai-je. C'est le plus rapide, et je suis prêt à partir.

— Je ne sais pas s'il est sécurisé. On annule la sortie par le toit.

— Ah, oui ! c'est plus convaincant quand vous le répétez, ironisai-je en enfonçant la porte coupe-feu de l'escalier qui menait au toit.

— Je suis votre coordinatrice de mission, vous devez suivre mes consignes. Dois-je en faire un ordre ? demanda-t-elle d'un ton autoritaire.

Brand s'esclaffa.

— Laissez, Julia, je vais prendre le relais. C'est mon équipier. On a prévu une sortie par le toit.

— Vous vous occupez bien mal de votre équipier, répliqua-t-elle sèchement. Si vous voulez qu'il quitte le bâtiment vivant, le plus sûr est de…

— Vous allez vous calmer fissa, l'interrompit-il sans une once d'humour. Ce n'est pas l'un de vos mercenaires à la noix, c'est un haut descendant d'Atlantide. Si on avait seulement besoin d'un chemin sûr, je lui demanderais de pulvériser le mur de cette putain de baraque puis de se faufiler au milieu des flaques de plasma. Dégagez de la ligne. Bordel, Rune, c'est exactement pour ça que je déteste bosser en équipe !

Je continuai vers ma sortie tandis que Brand déconnectait Julia.

Le toit était plat et tapissé de gravier. Une foule de climatiseurs et de locaux de machinerie d'ascenseur m'entouraient.

La porte coupe-feu se referma lentement derrière moi. Je levai mon visage dans une brise marine, la laissant chahuter les mèches de ma frange.

— Je suis dehors.

— Bon vol, me sortit distraitement Brand.

— Justement, à ce propos, je me disais que je pourrais peut-être simplement me laisser tomber sur la pelouse, en bas, et...

Un homme surgit de derrière un local, armé d'un fusil d'assaut. Le canon se braqua sur moi. J'eus à peine le temps de me reprocher de ne pas avoir activé mon sort de Bouclier en venant qu'un coup de tonnerre retentit et l'homme s'effondra. Une vapeur rouge flottait dans l'air à l'endroit où se trouvait sa tête l'instant d'avant.

Quand je parvins de nouveau à respirer, je lâchai :

— J'adore surtout le moment où tu as oublié de me prévenir. C'était marrant.

— Espèce d'ingrat, répliqua Brand dans l'oreillette. Je le mettais justement en joue quand tu es arrivé sur le toit.

Je portai le regard vers un château d'eau situé à quelque six cents mètres de là. Brand était un véritable tireur d'élite. C'était sans doute ce qui nous valait d'être toujours en vie d'ailleurs. Ça et ma magie. Autant l'avouer, les oreillettes high-tech, les bombes magiques et les équipes de mercenaires ne faisaient pas partie de nos ressources habituelles. En général, ça donnait plutôt ça : j'allais dans un endroit dangereux en essayant de ne pas me faire choper et, si je me plantais, Brand abattait quelqu'un. Les bons jours, on trouvait quelques piécettes sur le cadavre.

— D'autres surprises en vue ? m'enquis-je.

— Tu veux que je te prévienne ?

— Ce serait sympa, oui.

— Baisse-toi.

Un dragon s'éleva derrière la demeure en déployant des ailes aussi longues qu'un bus de tourisme. D'un jet de feu nucléaire, il démolit un mirador. La chaleur me parvenait en dépit de la distance qui nous séparait ; il n'y avait plus qu'à espérer que ce ne soit pas le cas des radiations. J'avais ouï dire que le seigneur Chariot avait fait venir l'un des derniers dragons vivants pour le raid, mais entre le savoir et le voir il y avait un monde.

Alors que la créature s'envolait vers d'autres horizons, une onde de panique, pure, intense, secoua soudain mon lien d'Acolyte.

— Rune ! cria Brand. Fiche le camp, vite !

Je m'abritai derrière un conduit de chauffage et baissai la main sur mon sceau de cheville à l'instant où Elena – Arcane des Amoureux, maîtresse de ce maudit trône de Cœur – passait devant moi d'un pas léger.

Elle leva la main vers un mur de calcaire uniforme. Un passage voûté obscur se révéla soudain. Elle s'y engouffra.

— Rune, m'avertit Brand après quelques secondes de silence, bouge de là !

Je ne l'écoutai que d'une oreille. *Une putain de pièce secrète.* Sa Maison s'écroulait autour d'elle, et son premier réflexe était de venir là ? Je n'osais même pas imaginer ce qui s'y cachait.

— Non, Rune, grogna mon Acolyte, devinant mes pensées. Fais pas le con.

— Je vais attendre un peu. De ce côté.

— Je ne plaisante pas. Tire-toi de là tout de suite.

— Juste là, persistai-je en tendant innocemment le doigt.

— Je te préviens, je te tire une balle dans le cul ! Je te le plomberai si fort que tu pourras pas t'asseoir pendant des semaines !

— Je reviens tout de suite.

— Dans le cul, tu m'entends !?

Je m'approchai de la salle secrète. Elena devrait bien en sortir à un moment ou à un autre. Il y avait un raid en cours, bon sang ! Des images de gemmes grosses comme des œufs d'oie s'invitèrent dans mon esprit.

Je n'étais plus qu'à un pas de l'entrée lorsqu'un sort que je n'avais pas détecté m'assomma soudain.

Je repris connaissance enchaîné dans un coin. Des panneaux d'ambre excessivement stylisés luisaient doucement sous un éclairage électrique. Elena se tenait devant moi.

Dame Amoureux n'était pas une beauté éblouissante. Elle avait un nez trop petit, des yeux trop rapprochés et des dents légèrement en avant. En revanche, elle était couverte de la tête aux pieds de sceaux de toutes formes : boucles d'oreilles, diadème, colliers, piercings aux lèvres, bagues, bracelets, barrettes et disques attachés à une ceinture. Mettons qu'ils soient tous chargés de sorts, j'étais dans une mouise monumentale.

— Bordel ! marmonnai-je.

— Vous ne croyez pas si bien dire, murmura-t-elle.

Elle entama une autre phrase, mais sa voix s'étrangla quand elle m'observa de plus près. Elle venait de me reconnaître – donc j'avais perdu mon sort de Travestissement, et potentiellement d'autres aptitudes. J'éprouvai la solidité de mes menottes.

Elena reprit :

— Votre présence ici est… inattendue. Sans être toutefois insolite, je suppose. Le cours du Fleuve a connu des événements bien plus étranges. Ma foi, vous avez un bien joli minois, seigneur Soleil. Ne dit-on pas d'ailleurs que vous êtes le plus bel homme de votre généra…

— Restez-en là, merci, lâchai-je d'un ton irrité, avant d'ajouter dans un éclair de bon sens : Madame.

— Comme il vous siéra. Faites-vous partie de ce raid, seigneur Soleil ? Il s'agit bien d'un raid, si je ne m'abuse.

— C'est exact. J'en suis navré.

— Dites-moi, combien de mes chers pairs de l'Arcanum se sont-ils retournés contre moi ?

Mentir ne me servirait à rien. Je soupirai.

— Douze, madame.

Elle serra les lèvres, puis regarda fixement ses pieds. En général, un raid officiel lambda impliquait moitié moins d'Arcanes. D'un geste vers mon bras gauche, puis vers le droit, elle ouvrit les bracelets des menottes.

Je m'écartai du mur. Presque aussitôt, je sentis de nouveau la magie de mes sceaux. Au besoin, j'aurais donc quelques atouts dans ma manche.

— Avec tout le respect que je vous dois, dame Amoureux, dis-je prudemment, êtes-vous réellement surprise ?

— Surprise de quoi ? De me voir vilipendée ? D'assister à la chute de ma cour ? J'aurais pensé que vous comprendriez mon ressenti. Nous ne sommes guère différents, vous et moi. Nos Maisons, toutes deux victimes de raids. Nos cours, anéanties. Nos gens, dispersés, malmenés, privés du fruit de toute une vie de labeur.

Je m'attendais à voir rouge, mais pas à ce point. Sa situation ne se comparait en rien au meurtre de mon père ni à la chute de ma cour. Je ne m'embêtai pas à la contredire, néanmoins. Ça n'en valait pas la peine.

Elle gagna un miroir, qu'elle toucha du bout du doigt. Des images y naquirent, recouvrant son reflet. Son corps ne me laissait pas voir grand-chose, mais j'entraperçus du sang, des cadavres, une masse grouillante. D'un geste, elle effaça le tout, puis déclara :

— À chaque ère sa magie. La magie de mort régnait aux derniers jours de notre terre d'origine. La magie de foyer régnait à la naissance de la Nouvelle-Atlantide. Je me disais que, peut-être, le temps des Amoureux était venu, que l'ère de la magie de cœur s'ouvrait. (Elle marqua un temps d'arrêt et grimaça.) J'ignore pourquoi je perds le peu de temps qui me reste à me défendre devant quiconque. C'est peine perdue. Pire, c'est un exercice profondément malhonnête. Je sais que la situation a dégénéré ; j'aurais dû céder la cour à un autre couple à la mort de mon Gerard. Seul un couple peut réellement diriger le trône de Cœur. (Elle me jeta un regard par-dessus son épaule.) Savez-vous que je n'ai jamais eu qu'un consort ? Mon Gerard. Très inhabituel, n'est-ce pas ? Il était mon *talla*.

Son âme sœur – même si, pour les Atlantes, le concept d'âme sœur n'était pas toujours rose. En matière de catalyseur métaphysique, la haine était aussi puissante que l'amour.

— Je l'ignorais, répondis-je poliment.

— C'est pourtant vrai. Mais revenons-en à nos affaires.

Elle redressa les épaules et se tourna vers moi. Mon cerveau se mit en alerte maximale.

— Regardez mon visage, Rune Soleil.

Une onde d'énergie déferla dans la pièce. Je me mordis la langue, me rendant à peine compte que je venais de tomber à genoux alors que mon front heurtait le sol. Mon sexe enfla, une érection si douloureuse que je fourrai mon poing entre mes cuisses. Elena venait d'adopter son Aspect atlante, de puiser au tréfonds de sa magie – c'était comme ouvrir une porte sur une chaudière de la taille d'un paquebot.

— Regardez mon visage, répéta-t-elle, sa voix résonnant dans un écho surnaturel.

Impossible de lui résister. J'obéis et levai la tête.

Sa peau présentait les nuances changeantes d'une pierre précieuse, un peu comme lorsque le bout des doigts blanchit quand on le presse sur une surface dure. Elle avait des ailes de frelon translucides, une robe tout en pétales de rose et un parfum, ou plutôt un musc, de miel et de semence mêlés. J'essayai de rire, histoire de me donner une contenance, mais le gémissement dans ma gorge l'étouffa. Je tentai de me relever, tombai et me réfugiai promptement contre le mur.

— Je souhaiterais vous demander un service, beau Rune. Je jure par le Fleuve que vous serez seul maître de votre réponse. (Une façon désuète de me dire qu'elle ne me plierait pas à sa

Volonté.) Je vous demande de protéger un paquet m'appartenant et de vous assurer qu'il atteigne une destination sûre. Cette tâche ne vous nuira en rien intrinsèquement et n'enfreint aucune loi. Il s'agit d'un service très personnel. Je dis la vérité. Je le jure par le Fleuve. En échange de votre assistance, je vous donnerai un sceau.

Un sceau. Elle était prête à m'offrir un sceau ?

L'avidité m'assécha la bouche.

Elena s'approcha. Sa magie l'accompagnait, bordant chacun de ses pas d'herbe fraîchement coupée. Elle déposa un objet par terre. Quand ses doigts à quatre phalanges se retirèrent, je découvris un sceau en forme de bague. Un anneau d'or surmonté d'un ovale en éclats d'émeraude.

— C'est un sceau de qualité, me certifia-t-elle. Il me sert depuis des années. Je vous l'offre si vous acceptez cette tâche.

— Je ne sais… (Je déglutis.) Rien d'illégal ?

— Par le Fleuve, je le jure.

Je possédais très peu de sceaux. Ce présent valait infiniment plus qu'une compensation financière.

— C'est d'accord, murmurai-je.

— Vous trouverez le paquet chez vous. Vous attendez assurément un paiement en avance. Je vous cède donc ce sceau librement, votre Volonté est désormais la sienne.

Le lien entre la bague et moi fut scellé. Et voilà, j'en étais le nouveau propriétaire. Je possédais un septième sceau.

Dame Amoureux leva de nouveau la main vers le miroir. Ses yeux s'illuminèrent, et je sentis un sort se libérer. Dans un souffle de voix, elle dit :

— Voilà. C'est fait. Vous feriez mieux de partir, beau Rune. Vous me devez un travail et je ne tiens pas à vous voir pris dans le feu.

— « Le feu », répétai-je, avant de perdre tout tact en comprenant la situation : Attendez, me dites pas que vous venez d'activer un… un quoi, un minuteur de bombe ? Vous venez d'armer une bombe !?

Elle se pencha et me susurra à l'oreille :

— Fuyez.

Le passage voûté réapparut de l'autre côté de la pièce. Je bondis et décampai à toutes jambes. En sortant, mes oreilles se déboucherent d'un coup et, dans ma précipitation, je faillis me tordre la cheville sur le gravier du toit. Une bordée de jurons m'accueillit en même temps dans l'oreillette. Je couvris la voix de Brand en hurlant le mot « Bombe ! » neuf fois de suite.

Il prévint immédiatement l'équipe du raid. Tout s'accéléra. Des gens sautèrent par les fenêtres, enfoncèrent des portes. D'autres déboulèrent sur le toit et s'enfuirent grâce au vol, à la lévitation, à la gravité pure, et même à dos de cheval ailé.

Je concentrai toute ma Volonté dans mon bracelet de cheville en or pour activer le sort qu'il contenait. Un frisson de magie me traversa. Je sautai en l'air, sans retomber. Fouetté par le vent, je pivotai en plein saut et m'envolai.

L'art du vol, le vrai, n'a rien à voir avec l'expérience dépeinte dans les bandes dessinées. C'est un exercice effrayant, extrêmement dangereux, pataud et rude.

Le jour, on se mange des coups de soleil ; la nuit, on se gèle les miches. Respirer devient un défi. On voit trouble – surtout quand, comme moi, on oublie toujours ses lunettes d'aviation. Sans parler de l'action étrange de la gravité sur le corps, qui nous donne l'impression d'être une marionnette aux fils cassés. Oh ! et les insectes. On se retrouve avec des bestioles plein les dents. Un jour, une abeille m'a piqué dans la gorge.

Cette fois, cependant, avec la menace d'une bombe, j'embrassai le sort de toute mon âme. Je fonçai vers le château d'eau, attrapai Brand au passage et l'emmenai loin de la propriété. Je le déposai devant sa moto, huit cents mètres plus loin. Comme moi, il se retourna pour observer la demeure, attendant le bouquet final. Rien ne se produisit. Après quelques minutes, nous estimâmes notre mission terminée.

Furax, il m'assena une kyrielle de remarques acerbes lorsque je lui racontai en détail ma rencontre avec Elena. Après quoi, il enfourcha sa moto et partit, une sortie théâtrale aussi bruyante qu'une tronçonneuse.

Je soupirai, montai dans ma vieille Saturn toute cabossée et rentrai chez nous.

À trois pâtés de maisons de ma rue, j'entendis un « BOUM ! » tonitruant. Dans mon rétroviseur, l'horizon devint noir et or.

Brand en était encore à détacher l'étui de son fusil quand je me garai dans le cul-de-sac où nous résidions. Il ouvrit la boîte pour vérifier que rien n'avait bougé durant le trajet.

— Plus crétin que toi, on fait pas, me reprocha-t-il.

— Je sais.

— J'espère que t'en as conscience.

— Je viens de te le dire.

— Non, sérieusement, c'était la pire décision imaginable. On ne se frotte pas aux Arcanes. Ils sont tous dangereux, même la reine des putains de fées de l'amour. Et voilà, maintenant, tu te retrouves à devoir lui rendre service.

— Mais j'y ai gagné un sceau, soulignai-je en sortant la bague d'émeraude de ma poche à fermeture Éclair. Plutôt stylé comme cadeau d'adieu, non ?

— « Cadeau » ? Ça m'évoque plutôt des cigares explosifs. Ou des fleurs lance-eau en boutonnière. Des boîtes de cacahouètes avec un serpent à ressort.

— C'est un grand mot, ça, « boutonnière ».

Il claqua le couvercle de l'étui et fit tourner les molettes du cadenas à code. Je ne m'y trompai pas, la discussion n'était pas finie. Cette histoire avec dame Amoureux l'avait ébranlé, ce qui n'arrivait pas souvent.

Je gagnai la porte d'entrée du Réduit, notre maison. Tandis que je cherchais mes clés, Brand reprit, quelque peu hésitant :

— Cette femme, le faux devin, elle ne t'a pas trop dérangé avec ses ragots, pas vrai ?

— Non, ça va, marmonnai-je.

— Sûr ? insista-t-il en me scrutant avec attention.

Je lui adressai un petit sourire, assorti d'une bourrade amicale sur l'épaule.

— N'essaie pas de m'amadouer, dit-il. Tu restes un crétin.

Il entra à ma suite dans l'étroit séjour du Réduit : trois mètres de large, ce qui correspondait aussi à la largeur totale du bâtiment. En posant les yeux sur la table basse, je fronçai les sourcils. Brand se faufila devant moi et la désigna du doigt.

— Mais… ?

— Pas de cookies, confirmai-je.

— Elle nous prépare toujours des cookies pour nos retours de mission, persista-t-il comme si j'avais contesté ce fait.

Il partit à la recherche de notre gouvernante, Queenie, qui logeait dans une maisonnette au fond du jardin. D'habitude, elle nous accueillait avec des jus de fruits et des biscuits après une mission réussie, sa manière à elle de fêter la pérennité de son emploi.

Je m'affalai dans un fauteuil rembourré et retirai mes bottes. Elles faisaient partie de mes biens les plus coûteux : du sur-mesure qui épousait si bien la forme de mon pied que je ne portais presque jamais de chaussettes. J'attrapai un pot de talc que je gardais à portée de main dans un panier en osier et en saupoudrai l'intérieur pour absorber l'humidité. Les enchantements d'impact et d'endurance, imprimés dans le cuir, me picotèrent légèrement les doigts.

La porte côté jardin s'ouvrit. Brand était de retour et resta campé sur le seuil de la pièce sans souffler mot.

L'espace d'une seconde, j'imaginai les pires scénarios : que notre gouvernante était blessée, que notre travail avait fini par s'inviter chez nous. Puis Queenie apparut derrière lui, secouant la tête de façon continue.

— Tu as recueilli un garçon de dix-sept ans ? lança-t-elle.

— Euh… quoi ? balbutiai-je.

— Tout ça pour un sceau ? Tu as accepté un gamin de dix-sept ans pour gagner un sceau ?

— Plutôt insolite le fameux paquet que tu dois livrer, renchérit Brand.

J'ouvris la bouche… et la fermai.

— Attends, attends, c'est pas tout ! ajouta-t-il. Devine quelle est la « destination sûre » qu'il doit atteindre.

— Je t'en prie, dis-moi qu'Elena ne nous a pas envoyé un gamin de dix-sept ans. Je t'en supplie, dis-moi que le paquet n'est pas un gamin de dix-sept ans.

— Ho-ho ! Si, et encore si. Mais je t'assure que ce n'est pas le plus drôle. Devine quelle est sa destination ?

Incapable de disparaître sous terre, je fermai les yeux en l'écoutant m'assener la réponse dans la foulée :

— Son entrée dans l'âge adulte. Son putain d'anniversaire des vingt et un ans.

Eh merde ! pensai-je.

Le Réduit

Personne n'a jamais été inquiété pour le massacre de mon père et de notre Maison. Cela fait partie maintenant des éternels mystères de la Nouvelle-Atlantide.

Les assassins avaient pris leurs précautions, naturellement. Faute d'un raid autorisé, l'Arcanum – le corps collégial de tous les Arcanes – se serait montré intraitable. C'est toute la Nouvelle-Atlantide qui pâtit de l'anéantissement imprévu d'une cour, quand d'autres ne s'en engraissent pas.

Je rentrais en douce d'une fête ce soir-là. Laquelle, je ne m'en souviens plus ; je me rappelle seulement que j'avais quinze ans, que j'étais insouciant, ivre et défoncé, et que j'essayais d'éviter Brand ainsi que le service de sécurité de la maison. Il me semble être parvenu à la véranda – en tout cas, j'ai le vague souvenir d'une ombre se ruant sur moi à l'intérieur de celle-ci – avant de me retrouver frappé par un sort paralysant.

Je me suis réveillé dans la remise à calèches, prisonnier de neuf hommes affublés de masques d'animaux, pieds et poings liés. Brand était là, mais inconscient. Il ne reprendrait ses esprits que des heures plus tard.

Ils m'ont retenu dans ce garage pendant que l'on mettait à feu et à sang le domaine. Brand a fini par se réveiller. Il les a surpris. On s'est échappés. Et nous sommes les seuls.

Plus de quinze personnes ont trouvé la mort cette nuit-là, l'ensemble du personnel résident. Le feu les avait tellement défigurés que, pour les identifier, il a fallu procéder par élimination en regardant qui ne se présentait pas au travail le lendemain.

L'affaire a évidemment fait les choux gras de la presse. J'étais jeune, beau garçon, honteusement privilégié. C'était un crime scabreux et sensationnel, qui laissait un rescapé photogénique. Il faut savoir que la société atlante ne protège pas ses victimes : elle les affiche, les érige en leçon de morale sur la survie des plus forts.

Vingt ans plus tard – *vingt ans*, un temps considérable, même pour un peuple à la longévité si remarquable –, cette PUTAIN d'histoire me colle TOUJOURS à la peau. Je ne compte plus les regards en biais que je récolte dans le métro. Pour être honnête, je cultive sans doute un peu ce côté bête de foire.

Je me réveillai au son de bruits de lutte, ce qui me fit penser, à tort, que je dormais encore, car mes rêves sont peuplés de combats. Toutefois, même quand je me frottai les yeux, le raffut persista.

Je cambrai mon dos endolori pour m'étirer de tout mon long, jusqu'à dépasser de la pointe des doigts et des orteils mon grand matelas confectionné sur mesure. Je me traînai vers le pied du lit, les murs qui le collaient de part et d'autre ne me laissant d'autre choix, et m'assis un instant.

Dans un bâillement, je prononçai un artifice, un sort léger. Une douce sphère de lumière apparut au-dessus de ma tête, chassant l'obscurité de la microchambre. Puis, armé d'une pince, j'allai éteindre mon climatiseur, dont l'interrupteur était cassé.

Queenie m'appela depuis l'escalier, hésitant entre les deux paliers.

— J'entends des cris et je n'ai pas encore bu mon café, grommelai-je.

— C'est pour ça que je suis montée. C'est Brand et… euh… ton ado de dix-sept ans.

— Ce n'est pas mon… (Je levai les yeux au plafond en soupirant.) J'arrive.

J'avalai deux comprimés pour soulager mon épaule abîmée et sautai dans un jean sale, que j'assortis d'un tee-shirt propre. Ce pantalon me serrait. Étroitement, surtout au niveau des fesses, évidemment, sinon ça n'aurait pas été drôle. Nous avions eu un hiver glacial, un printemps froid et même un début d'été plutôt frisquet. J'avais passé trop de mois caché sous des pulls.

Je passai un doigt sous la taille de mon jean pour me dégager le ventre tout en descendant l'étroit escalier en colimaçon. Le premier étage comportait une chambre d'amis ainsi qu'une salle de bains. C'est de là que provenait le vacarme. En entrant, je découvris Brand en train de maintenir la tête de Matthias Saint-Valentine dans la cuvette des toilettes. Le gamin ne portait qu'une serviette.

J'avertis Brand du doigt.

Ce dernier me regarda, sans rien faire de plus. J'esquissai alors un geste agacé vers les toilettes. Il soupira, puis desserra sa prise sur la nuque de l'adolescent, qui releva la tête en crachant de l'eau. Ses mèches blond platine, dégoulinantes, lui masquaient les yeux.

— Je vais t'expliquer, dit mon Acolyte. Apparemment, notre Queenie a voulu défaire la valise du petit prince pendant qu'il prenait sa douche. Ce n'est pas son boulot, évidemment, mais, comme toujours, elle voulait rendre service, n'est-ce pas ?

— Brand, je t'assure que je ne suis pas fâch…

Il haussa la voix pour couvrir celle de Queenie :

— Donc, elle range gentiment lesdites affaires et, à peine revenu de la salle de bains, le petit prince des connards lui demande si elle arrivera à le faire correctement ou s'il a besoin de s'en charger. Quand, peu après les faits, elle me rapporte ces propos, je me précipite à l'étage pour confirmer à ce jeune homme que, oui, il devra s'en charger lui-même. Le ton de sa réponse m'a déplu. Un mot en a entraîné un autre. Finalement, il m'est apparu que la solution la plus diplomatique était de plonger sa petite tête de connard dans l'eau des chiottes.

— Laisse-le, dis-je.

Il éloigna aussitôt sa main du cou lisse et pâle de Matthias.

Après un bref coup d'œil pour vérifier que Brand avait obéi, l'adolescent agrippa la serviette autour de sa taille et se releva péniblement.

Quelque chose dans mon regard parut le rassurer. Je voyais presque défiler ses pensées dans ses yeux : *« Rune est un haut descendant comme moi. Il comprendra. »*

Je m'approchai de lui, posai une main sur son épaule. Puis, quand j'eus suffisamment de préhension, je le poussai brutalement dans la cabine de douche. Il trébucha sur le rebord du receveur et tomba en arrière. J'ouvris le robinet d'eau froide. Pris de court, le gamin s'agita, ses mains glissant sans bruit sur les parois.

Soudain, à mon grand embarras, il perdit toute combativité. Il se contenta de rabattre sa serviette sur ses parties intimes et détourna le visage. Transi, il tremblait comme une feuille.

— Ça doit être dur, émit Queenie. De tout perdre. Si ça se trouve, il ne sait même pas qui a survécu à la nuit dernière ni quels membres de sa famille sont encore en vie. Ne crois-tu pas... qu'il est plus facile pour lui de se donner de grands airs ? qu'il s'agit peut-être, je ne sais pas, d'une carapace ? Comment t'es-tu senti, toi, après avoir tout perdu ?

J'échangeai un regard coupable avec Brand, qui ferma le robinet. Matthias cessa de trembler, mais resta recroquevillé dans la cabine. Mon équipier se pencha sur lui.

— Désolé, petit, Rune s'emporte facilement.

Je foudroyai mon Acolyte du regard. Néanmoins, pour la première fois, je prenais conscience d'une vérité peu flatteuse. Au mieux, j'avais participé au raid qui venait de détruire le cadre de vie de Matthias. Au pire, son père avait été chimiste de laboratoire. Je me raclai la gorge.

— Matthias, cette situation est bizarre pour tout le monde et... Bref, c'est bizarre pour tout le monde. Ta grand-mère m'a embobiné ; faudra d'ailleurs qu'on en parle. Mais, en attendant, on te traitera en invité et tu te comporteras comme tel, d'accord ?

Il hésita si longuement que je renonçai à obtenir une réponse, mais elle me vint finalement sous la forme d'un petit « oui » rauque.

Satisfait, j'acquiesçai, puis me retournai pour flanquer un coup de poing bien senti dans la cuisse de Brand. Il m'accabla d'injures en serrant les dents, les mains sur le point d'impact.

— Je m'emporte facilement, ironisai-je.

Je passai le reste de la matinée dans mon sanctuaire, au deuxième étage, à étudier la bague d'Elena.

En soi, il existait une foule de disciplines magiques, chacune aussi unique que la Volonté nécessaire à sa catalyse. Toutefois, le type de pouvoir le plus courant dont disposaient les hauts descendants atlantes nous venait de nos sceaux.

Ceux-ci nous servaient en quelque sorte de réserves à sorts. Ils arboraient généralement la forme de bijoux ou de piercings, fruit limité d'un art perdu, d'où leur valeur incommensurable. En m'offrant un sceau, Elena aurait aussi bien pu me coller cent mille dollars dans les mains. Je n'envisageais pas un instant de le revendre, cependant. La seule fois où j'avais émis l'idée de vendre l'un de mes six pauvres sceaux pour payer le câble, Brand avait mis fin au débat en envoyant un couteau dans le poste de télévision. À ses yeux, chaque sceau constituait pour moi une chance supplémentaire de survivre à un combat.

J'en possédais désormais un septième. Je jouai un peu avec le sceau d'Elena, essayant, sans succès, de déterminer quel genre de sort elle avait pu y conserver.

Je m'apprêtais à vider la bague de sa magie lorsque Brand entra dans le sanctuaire. Sous ses airs ordinaires, avec son tee-shirt, son short de course et ses baskets sans chaussettes, il ne trimballait pas moins de cinq armes, dont un filin de garrot en argent entremêlé à ses lacets.

Il se déchaussa avec les pieds, puis s'assit en tailleur face à moi.

— J'ai fait quelques recherches sur le petit prince des crétins.

Le sobriquet avait perdu de son animosité. Un peu plus tôt, j'avais surpris Brand en train de donner de l'argent à Queenie pour acheter à Matthias « un rasoir, une brosse à dents et deux sous de jugeote. »

— C'est indéniablement le petit-fils d'Elena, reprit-il. Du côté paternel. Ses deux parents sont vivants, ou en tout cas ils l'étaient avant le raid, mais il se trouvait apparemment sous la tutelle de son oncle. Fils unique. Tu savais que c'est presque un fae de sang pur ?

— Un changelin ? demandai-je, surpris.

Les faes de sang pur avaient la capacité de modifier leur apparence. Peut-être pas de manière aussi drastique que les métamorphes, mais ça avait son utilité.

— Qu'est-ce que j'en sais ? Tu lui poseras la question. Bref, il n'a jamais eu d'histoires, rien dans la presse à scandale, il n'a accumulé aucune dette. Sa vie se résume à un certificat de naissance et à une demande de tutelle. C'est tout.

J'abordai la question qui me chiffonnait par-dessus tout :

— Pourquoi lui ? Pourquoi Elena a-t-elle choisi de le sauver spécifiquement ?

Brand haussa les épaules puis aborda la question qui, lui, le chiffonnait :

— On est obligés de le garder chez nous ?

— Je n'en sais rien. Si je romps mon serment, je m'expose à un violent retour de bâton magique. Le seigneur Tour a demandé à me voir cet après-midi. Je peux peut-être me débrouiller pour lui demander indirectement.

— La Tour a appelé ? s'étonna-t-il, un peu méfiant.

— Il veut peut-être me refiler un chèque avec beaucoup de zéros.

— Depuis quand il a besoin de te voir pour nous payer ? Tu crois qu'il a un autre boulot à nous confier ?

— Je ne sais pas. Si on est censés héberger le gamin jusqu'à ses vingt et un ans, je l'espère.

La Tour

Parmi les villes modernes, la Nouvelle-Atlantide fait figure de curiosité de la première heure.

Sa création a engendré, tant en argent qu'en magie, des coûts faramineux. Des centaines de bâtiments abandonnés, issus de la civilisation humaine, ont été rachetés partout dans le monde puis téléportés sur l'île de Nantucket : sanatoriums, hôpitaux psychiatriques, églises, palais, hôtels, gratte-ciel. S'approprier ces ruines était moins ardu qu'on pourrait le croire ; les humains ne savent pas apprécier les joyaux qu'ils laissent péricliter.

Aujourd'hui, la Nouvelle-Atlantide s'étend sur la moitié du territoire de Nantucket, un chouïa plus grande que Manhattan. Le paysage originel de broussailles, de dunes et de vastes plaines n'a pas fait long feu, rasé et bitumé en moins de temps qu'il n'en faut pour le dire. Ne me demandez pas de parler de la partie occidentale de l'île. La Terrouest est le produit des rejets viciés de la magie de transfert : un dangereux fatras de monstres, de poches dimensionnelles et de complexes fortifiés appartenant aux Arcanes. Une balade dominicale dans ce coin m'enthousiasmait à peu près autant qu'un lavement intestinal au kérosène.

Les humains ne soupçonnent pas les dépenses pharaoniques qu'a nécessitées la création de notre ville, ni la faible probabilité pour nous de pouvoir réitérer l'exploit. À leurs yeux, c'était comme sortir Gotham d'une pochette-surprise. En voyant leurs ruines se muer du jour au lendemain en cratères, ils sont partis du principe que ce genre de prodige était monnaie courante chez nous.

On ne va pas cracher sur ce genre de réputation.

Je consacrai l'essentiel de la matinée à charger mes sceaux dans mon sanctuaire, avec un mélange de sorts moitié défensifs, moitié offensifs. Pendant ce temps, Brand se prépara de son côté à la cave, mais avec des couteaux et du Kevlar. D'expérience, nous savions qu'une offre de mission et le début de ladite mission coïncidaient souvent avec le seigneur Tour.

Toutefois, mon Acolyte ne m'accompagnerait pas au rendez-vous ; il viendrait simplement en cas d'urgence. Dans la mesure du possible, j'évitais de les mettre, lui et la Tour, dans une même pièce. Ils ne s'entendaient pas, ce qui, avec des personnalités aussi fortes, revenait à réunir une marée noire et un tsunami.

J'étais à quelques minutes de descendre quand Brand pointa la tête en haut de l'escalier.

— C'est quoi ce bordel ? demanda-t-il.

— De quoi tu parles ?

— Queenie prépare Matthias pour une sortie, devant la maison.

— Il m'accompagne. J'ai décidé de l'emmener, histoire de me faire une idée de son caractère.

Il grimpa les dernières marches pour me rejoindre.

— Tu l'emmènes en balade ? pour te faire « une idée de son caractère » ? T'as conscience que c'est pas un clebs récupéré au refuge, pas vrai ?

— Eh ben ! on a peur de se faire remplacer ? T'inquiète, tu restes mon meilleur ami.

Il se contenta cette fois de lever les yeux au ciel, art subtil qu'il maîtrisait comme personne. Il y ajoutait tout un jeu de muscles faciaux et de rides de front pour maximiser l'effet.

Je ramassai les sceaux disposés autour de moi et les remis à leur place à ma cheville, à mes doigts ainsi qu'à mon cou. Me voyant galérer avec le fermoir du camée, Brand vint me donner un coup de main. Il ne put s'empêcher d'y ajouter des conseils de dernière minute :

— Regarde de tous les côtés avant de traverser la rue.

— Promis.

— En bas aussi. T'oublies toujours de regarder en bas.

— Oui ! je ferai gaffe.

Il se rongeait toujours les sangs quand je sortais sans lui. Si un jour il m'arrivait malheur alors qu'il n'était pas là, je n'aurais même plus le droit d'aller aux toilettes sans escorte pendant au moins six mois.

Je descendis enfiler mes bottes, puis retrouvai Matthias sur le perron. Encore un peu et Queenie lui aurait préparé un goûter pour le trajet. Elle rentra en marmonnant tout bas tandis que Brand faisait mine de ne pas nous observer depuis le deuxième étage.

— Prêt ? demandai-je à l'adolescent.

— Si vous insistez, répondit-il, les yeux résolument baissés.

— J'insiste en toute amitié.

N'obtenant pas plus de réaction, je haussai les épaules et me mis en route.

Le Réduit se situait au fond d'une impasse, dans un quartier assez calme. Forcément, comme dans toute ville au marché immobilier tendu, les coins tranquilles n'étaient qu'à deux pas des axes bruyants. Je me rendis directement dans l'un de ces quartiers animés, où l'on trouvait un café à chaque coin de rue.

Je me commandai un triple expresso et, pour Matthias, un café glacé noir – la boisson qui lui faisait envie, à en croire les réponses monosyllabiques qu'il m'offrit. Il me fit poireauter ensuite le temps de verser un par un trois sachets de sucre dans son gobelet, puis nous pûmes enfin repartir.

En chemin vers la grande place voisine, je l'observai à la dérobée. Il avait plutôt une belle gueule pour un ado. Plus mignon que vraiment séduisant mais, à cet âge-là, on a encore le temps de se bonifier. Sa peau présentait le teint insolite des faes, à la fois pâle et lumineux, ses cheveux blonds étaient presque blancs.

C'était l'heure du déjeuner, et la rue grouillait d'activité. On y croisait tant l'ordinaire que le merveilleux. Ici, des noix de cajou grillaient sur des stands ; là, deux métamorphes lions se prélassaient au soleil. On voyait des costumes-cravates et des haires, des brassards avec iPod et des cilices, des chaussures à talons et des pieds palmés. Une bossue toute de soie vêtue passa près de nous, suivie de trois golems d'asphalte aux bras chargés de sacs de shopping roses.

Je regardai Matthias contempler tout cela.

Il se toucha deux fois l'oreille quand le feu piéton passa du blanc à l'ambre ; blêmit quand un métamorphe lion fit traîner un doigt crochu sur sa cuisse au passage ; se mordit méchamment la lèvre inférieure quand la matrone bossue l'appela « mon petit » alors que nous nous écartions pour la laisser passer.

D'une main, je sortis mes lunettes de soleil de ma poche de poitrine. La plaque d'importation en laiton devant nous précisait que les statues environnantes provenaient des ruines du château de Kopice, du district polonais de Brzeg.

— C'est un élan, tu crois ? demandai-je.

Matthias n'y jeta même pas un regard. Loin de me démonter, je poursuivis :

— Leurs plaques ne donnent jamais assez d'infos. Chaque fois, je dois regarder sur Internet. C'est mon petit passe-temps. (Je désignai les statues de cervidés.) Je penche pour des élans.

Il ébaucha un sourire pincé puis but son café sans lâcher le sol des yeux. Avec les reflets pétrole que mes verres polarisés donnaient au couvercle, il semblait siroter des arcs-en-ciel. Je soupirai et repris la marche.

— Notre chambre d'amis te convient ?

— Oui, merci.

— Parfait. Queenie a fait une razzia dans nos placards pour te dégotter quelques vêtements en plus. Ceux de Brand conviendront sans doute mieux si tu n'es pas trop regardant sur les taches. Dis-toi que c'est du sang et ça ira.

— Je ferai avec ce qu'on me donne.

S'ensuivit un silence que je laissai peser un moment, avant de brusquement lui faire un croche-pied. Pendant qu'il battait des bras pour ne pas se rétamer, je dis :

— C'est difficile de vous parler, seigneur Saint-Valentine.

Il s'empourpra brièvement et, à mon grand plaisir, répliqua à brûle-pourpoint :

— Et de quoi doit-on parler, seigneur Soleil ?

— Matthias, on n'est pas dans une série comique des années 1980. Je ne peux pas accepter un orphelin chez moi du jour au lendemain juste pour la blague.

— Il me faut seulement le temps de retomber sur mes pieds. Une chambre pendant deux ou trois semaines, c'est tout. Ensuite, je m'en irai et vous pourrez garder le sceau de ma grand-mère.

— Ce n'est pas la question, il y a…

— Donc je peux récupérer le sceau ?

— Il n'est pas *seulement* question du sceau, nuançai-je. J'ai juré de veiller sur toi jusqu'à ta…

— Jusqu'à ma majorité ? Non. Elle est restée volontairement vague pour vous soutirer cette promesse. Elle ne pouvait pas décemment en attendre autant de vous.

— Peu importe ce qu'elle attendait. Ce qui compte, c'est ce que j'en pense et ce qu'en pensent les lois de la magie. Quand on rompt un serment, on se le reprend dans la gueule puissance trois.

— Elle est restée vague, insista-t-il. Hébergez-moi le temps que les choses se tassent et je déclarerai votre dette soldée. Ça devrait compter, non ?

— Il y a d'autres considérations plus importantes. Tu ne les vois peut-être pas, mais elles sont là.

— Vous voulez parler de ce que je pense du raid qui a détruit ma cour ? celui auquel vous avez participé ? ce genre de considérations ? ou vous parlez des gens qui veulent ma mort, qui rêvent de se venger de ma grand-mère ? ou bien de ce que les gens diront en vous voyant en compagnie d'un mineur de dix-sept ans ? du problème de vivre entassés à trois dans une minuscule maison ? ou de savoir quelles responsabilités vous avez envers moi ? si vous devez veiller à mon éducation, m'acheter des caleçons propres, vous assurer que je bois du lait tous les matins ?

Une chose était certaine, il avait oublié d'être con, ce petit.

— Personne ne me reconnaîtra, persista-t-il. Je n'avais… Je n'étais pas sous les feux de la rampe. Je n'étais pas… populaire. On m'employait à autre chose.

Comme je ne soufflais mot, il affronta enfin mon regard. C'était la première fois que nous nous dévisagions vraiment, et il en parut déconcerté. Un timide « s'il vous plaît » lui échappa.

À cet instant, une limousine noire se rangea le long du trottoir.

— C'est notre voiture, annonçai-je.

Je décidai d'en rester là pour le moment ; j'avais l'impression de donner des coups d'épée dans l'eau, et, les coups, c'était surtout le domaine de Brand. En outre, les paroles de Queenie me tournaient encore dans la tête : *« Comment t'es-tu senti, toi, après avoir tout perdu ? »*

La chauffeuse, que je ne pensais pas connaître, me détailla de la tête aux pieds en m'ouvrant la portière. Sûrement moins pour me reluquer que pour repérer mes points vitaux et mes faiblesses articulaires. C'était courant chez les employés de la Tour. Même son personnel de ménage savait lancer un couteau.

Dans la voiture, je trifouillai quelques boutons pour couper la climatisation puis allumai la radio. Le trajet serait long. Avec les embouteillages de l'heure de pointe, les trois kilomètres se feraient au pas.

— Tu es un changelin ? demandai-je à Matthias.

— Oui.

— Genre altération complète ou juste des trucs esthétiques ?

Il leva une main et sa manche glissa toute seule vers son coude. Il se concentra. Très vite, des spirales vertes apparurent sur sa peau. Ses ongles prirent une teinte rose nacré et s'allongèrent, pointus. Je me corrigeai :

— Des trucs esthétiques plutôt pratiques.

En réalité, je ne m'attendais pas à grand-chose – même si de belles griffes auraient été appréciables. La véritable métamorphose animale était l'apanage du trône de Faune, ce dont le seigneur Diable se félicitait.

— Je me défends, opina Matthias.

— Nous verrons ça. As-tu des sceaux propres ?

— Non, répondit-il en détournant immédiatement le regard.

Pas assez important pour des sceaux, mais suffisamment pour qu'Elena veuille le sauver. Pour qu'elle pense à lui alors que sa cour sombrait. De plus en plus curieux.

— Connais-tu beaucoup d'Arcanes en dehors de ta grand-mère ?

— Non.

— Quand on sera chez la Tour, tu devras m'attendre dans le vestibule. Je dois encore réfléchir à ce que je vais lui dire et à la manière de te présenter. Tu as raison sur ce point : il y a des gens qui se vengeraient volontiers du trône de Cœur sur toi.

Une émotion indéfinissable brilla dans son regard, mais il garda obstinément le silence. Son bras reprit sa carnation habituelle et ses ongles leur taille normale.

La voiture s'arrêta devant l'auvent du Pacific Bell. Un concierge armé m'ouvrit la portière. À peine descendu, je scrutai mon environnement sous tous les angles, horizontal *et* vertical, puis, las de me prendre pour Brand, je me contentai d'apprécier la majesté de l'immeuble. Autrefois siège de la société de télécommunication Pacific Bell, il avait été construit à San Francisco au milieu des années 1920. Vingt-cinq étages de style Art déco entièrement remis à neuf grâce à la magie, de la façade en pierre de taille jusqu'aux huit statues d'aigles perchées au sommet.

Je franchis les portes, mon protégé sur les talons. La chaleur du jour céda la place à la fraîcheur stérile d'un hall d'entrée. Quand je sortis ma carte d'accès pour appeler l'ascenseur privé de l'appartement-terrasse, Matthias laissa échapper un hoquet de stupeur. Quels ragots avait-il entendus sur la Tour et moi ? me demandai-je. Y accordait-il un quelconque crédit ?

Bien que le seigneur Tour soit propriétaire de l'ensemble de l'immeuble, il se réservait les derniers étages pour sa résidence personnelle. Depuis que je le connaissais, je n'avais jamais vu personne, pas même une femme de ménage, en haut. La propreté était entretenue soit grâce à la magie, soit grâce à des choses invoquées par magie, et ma curiosité s'arrêtait là.

J'abandonnai Matthias sur une chaise grêle dans le vestibule de la suite. Il n'y avait plus qu'à espérer que les enfants de la Tour ne soient pas dans les parages – autant sa fille était passable, autant Dalton était un monstre. Je gagnai un salon situé tout au fond de l'étage.

La Tour m'attendait devant la fenêtre, le visage estompé par un rayon de soleil. C'était une image accueillante, comme s'il avait écarté un pan de rideau pour suivre mon arrivée.

— Rune, me salua-t-il.

— Seigneur Tour.

La Tour était, ou en tout cas se donnait l'apparence d'un jeune quadragénaire de taille moyenne avec des cheveux noirs gominés et des yeux chocolat. Il avait une éternelle barbe naissante, des doigts de chirurgien et une carrure de nageur. Fut un temps, je voyais en lui le plus bel homme de toute la création.

Il se tenait devant moi pieds nus, dans un pyjama de soie. Un air vulnérable des plus trompeurs. De ses vêtements émanait le bourdonnement de puissants enchantements protecteurs. De quoi bloquer des balles, voire survivre à une chute du haut de l'immeuble.

Si certains Arcanes, comme le Pendu ou le Fou, menaient encore une vie marginale tissée de dangers, la plupart avaient embrassé le modèle humain. Des Arcanes comme la Tour excellaient dans ce domaine. Depuis que leur existence avait été révélée, ils prospéraient au contact de l'humanité.

La Tour était un artiste, un politicien et un entrepreneur de renom. Sous l'ancienne monarchie, il avait joué le rôle de maître espion et d'exécuteur des hautes œuvres des siècles durant. C'est lui qui avait préservé l'unité de notre peuple quand la cour royale avait sombré. L'Empereur était mort peu avant la fin de la Guerre mondiale atlante ; l'Impératrice, folle de chagrin, s'était volatilisée dans les terres sauvages d'Amérique. De temps à autre, des torchons de la presse à scandale affirment l'avoir vue, en général dans un relais routier ou une gaufrerie. Faut croire que toutes les cultures ont leur Elvis.

Le seigneur Tour régnait sur le trône de Dague. À quinze ans, prêt à tout pour obtenir sa protection, je lui avais fait certaines promesses. En soi, je m'étais acquitté de mon devoir depuis des années, mais je restais disponible pour des missions qu'il ne se voyait confier à personne d'autre. Inutile de dire que nos visites ne manquaient jamais de piment.

Il gagna un salon encastré dans le sol, de l'autre côté de la pièce, et prit place sur un canapé dos à l'entrée. À sa place, je n'aurais pas été serein dans cette position. D'un autre côté, je ne portais pas de pyjama pare-bombes.

Je m'assis côté mur, face aux fenêtres. Avec leur forme de portes vitrées, celles-ci me donnaient toujours l'horrible impression d'une invite au suicide. Mais bon, la vue était jolie. J'attendis sagement que mon hôte entame la conversation.

Au moment où il ouvrit la bouche, cependant, ce bougre d'âne de Matthias passa la tête par la porte. Il se figea, bouche bée, quand le seigneur Tour se retourna.

— J-j-je n'étais pas, bredouilla l'adolescent, j'étais, j'avais besoin de…

Je lui accordai un instant, mais il resta immobile, sans terminer sa phrase.

— Encore un pas, l'informai-je, et tu déclencheras un sort qui t'explosera à la gueule.

Il détala si vite que ses bruits de pas ressemblèrent à des applaudissements.

— Dois-tu vraiment me faire paraître si terrifiant? soupira l'Arcane.

Eh merde! Je me frottai les yeux.

— C'est un invité qui loge chez moi, seigneur Tour. Il n'était pas censé quitter le vestibule. J'allais vous en parler, je vous prie de m'excuser.

— Je sais parfaitement qui est ce jeune homme.

— Ah… ah bon?

— Le petit-fils de dame Amoureux. Matthias Saint-Valentine. Il est arrivé chez toi hier. C'est assez audacieux de ta part d'accepter ce petit travail pour Elena à la veille de sa chute.

Il savait tout. Je me creusai la cervelle en quête d'une réponse diplomatique.

— Je l'ai croisée par hasard sur le toit de sa demeure. Elle m'a demandé un service. Un service qui ne portait préjudice ni à votre personne ni à vos intérêts, et qui ne compromettait pas ma mission pour vous. Je vous le jure.

— J'en suis certain, m'assura-t-il avec un léger sourire. C'est malgré tout un service conséquent, même pour un aussi joli colifichet. J'ai hâte de voir quelle tournure cela prendra.

Je n'aurais su dire s'il était contrarié intérieurement. À mon avis, il prenait surtout son pied à me voir me tortiller. Rien ne l'amusait plus que de faire éclater des intrigues comme on déclenche des pétards pour faire peur aux gens.

— Veux-tu que je me renseigne sur les proches de Matthias? Je peux toujours demander s'ils ont survécu au raid.

Une offre très généreuse, mais était-il sage de l'accepter? Pour me laisser le temps d'y réfléchir, je répondis:

— Il paraît que dame Amoureux est détenue par le Concile.

— Elena se laisse en effet détenir par le Concile. Quoiqu'elle n'ait guère le choix, à vrai dire, à moins de vouloir entraîner l'intervention de l'Arcanum. Elle sera sans doute exilée.

Je n'en suis pas sûr. C'est une situation sans précédent en Nouvelle-Atlantide.

— Si… Oui, si vous pouviez vous renseigner sur la famille de Matthias, j'apprécierais. Merci. (Je me mordillai la lèvre inférieure.) Sauriez-vous quelque chose sur Matthias lui-même ?

— Comme quoi ?

— Comme ce qui le rend si important pour Elena.

Après un long moment de réflexion, il secoua la tête en signe de dénégation.

— Je sais que, dès sa naissance, sa grand-mère a fondé de grands espoirs sur son potentiel magique et a passé beaucoup de temps avec lui. Hélas, ce potentiel tant espéré ne s'est jamais manifesté, et ils l'ont donc confié à un oncle à d'autres fins. Une alliance matrimoniale, me semble-t-il. À confirmer. Peut-être Elena avait-elle simplement beaucoup d'affection pour son petit-fils.

La poche de son pyjama vibra. Il en sortit un téléphone ultrafin, qu'il orienta vers la lumière. Ses traits se figèrent. Il les détendit le temps de m'adresser un bref hochement de tête, puis se retira au fond de la pièce pour prendre l'appel. Je résistai à l'envie de l'épier, en particulier quand je l'entendis dire :

— Eh bien ! réglez le problème.

Au prix d'années d'observation, j'avais fini par identifier certains de ses tics. Paradoxalement, ce n'était pas une réaction précise qui le trahissait, mais plutôt le vide qu'il faisait en lui pour ne rien laisser transparaître. Je savais par exemple quelle tête il faisait quand il ordonnait la mort de quelqu'un.

Il revint quelques secondes plus tard, sans se rasseoir, alors que je faisais mine de regarder le plafond en sifflotant. Il plissa les yeux, puis émit un soupir exaspéré.

— Je ne sais rien, soutins-je.

— Tu ferais un excellent menteur si tu arrivais à garder ton sérieux.

— Mes excuses. Suis-je concerné par ce coup de fil ?

— Non, il s'agit d'une tout autre affaire.

Je haussai les épaules, satisfait. Ce n'était pas la première fois que j'entendais la Tour régler un problème, ni la cinquantième, ni la dernière. La Nouvelle-Atlantide n'avait rien d'une démocratie. Notre Concile élu n'était qu'un simulacre de représentation. Dans cette ville, tout tournait autour des Arcanes ; ils n'étaient pas seulement au cœur du système, ils *étaient* le système.

La Tour balaya le sujet d'un revers de main.

— Tu as fait du très bon travail, hier soir, au cas où j'aurais oublié de te le dire. Ce que tu as récupéré dans le laboratoire du trône de Cœur s'est révélé fort instructif.

— C'est bon à savoir.

— Si tu es disponible, j'aurais une autre mission pour toi.

Nous y voilà.

— J'aimerais que tu retrouves une personne pour moi. Mais viens, nous allons prendre le café dehors.

Je sortis sur la terrasse pendant qu'il préparait le café. Le salon de jardin en résine, exposé au soleil tout l'après-midi, offrait une douce chaleur qui contrastait avec la fraîcheur du sommet de l'immeuble.

Malgré la hauteur, je n'y voyais pas plus loin qu'à vingt pâtés de maisons. Le nuage de pollution était plus épais qu'à l'ordinaire. Par temps dégagé, on apercevait normalement la forêt de la Terrouest entre deux rangées de gratte-ciel.

De retour, mon employeur posa une tasse devant moi et glissa un chèque avec une chemise cartonnée sous un cendrier en céramique.

— Connais-tu Addam Saint-Nicholas ?

— Saint-Nicholas. C'est le nom de famille de la Justice.

— Tout à fait, Addam est le fils cadet de dame Justice.

— On ne s'est jamais parlé, mais je crois voir sa tête.

— Il a disparu, me révéla le seigneur Tour.

Je mis une bonne seconde à assimiler l'information.

— Ce n'est pas… une nouvelle anodine. Comment se fait-il que je n'en aie pas entendu parler ? Depuis quand a-t-il disparu ?

— Il ne s'est pas présenté à un rendez-vous d'affaires hier matin. Son assistante est la dernière personne à l'avoir vu la veille, peu après 19 heures, dans les bureaux qu'il loue avec trois autres hauts descendants. Quand elle est partie en fin de journée, il était seul. Personne ne sait s'il est rentré chez lui après.

— Comment est-ce possible ? Dame Justice a sûrement un portail gardé.

— La demeure familiale n'est pas sa seule adresse. Il possède une résidence privée au Pas du Lac, un appartement dans une ancienne église réaffectée.

— Il vit seul ?

— Oui, pas de consorts. C'est un célibataire endurci, un peu comme toi.

Je ne relevai pas sa remarque. Plus d'une fois, il m'avait rabâché qu'un mariage m'aiderait à élargir mon assise politique. Je ne m'écartai pas du sujet :

— C'est tout de même curieux. Cette résidence privée dispose certainement d'un système de sécurité. Pourquoi la guarda ne peut-elle pas confirmer qu'il est rentré chez lui ?

— À l'heure actuelle, la guarda ne mène pas d'enquête.

— J'en déduis qu'ils ne croient pas à sa disparition ?

Le seigneur Tour hocha la tête et développa :

— Il est déjà arrivé à Addam de disparaître, guère plus d'un jour ou deux généralement. Il appelle cela ses « pèlerinages ».

— Des « pèlerinages », répétai-je d'un ton sarcastique. C'est fou ! Ça ne ressemble pas du tout aux gosses de riches de pervertir des traditions spirituelles. Dites-moi, ces « pèlerinages » incluent-ils de la drogue, des prostitués et des purs malts ? C'est le meilleur moyen de perdre un jour ou deux.

— J'en doute. Addam a beau être un jeune homme… fringant, il a malgré tout les pieds sur terre. Je lui trouve un grand potentiel. Je t'ai tout compilé dans ce dossier : les noms de ses proches, quelques éléments biographiques et une présentation de sa société.

Je récupérai la chemise et feuilletai les premières pages. Il y figurait, entre autres, la liste des associés d'Addam Saint-Nicholas. Un nom me sauta aux yeux.

— Génial, maugréai-je en passant aussitôt à la suite pour éviter de ruminer.

Après consultation du dossier, je dis :

— Serait-il déplacé de vous demander pourquoi vous tenez à retrouver Saint-Nicholas ? Si ni la guarda ni même sa famille ne s'inquiètent de sa disparition, pourquoi vous en souciez-vous ?

Il me dévisagea avec une gravité inaccoutumée.

— Rune, je sais qu'interroger les hypothèses fait partie de ta démarche habituelle mais, pour gagner du temps, je te demanderai d'imaginer qu'il est arrivé malheur à Addam.

— Entendu. On part sur la piste d'un coup tordu.

— Sache aussi qu'Addam est mon filleul. Cela n'a rien d'inhabituel. Je suis parrain de beaucoup d'enfants d'autres cours. Mais Addam est particulier, et je suis inquiet. En outre, c'est le fils d'un Arcane, et pas n'importe lequel : la Justice. Une cour qui, avec la Tempérance, la Force et l'Ermite, forme une puissante coalition. J'ignore encore comment la disparition d'Addam pourrait avoir des répercussions à plus grande échelle. C'est pour cela que j'ai besoin de toi.

— Quel genre de répercussions en particulier imagineriez-vous pour le Droit Chemin ? demandai-je en employant le nom collectif de la coalition.

— Ils sont présents sur beaucoup de fronts. Ils négocient actuellement la paix entre les métamorphes loups et les fauves. Ils comptent un nombre considérable de sièges au Concile. La Justice est, par tradition, patronne des juges. Quant aux autres, ils président aux chefs religieux et à la guarda. Sans oublier leurs intérêts commerciaux : ils récoltent plus d'un quart de trillion par an. En soi, je ne pense pas vraiment que la disparition d'Addam ait un rapport avec tout cela, mais c'est une possibilité qu'on ne doit pas écarter. Le lien ne nous apparaît peut-être pas pour le moment. (Il reprit son souffle.) Acceptes-tu de m'aider, Rune ?

Je jetai un petit coup d'œil au chèque. Un zéro de plus que d'habitude. Bordel, cet argument à lui seul aurait suffi !

— Je m'y mets tout de suite.

LèpreCon

De retour au Réduit, je mis Brand au courant de l'affaire, puis montai dans ma chambre pour avaler deux comprimés, me changer et entamer mon inspection quotidienne des défenses de la maison. Il y a peut-être eu une petite sieste dans le lot.

Nos principaux enchantements étaient concentrés près de l'entrée dans un support décoratif, duquel émanait un bourdonnement crachotant. Même les pires taudis atlantes disposaient de sorts préservant leur foyer des nuisances courantes : allergènes, mauvaises odeurs, humidité. Le Réduit, à l'instar de ces taudis, ne pouvait pas se permettre du haut de gamme. Nos enchantements remplissaient leur fonction, mais sans grand… raffinement. Le purificateur diffusait une odeur d'aiguilles de pin et de goudron ; l'antiallergique agglomérait la poussière en petits cailloux qui crissaient sous nos pieds.

Ma défense ultime était enfouie sous la maison.

C'était le seul sceau de masse restant du trône de Soleil, un artefact d'une puissance démesurée. Voilà des années que j'y chargeais et rechargeais le même sort dans l'unique dessein de nous protéger en cas de siège. Malgré la tentation, je ne m'en étais jamais servi pour autre chose. Je le voyais comme un filet de sécurité non seulement pour moi, mais aussi pour Brand et Queenie.

Mon inspection terminée, je descendis par l'escalier métallique en colimaçon au sous-sol, dont Brand avait fait son domaine. Il y entretenait une pénombre et une fraîcheur qui donnaient à son foutoir festonné de moisissures un aspect presque exotique. En guise de décoration, des armes, du linge sale, des bouteilles d'eau vides, des emballages de barres protéinées, des magazines porno et des flacons de vitamines. Méticuleux dans tous les autres domaines de sa vie, il n'y avait que dans cette chambre qu'il laissait s'exprimer son côté crado.

Je me vautrai à côté de lui sur son divan. Les comprimés commençaient à faire effet. Je me sentais un peu détaché de tout, de la pièce, de mes vêtements, de la couverture sur le clic-clac.

— C'est moi ou notre lien d'Acolyte vient de s'engourdir ? demanda Brand.

— Aspirine.

— Tu as découvert le concept d'aspirine ou tu en as avalé un tube entier ?

— Voilà pourquoi je ne joue jamais au poker contre toi. Saleté de lien !

— Tu as mal où ?

— À l'épaule. J'ai dû me la fouler quand dame Amoureux m'a assommé. Ça va passer.

Il se leva pour aller à son petit réfrigérateur et remplit de glaçons un sachet plastique, qu'il matraqua ensuite contre le ciment jusqu'à en faire une bouillie gelée. Il revint m'appliquer la poche sur l'épaule.

— Toujours aussi crétin, grommela-t-il.

Un moment de calme s'ensuivit. Le froid ne tarda pas à achever le travail des comprimés. Je finis par rompre le silence :

— Il vaudrait sans doute mieux faire quelques recherches sur Addam Saint-Nicholas, en apprendre plus sur sa vie.

— Comme voir ce que la guarda sait de sa disparition ? creuser un peu du côté de sa société et de ses associés ? contacter certains amis mentionnés sur la liste que la Tour t'a fournie ? Ce genre de choses ?

Je le dévisageai sans rien dire.

— Toi et tes putains de siestes, me réprimanda-t-il.

— Si tu as enquêté sur les associés d'Addam, alors tu sais que Geoffrey Saint-Talbot en fait partie.

Il résuma son sentiment en un mot :

— Ce trou du cul.

— On devra lui parler, ainsi qu'aux deux autres associés. C'est dans leurs bureaux qu'Addam a été vu pour la dernière fois. Qu'as-tu appris sur leur boîte ?

— Addam l'a montée avec Geoffrey, l'autre frère Saint-Talbot, Michael, et Ashton Saint-Gabriel, du castel de Fer. Ils l'ont financée grâce à l'argent que papa et maman ont mis de côté pour eux. C'est leur truc, investir dans des start-up, faire jouer l'influence de leur cour pour éliminer les barrières administratives. C'est pas sorcier : la coalition du Droit Chemin a les juges, les chefs religieux et les officiers de la guarda dans la poche. Avec autant d'huiles, on peut en graisser des pattes.

— Leurs bureaux sont dans quel coin ?

— LèpreCon.

— Ouh ! on soigne sa réputation de rue, dis-je en feignant l'approbation.

LèpreCon était le doux sobriquet d'un quartier particulièrement pauvre de la ville, agrégat de bâtiments et de rues récupérés dans un ancien quartier chaud de Boston surnommé la Zone de combat. « LèpreCon » était un jeu de mots en hommage à son héritage irlandais. Brand ne s'en doutait pas, mais je connaissais assez bien le secteur pour avoir été amené à m'y rendre seul.

— On va passer leur dire bonjour, déclarai-je.

Vingt minutes plus tard, je confiais Matthias aux bons soins de Queenie et me mettais en route avec Brand.

J'avais revêtu pour l'occasion une chemise chic dénichée au domaine du Soleil lors de l'une de mes incursions semestrielles dans ses ruines hantées. Avec le pantalon noir en plus, je ne devrais pas trop jurer dans un cadre professionnel.

Brand portait sa tenue de mission. Il achetait ces vêtements spéciaux sur un site qui vendait aussi des armes à feu et des arbalètes. Sa chemise noire débordait de poches : pour les armes, pour les munitions, et des poches de manche pour cacher divers objets tels que des clés de menottes, des petites lacrymos ou des mini-couteaux. Le tout s'accompagnait d'un gilet tactique sur mesure garni de couteaux.

Sur le chemin du métro, il passa en mode garde du corps. Je m'astreignais moi-même à une certaine vigilance, prêtant attention à notre environnement immédiat, aux ruelles, aux portes, aux fenêtres ouvertes, aux toitures.

En matière de prudence, j'étais évidemment à des années-lumière de Brand. Il ne se contentait pas d'évaluer le danger potentiel de chaque passant ; il partait du principe que tous représentaient une menace et imaginait à l'avance leurs attaques, leur force de frappe, les endroits où il serait vulnérable, ses meilleures chances de riposte, *et cætera*. Dès que nous passions dans une nouvelle rue, il prévoyait toutes les solutions de repli possibles. Brand était très, très doué dans son domaine.

Il se détendit légèrement à l'approche de la station de métro.

— J'ai contacté le seigneur Keaton, Violon Bleu et Amy Beige. D'après Keaton, Addam ne trempe dans aucune affaire louche. Violon en sait peu sur la famille mais nous suggère de fixer un rendez-vous avec eux à l'Enclave. Amy Beige m'a traité de salaud et a raccroché. Je crois qu'elle n'a toujours pas digéré le coup de la vouivre.

— Pourquoi à l'Enclave ?

Ses yeux bougeaient en permanence – toit, façade, bouche d'égout.

— Les Arcanes du Droit Chemin y organisent une régate.

— Ce serait pas mal en effet d'obtenir une audience avec la famille d'Addam Saint-Nicholas là-bas. J'en ferai la demande auprès du sénéchal de dame Justice. Ça fait un moment qu'on n'est pas allés à la plage.

— Tu vas assumer de te mettre en maillot? me taquina mon équipier.

— T'as fini de te moquer de mon poids? Au lieu de me vanner, tu ferais mieux d'être plus attentif. Matthias nous file le train.

Brand demeura interdit. J'adorais remarquer des détails avant lui. J'en remis une couche:

— Il porte le tee-shirt violet que Queenie lui a donné. Il est près du stand de bretzels, à deux rues derrière nous.

— C'est quoi ce petit sourire? Tu te sens fiérot, là?

— Mais voyons, pas du tout.

— Tu fais le fier parce que tu viens de repérer Matthias près du stand de bretzels?

— Absolument pas.

— Parce qu'on n'avait pas fait cinquante mètres qu'il s'est mis à nous suivre. Il est sorti par la fenêtre de la salle de bains et est descendu par la gouttière. Il est resté en permanence deux rues derrière nous, sauf au moment où il est passé en vitesse au *Starbucks* se prendre un café glacé. Mais, ça, tu ne l'avais pas remarqué.

Comme j'avais le bon sens de ne rien dire, il m'incendia du regard.

— Rune, il va se faire dézinguer à nous suivre comme ça. Déjà qu'on le nourrit, on va pas en plus se farcir ses frais d'obsèques.

— Tu veux que j'aille le chercher? soupirai-je.

Un sourire inquiétant s'étira sur ses lèvres serrées.

— J'ai une meilleure idée.

Mon téléphone vibra. J'y jetai un coup d'œil: numéro inconnu.

— Allô? répondis-je.

— N'est-ce pas le moment de nous rencontrer? demanda une voix nerveuse.

— Pardon?

— Non, pas encore, n'est-ce pas? Mais je laisserai le moteur tourner.

La personne raccrocha. Je regardai bêtement mon téléphone, perplexe.

La station centrale du métro néo-atlante avait pour entrée un immense bâtiment importé d'Espagne. Construite au début des années 1920, la gare de Canfranc était à l'origine un projet ambitieux visant à relier la France et l'Espagne par les Pyrénées. Deux étages, deux cent quarante mètres de longueur, trois cent soixante-cinq fenêtres.

Les rames, quant à elles, évoquaient le premier âge des réseaux métropolitains. Il s'agissait de véritables trains souterrains, quoique motorisés par des sceaux supprimant tout vacarme ou pollution. Le Réseau des transports néo-atlantes était le fruit d'un partenariat entre le Magicien et le Chariot qui faisait l'objet d'un contrat municipal avoisinant les neuf chiffres.

Nos jetons achetés, nous gagnâmes le quai de la ligne nord-est qui desservait, entre autres, LèpreCon. Brand attendit d'être à bord pour s'éloigner avec un petit rire diabolique.

J'étudiai les autres passagers. C'était ce moment bizarre de la journée, entre l'heure de pointe du matin et celle de fin de journée. Tuniques, shorts, costumes-cravates, sacs de chanvre, sacoches à messages, mallettes. Quelques mendiants traînaient devant la sortie de secours. Ils avaient le teint cadavérique et cireux de sujets du Val osseux, la cour de la Mort.

Par une annonce générale, le conducteur rappela aux passagers que les fenêtres devaient rester fermées. Quinze secondes plus tard, Brand fut de retour, Matthias sur les talons. Ce dernier avait les cheveux ébouriffés par le vent et semblait prêt à pleurer. Brand le poussa sur un siège puis se tourna vers moi.

— Je te laisse jouer le gentil flic.

Je me décalai d'une place pour me mettre face au gamin. Brand prit le siège que je venais de quitter et sortit un de ses couteaux pour le nettoyer. Je me lançai :

— Comme ça, sans réfléchir, je dirais que le violet n'est pas la couleur la plus adaptée à une filature.

— Je suis censé vous demander pardon, marmonna Matthias.

— Pardon de ? demandai-je, désireux d'être clair.

— De vous avoir manqué de respect.

— Même si, en soi, je ne serais pas contre un peu de respect, ce n'est pas ça le problème.

Brand interrompit son astiquage superflu pour me regarder fixement. Je repris :

— Ce qui coince surtout, c'est que tu ne respectes pas mes ordres. Nos ordres. Tu n'as pas l'entraînement nécessaire pour nous suivre dans le genre d'endroits où nous allons. Si tu veux rester chez nous, Matthias, il va falloir te rentrer ça dans le crâne. D'abord tu débarques dans le salon de la Tour, puis tu te permets de nous suivre en mission. Tu ne dois plus nous faire des coups comme ça, c'est compris ?

— Je… (Il rougit.) Je cherchais les toilettes. Chez la Tour. Je ne pensais pas déranger. Et aujourd'hui, j'étais seulement… curieux. Vous êtes… J'étais curieux, c'est tout. Depuis le début, vous êtes… gentil avec moi. J'étais simplement curieux.

— Si tu veux nous remercier, des gâteaux feront amplement l'affaire, c'est moi qui te le dis. Un beau panier de muffins, pourquoi pas. Mais plus question de nous suivre en mission. Crois-moi, après tout ce que tu as perdu, mieux vaut éviter de t'attirer plus d'ennuis.

— Tout ce que j'ai perdu, répéta-t-il.

Les yeux baissés, il sourit. Je n'aurais su dire ce qu'exprimait ce sourire, mais il trahissait un sentiment bien trop complexe pour un adolescent. Depuis le début, ses réactions ne cessaient de démonter les préjugés que j'avais à son encontre. J'en venais à penser que sa singularité n'était pas d'avoir eu une quelconque importance chez les Amoureux, mais plutôt d'avoir été brisé par eux.

Indiscret de nature, et faute d'une meilleure idée, je décidai d'aller à la pêche aux informations.

— Au fait, j'ai demandé au seigneur Tour de se renseigner sur ta famille. Avant le raid, tu vivais chez tes parents ou chez ta grand-mère ?

Il écarquilla les yeux et blêmit.

— J'étais… Non, j'étais… gardé par un oncle. En attendant que tous les détails soient réglés. Je ne… Je n'ai… je n'ai pas vu mes parents depuis des années. (Des rides blanches se dessinèrent au coin de ses yeux, et il se racla la gorge.) Vous avez demandé au seigneur Tour de retrouver mon oncle ?

— De quels « détails » parles-tu ?

— Pardon ?

— Tu viens de dire que tu vivais avec ton oncle en attendant que certains détails soient réglés.

Il balbutia de plus belle.

— Un m-mariage. C'était ce que… M-ma grand-mère, Elena, c'était c-ce qu'elle avait prévu pour moi. D-de me donner en mariage. Je vous en prie, pitié, ce n'est pas la peine de retrouver ma famille ni de leur parler de moi. Ils n'ont pas besoin de savoir où je suis.

— J'ai seulement demandé à la Tour de se renseigner. Il ne prendrait pas l'initiative de les contacter sans m'en parler d'abord.

Dans le silence gêné qui s'installa, j'échangeai avec Brand un regard perdu.

Mon Acolyte sortit son smartphone. De mon côté, je me repassai les récents événements dans la tête. Dix minutes avant notre arrêt, Brand se rapprocha pour me montrer son écran de portable. En le prenant, je fermai malencontreusement la page web. La technologie et moi, ça faisait deux. Lorsque je tentai de rallumer l'écran, un message me demanda si je voulais réinitialiser le téléphone.

— Mais quel boulet ! soupira mon Acolyte. C'est pas un accélérateur de particules non plus ! Donne-moi ça.

Il m'arracha le portable des mains pour tout remettre en ordre. Il avait ouvert la page du site de Droite Ligne, SARL. L'onglet « Contact » montrait des photos des principaux investisseurs. Je regardai sans joie le sourire pédant de Geoffrey. Brand écarta deux doigts sur l'écran afin d'agrandir la photo d'Addam. Bel homme.

— Tu as appris autre chose sur la famille d'Addam ? l'interrogeai-je, avant de pointer le doigt vers Matthias. Toi, ne nous écoute pas. Oublie tout ce que tu entendras et ne parle à personne de ce que tu auras oublié.

Brand me résuma les informations :

— Grande cour. Petit noyau de famille. Dame Justice n'a plus que quatre enfants, les autres sont morts pendant la guerre. On a l'aîné, Christian, puis Addam, Ella, et enfin Quinn. Il n'y a pas grand-chose sur les deux derniers, mais j'ai découvert un fait intéressant concernant Christian. Il y avait une note confidentielle dans le dossier que la Tour t'a donné. Il est tombé malade récemment.

— Vraiment ?

C'était tout à fait inhabituel chez les hauts descendants. Ils croulaient sous les sceaux et la magie de soins ; peu de maladies ou de blessures pouvaient les atteindre.

— Ils ont même dû l'hospitaliser, précisa mon équipier. Ça n'a pas l'air trop grave, ils n'ont pas fait venir des guérisseurs des quatre coins du monde. Mais bon, ce n'est pas anodin.

— Clairement. L'héritier du trône familial est à l'hôpital. Addam, son potentiel successeur, a disparu. Sais-tu s'il est proche de ses frères et de sa sœur ?

— Tout ce que j'ai trouvé à ce sujet, ce sont des articles de journaux qui citent Addam et ses frères comme bénévoles sur des concerts publics. Des événements gratuits. Genre, pour la plèbe. Certains papiers laissaient même entendre que ce n'était pas qu'une façade pour Addam.

— Le seigneur Tour tient beaucoup à lui, énonçai-je distraitement.

— Et alors ? C'est pas comme si son approbation était un gage de qualité.

Nous n'avions pas le temps de poursuivre la discussion. Un sifflement annonça notre arrivée à LèpreCon.

Contrairement à la majorité des grandes métropoles, la Nouvelle-Atlantide n'avait pas été conçue pour évoluer.

Personne ne l'avait pensée pour connaître des phases de développement, pour que les rues insalubres d'aujourd'hui soient les cafés et les galeries d'art de demain. Non, les rues insalubres faisaient partie intégrante de sa conception, tout comme les tours de luxe resteraient à jamais des tours de luxe.

Construit à partir des pires coins de l'ancienne Zone de combat de Boston, LèpreCon était à présent *le* quartier des appartements pas chers, des épiciers du monde et des dealeurs de rue dignes de confiance. On sentait encore l'odeur du marais qui se trouvait autrefois à cet endroit, et les trois grandes rues du secteur fleuraient bon les gaz d'échappement, le vieux ciment et l'herbe rance. Inutile de montrer à Brand que je connaissais bien les lieux. Il n'avait pas besoin de le savoir.

Le bureau d'Addam se trouvait à l'angle d'un carrefour peu fréquenté, en face d'une station-service et d'une épicerie. Des enchantements d'une puissance indécente protégeaient leur bâtiment. Je m'imaginai toute une brigade de mages du Droit Chemin débarquant avant l'arrivée des hauts descendants pour mettre en urgence des bouchons dans les prises électriques et une barrière en haut de l'escalier de la cave.

À l'interphone, une femme à la voix anxieuse nous ouvrit en nous indiquant de monter au premier étage. Même si ça me faisait mal, je devais reconnaître que le vieux hall d'entrée était très beau avec ses hauts plafonds et ses fresques exotiques.

Au premier, nous retrouvâmes la secrétaire anxieuse à l'entrée des bureaux. Lilly Rose semblait tout droit sortie d'un film en Technicolor des années 1950. Charmante, blonde, constamment en train de se tortiller les mains. Ma présence la désarçonna – chose courante quand on me connaissait de réputation – et je décidai d'en tirer parti.

— On m'a demandé d'enquêter sur la disparition du seigneur Addam Saint-Nicholas. Ses associés sont-ils présents dans les locaux ?

— Oui, ils sont en réunion avec un client. Je suis contente que…

— Ne les dérangez pas. Nous verrons cela plus tard. Pour l'instant, j'aimerais voir le bureau personnel du seigneur Saint-Nicholas. Immédiatement.

— Son bureau ? Je devrais informer ces messieurs que…

— Je préfère que vous ne parliez à personne avant que nous discutions, vous et moi, objectai-je fermement. Selon mes sources, vous êtes la dernière personne à avoir vu le seigneur Saint-Nicholas.

Elle remua la bouche un moment comme si trois réponses différentes s'y bousculaient. Mon équipier soupira et me poussa pour poser une main amicale sur le bras de la secrétaire.

— Bonjour, Lilly. Je m'appelle Brand, et lui, c'est Matthias. Nous venons aider le seigneur Soleil à retrouver Addam.

Brand n'employait mon titre que dans deux cas de figure. Soit pour rappeler à nos interlocuteurs que, dernier survivant du trône de Soleil, j'étais le chef. Soit pour me moucher parce que je me prenais pour le chef.

— Et j'en suis vraiment ravie, nous assura-t-elle. Navrée de vous paraître nerveuse. Personne ne veut prendre la situation au sérieux. Addam a… Eh bien, disons qu'il n'en serait pas à sa première escapade. Il est même parti une fois sans me prévenir. Je ne saurais pas l'expliquer, mais je sens que cette fois c'est différent et personne ne s'en alarme alors qu'il a peut-être eu un accident !

— Nous le retrouverons, lui certifia mon Acolyte. C'est notre domaine. Vous dites lui avoir parlé le soir de sa disparition ?

— Oui, le seigneur Soleil ne s'est pas trompé, je suis probablement la dernière personne à l'avoir vu. Il travaillait encore quand je suis partie. Il m'a dit qu'il comptait rester très tard, puis rentrer chez lui lire un bon livre.

— Était-ce inhabituel ? l'interrogeai-je.

— Qu'il reste tard ? Non, non. En tout cas pas en milieu de semaine.

— Le seigneur Saint-Nicholas a-t-il une vie sociale active ? enchaîna Brand. Était-il inhabituel pour lui de rentrer directement chez lui après le travail ?

— Là encore, en milieu de semaine, cela n'aurait rien d'étrange, que ce soit pour rentrer chez lui ou au domaine de la Justice. C'est plutôt le week-end qu'il profite. Il s'investit dans beaucoup d'œuvres caritatives avec ses frères. Il raffole des festivals d'arts et de musique. (Elle joignit les mains sous son menton.) Je vous en prie, en toute honnêteté, vous pensez qu'il a pu lui arriver quelque chose ?

— Je suis convaincu qu'il va bien, répondit Brand. Avez-vous noté des éléments insolites le jour de sa disparition, ou même avant ? Vous a-t-il semblé contrarié, inquiet ? A-t-il changé quelque chose à sa routine ?

La discussion se poursuivit sur un interrogatoire classique : Quels vêtements portait-il ? Avait-il des soucis de santé ? Sur quoi travaillait-il ce soir-là ? En partant, avait-elle remarqué des individus suspects devant le bâtiment ? Où Addam rangeait-il son passeport ? Lilly Rose fut formelle : rien d'étrange ni d'inaccoutumé.

— Êtes-vous passée à son appartement personnel ? demanda Brand.

— Oui, oui, j'y suis allée dès que j'ai remarqué son absence hier matin. J'y suis retournée le soir, et encore ce matin. J'ai même parlé avec la personne qui gère la résidence. Il n'est jamais rentré avant-hier. Il y a des caméras à l'entrée principale.

— Addam avait-il des ennemis ? m'enquis-je.

Pour la première fois, la secrétaire sourit.

— Non, pas même ses ex.

Après quoi, elle nous conduisit au bureau d'Addam, sans signaler notre présence aux associés, fort heureusement.

Addam disposait d'un bureau d'angle modeste, garni de meubles hors de prix conçus pour ne pas paraître hors de prix. Je lui accordais un point pour l'effort de sobriété, mais il ne trompait personne : le pot de brosse à chiottes en porcelaine, les tiroirs de bureau verrouillés par un enchantement complexe et l'ensemble fauteuils-canapé en cuir véritable vendaient la mèche.

À peine la secrétaire partie, notre examen des lieux commença.

Le secret d'une fouille réussie, c'est d'analyser d'abord l'espace mentalement. Un coup d'œil derrière les tableaux et dans les tiroirs ne suffit pas. Il faut identifier les cachettes potentiellement intégrées à l'architecture : vide sanitaire, conduits, lattes de parquet amovibles, faux plafond. On passe la main dans les rainures et creux des meubles et des équipements, derrière les socles de prises – surtout si les vis sont abîmées. On cherche des graines, des cuillères tordues, de la cendre, une décoloration du carrelage. On inspecte les boîtiers de CD et les compartiments à piles, le réservoir des toilettes, les rouleaux de PQ.

Quand, au bout d'une demi-heure, notre seul résultat fut d'avoir perdu une demi-heure, je décidai d'activer le sort de Psychométrie que je m'étais préparé spécialement pour l'occasion dans un sceau.

Le monde m'apparut un instant en négatif, le temps pour le sort de se stabiliser dans un doux bourdonnement. La psychométrie était une technique de magie tactile à la fois puissante et délicate. Tout événement laissait à court terme une empreinte psychique dans notre réalité. La psychométrie permettait de lire ces empreintes. Le sort s'avérait parfois accablant, voire incapacitant ; l'aide de Brand m'était donc précieuse pour déterminer quels endroits examiner.

Une aura d'excitation se dégageait du poste de travail d'Addam. Un projet en passe d'aboutir ? Une histoire de parrainage et de musique, apparemment.

Le lavabo en marbre de ses toilettes privées me laissait avec un sentiment global de concupiscence. Addam s'était parfumé là en discutant au téléphone.

La poignée de porte me plongea dans une scène de trente secondes où Lilly Rose parlait à Addam de la mort de son chaton, Dame Gigote. Addam envisageait de lui en offrir un autre dans les semaines à venir. Un spécimen rare avec de longs poils, pourquoi pas. Lilly serait contente.

Du tapis au centre de la pièce émanait de la musique. Et de la danse. Addam aimait lire ses papelards en dansant.

Le canapé me révéla qu'il lui arrivait de... se faire plaisir, dirons-nous, une fois tout le monde parti le soir, quand il lui restait quelques heures de boulot. Je n'eus pas d'image précise, simplement l'idée d'un orgasme en guise de pause-café.

Puis j'entendis soudain Brand m'appeler en me secouant l'épaule.

Je ne comprenais pas du tout ce qui se passait.

Que faisais-je par terre ?

Je suis par terre ?

Je tentai de chasser ses mains pour me relever, mais il refusait de me lâcher. Je fermai les yeux, gêné.

— Je me suis évanoui ?

— C'était quoi ce bordel !? grogna-t-il.

Derrière lui, Matthias avait l'air tout aussi inquiet. Pour ma part, je me sentais patraque. Déboussolé.

— Je me suis évanoui à cause du canapé ? C'est ridicule, il n'y avait rien de bien effrayant. Il n'est pas désagréable à regarder.

— Mais de quoi tu parles ! Tu te sens bien ? C'est arrivé après le canapé, quand tu t'es approché de la porte !

De la...

La mémoire me revint dans un chaos assourdissant. Je m'étais éloigné du canapé. Je m'étais agenouillé devant la porte. J'avais touché le tapis et...

— Seigneurs dieux ! m'exclamai-je.

— Rune, dis-moi ce qu'il y a !

— Quelque chose s'est emparé de lui. Quelque chose de mauvais. Très mauvais. Bon sang !

Encore étourdi, je regardai autour de moi. La danse, la masturbation, Dame Gigote, le pot de brosse à chiottes en porcelaine... et puis là, à cet endroit précis, un minuscule concentré psychique de... de dessiccation, de putréfaction et de violence à peine contenue. Une chose sordide s'était trouvée dans cette pièce.

— Je ne sais pas ce que c'était, mais ça n'a pas blessé Addam. Ça l'a kidnappé. C'est tout. Je n'ai rien vu d'autre. Ça l'a enlevé, et c'était puissant.

Un verre d'eau apparut sous mon nez. Matthias. Il me tendait aussi une serviette mouillée. Ma priorité fut de sortir les fins gants noirs que je gardais dans la poche de mon blouson afin de m'éviter de nouvelles visions psychométriques. Puis je me collai la serviette sur les yeux.

— Dans quelle merde trempait Addam Saint-Nicholas ? soupira Brand.

La porte s'ouvrit soudain et une voix masculine dit :

— Cessez sur-le-champ ce que vous faites !

Levant la tête, je vis mon Acolyte se renfrogner – à la fois parce qu'il se morigénait de ne pas avoir entendu les pas dans le couloir et parce qu'il ne pouvait pas encadrer Geoffrey Saint-Talbot.

Ce dernier se tenait devant nous, serrant une pile de bouquins contre son gilet sans manches, les lunettes de traviole sur son nez.

— Suivez-moi en salle de conférences. Tout de suite.

Geoffrey Saint-Talbot était le fils cadet de dame Tempérance, l'Arcane dirigeant de la galerie de Tempérance.

Dans notre jeunesse, nous étions égaux, lui et moi. À l'adolescence, notre relation était devenue plus étroite. Geoffrey était beau, cultivé, et de quelques années mon aîné. Peut-être notre histoire avait-elle été une sorte d'acte de rébellion. L'aversion de dame Tempérance pour les relations homosexuelles faisait figure d'exception chez les Atlantes. Elle entendait que ses enfants perpétuent la lignée.

Les timides baisers avaient mené à des caresses maladroites, pour se conclure par une nuit dans un hôtel miteux non loin d'un quartier humain de Nantucket Town. Geoffrey avait chargé ses sceaux de petits sorts récréatifs pour m'amuser. Étendu nu sur le couvre-lit en polyester, il avait empli la pièce de feux d'artifice, de pétales de tulipe et, pendant un bref instant, de véritables flocons de neige.

Puis le trône de Soleil avait été détruit. Geoffrey m'avait tourné le dos au profit d'une personne avec des ovaires et une réputation intacte. Je me rappelais encore son rejet, la nuit où j'avais fini par l'accepter comme tel. C'était plusieurs semaines après le massacre, la première fois que je faussais compagnie à la Tour – et à Brand.

Je m'étais rendu aux Charmilles, une résidence commerciale huppée dans laquelle les jeunes hauts descendants se glissaient en douce la nuit. Ils étaient une vingtaine, éparpillés en petits groupes éméchés sur les pelouses. Des murmures s'étaient élevés sur mon passage. Personne pour me héler ni prendre la peine de me saluer. J'étais encore trop loin pour distinguer la tête de Geoffrey quand il m'avait aperçu, mais il avait eu un sursaut. Il avait pris la main de sa voisine de banc, lui avait murmuré quelque chose à l'oreille, puis l'avait entraînée vers les buissons.

J'étais retourné en catimini chez la Tour, honteux. Bien que révolté par mon escapade, Brand s'était abstenu de toute question en voyant ma tête.

Les gens pensent que je me suis renfermé à la suite du massacre de ma Maison, mais c'est en réalité cette nuit aux Charmilles qui m'a porté le coup de grâce. C'est à ce moment-là que j'ai compris que rien ne serait plus jamais comme avant.

Je me dois d'insister sur ce point : dans la culture atlante, nous ne cajolons pas nos victimes. Non, elles se retrouvent ostracisées, marginalisées, leur infortune est perçue comme une tare. En définitive, Geoffrey avait eu la même réaction que le reste de la société.

Cependant, je n'avais pas couché avec le reste de la société, et cette histoire me restait en travers de la gorge.

Matthias resta avec Lilly Rose tandis que nous suivions Geoffrey dans la salle de conférences. Celle-ci était tout l'opposé du bureau d'Addam : avec ses gros meubles en métal et en verre, son sceau de masse boulonné à un mur au centre d'un motif étoilé constitué de défenses magiques, on était clairement dans la démonstration de force. Près de la table se tenaient les deux autres associés d'Addam Saint-Nicholas.

Ashton Saint-Gabriel était le fils du seigneur Force, l'Arcane du castel de Fer. Il s'était grimé selon la dernière mode, se rehaussant une pommette d'écailles de serpent iridescentes. Comme tous les membres de sa famille, il avait des iris gris métallique presque réfléchissants. Une bizarrerie génétique qui ne jouait pas en leur faveur, en fin de compte. Difficile de renier leurs bâtards avec ça.

Le petit frère de Geoffrey, Michael Saint-Talbot, portait un pantalon de treillis assorti d'un polo à manches courtes. Une vieille cicatrice de rugby lui fendait les lèvres et, de mémoire, deux de ses incisives étaient fausses, en plus d'être légèrement décolorées. Étant donné qu'il pouvait aisément corriger ce défaut avec la magie, cette absence de coquetterie était une forme de coquetterie en soi.

Puis il y avait Geoffrey. Des cheveux brun clair, une silhouette dégingandée et un goût prononcé pour les gilets sans manches. Il avait les mêmes lunettes carrées depuis l'adolescence. Normal, c'était un sceau. Il y conservait généralement des sorts d'intello tels qu'une bonne mémoire didactique à court terme ou la capacité à lire dans le noir. Je jetai un coup d'œil aux livres qu'il tenait : plantes médicinales rares et combats d'arène mésopotamiens. Du Geoffrey tout craché.

— Rune Saint-John, déclara Ashton, voilà donc à quoi tu t'emploies ces derniers temps. Il nous parvient parfois des histoires intéressantes à ton sujet.

Michael, qui jonglait avec un ballon en mousse, me jeta un regard noir.

— Tu es entré dans nos bureaux par effraction. J'allais appeler la guarda. T'as de la chance que je ne l'aie pas fait.

— C'est incroyablement courageux de ta part, dis-je en regardant son mépris se muer en confusion. D'admettre que ce n'est pas toi qui prends les décisions ici.

Le regard noir fit son grand retour, mais s'adressait maintenant à Ashton.

— D'ailleurs, il n'y a pas eu d'effraction, le corrigeai-je. Je suis ici dans le cadre d'une enquête légitime concernant la disparition d'Addam Saint-Nicholas.

Ashton fronça les sourcils.

— Certes, son absence nous préoccupe, mais parler de « disparition » est un peu fort.

— Pourtant, c'est le terme qui convient. Que diriez-vous de vous asseoir pour en discuter ?

D'un geste, Ashton invita tout le monde à prendre place à la table. Michael resta obstinément debout près de la fenêtre, à jouer avec son ballon à la con. Le ciel gris derrière lui s'était pommelé de nuages de pluie gris et blancs.

Comme Brand restait muet, je me chargeai de l'interrogatoire. Une étape barbante, à moins que nos gaillards daignent se lancer dans des monologues de méchants truffés d'indices.

Je leur posai peu ou prou les mêmes questions qu'à Lilly et obtins *grosso modo* les mêmes réponses. Ashton se montra plus prolixe sur le portefeuille d'investissements de Droite Ligne, et Geoffrey me fit part de certains de leurs succès récents. Ils avaient décroché un partenariat avec le Chariot pour développer une voiturette électrique capable de fonctionner en Terrouest (projet prometteur, pour le coup, étant donné que tous les appareils disjonctaient dès la sortie de la ville). Ils finançaient aussi un programme musical balnéaire à but lucratif et avaient lancé un programme d'échange d'informations avec une cellule de réflexion suisse. Manifestement fier, Geoffrey en était presque à se détendre et à croiser mon regard.

Ashton, de son côté, ne me quittait pas des yeux. Cette technique, dite de la « kinésique forcée », s'apparentait à une poignée de main vigoureuse. Il surveillait son langage corporel pour mieux maîtriser l'image qu'il renvoyait. Son vernis ne se fendillait que lorsque ses associés s'avisaient de le contredire, ce qui leur valait un regard silencieux de sa part.

La conversation prit un tour intéressant quand je leur demandai ce qui les avait motivés à monter leur boîte. Michael se rembrunit et répondit :

— En ce qui nous concerne, Geoff et moi, notre mère n'a aucune ambition malgré son influence, ses acquis lui suffisent. Elle mène une vie ascétique. Mais on n'est plus en Atlantide. La Nouvelle-Atlantide offre de nouvelles perspectives. Si notre mère refuse de les saisir, pourquoi pas nous ?

Ashton se leva, récupérant toute l'attention. Il parut vouloir s'adosser au mur voisin, celui qui comportait le sceau de masse. Brand ne voyait pas cela d'un bon œil. J'ignore quel regard il lui jeta exactement, mais Ashton se ravisa.

— Oh là là, Rune ! toutes ces questions professionnelles et intimidantes. J'espère que tu es bien rémunéré pour ta peine.

— Ça va. Je crois que ce sera tout pour aujourd'hui. J'aurai peut-être besoin de vous recontacter plus tard ou de joindre les clients d'Addam. Merci pour votre accueil.

En réalité, cette discussion n'était qu'un point de départ. Ou mieux, un appât. À mon avis, ça ne devrait pas tarder à mordre à l'hameçon.

Brand partit retrouver Matthias dans la salle d'attente, Michael et Geoffrey sur les talons. Ashton me retint d'une main sur l'épaule.

— J'aurais souhaité te dire un mot sans ton chien de garde pour nous surveiller.

C'était si merveilleusement et ouvertement hostile que je ne pus m'empêcher de lui sourire. Il poursuivit :

— Même si voir à quoi un prince déchu tel que toi passe ses journées n'est pas dénué d'intérêt, il s'agit de mon entreprise. Si tu fous la merde, je t'anéantis.

— Le sort d'Addam n'a pas l'air de te préoccuper des masses.

— La seule chose qui me préoccupe, c'est de savoir s'il nous faudra engager quelqu'un de plus… officiel pour le retrouver. Tu vois, Rune, je ne cherche pas à t'humilier. Ce doit être dur de vivre rejeté par tes pairs.

— Décidément, tu lis en moi comme dans un livre.

— Pendant que tu réfléchis à ta prochaine repartie, laisse-moi te résumer ce binz : j'ignore si Addam a des ennuis, j'espère de tout cœur que non mais, quoi qu'il en soit, j'ai une équipe de débiles à encadrer, une société à faire tourner et des clients à satisfaire. Si je suis en mesure de t'aider, je le ferai sans hésitation. De ton côté, apprends la discrétion, bon sang ! Tiens, c'est mon numéro personnel.

Il glissa une carte de visite dans ma poche de chemise et laissa sa main sur moi.

— Hé, Ashton ?

Il attendit un instant. Puis, comme je ne disais rien :

— Oui, Rune ?

— Ça fait deux fois que tu me touches. Essaie encore une fois et tu le regretteras. Je ne plaisante pas. On ne joue pas dans la même cour. Côté discrétion, tu as encore des progrès à faire, toi aussi.

Je voyais le reflet de mes yeux qui rayonnaient dans le miroir de ses iris. C'était mon Aspect atlante, une manifestation de ma puissance, qui s'éveillait et montrait les dents. Ashton perdit son sourire.

— Merci pour la carte, conclus-je avant de partir.

Comme la magie psychométrique s'était dissipée depuis un moment, je retirai mes gants dans l'escalier. Brand me jeta un coup d'œil, sans toutefois m'interroger sur mon échange avec Ashton.

Nous avions descendu la moitié des marches quand un bruit de pas précipité se fit entendre en haut. Brand tendit l'oreille et déclara :

— Geoffrey.

Ne me demandez pas d'où lui venait cette certitude. J'avais un Acolyte hors pair. Qui sait ? il avait peut-être converti les vibrations du sol en masse corporelle.

— Continuez sans moi, leur dis-je. Je vous retrouve dehors.

— Alors là tu rêves, lâcha-t-il.

Je me contentai en réponse d'un soupir exaspéré.

— Soit, concéda-t-il, mais ne viens pas pleurer si tu te fais tuer.

Comme Matthias ne lui emboîtait pas le pas, Brand lui jeta un regard sévère. Le jeune haut descendant se cogna à la rampe dans sa hâte de le suivre docilement.

Geoffrey apparut en haut de l'escalier. Son attitude n'avait pas changé, il tenait toujours ses livres de manière défensive. Étant donné notre petite histoire, sa nervosité voulait sans doute tout et rien dire.

— On peut discuter ? me demanda-t-il avant d'inspirer profondément. Je sais que nous n'avons pas beaucoup échangé dernièrement.

— « Dernièrement » ? Tu te fous de ma gueule ? Remonte dans ton bureau, Geoff.

— Non, il faut qu'on discute. J'ignore ce qui se passe ou ce qui, selon toi, est arrivé à Addam, mais j'ai l'impression que c'est en grande partie à propos de moi.

— De toi ?

— De nous.

Ça n'appelait même pas des jurons. Jetant le tact aux orties, je demandai :

— Qu'adviendra-t-il de la société sans Addam dans le tableau ?

— Quoi ?

— La question est pourtant simple.

— Rune, je n'ai rien à voir avec sa disparition. En admettant que l'on puisse parler de « disparition ». Personne ici ne lui ferait du mal. Sans lui, c'est tout un carnet d'adresses que l'on perd. Ça pèse bien plus dans la balance que la valeur actuelle de l'entreprise. Et puis pourquoi penses-tu qu'il a des ennuis ? Qu'as-tu trouvé dans son bureau ?

— Quelque chose qui n'avait rien à y faire. Geoff, est-ce que je risque de découvrir que vous trempez tous les quatre dans des affaires louches ?

— Absolument pas ! Aucune de nos activités ne mettrait Addam en danger.

— Je ne trouverai donc rien de répréhensible ? insistai-je comme si je m'adressais à un gamin.

Ses traits se durcirent. Comme beaucoup de personnes victimes enfants de harcèlement, il détestait les moqueries.

— Je ne demande pas mieux que de t'aider à localiser Addam. Je n'ai rien à cacher. Mais, franchement, si j'apprends que tu fais tout cela pour te venger de moi et non pour vraiment le retrouver…

— J'hallucine. « Me venger » ? Dis-toi simplement que je mène cette enquête au nom d'une personne qu'il vaut mieux ne pas contrarier. J'espère pour toi que tu joues franc jeu, parce que je n'ai aucune envie de te protéger.

Je lui tournai le dos et imaginai aussitôt Brand me réprimander, car on ne tourne *jamais* le dos à un individu hostile. Je me rattrapai en faisant un tour complet sur moi-même jusqu'à faire de nouveau face à Geoff. À ma grande surprise, son sourire hautain avait cédé la place à un air désemparé.

Ce n'était pas la première fois que je voyais un haut descendant faire cette tête. En règle générale, quand un problème nécessitait mon intervention, c'est qu'ils étaient déjà dépassés par les événements. La plupart ne savaient pas affronter une véritable situation de crise. Ma colère me quitta.

— Geoff, une entité maléfique est venue ici et je suis convaincu qu'elle a emporté Addam. Tu dois prendre cette histoire au sérieux. Appelle-moi si tu apprends quelque chose ou si tu as des ennuis, d'accord ?

Il me regarda longuement, puis baissa la tête en signe d'acquiescement.

Arrivé en bas de l'escalier, je découvris Matthias seul sur la dernière marche.

— Où est Brand ?

— Parti inspecter la rue. Où on va maintenant ?

— Je me disais qu'on…

Un bruit fracassant m'interrompit. Dans une vaste salle en marbre telle que celle-ci, le moindre son produisait un écho inquiétant. Le plus déconcertant pour moi était de ne pas reconnaître ce bruit. Ce n'étaient ni des pas ni des voix. Ça ressemblait à une dégringolade ou à un léger battement, accompagné d'un étrange crépitement. Je reniflai l'air, sans détecter de fumée.

— Lève-toi, ordonnai-je à Matthias en dévalant les dernières marches.

— Je me sens tout drôle, dit-il, une main sur le ventre. Ça vous le fait aussi ?

Les faes étaient sensibles à la magie. J'avais pour ma part d'autres aptitudes, qui me permirent de déterminer qu'un sort se cristallisait dans le coin.

— Lève-toi ! répétai-je sèchement en claquant des doigts pour le secouer.

Le son s'amplifiait et se précisait. Une pluie de petits débris sur le dallage. Quelqu'un passait à travers le toit ou un mur ? D'un mouvement du poignet, je transmutai mon sabre en poignée sans lame.

Je m'éloignai du centre du vestibule et rasai les murs. Lorsque je jetai un coup d'œil à Matthias pour m'assurer qu'il me suivait scrupuleusement, il écarquilla les yeux. Reportant mon attention devant moi, j'aperçus une silhouette chancelante.

Inaccoutumé à ses jambes, le monstre se heurta contre un présentoir antique. Des copeaux de bois se soulevaient sous ses griffes vermeilles. Des flocons de plâtre mouchetaient le sol telles des pellicules autour de lui et de la peinture à l'huile fraîche dégoulinait de ses crocs comme de la bave.

Il s'agissait d'une gargouille, née d'une fresque, mue par un sort d'invocation avancé, tirée de force dans une réalité tridimensionnelle. Dans la culture atlante, ce ne sont pas les gardiens de pierre que connaissent les humains. « Gargouille » est un terme fourre-tout pour désigner un objet artificiellement doté de conscience – comme la fresque de plâtre animée qui se dirigeait vers moi.

Tendant le cou, elle émit un son pareil à un grincement de porte. Quand elle eut la vigueur et l'équilibre nécessaire pour se dresser sur deux jambes, elle poussa un cri perçant.

— Cours ! criai-je à Matthias avant de tirer avec mon arme.

La gargouille rugit et trébucha. Je détournai son attention avec un éclair de feu pour offrir à l'adolescent une longueur d'avance.

Comme mes projectiles la ralentissaient à peine, j'effleurai du pouce ma bague en or blanc puis le pendentif au camée hérité de ma mère. Les deux sceaux livrèrent leur sort et le double afflux d'énergie me causa des ardeurs à l'estomac. De mon Bouclier, je me fis une armure qui m'enveloppa de motifs fractals miroitants avant de se fondre dans ma peau. Mon sort de Feu alla dans mon sabre afin d'accroître sa puissance.

Mes tirs suivants flamboyèrent comme des fusées éclairantes. Ils déstabilisèrent la gargouille, mais je remarquai avec horreur que les traces de brûlure sur son corps pâlissaient pour prendre la forme de coups de pinceau s'intégrant à sa peau de peinture.

Je fonçai vers la sortie. Matthias s'acharnait sur la porte, qui refusait de s'ouvrir.

— C'est fermé à clé ! s'écria-t-il en se tournant vers moi.

Des poings martelaient le panneau de l'autre côté. Par le biais de mon lien d'Acolyte, je perçus la présence de Brand et sa vive inquiétude.

Des portes fermées. Une gargouille.

Une magie extrêmement puissante à l'œuvre.

On nous a tendu une embuscade.

En jetant un coup d'œil dans l'escalier, je constatai que la porte du premier étage venait de claquer. Condamnée, elle aussi ? La seule issue restante était un passage voûté au fond du hall d'entrée.

— Par là, vite ! m'exclamai-je.

La gargouille s'élança. J'empoignai Matthias et filai.

Je déboulai dans un couloir de bureaux à l'éclairage fluorescent. Les portes de droite, vers l'intérieur du bâtiment, étaient closes.

Des gens coincés dans les pièces tambourinaient pour sortir. Je leur hurlai de rester à l'abri.

Je testai les portes de gauche, côté façade. Un local d'entretien ; un centre d'apprentissage rempli de bureaux et d'ordinateurs d'un autre âge. La dernière porte au fond du corridor était fermée. J'optai donc pour la salle informatique, qui avait le mérite de disposer de fenêtres.

— Prends une chaise et casse-moi une vitre, lançai-je à Matthias. Grouille !

Je me retournai au bruit de griffes de plâtre dans le couloir. Concentré, je focalisai toute ma Volonté – mon essence magique – dans mon sabre. Du métal liquide s'éleva de la poignée pour se solidifier instantanément en une lame rutilante. Je lui donnai la longueur d'une épée bâtarde aisément maniable afin de garder une main libre pour jeter des sorts.

Reportant mon attention sur le sort de Feu que j'avais au préalable transféré dans le sabre, je l'étendis sur toute la longueur de la lame. Mon arme s'embrasa en projetant des ombres rougeâtres sur le parquet ciré.

La gargouille surgit dans l'embrasure de la porte. Elle avait conservé certains traits de la figure d'origine sur la fresque, ceux d'un démon tentateur quelconque. Elle balaya la pièce d'un regard scrutateur, presque reptilien, et marcha lentement vers moi.

Je me décontractai, les jambes souples, les genoux déverrouillés, le souffle régulier. Je visualisai mentalement la configuration de la pièce afin de ne pas me vautrer bêtement en plein combat. J'avais assez de place pour assener une bonne première attaque, une étape cruciale. Un fin stratège pouvait deviner l'issue d'un combat dès sa première attaque.

Dès que la gargouille fut à portée, je m'élançai et lui portai un coup de taille à l'épaule. Elle recula dans un rugissement, le torse ruisselant de peinture fraîche. Je continuai à la harceler en frappant le plus fort possible sans mettre en péril ma garde.

Lorsqu'elle voulut me griffer à la cuisse, je bloquai sa main. Elle réitéra son attaque, visiblement décidée à me sectionner une artère ou, à tout le moins, à me déséquilibrer. Je résistai à l'envie de reculer d'un bond – il n'y avait que dans les films qu'on faisait de tels sauts. Personne ne peut changer de direction en plein air.

Puis je commis une erreur stupide : j'eus le malheur d'exposer mon ventre en tentant un coup d'estoc. Je repoussai de justesse ses bras, mais ses griffes parvinrent à me lacérer l'abdomen en emportant un mélange de tissu et de chair.

Je reculai le temps de retrouver mon équilibre. Des filets de sang chaud me coulaient sur les côtes. Je ne sentais aucune douleur pour le moment, mais l'hémorragie jouerait très vite en ma défaveur.

Comme les brûlures avant, les blessures que j'avais infligées à la gargouille étaient déjà sèches et intégrées à sa peinture. Pire, toutes les entailles et mutilations présentaient maintenant des arêtes aussi coupantes que du verre.

Elle revint à la charge. Je me baissai pour esquiver un coup de griffe, passai derrière elle et lui flanquai un coup de pied dans les genoux. Elle tituba. Je lui matraquai la tête du plat de mon épée. Elle s'étala de tout son long.

De l'autre côté, Matthias était entouré de débris de chaises. Les fenêtres étaient intactes. Je percevais presque la magie qui nous séquestrait – un sort bigrement puissant. Mieux valait partir du principe que toutes les issues étaient bloquées. Le plus sage alors était de nous replier vers une position facile à défendre. À défaut de pouvoir sortir par les portes du rez-de-chaussée, je pouvais peut-être gagner le toit.

— Vite, on retourne dans le hall d'entrée !

Matthias passa en courant devant le monstre qui remuait par terre. Je m'arrêtai dans l'encadrement de la porte. Je caressai du pouce la bague d'émeraude de dame Amoureux. Son sort se libéra. La magie envahit mon champ de vision comme du givre sur une vitre et le monde se teinta un instant de bleu.

La gargouille parvint à se relever. Je tendis le bras vers elle. Dans ma main se forma une sphère de glace fondante que j'envoyai sur mon adversaire avant qu'il puisse se jeter sur moi.

La boule de Givre éclata à l'impact. La gargouille bougeait encore, mais ses articulations grinçaient et craquaient à présent.

Je me précipitai dans le hall d'entrée. Matthias cognait inutilement aux portes principales.

— Qu'est-ce qu'on fait ? demanda-t-il, en panique. C'est toujours ferm…

Il avisa mon ventre lacéré. La blessure devait être plus moche que je le pensais, car il leva vers moi un regard alarmé. Puis il sursauta, perdit l'équilibre, se cogna la tête contre un pilier et s'écroula. Je le remis debout en l'empoignant par le col.

— Vos yeux, hoqueta-t-il.

Mon Aspect atlante se manifestait, signe de ma puissance parmi les hauts descendants. Sa chaleur me brûlait le visage.

Un rugissement retentit dans le hall d'entrée. Renonçant à sa gracieuse économie de mouvement, la gargouille se ruait à présent au milieu des piliers de marbre, toutes griffes dehors. Des éclats de dalles volaient dans son sillage.

Je n'avais pas le temps de toucher mon sceau de cheville. Faute de mieux, je me focalisai sur la sensation de la chaînette contre ma peau. Le sort de Vent s'activa. L'afflux de magie me donna un instant l'impression de suffoquer dans une peau étroite et enflée.

D'un geste, j'attirai à moi tous les courants d'air de la pièce. Fort d'années passées à affronter des situations désespérées avec un nombre de sceaux limité, je glaçai habilement mon Vent à l'aide du Givre et fis souffler ce modeste blizzard sur la gargouille.

Elle tituba, ralentie, mais pas immobilisée.

Je dus déployer toute mon énergie pour la mettre à quatre pattes. Entre l'utilisation de mon sabre, les sorts et l'hémorragie, je commençais à tourner de l'œil.

— File par l'escalier ! criai-je à Matthias en l'attrapant par le bras.

Ma jambe droite se déroba sous moi. J'avais perdu trop de sang.

Matthias baladait son regard apeuré entre la gargouille et moi. Je me demandais encore pourquoi il ne fuyait pas quand je remarquai ses ongles allongés et pointus.

Il s'interposa entre le monstre et moi.

Dans un sursaut de désespoir, je me relevai péniblement, l'attrapai par le col et l'envoyai valdinguer vers l'escalier. Ce faisant, j'évitai en partie un coup de griffe que je n'avais pas anticipé. Les malheureuses défenses magiques de mon blouson m'épargnèrent une belle écorchure, mais la violence du coup me renversa malgré tout. Dans une gerbe d'étincelles, je réduisis mon sabre à sa poignée. J'espérais lui faire cracher quelques traits de feu supplémentaires pour empêcher la gargouille de poursuivre Matthias.

Soudain, une voiture enfonça les lourdes portes du bâtiment, qui volèrent avec force et fracas dans le hall de marbre. À peine dégagée, la portière conducteur s'ouvrit et Brand se jeta à terre.

— Détourne son attention ! me brailla-t-il.

Même si je voyais mal comment faire mieux qu'une foutue bagnole pour le distraire, je concentrai mes dernières forces dans mon sabre. Aux abois, je pointai mon arme vers la gargouille et lui tirai un éclair de feu aveuglant dans l'œil.

Elle se cabra en hurlant. Brand se faufila promptement derrière elle. Je distinguai dans ses mains ce qui ressemblait étrangement à une longueur de ruban adhésif. Il colla la bande sur la gargouille, une goupille au pouce.

— À terre ! dis-je à Matthias, avant de tomber ou de glisser derrière un pilier en même temps que l'adolescent.

Le marbre craquela sous la force de l'explosion. De petits fragments de fresque tombèrent sur mes bras levés en bouclier. Dans le silence qui s'ensuivit presque aussitôt, on n'entendit plus que le bruissement de la pluie de plâtre.

Je jurai tout bas, frottai mes cheveux pleins d'écailles de peinture bleue et quittai mon abri en rampant. La tête de Brand apparut derrière un autre pilier.

— D'où tu sors cette voiture ? demandai-je.

— Je l'ai piquée à la station-service, répondit-il en considérant la fumée qui s'échappait du capot embouti. J'espère que la Tour a prévu un budget pour les dommages collatéraux.

La guarda débarqua. Des urgentistes m'apportèrent hâtivement les premiers soins. La scène de crime eut bientôt des airs de hall de gare.

— Que je comprenne bien, mon seigneur, dit un agent, la gargouille est entrée dans les locaux par là ?

— Non, elle n'est pas « entrée dans les locaux », elle s'est détachée du mur. Là, devant vous, vous voyez la silhouette de monstre découpée ?

— Mon seigneur, je…

Je m'éloignai sans un mot de plus.

Ils opteraient pour la facilité et attribueraient l'incident à un caprice de la magie sauvage. La Nouvelle-Atlantide, sans même parler de la Terrouest, regorgeait d'énergie instable. Contrairement à eux, je ne m'offrais pas le luxe de croire à cette hypothèse. Cette gargouille avait manifesté trop de détermination. En outre, quelqu'un s'était servi de magie pour condamner toutes les issues. Cela attestait d'un certain savoir-faire. Et d'une intention bien précise.

Mon Acolyte m'attendait près de la sortie avec Matthias. Certaines personnes tremblaient après une montée d'adrénaline ; Brand, lui, s'énervait. Il se pencha vers moi et chuchota :

— Si ces salopards à l'étage…

— Ce n'était pas eux. Enfin, peut-être. Je ne sais pas. Ce genre d'invocation requiert du temps. Soit ça, soit une puissance phénoménale. Je ne crois pas qu'ils soient capables d'une telle prouesse ou qu'ils aient eu le temps de jeter le sort.

Je portai mon regard vers l'escalier redevenu accessible. Aucun d'eux n'était descendu. La guarda les retenait dans leurs bureaux le temps de chercher des témoins.

— À ton avis, le truc que tu as senti en haut, dans le bureau d'Addam, ça pouvait être une gargouille ? m'interrogea Brand.

Je secouai la tête en signe de dénégation. La gargouille ne se mesurait pas à l'abomination que j'avais perçue grâce à la psychométrie.

Le reflux d'adrénaline me laissait, pour ma part, affaibli. Mon épaule abîmée me faisait mal. Mes pansements étaient déjà imbibés de sang. J'avais refusé un transfert à l'hôpital : autant m'économiser une facture en me soignant tout seul.

— Vous m'avez sauvé, me dit Matthias, à moitié caché par Brand. Vous m'avez sauvé la vie.

Je n'aurais su déchiffrer exactement l'expression qui éclairait son visage ; cela dépassait, à mon grand embarras, la simple gratitude.

— On se paiera notre tête si tu te fais tuer dès la première semaine, prétextai-je.

Brand, quant à lui, était préoccupé par un tout autre sujet.

— Rune, si j'apprends que la Tour savait qu'Addam était mêlé à des histoires pas nettes et a omis de nous le dire, je fonce au Pacific Bell avec un rouleau entier de ruban adhésif.

Je dégainai mon téléphone et composai un numéro privé. Un air de Vivaldi joua quelques instants, puis la Tour décrocha en demandant tout de go :

— Comment va ton ventre ? Dois-je t'envoyer mon guérisseur ?

Je ne perdis pas de temps à m'étonner qu'il soit au courant de la situation.

— Avez-vous révélé à quiconque que vous m'aviez engagé pour retrouver Addam Saint-Nicholas ? ou que vous projetiez de le faire ?

— J'ai pu le mentionner dans certains cercles, en effet.

— Je vois. Par curiosité, vous m'avez mentionné nommément ou vous m'avez appelé « l'Appât » ?

Je l'entendais presque sourire à l'autre bout du fil.

— Si cela peut te réconforter, seule une personne impliquée dans la disparition d'Addam aurait pu saisir les enjeux de ton engagement. Partant de ce constat, et compte tenu des personnes à qui j'en ai parlé, je te suggère de concentrer ton enquête sur sa famille et ses associés.

— Excellent renseignement, seigneur Tour. Jamais je ne les aurais soupçonnés.

— J'ai toute confiance en tes compétences, se contenta-t-il de répondre.

Puis il raccrocha.

L'Enclave

Une fois de plus, je me réveillai au matin dans une chaleur caniculaire. Je me levai avec force geignements, allumai mon vieux climatiseur, puis paressai dans mon lit en reportant neuf fois la sonnerie de mon réveil. Peu avant la dixième, Brand pointa sa tête en haut de l'escalier.

— Mais tu vas te lever, bordel !?

— Je me repasse l'affaire dans la tête. J'élabore une stratégie.

— C'est pas la stratégie qui te laisse des traces d'oreiller sur la gueule.

Avec un reniflement de dépit, il gravit les dernières marches d'un pas lourd et gagna la fenêtre de ma chambre. Son short de bain, blanc et ample, devint translucide dans la lumière éclatante du soleil.

— Tu peux demander à Queenie de me filer de l'eau vitaminée ?

— Pourquoi tu lui demandes pas toi-même ? m'enquis-je.

— Elle me fait la tête. Je pense qu'elle a caché les bouteilles. (Il anticipa la question évidente que je m'apprêtais à lui poser.) Il est possible que j'aie utilisé le lave-vaisselle sans lui demander la permission.

— Tu parles ! Tu as encore mis tes chaussettes et tes caleçons dedans, hein ?

— Le lave-linge est en panne, se défendit-il.

— Formidable ! soupirai-je en me couvrant les yeux d'un bras. Nous devrions tour à tour aller à la laverie le temps que j'appelle un réparateur. Entre ça et la taxe foncière, les deux chèques de la Tour s'évaporeraient en un clin d'œil.

— Arrête, grommela Brand. Tu vas te donner des rides à froncer les sourcils comme ça.

— Et ça te tient à cœur parce que… ?

— Parce que tu vieilliras plus vite que moi, donc tu auras droit à des cures de rajeunissement avant que j'en aie besoin et, grâce à notre super lien d'Acolyte, j'aurai l'air d'un gamin de douze ans.

— Tu voulais quelque chose ?

— Oui, l'eau vitaminée. Et t'informer que j'ai dégotté les infos sur ces bougres d'ânes de hauts descendants.

Je lui avais demandé de fouiller dans leurs dossiers académiques. La plupart des hauts descendants passaient par l'école Magnus, et Brand et moi avions accès, peut-être pas tout à fait légalement, à leurs serveurs. J'avais espéré que cela nous permettrait de savoir si l'un d'eux avait les capacités d'invoquer une gargouille – sans même parler de faire appel à l'abomination qui avait enlevé Addam.

— J'ai pu consulter leurs notes et leurs cursus, poursuivit Brand. Tu connais déjà le profil de Geoffrey : premier de la classe, un parcours très axé sur les connaissances et la théorie de la magie, par opposition aux cours pratiques qui mettent l'accent sur la théorie de la survie.

— Il serait à même de réaliser une invocation, énonçai-je. Et son frère ?

— On peut penser que Michael a consacré sa vie à se concocter l'image trompeuse d'un type bête comme ses pieds, mais je parie que c'est une insulte aux pieds. Il a de l'entraînement en magie offensive, assez pour tricher au rugby, le petit salaud, mais de là à l'imaginer capable d'accomplir un gros rituel, bof.

— Soit, et pour Ashton ?

— Il a travaillé en Pologne dans le cadre de sa maîtrise.

Ce détail, comme Brand l'escomptait, m'interpella.

La Guerre mondiale atlante avait laissé de nombreuses cicatrices dans le monde humain ; notamment, parmi les plus graves, deux zones à forte radioactivité magique, l'une en Pologne, l'autre dans le nord-ouest des États-Unis, lieux de grandes batailles. Même si les effets s'estompaient avec le temps, rien ou presque ne survivait dans le périmètre frappé par l'explosion, ce qui en faisait un terrain d'entraînement idéal pour les mages. Les camps pouvaient se targuer d'avoir d'excellents responsables des relations publiques. Je le savais, car personne chez les humains n'avait demandé à quelle fin ils s'entraînaient.

— Réfléchissons, dis-je. Le père d'Ashton est de la vieille école. Dans sa famille, accomplir son service est une étape incontournable pour les enfants.

— Du coup, c'est peut-être pas le petit dandy inoffensif qu'il laisse paraître.

En repensant au tête-à-tête que j'avais eu avec Ashton au bureau, je ne pus qu'acquiescer.

Située à l'extrémité occidentale de la route de Nazaca, l'Enclave-sur-mer constituait la propriété la plus chère de l'île. Elle faisait partie à l'origine d'un grand hôtel bâti dans les années 1920 pour des colons français privilégiés qui ne supportaient pas la pauvreté écrasante de Phnom Penh, au Cambodge. Des milliers d'autochtones avaient perdu la vie lors de la construction de la station d'altitude de Bokor, sans compter ceux qui avaient péri quand l'hôtel avait été finalement abandonné aux mains des Khmers rouges. Cette tragédie avait imprégné les murs du bâtiment.

Il subsistait de la jungle cambodgienne des touffes de mousse éparses dont la couleur rouille donnait à l'édifice un aspect décrépit. Accompagné de Brand et Matthias, j'entrai par une porte secondaire et franchis une succession de portiques de sécurité délibérément extravagants. Alors que nous montions l'escalier, mes pas s'alourdirent, jusqu'au moment où je m'arrêtai devant les portes de la grande suite de mon père.

Je portai la main vers l'emblème au soleil radieux. Les enchantements inscrits dans les portes me reconnurent et les battants s'ouvrirent sur des gonds huilés.

Les appartements du trône de Soleil étaient un monde d'osier et de bois flotté aux murs bleu ciel, éclairé par une foule de fenêtres. Le salon s'ouvrait sur une terrasse en terre cuite d'où partait un escalier exigu. Cet escalier en rejoignait d'autres, pour descendre sur une plage privée étroitement gardée.

Ma dernière visite remontait à des années. Je ne saurais dire à quoi je m'attendais. Il n'y avait ni toiles d'araignées, ni poussière, ni draps pendouillant telle une peau flasque sur les meubles. Tout était identique à mon souvenir, au point que j'avais presque l'impression que mon père venait de sortir sur la terrasse pour prendre un verre ou pour me regarder chercher des oursins plats sur la plage.

Paradoxalement, il m'était moins pénible de contempler les ruines du domaine du Soleil que de faire face à ce souvenir trompeusement intact.

Je chassai ces réminiscences importunes.

— On pourrait se faire quelques duels d'entraînement, suggéra Brand, avant d'ajouter en me voyant froncer les sourcils : Ça te défoulera. On peut s'entraîner dehors, si ça te dit.

— Ces duels n'ont pas le même intérêt pour toi que pour moi, soulignai-je. Pour moi, ça veut surtout dire me manger plein de beignes.

Je retrouvai le sourire, néanmoins, et ouvris mon sac de plage le cœur un peu moins lourd. Ayant quelques heures à tuer avant mon rendez-vous avec dame Justice, je récupérai deux maillots de bain dans les placards de la suite pour Matthias et moi. Je n'appréciai pas, en revanche, les regards inquisiteurs que l'adolescent me jeta. En particulier quand j'ôtai mon pantalon. L'air perplexe, il me demanda :

— Ce truc, c'est un… ?

— Non.

— Mais on dirait un…

— Oui, mais non.

Comme Brand s'apprêtait à lui répondre, je levai le doigt en signe d'avertissement.

Les sceaux ne prennent malheureusement pas tous la forme de bijoux ou d'armes. Ils servent de réceptacles à nos magies, et celles-ci sont gouvernées par les appétits humains : violence, sexe, défense, protection, *et cætera*. De ce fait, il n'est pas impossible que certains sceaux prennent la forme d'accessoires conjugaux tels que celui attaché à ma cuisse par une lanière en cuir.

— C'est un anneau pénien, confirma Brand.

— Fais chier, grognai-je. C'est un sceau. J'y garde un sort de Pulvérisation. T'en connais beaucoup des hauts descendants capables de réussir ce sort ?

— Un anneau pénien magique, concéda mon équipier.

Presque aucun sceau ne m'avait été donné. J'avais récupéré la plupart dans les ruines hantées du domaine du Soleil. Je m'efforçais quotidiennement d'oublier que j'avais déniché celui-là dans la table de chevet de mon ancien sénéchal.

— Le seigneur Tour fait bosser son Acolyte dans un bureau en sous-sol toute la journée, rappelai-je à Brand. Moi, je t'emmène à la plage.

— Le bureau de Mayan est un véritable bunker doté d'une centaine d'agents de sécurité, répliqua-t-il. T'auras sûrement même pas de quoi filer un pourboire au préposé aux serviettes.

Je levai les yeux au plafond, ma patience mise à rude épreuve.

— Allons nager, dis-je pour mettre fin à la discussion.

Je me dorais au soleil. Brand lançait des couteaux en bois sur des cibles en coquillages. Matthias se perdait dans la contemplation de l'océan, balayant inlassablement l'horizon du regard. Au bout d'un moment, il revint vers nous avec une question :

— Il y a vraiment des krakens au large ?

— Seulement des jeunes, répondis-je. Les adultes traînent plutôt du côté des tourbillons au large du cap de Smith en Terrouest.

Cela dit, les petits restent très dangereux. Si tu nages, reste derrière la barrière magique.

— Tous les ans, ajouta Brand, il y a au moins une université américaine assez débile pour organiser ses vacances de printemps en Nouvelle-Atlantide. La presse se régale quand les étudiants se font bouffer.

Matthias alla barboter une quinzaine de minutes dans les hauts-fonds, seule partie de la crique protégée contre les prédateurs. Lorsqu'une vague le faucha par surprise, il tomba à la renverse, but la tasse et éclata de rire.

— Tu trouves pas bizarre, me demanda Brand, qu'un petit-fils d'Arcane ait l'air de découvrir les joies de la plage pour la première fois ? C'est quoi son histoire à la fin ?

Un peu plus tard, un employé nous invita à rentrer pour nous désaltérer. Je baignais dans la sueur à ce stade ; elle me trempait les cheveux, faisait couler ma crème solaire, me chatouillait les oreilles. Une fois à l'intérieur, je secouai la tête pour m'en débarrasser. Brand et Matthias me rejoignirent.

Des domestiques de l'Enclave vinrent déposer des sandwichs et des pichets glacés et repartirent dans la foulée. Le dernier attendit au garde-à-vous son pourboire. Je lui tendis un verre.

— C'est ce qu'il y a de mieux pour boire, dis-je d'un ton pince-sans-rire.

Le jeune homme hésita, s'inclina, puis se retira.

— Vous n'êtes pas aussi hilarant que vous le pensez, seigneur Soleil, me taquina mon Acolyte.

Il prit un soda et ressortit sur la terrasse pour faire un somme sur une chaise longue.

Matthias explora les appartements, examinant tiroirs et placards. Il portait de vieilles tongs à moi, si fines qu'il paraissait pieds nus. Ce détail me fit réfléchir à sa garde-robe et à tout ce dont il aurait besoin pour redevenir une personne normale.

Qu'allais-je faire de lui ? Avait-il vraiment les moyens de retomber sur ses pieds ? Jusqu'à présent, rien n'indiquait qu'il avait des amis, des connaissances, des soutiens, des fonds… ou quoi que ce soit.

— Je me demande ce que deviendra la suite des Amoureux, avoua-t-il en contemplant une aquarelle bucolique que la Tour avait réalisée pour mon père bien avant ma naissance. Ils ont des appartements ici, n'est-ce pas ? comme tous les Arcanes ? Seront-ils préservés comme le sont les vôtres ? Quelqu'un va-t-il récupérer le trône de Cœur ? ou décideront-ils de le supprimer ? C'est possible, ça ?

— Je ne sais pas, Matthias. Les règles de l'Ancien Monde ne s'appliquent plus. Tout a changé depuis le Déracinement. La société est très différente. Tu es souvent venu ici ?

— À la plage ? Jamais.

— Je suis étonné que ta grand-mère ne t'y ait jamais emmené. J'ai lu quelque part qu'Elena adorait l'océan.

— Nous… n'étions pas vraiment proches. Je ne passais pas beaucoup de temps avec ma famille.

— Sauf avec ton oncle ?

Il se tenait devant un miroir, de telle sorte que j'apercevais son reflet. Son visage se transforma. Un instant, je crus identifier du chagrin, mais l'ennui avec le chagrin, le vrai, c'est qu'on peut aisément le confondre avec une autre émotion. Matthias avait peur. Ses yeux vitreux, son teint blême, ses lèvres tremblantes… tout trahissait la peur.

Une soudaine révélation me glaça le sang. Je commençais à avoir une petite idée de la vie que Matthias avait menée. Je commençais à me dire que nous avions, peut-être, certaines expériences en commun. Je fermai les yeux et décidai de mettre cette inquiétude de côté pour le moment.

— Matthias, je dois me changer pour passer voir dame Justice. Rends-moi service et reste près de Brand, d'accord ?

Ce disant, je jetai un coup d'œil à mon équipier. Il comatait, recroquevillé sur le flanc, montrant la raie de ses fesses au monde entier.

Matthias s'essuya les yeux avant de se tourner vers moi. Il opina de la tête et alla s'asseoir sur une autre chaise longue à côté de mon Acolyte. Pendant une minute, il eut cet air un peu paumé propre aux ados, avant d'adopter finalement la même position avachie que Brand.

Eh merde ! pensai-je.

Les appartements de dame Justice se trouvaient dans une aile centrale du premier étage, que les Arcanes du Droit Chemin se partageaient.

Si les défenses magiques des suites étaient trop puissantes pour me permettre de m'y glisser incognito, il n'en allait pas de même dans le couloir, où les mesures de sécurité étaient plus relâchées ; faille que j'exploitai sans vergogne.

À peine arrivé sur le palier, je me collai au mur pour refaire mes lacets. En partie caché par une plante, j'effleurai ma chaîne de cheville en or afin d'activer son sort. Des filets de magie vaguement électriques coulèrent de mon corps. Lorsque je me redressai, j'arborais la couleur des murs blancs mouchetés. Le Camouflage était une magie économe, moins compliqué qu'un vrai sort d'Invisibilité, mais tout aussi pratique entre des mains expertes.

Ainsi maquillé, j'avançai dans le couloir court et large de l'aile du Droit Chemin. Il desservait quatre suites distinctes, dont trois étaient actuellement grandes ouvertes. Une cohorte de domestiques entrait et sortait en portant nourriture, boissons, serviettes et produits de toilette. Je m'attardai dix bonnes minutes pour espionner tout ce petit monde.

J'aperçus Ashton Saint-Gabriel dans la suite du seigneur Force. Vêtu d'un short de skippeur, les pieds nus posés sur une table basse, il feuilletait le contenu d'une chemise cartonnée, entouré de piles de paperasse.

Michael Saint-Talbot et sa petite sœur, Lucie, jouaient au Frisbee dans la suite de dame Tempérance. Michael riait alors que sa sœur regardait nerveusement autour d'elle en adressant des regards contrits aux employés. Ces derniers esquivaient le disque, qui pour relever un vase, qui pour redresser un portrait. Après quelques minutes, je me rendis compte que Michael se servait d'un sort scellé pour faire perdre sa sœur.

Le plus déprimant, c'est que, à l'échelle des hauts descendants, Michael n'était pas le pire. La plupart étaient des sangsues inutiles promptes au gaspillage. Peu savaient apprécier leur pouvoir ou leur chance de disposer d'une armurerie familiale. Ils accumulaient dans des sceaux inestimables une foultitude de sorts destinés à éliminer l'odeur de cigarette de leurs vêtements, à rafraîchir leur haleine ou à faire luire leurs yeux dans la lumière noire. Ou encore à se coller un sourire perpétuel sur la bouche, à agrandir leur pénis, à générer des rires en fond pour accompagner leurs blagues moisies. J'en avais même connu un qui rechargeait régulièrement un sort conçu pour donner plus de panache à ses claquements de doigts.

Au bout d'un moment, las et irrité de les épier, je finis par me diriger vers les quartiers de dame Justice. Je dus m'écarter pour éviter un groupe d'hommes et de femmes qui partaient. Tous jeunes et beaux, ils avaient l'air de bien se connaître. *Des consorts de la Justice*, supposai-je. J'avais ouï dire qu'elle avait un faible pour les jolis minois désintéressés des affaires politiques.

En retrait dans une niche, je renonçai à mon Camouflage. Ma peau reprit sa carnation habituelle. Je me recoiffai d'un coup de main et me présentai à mon rendez-vous.

Je ne trouvai que deux personnes dans les appartements de la Justice. Une femme d'âge mûr vêtue d'une robe confortable au décolleté plongeant et, à son côté, une femme nettement plus jeune.

Cette dernière, avec ses cheveux de miel et ses yeux verts teintés d'or, aurait pu être une beauté éblouissante si elle n'avait été défigurée par son extrême maigreur. J'étais certain de pouvoir faire le tour de son bras avec le pouce et l'index. Ses joues étaient si creuses que la moindre déglutition ébranlait son visage.

Dès l'instant où l'autre femme nota ma présence, elle libéra un sort conservé dans un pendentif. En un clin d'œil, la fille se rempluma, son visage s'arrondit, ses hanches s'incurvèrent. Sa compagne se tourna vers moi et, d'un ton glacial et impérieux trahissant sa désapprobation, dit :

— Monsieur.

— Rune Saint-John. J'ai rendez-vous avec dame Justice.

Si elle n'avait pas reconnu ma tête, mon nom, en revanche, la fit tiquer.

— Balivernes ! Votre nom ne figure pas sur la liste du jour.

— C'est pourtant vrai. Je me suis adressé ce matin à l'un des assistants de dame Justice. Je souhaite lui demander des nouvelles du seigneur Addam. Pardonnez-moi, mais je ne crois pas avoir le plaisir de vous connaître ?

Cette formule déclencha ses réflexes de bienséance.

— Toutes mes excuses. Je vous présente ma nièce, dame Ella Saint-Nicholas, fille de dame Justice. Je suis Diana Saint-Nicholas, la sœur de dame Justice.

La jeune femme se fit enfin entendre :

— Vous voulez parler d'Addam… Pourquoi ?

Elle avait une voix perchée à l'accent slave prononcé. J'avais lu quelque part que le clan de la Justice avait des liens étroits avec la Russie.

— Pour enquêter sur sa disparition, dame Saint-Nicholas.

Ella se laissa tomber sur le canapé. Cela me semblait moins dû au choc qu'à sa faible constitution.

— Voilà des jours qu'il ne répond pas à nos appels, confirma-t-elle. Mère a laissé entendre qu'il nous faudrait peut-être lancer des investigations s'il ne nous contactait pas incessamment. Vous a-t-elle demandé d'investiguer ?

— En réalité, je cherche à localiser le seigneur Addam pour le compte d'un collègue. Verriez-vous un inconvénient à répondre à quelques questions ?

— Qu'entendez-vous par « disparition » ? demanda-t-elle. Nous pensions qu'Addam s'était encore envolé sur un coup de tête comme cela lui prend parfois.

— Je serais ravi que ce soit le cas. *(Parce que, hélas, la Tour ne me paie pas à l'heure.)* Voyez mes efforts comme une précaution.

Il y eut un flottement dans la discussion alors que Diana et moi attendions que la jeune femme reprenne la parole, mais elle se contenta de fermer la bouche, de remonter les jambes sur le canapé, et se mit à triturer l'ourlet de son chemisier.

Diana s'assit à côté d'elle et la calma en lui touchant la main d'un geste qui ne me semblait pas dénoter de la tendresse, avant de s'adresser à moi :

— Seigneur Saint-John… ou dit-on seigneur Soleil ? Navrée, je devrais le savoir.

— Je n'ai pas officiellement succédé à mon père, je ne prendrai offense ni de l'un ni de l'autre. D'ailleurs, je vous en prie, appelez-moi Rune.

— Quel genre de questions vouliez-vous nous poser ? s'enquit-elle sans s'embarrasser d'un nom quelconque.

— Des questions d'ordre général. Dame Ella, vous avez parlé des escapades récurrentes du seigneur Addam. Où se rend-il dans ces cas-là ?

— Ha ! il serait plus simple de vous dire où il ne se rend pas, répondit-elle en roulant des yeux de manière emphatique. Il a des conquêtes partout. C'est un très bel homme, plein d'énergie, et il ne tient pas en place. Il aime danser et écouter de la musique. Ces informations vous sont-elles utiles ?

— À ce stade, tout est bon à prendre. Prévient-il votre famille quand il part ?

Elle réfléchit un instant en se mordillant une lèvre inférieure martyrisée que même le charme d'apparence de sa tante n'avait pu farder.

— Pas toujours, mais, quand il s'absente plus de deux jours, il prévient son assistante. Avez-vous questionné Lilly Rose ?

— C'est déjà fait. Le seigneur Addam vous a-t-il paru troublé dernièrement ?

— Addam n'est jamais troublé, me certifia-t-elle en secouant délicatement la tête.

— Vous vous entendez bien avec lui ?

Elle sourit et se tourna vers sa tante, qui se pencha pour prendre part à la conversation.

— Devrions-nous nous inquiéter ?

— Absolument pas, mentis-je.

Les gens baissaient la mâchoire d'une façon très précise quand ils feignaient un sourire. Ella venait de le faire. Elle éludait ma question. Je persistai donc :

— Dame Ella, vous entendez-vous bien avec votre frère ?

— Tout le monde s'entend bien avec Addam.

— Quand lui avez-vous parlé pour la dernière fois ?

— Je dirais… une semaine ? Oui, une semaine, jour pour jour. Nous participions à une séance photo au castel de Fer avec les autres descendants du Droit Chemin. Une opération de relations publiques.

— En ce cas, vous devez connaître Ashton Saint-Gabriel et les frères Tempérance. Je leur ai parlé. Savez-vous que ce sont les associés d'Addam ?

— Naturellement. (Elle coula un regard à Diana.) Ne devrions-nous pas lui proposer un rafraîchissement ?

Je la pris au dépourvu en m'avançant subitement dans mon fauteuil.

— Selon vous, quelqu'un aurait-il une raison de s'en prendre à votre frère ?

Elle se fendit de nouveau d'un sourire forcé et répondit :

— Si je devais deviner…

— Allez-y.

— Un mari jaloux. Une femme jalouse. Le ou la partenaire d'une conquête d'Addam. C'est un éternel amoureux. Force m'est de le reconnaître, il parvient souvent à rester en bons termes avec ses ex… mais leurs conjoints sont peut-être d'un autre avis. Vous posez vraiment des questions étranges. Il s'est peut-être simplement créé un nouveau nid d'amour quelque part. Sa dernière toquade remonte à quelque temps déjà.

Là encore, elle glissa un regard à sa tante, qui se leva et déclara :
— Ma sœur doit sûrement vous attendre.

Dame Justice avait aménagé l'une des pièces de sa suite en sanctuaire. Diana m'abandonna devant la porte avant de se retirer dignement dans le salon.

J'entrai, sans être préparé un instant à la vision effarante de l'Aspect de la Justice.

C'était comme ouvrir la porte d'un immense fourneau. À travers les larmes qui me brouillaient la vue, j'entraperçus un lacis de toiles soyeuses au plafond. Une fabuleuse créature arachnéenne en descendait. Ce ne fut qu'une image fugace, trop brève pour être saisie. Je n'en gardai qu'une vague impression de filaments flottants, de multiples paires d'yeux et d'une forme cauchemardesque se posant devant moi.

Puis dame Justice mit brusquement fin au spectacle. Son Aspect s'évanouit, ne laissant devant moi qu'une femme au milieu de rideaux gonflés par le vent, sans aucune toile à l'horizon. Elle portait une cape blanche légère, et ses cheveux étaient coiffés en une natte sophistiquée. Je l'aurais dit à l'aube de la quarantaine, peut-être plus jeune, mais difficile de se prononcer avec l'intemporalité étendue que conféraient les cures de rajeunissement.

Ses yeux n'avaient rien d'ordinaire. J'en avais entendu parler.

En perpétuel changement, ils reflétaient la forme et la couleur de souvenirs proches. Plus perturbant encore, j'arrivai, à mon grand étonnement, à identifier ces variations. Je reconnus les yeux de flamme de mon père, puis l'expression de la dernière personne devant laquelle je m'étais couvert de honte, et enfin le regard noir d'un voisin râleur.

— Bonjour, Rune Soleil, me salua-t-elle avec un accent plus marqué que celui de sa fille, ses « R » roulant comme des cailloux.

J'inclinai la tête et restai courtois, bien qu'irrité par sa petite mise en scène.

— Dame Justice, merci de me recevoir. Pardonnez-moi si je vous importune.

— Il n'en est rien s'il est question d'Addam. (Elle était la première à prononcer son prénom à la manière atlante d'antan : « Ahd-dahme ».) Je crois comprendre que vous travaillez pour le seigneur Tour et que vous soupçonnez mon fils d'avoir été victime de quelque malveillance. Je me dois de vous rassurer sur ce point : ce n'est pas le cas.

— Vous avez la confirmation qu'il va bien ? m'étonnai-je.

— Addam est mon enfant. J'ai, depuis longtemps, pris certaines mesures pour savoir à tout moment si un quelconque danger menace mes enfants. Je ne perçois rien de tel pour mon fils.

Sa réponse me déconcerta. Je m'étais convaincu qu'Addam avait des ennuis.

Puis je me souvins de ma vision psychométrique. Le simple souvenir de l'aura malsaine de l'empreinte, comme une peau crasseuse, un tissu nécrosé, me retournait l'estomac.

— J'avoue être plus curieuse de savoir pourquoi le seigneur Tour pense mon fils en danger, poursuivit-elle.

— Je ne me permettrais pas de parler au nom du seigneur Tour, madame.

— Une réponse prudente, murmura-t-elle.

Ses yeux passèrent du bleu pastel de Brand à l'argent réflecteur d'Ashton Saint-Gabriel, puis au marron automnal de Geoffrey. Je tentai de la désarçonner :

— J'ai ouï dire que votre aîné, Christian, était malade.

— Christian est indisposé, répondit-elle après un temps de pause.

— N'est-ce pas inhabituel ? Vous disposez certainement des meilleurs guérisseurs de l'île, voire du monde entier.

— Et dès qu'ils auront diagnostiqué le mal dont souffre mon fils ils y remédieront. En attendant, ils privilégient la prudence.

— Ses symptômes sont-ils graves ?

— Enquêtez-vous sur Christian aussi, Rune Soleil ?

Ses iris prirent la teinte lilas de ma première nounou, puis virèrent à un vert injecté de sang ; des yeux que j'avais un jour aperçus sous un masque d'animal porté par un homme. Je ravalai un sentiment trop amer pour être juste de la colère.

— Connaissez-vous personnellement les associés d'Addam ?

— Un peu.

— Entretiennent-ils des rapports amicaux ?

— Je les trouve aimables. La réussite leur sourit.

— Ils ont gagné beaucoup d'argent ?

— Je n'ai jamais demandé de détails. Addam me fait bien comprendre que c'est son projet, indépendant de mes intérêts.

— Pourtant il m'a semblé que ce projet reposait beaucoup sur votre influence.

— Dans une certaine mesure. En soi, cette influence est aussi la sienne. Nul, si puissant soit-il, n'incarne la Justice. Je dirige le trône de Croisade, mais n'en représente pas l'entièreté.

— Vos enfants s'entendent-ils bien ?

Elle se figea subitement.

— Tout à fait.

— Connaissez-vous des personnes hostiles à Addam ?

— Ces deux questions se côtoient de très près. J'espère que vous n'accusez pas mes enfants, ou quiconque à ma cour, d'un acte répréhensible.

— Je vous pose simplement des questions, dame Justice.

— Certes, et vous semblez exceller à ce jeu. Poser des questions.

Son sourire frémit. Elle me contourna par la gauche en promenant délibérément son regard sur mon corps.

— Je pensais que les rumeurs exagéraient votre beauté. Ce n'est pas le cas, n'est-ce pas ? Vous devez être en effet le plus bel homme de votre génération.

Mon sang s'échauffa. Je serrai les poings.

— Je comprends mieux pourquoi vous avez la faveur du seigneur Tour, ajouta-t-elle avant de noter ma mâchoire crispée. Eh bien, quel air grave ! Est-il si atroce d'être complimenté sur sa physionomie ?

Je fis ce que je faisais toujours quand des puissants me cherchaient des poux : j'adoptai un ton outrageusement protocolaire.

— Dame Justice, vous me voyez gêné de devoir vous rappeler qu'à la mort de mon père je suis devenu la voix et la Volonté du trône de Soleil. Quel que soit votre sentiment à mon égard, je vous prierai de m'accorder un semblant de respect.

À ma grande surprise, elle cligna des yeux. Ses iris s'emplirent de bordeaux et elle afficha une grimace contrite.

— Pardonnez-moi, mon frère. C'est inconvenant de ma part.

Un jour, j'hériterais du pouvoir de mon père. C'était dans mon sang. Mais ce ne serait ni aujourd'hui ni dans un an, ni même dans un siècle. J'en boufferais encore, des boîtes de macaroni au fromage, avant de siéger à l'Arcanum. Que dame Justice daigne m'appeler son « frère » était, de sa part, un sacré *mea culpa*.

— Je l'avoue, soupira-t-elle, je soupçonne le seigneur Tour de s'adonner à un petit jeu obscur. J'aimerais comprendre pourquoi. Toutefois, il était fort déplacé de chercher à obtenir cette information en usant de méthodes aussi honteuses que les siennes. J'aurais dû vous poser la question sans ambages, seigneur Soleil. Le seigneur Tour vous a-t-il envoyé chez moi dans un dessein précis ?

— Madame, le seigneur Tour ne fait pas de moi un pion dans les affaires des Arcanes. *(Pas sans un plus gros chèque, en tout cas.)* Il sait ce que je pense des intrigues politiques. Je crois sincèrement qu'il s'inquiète pour Addam.

— Le seigneur Tour a… beaucoup d'affection pour lui. C'est son filleul.

— Oui, il me l'a dit. Dame Justice, si vous me permettez cette question, et je vous prie de ne pas en prendre offense, vos sorts ou défenses magiques sont-ils vraiment infaillibles ? Êtes-vous certaine qu'Addam va bien ?

— Je sais, sans l'ombre d'un doute, qu'il est indemne. Il faudrait des compétences hors du commun pour me cacher cela. Néanmoins, j'ignore où il se trouve. Je ne me suis… Je ne m'ingère jamais dans la vie de mes enfants. Comprenez : je répugne à me mêler de leurs affaires, même en cas de danger. Ils doivent être forts pour survivre hors de mes murs. La Nouvelle-Atlantide écraserait mes enfants à la moindre occasion. Il en va ainsi du pouvoir. (Elle marqua un temps d'arrêt.) J'aimerais également que vous compreniez ceci : si vous découvrez que quelqu'un s'en est effectivement pris à mon fils, je vous enjoins de m'en informer. Je n'accorde certes ma protection qu'avec parcimonie, mais je dispense ma sentence sans retenue. Telle est la nature de la Justice.

Derrière elle, son ombre s'étira, laissant deviner de longues pattes grêles et pointues.

L'Aspect atlante est un concept difficile à décrire.

Un mage éminemment puissant peut paraître différent, comme déformé, quand de fortes émotions l'assaillent. Dans mon cas, mes yeux flamboient. Toutefois, les Arcanes – les vrais Arcanes dirigeants – sont ce qui se rapproche le plus de divinités sur cette Terre. Ils se doivent d'avoir un Aspect intimidant : c'est un mécanisme de survie, comme les couleurs vives de certains animaux, le pelage d'un loup qui se hérisse. Certaines histoires parlent d'Arcanes qui se transforment en buissons ardents, en scorpions, en tornades. J'ai vu dame Amoureux devenir une fée aux ailes de frelon débordante de phéromones. On raconte que des braves se sont pissés dessus en voyant l'Aspect du Pendu.

Je n'ai vu qu'une fois l'Aspect de mon père, et à peine du coin de l'œil. Je me souviens seulement d'une colonne de lumière si éblouissante que j'en ai gardé une image rémanente des heures durant.

Nombre de hauts descendants de la dernière génération n'ont pas d'Aspect. Beaucoup de savants y voient la preuve que la race atlante décline. Je ne suis pas d'accord. Le fait que la plupart ne se transforment pas en Jabberwocky ou en trait de foudre quand ils sont en pétard n'en fait pas des êtres faibles ; ce sont seulement les enfants d'un monde différent.

La jeune génération d'Atlantes ne peut pas se permettre de garder un pied dans l'Atlantide du passé. Nous ne vivons plus isolés du monde humain. Se fondre dans la masse est devenu notre mécanisme de survie.

L'attaque surgit alors que je regagnais ma suite.

Un sortilège ingénieux, insidieux, qui outrepassa mes réflexes instinctifs et me plongea instantanément en état de transe. Abêti, je m'orientai malgré moi dans une autre direction.

D'un pas traînant, je longeai des couloirs luxueux peuplés de gardes. Aucun ne m'arrêta ni ne remarqua mon état second. Je grimpai un escalier aux marches de pierre rouge qui débouchait sur un corridor décoré d'armures vides. Leur métal éraflé et cabossé n'avait pas le lustre d'antiquités briquées avec amour.

Tout au bout, un homme me héla.

Je m'approchai et souris quand il leva les mains vers mon cou.

— Il ne devrait pas être aussi simple de t'influencer, me sermonna le seigneur Tour. Tu ferais bien de travailler ta résistance mentale.

Puis il se figea et baissa les yeux.

Je tenais la pointe de mon sabre, transmuté en dague, contre son ventre.

— Au moins, tu m'as épargné le trait humour avant le coup fatal cette fois, ajouta-t-il avec légèreté.

Je redonnai à mon sabre sa forme de protège-poignet.

— Pour votre gouverne, j'avais même compris que c'était votre influence. Votre orgueil vous trahit. Vous devriez maquiller davantage votre signature magique sous des approximations et des défauts.

— En effet. J'ai de la sangria en haut. Veux-tu te joindre à moi ?

Il me fit traverser une enfilade de pièces deux fois plus grandes que les miennes. Il était de notoriété publique que les propriétaires de l'Enclave avaient procédé à une répartition équitable des appartements entre les Arcanes, mais les anciennes fonctions de maître espion et de tortionnaire du seigneur Tour lui valaient certains privilèges tacites. Ses activités privées produisaient des sons perturbants qu'il valait mieux circonscrire à une aile dédiée.

En haut d'un dernier escalier sombre et frais, nous arrivâmes sur un toit-terrasse à ciel ouvert. La Tour avait invoqué – ou plutôt arraché à l'océan en masses informes – sept élémentaux de l'eau qui montaient la garde pour lui. Ils patrouillaient diligemment, leur corps aqueux miroitant sous le soleil estival. Du sable blanc, des algues et des fragments de coquillages dansaient sous leur surface transparente.

Quand l'un d'eux me tendit un verre de sangria, un minuscule poisson fila vers son épaule. Ses doigts laissèrent des traces d'écume sur le verre.

— Fais-moi ton rapport, m'ordonna la Tour.

Il s'assit sur un bain de soleil – « se percha » aurait pu convenir aussi. Encore pieds nus, il avait troqué son pyjama contre un peignoir de soie herbue atlante.

— J'en déduis que vous êtes au courant de mon entrevue avec dame Justice ?

— En effet. Était-ce fructueux ?

— Instructif, en tout cas.

Je pris une minute pour lui faire part de mes découvertes. C'était un maître du poker avec très peu de tics. À l'exception d'une soudaine immobilité quand je mentionnai l'empreinte psychométrique dans le bureau d'Addam, rien ne me permit de savoir si je lui apprenais quoi que ce soit.

— Que comptes-tu faire maintenant ?

— M'entretenir avec Christian Saint-Nicholas. Je veux en apprendre plus sur sa maladie. Entre son hospitalisation et la disparition d'Addam…

Il me dévisageait attentivement.

— Tu soupçonnes Ella Saint-Nicholas.

— Elle a eu quelques réactions suspectes.

— Tu es conscient qu'elle aurait très peu de chances de se débarrasser de ses deux grands frères sans être démasquée.

— À ce stade, je suis surtout conscient que le ravisseur ou la ravisseuse d'Addam dispose de ressources suffisantes pour m'envoyer une gargouille aux trousses. Vous savez, quand vous m'avez utilisé comme appât. Sans me prévenir.

— Pour ma défense, la gargouille n'était pas prévue.

— Vous parliez de débusquer quelqu'un. Puis vous m'avez conseillé de concentrer mon enquête sur la famille et les associés. Pourquoi ?

Il fixa son attention sur une tranche de fruit dans sa sangria, puis me regarda par-dessus son verre.

— J'ai évoqué ton engagement dans un cadre mondain. Les associés d'Addam étaient présents.

— Vous avez révélé que je cherchais à retrouver Addam ?

— Pas tout à fait. À un moment, j'ai parlé des diverses tâches que tu effectuais pour moi. Puis, un peu plus tard, j'ai parlé de mon étonnement et de mon inquiétude de n'avoir aucune nouvelle d'Addam. Je me suis dit qu'une personne avec une mauvaise conscience ferait le rapprochement.

Je m'efforçai de me rappeler si l'un des hauts descendants avait paru surpris de me voir ou, au contraire, ne s'était pas étonné de mon enquête. J'aspirai une framboise, en proie au doute.

— Pensez-vous qu'il s'agisse d'une querelle politique ? d'une sorte de scission dans le Droit Chemin dont Addam serait une victime collatérale ?

— Je garderai assurément cette possibilité en tête. Je te laisse le soin de déterminer s'il y a des motifs plus personnels.

— Ella Saint-Nicholas était présente à cette soirée mondaine, n'est-ce pas ?

— Oui. Sois prudent, Rune. Les cours du Droit Chemin sont connues pour leur attachement aux valeurs. De là au fanatisme, il n'y a qu'un pas. Elles détestent qu'on les examine à la loupe. Fais très attention.

Sur le point d'ajouter autre chose, il s'arrêta et fronça les sourcils. Ce fut le seul avertissement auquel j'eus droit.

Une vague s'abattit soudain sur moi. L'eau salée envahit mes narines, ma bouche. Par bonheur, j'étais en train d'expirer à ce moment-là ; sans cela, j'aurais perdu connaissance. La panique me paralysa le cerveau, ne me laissant que les sensations immédiates : le sel, la morsure de l'eau glacée, la lointaine inquiétude de Brand, la constriction suffocante des abysses.

La pression ne cessa d'augmenter, m'écrasant le ventre sous les côtes. Des bulles m'échappèrent dans un hoquet involontaire. J'agitai les bras vers le ciel en quête d'air, mais l'eau suivait le mouvement, voile indéchirable entre le jour et moi.

Aussi soudainement qu'il m'avait assailli, le liquide se retira. Je tombai à genoux en toussant, enveloppé d'une brume sifflante. Il y avait des dalles sous mes mains.

Mes repères me revinrent peu à peu. J'étais toujours sur le toit. Un élémental venait de m'attaquer.

— C'est quoi ce bordel ? crachai-je en secouant la tête.

La Tour se tenait devant moi, les bras tendus, les mains entourées de rubans d'eau frémissants. Il se tourna vers ses autres créations et, bien qu'elles se montrent passives, préféra les désintégrer dans un nuage de vapeur.

J'appréciais moyennement de ne pas avoir su me défendre. Je n'aimais pas devoir mon salut à autrui.

— On l'aurait dit attiré par toi, commenta le seigneur Tour en considérant les flaques qui séchaient déjà.

— Ça, ou on vient de nous attaquer, émis-je.

— Au mépris des défenses de l'Enclave ? Au mépris de mon contrôle ? Impossible.

— Je vois, on va mettre ça sur le dos de la magie sauvage ? Deux fois ? en vingt-quatre heures ?

Il ne releva pas mon sarcasme, mais reporta malgré tout son attention sur les élémentaux vaporisés avec un air grave.

Je rampai jusqu'à la balustrade et me hissai sur mes pieds. Ce fut sans surprise que je vis Brand en train d'escalader en panique les différents niveaux qui séparaient la plage du toit sans me quitter des yeux, quitte à ignorer en grande partie les coursives et les escaliers.

— Rune, dit la Tour dans mon dos.

Il attendit que je le regarde par-dessus mon épaule.

— Trouve Addam.

Les Nouveaux-Saints

Le soir venu, je laissai Matthias entre les mains de Queenie et me dirigeai avec mon Acolyte vers l'hôpital des Nouveaux-Saints, où Christian Saint-Nicholas avait été admis dix jours auparavant.

Bien que nous ayons pris la moto de Brand, l'heure de pointe de fin de journée nous allongea le temps de trajet. J'en profitai pour passer en revue ce que nous avions appris jusqu'à présent sur la disparition d'Addam Saint-Nicholas – exercice beaucoup plus expéditif que de récapituler ce que nous ignorions toujours.

Addam avait été enlevé sur son lieu de travail par un individu non identifié ou sur l'ordre de celui-ci. Aucune trace de lutte sur les lieux du ravissement.

Dame Justice m'avait soutenu qu'elle saurait instantanément si l'un de ses enfants était blessé ou en danger. Donc, soit son sort dysfonctionnait, soit Addam n'était ni blessé ni en danger immédiat, soit son ravisseur était assez puissant pour neutraliser ou masquer le sort de dame Justice. Cet individu avait aussi, selon toute vraisemblance, les capacités nécessaires pour invoquer une gargouille et percer les défenses de l'Enclave et de la Tour pour s'approprier l'élémental de l'eau.

L'ennui, c'est que notre liste de suspects ne brillait pas vraiment par ses génies. Certes, Ashton, Geoffrey, Michael et Ella n'étaient pas tout blancs, mais aucun n'avait l'étoffe d'un mage capable de désamorcer les garde-fous de la Tour. Non, impossible.

Mais, du coup, comment une personne en théorie incapable de damer le pion au seigneur Tour parvenait-elle à le faire ?

Réponse : il ou elle s'adjoignait les services d'un tiers disposant de la puissance nécessaire.

Le souvenir de l'empreinte psychométrique dans le bureau d'Addam me hantait. Cet arrière-goût métallique de corruption. Une telle fétidité ne pouvait émaner que d'une abomination et non d'une personne. La Nouvelle-Atlantide regorge d'êtres maléfiques prêts à mettre leur puissance au service du plus offrant. Notre histoire ne compte plus le nombre d'Atlantes cupides qui ont eu les yeux plus gros que l'âme.

La moto ralentit. Brand se gara à deux rues de notre destination. Je ne râlai pas ; il y avait un café au coin de l'avenue.

Pendant que mon équipier scrutait les alentours, je sortis mon portefeuille. Quelques pièces en tombèrent. Je les ramassai et, en me relevant, remarquai que Brand me matait les fesses. Je décidai de me sentir flatté.

— Je sais que tu te plains de ta prise de poids, dit-il, mais je me demandais sincèrement où allaient ces fameux kilos. Maintenant, je vois. Ça, c'est un cul splendide. Mais tu ferais mieux de venir jogger avec moi.

J'entrai d'un pas raide dans le café. Brand bloqua la porte battante avant de se la prendre en pleine figure. Soit il n'avait pas remarqué mon geste passif-agressif, soit il s'en fichait, mais il enchaîna :

— L'autre jour, un gars disait que les gens n'avaient pas besoin de bosser leur cardio parce qu'il y a trois cents ans on n'avait pas de tapis de course et que tout le monde se portait bien. Non mais tu le crois, ça ? Il y a trois siècles, les gens n'avaient pas non plus de lave-vaisselle, de lave-linge, de supermarchés ni d'eau courante. Leur journée ne se résumait pas à tendre leurs gros doigts vers leur télécommande. On…

— Arrête-toi là.

Il s'avisa enfin de mon air renfrogné.

— Mais j'ai dit qu'il était splendide.

Je passai commande et jouai des coudes pour gagner le comptoir de la barista.

— Je n'arrive toujours pas à comprendre, dis-je, pourquoi l'un des associés d'Addam lui voudrait du mal. Geoff a raison. Même si Addam conteste leurs projets d'investissements, même s'ils veulent prendre des risques comme le souhaite Michael Saint-Talbot, Addam leur est nettement plus utile vivant.

— S'il meurt, ses parts reviennent à ses associés. Ça fait beaucoup d'argent.

— C'est sûr, mais elles ne valent rien en comparaison de son carnet d'adresses et de son influence. Addam constitue leur lien au trône de Croisade. Il serait absurde de chercher à l'évincer.

— Ou alors il se trame autre chose que nous ignorons. Et puis ils n'y sont peut-être pour rien. C'est peut-être la sœur d'Addam la coupable. Elle est troisième dans l'ordre de succession au trône, Addam vient de disparaître et Christian est à l'hosto.

— Mais comment espère-t-elle s'en tirer à bon compte ? D'accord, la Justice ne protège pas, mais elle sévit. Avec une mère comme la sienne, comment Ella pourrait-elle éliminer ses grands frères impunément ?

— Parce qu'elle est convaincue que personne ne pourra rien prouver, hasarda Brand.

Je réfléchis à cette possibilité.

Si notre coupable avait les moyens de neutraliser le sort de dame Justice et le contrôle du seigneur Tour, on pouvait conclure sans trop s'avancer qu'il ou elle saurait couvrir ses traces – du moins suffisamment pour nier les faits de façon plausible.

— Et ce n'est pas tout, soulignai-je. Imaginons que notre coupable ait embauché un sbire. Mettons qu'Ella, ou un autre, ait engagé un praticien très doué en magie, ou se soit adjoint une créature aux aptitudes magiques. Si ce sbire a le pouvoir de surpasser la Tour, pourquoi suis-je toujours en vie ?

— Parce que notre adversaire ne cherchait pas à te tuer, émit-il. Réfléchis, le seigneur Tour lui-même n'envisageait pas qu'on ait pu pirater son invocation. Il croyait à un accident, que l'élémental avait disjoncté. Et la guarda a mis la gargouille de LèpreCon sur le compte d'un caprice de la magie sauvage. On a peut-être affaire à quelqu'un qui veut tester tes limites, voir quelles défenses te protègent ou quelle nuisance tu représenteras.

— Oh ! mais je suis une nuisance de premier ordre.

— Je ne te le fais pas dire.

— Finalement, tout n'est peut-être pas perdu. On en sait plus que je le pensais.

— Rune, on vient d'essayer d'éliminer soixante-quinze pour cent des suspects et il ne nous reste qu'une anorexique qui a besoin des charmes d'apparence de sa tante pour éloigner les mouches de sa carcasse. On sait que dalle !

Tout en déballant ma paille, je déclarai :

— Voilà pourquoi la plupart de nos missions se limitent à tout flinguer pour toi et à tout cramer pour moi.

La barista me remit mon *mocaccino* glacé en haussant les sourcils. Il était temps de nous rendre à l'hôpital.

Les Nouveaux-Saints avaient été importés de North Brother Island, une île située au large de New York.

Construit en 1885, l'ancien hôpital de Riverside avait essentiellement servi autrefois de zone de quarantaine pour les malades mentaux et les contagieux. Il avait notamment accueilli Mary Mallon, une cuisinière immigrée, porteuse asymptomatique de la fièvre typhoïde. En 1904, Riverside avait aussi été le théâtre de la tragédie du *General Slocum*, un incendie provoqué par un matelot particulièrement débile qui fumait en douce dans le placard à linge du navire. Le bateau à vapeur s'était échoué sur le rivage de North Brother Island. Sur les mille cent personnes qui avaient péri, beaucoup avaient rendu l'âme à l'hôpital pendant que docteurs et infirmières extirpaient les brûlés de l'épave.

Les résidus psychiques constituent une source de magie importante et tangible. La magie n'est fondamentalement ni bonne ni mauvaise, ce n'est qu'une ressource. La rémanence des tragédies peut alimenter aussi bien les sorts de guérisseurs que ceux de ritualistes de mort.

Les Atlantes ont, avant tout, le sens pratique.

Nous longions un couloir au carrelage blanc et rouge. Les souvenirs résiduels de l'hôpital se manifestaient autour de nous par intermittence. Brand ne voyait rien, mais j'en avais des aperçus. Des barreaux gris translucides aux fenêtres ; des cages spectrales autour des lits ; des lacets qui disparaissaient un instant des chaussures du personnel hospitalier.

— Est-ce que la Tour t'a parlé de Matthias ? s'enquit Brand.

Je clignai des yeux, décontenancé par ce coq-à-l'âne.

— Parce que tu veux vraiment que la Tour parle de lui ?

— Il t'a promis de se renseigner sur sa famille. Je sais que le gamin n'était pas proche de ses parents, mais il a parlé d'un oncle. Il sera peut-être content d'apprendre que son neveu va bien.

Je repensai à la tête que Matthias avait faite à la mention de son oncle.

— Quoi ? grogna presque mon équipier.

— Je me demande si l'oncle de Matthias était…

— S'il était quoi ?

— Un élément positif dans sa vie.

Brand s'arrêta net. Je passai devant lui. Le fantôme d'un patient psychiatrique en camisole apparut une seconde entre nous.

— Tu veux dire quoi ? m'interrogea Brand.

— Seulement que… j'aimerais en savoir davantage avant de contacter la famille de Matthias, d'accord ?

— Comme tu voudras.

— On en rediscutera plus tard.

— Comme tu voudras, répéta-t-il lentement.

Il y eut un moment de flottement alors que nous nous rendions compte qu'aucun de nous deux ne savait où aller ensuite.

— Attends-moi là, dit Brand. Je vais demander le numéro de sa chambre.

Si son pas raide ne suffisait pas, je perçus également son agacement au travers de notre lien. Il avait compris ce que j'avais deviné : que Matthias nous cachait un passé assez sordide. Et comme il y avait peu de sujets tabous entre mon Acolyte et moi il en arriverait vite à la conclusion que je soupçonnais notre protégé d'avoir été victime de sévices.

— Psst ! m'apostropha une voix depuis un couloir adjacent.

Une tête et dix doigts pointèrent au coin du mur. Ceux d'un adolescent aux cheveux blonds en épi, affublé d'un tee-shirt de concert deux fois trop grand pour lui.

— Vous voulez bien me suivre ?

— Il y a peu de chances, répondis-je. On se connaît ?

— Peut-être… Je n'arrive pas à m'en souvenir. Je m'appelle Quinn. Je crois que des gens vont mourir si vous ne me suivez pas. Ce n'est pas loin. Je ne sais pas pourquoi, mais nous ne pouvons pas discuter ici. Ce n'est pas le bon sol.

Il me sourit comme si ses propos étaient parfaitement cohérents.

— Quinn ? répétai-je. Quinn Saint-Nicholas ? Tu es le frère d'Addam ?

— Allez, venez !

Il partit en trottinant sans même se retourner pour s'assurer que je le suivais. Au croisement de deux corridors, il regarda ses pieds d'un air songeur puis prit à gauche.

Brand n'était toujours pas revenu. Au pire, il avait son portable et notre lien d'Acolyte lui indiquerait que je n'avais pas d'ennuis.

— Eh merde ! grommelai-je, avant de me décider à rattraper Quinn.

Je transmutai mon sabre en chemin. Le protège-poignet en or glissa dans ma paume et se solidifia en poignée. Je pouvais aussi compter sur mes sceaux fraîchement rechargés. Si le gamin me menait dans un piège, je passerais en force comme un tank.

Le couloir débouchait dans une vaste salle circulaire de marbre blanc bordée de colonnes corinthiennes. Un flot de lumière aveuglant se déversait par un grand dôme de cristal.

Au centre de la rotonde, Quinn regardait autour de lui d'un air perplexe.

— Pourquoi fallait-il venir ici ? l'interrogeai-je. Qui va mourir ?

— Nous sommes venus ici parce que c'est le sol sur lequel nous parlons. Le sang ressort drôlement sur le marbre.

— C'est une menace ? demandai-je calmement.

Il braqua sur moi un regard interloqué.

— Pourquoi vous menacerais-je ? Je ne vous ferais jamais de mal !

— Tu ne… Je pige que dalle. Tu es bien le frère d'Addam, n'est-ce pas ?

— Oui, on ne s'est pas déjà rencontrés ? Et je ne sais pas trop quel est le problème ou… Enfin, si, il y a plein de problèmes, mais je ne sais pas lequel va se produire maintenant.

Il me dévisagea avec un air désemparé.

Était-il simple d'esprit ? Je n'avais jamais entendu dire que la Justice avait un fils attardé, ce qui me surprenait, car ces parasites de hauts descendants raffolaient des cancans et adoraient trouver des failles chez les autres cours arcaniques.

— Quinn, ta famille sait que tu es ici ?

— Pourquoi me parlez-vous de cette façon ?

— Comment ça ?

— Fort et lentement, comme si je ne comprenais pas. Ils ne savent probablement pas que je suis ici. De toute manière, ils se soucient peu de ce que je fais, sauf quand Addam les y oblige. Je croyais rendre visite à Christian, mais il ne s'agissait pas de lui, en fait, mais de vous. C'est pour vous que je suis là, n'est-ce pas ?

Je me rendis subitement compte que je connaissais cette voix.

— C'est toi qui m'as appelé, hier. Tu m'as demandé si le moment était venu de nous rencontrer. Puis tu m'as dit que le moteur tournait.

— Ah, oui ? s'étonna-t-il, avant d'arborer un grand sourire. Ah, oui ! ça me revient. Vous avez trouvé le ruban adhésif ? C'était très malin de ma part, hein ?

Mon Acolyte avait trouvé un rouleau d'adhésif sur le tableau de bord de la voiture qu'il avait empruntée. Voiture stationnée alors devant la station-service, en face du bâtiment où je m'étais fait agresser. Brand avait-il précisé que le moteur tournait ? Un sentiment de malaise me gagna.

— Tu savais qu'une gargouille allait nous attaquer ? C'est toi qui as laissé la voiture à disposition ?

— Très malin, insista-t-il.

— Quinn, comment savais-tu tout ça ?

— Eh bien ! je n'en étais pas certain, pas toujours, seulement la plupart du temps. Vous avez presque toujours besoin de mon aide pour que Brand puisse entrer et vous sauver. Autrement, ça vous prend trop de temps de faire le nécessaire.

— Tu es un putain de devin, marmonnai-je.

Depuis toujours, je me méfiais des devins. Et à raison.

Tout avait commencé par la prophétie d'une devineresse, une amie de mon père. C'était lors d'une réception où l'alcool coulait à flots. Penchée sur mon berceau, elle avait proclamé : « Ce sera le plus bel homme de sa génération. »

Avec tous les témoins présents, la nouvelle n'avait pas tardé à se répandre. Depuis, je me heurtais constamment, perpétuellement, à cette fichue prophétie. Elle avait ouvert la porte aux moqueries faciles.

J'avais d'autres raisons de mépriser les devins. Leurs prédictions étaient si vagues qu'elles ne faisaient en fin de compte que s'autoréaliser. Les devins d'aptitude limitée prostituaient leur talent ou mentaient éhontément ; les rares vrais prophètes avaient le bon sens de se cacher quand on les cherchait.

Difficile de savoir où Quinn Saint-Nicholas se plaçait sur ce spectre, mais j'avais le sentiment que l'univers comptait me le faire découvrir tôt ou tard.

Mon téléphone vibra. Brand avait écrit en majuscule : « T'ES OÙ ? »

Je fis signe à Quinn de patienter le temps que j'appelle mon Acolyte, dont la douce voix me répondit :

— Je vais te foutre une putain de cloche au cou. Attends de voir.

Dès que je lui expliquai où nous nous trouvions, il retrouva un calme professionnel et raccrocha sans plus de formalités.

— C'était Brand ! s'exclama l'adolescent, tout excité. Brand me manque. Il me fera rire. Pourquoi n'avez-vous jamais réessayé de l'embrasser ? C'est parce qu'il vous a poussé dans l'eau ?

— Oh ! fis-je dans un soupir.

Le lendemain de mon treizième anniversaire, un peu éméché, j'avais embrassé Brand. Il m'avait rendu mon baiser, puis poussé dans la piscine et on n'en avait plus jamais reparlé.

— Vous êtes fâché ? Vous avez l'air fâché, observa nerveusement l'ado.

— Crois-moi, Quinn Saint-Nicholas, tu ne veux pas connaître mes pensées.

Son visage se décomposa.

— Oh ! j'avais oublié. Vous n'aimez pas les devins. (Puis il retrouva son grand sourire.) Mais vous m'appréciez quand même. Vous m'avez embrassé sur le sourcil un jour. Et vous frapperez avec un tabouret de bar le vilain qui m'aura traité de monstre. En tout cas, c'est ce que vous faites le plus souvent. Parfois, Addam attrape le tabouret avant vous. Une fois, j'ai pris mon courage à deux mains et je lui ai donné moi-même un coup de pied dans le tibia.

Il voit des probabilités, compris-je.

Ce fait étant éminemment invraisemblable, je me répétai : *Il voit des probabilités.*

Un instant plus tôt, je me demandais si Quinn avait toute sa tête. À présent, je ne le trouvais pas assez fou. Il était au courant de mon baiser avec Brand, il avait laissé la voiture à deux pas de la scène de l'attaque de la gargouille.

— Quinn, si tu es un vrai devin… sais-tu où est Addam ? Sais-tu s'il est blessé ?

— Non, je ne sais pas. Je n'arrive pas… (Ses yeux devinrent vitreux, et il se frotta le nez sur son tee-shirt.) Je n'arrive pas à le voir. Mais je crois que c'est ce que je suis censé vous dire. C'est ce que je vous dis dans mon souvenir. Vous vous tenez exactement là, sur ce sol, et je vous dis que vous me posez les mauvaises questions. Vous ne pensez qu'à découvrir l'identité du coupable, mais, pour comprendre pourquoi ma mère ne parvient pas à localiser Addam, la question n'est pas *qui* l'a emmené mais *où* on l'a emmené.

« Où » ?

Certains coins sur l'île brouillaient la magie ordinaire ; des endroits déréglés par la magie sauvage et les zones de rupture. La Terrouest. Les cellules de prison du Concile. Tout ce qui touchait à la cour de l'Anachorète. Comme taré, on ne faisait pas mieux.

— Je ne vois que des bribes d'images, poursuivit le gamin, en pleine concentration. Je crois que ce sont… des fantômes. Et une rivière asséchée. Et un désert. Oui, un désert de sable et de bris de verre. Ciaran vous éclairera. Il vous attend dans le bar avec des glaçons. Pensez à emmener Max.

— Attends, « Ciaran » !? Je dois m'adresser à Ciaran ? Je rêve. Et c'est qui, Max ?

— Bizarre, dit-il, contrarié. J'aurais juré que vous aviez rencontré Max depuis le temps. Autrement, ça n'a pas de sens.

— Tu parles de Matthias ?

— Non, non ! il préfère qu'on l'appelle Max. Il vous le dira.

Il me sourit comme s'il venait de clarifier un détail des plus banals. La migraine me gagnait. Un bar avec des glaçons ? Quel genre de bar ne servait pas de glaçons ? Et puis il n'y avait aucun désert sur l'île. Et Ciaran ? Déjà que je ne voulais pas me trouver à moins de cent mètres de la principauté prénommée Ciaran, ce n'était pas en plus pour lui taper la discute.

Je touchai l'épaule de Quinn afin de récupérer son attention. Le col de son tee-shirt était élimé, et mon doigt lui effleura la peau.

Un souffle d'énergie nous enveloppa soudain, si puissant qu'il se matérialisa en brise tourbillonnante. Je reculai aussitôt, furieux contre moi-même. Quelle idée de toucher un devin ! Pourvu que je n'aie pas déclenché de prophétie. J'en avais déjà mon compte pour toute une vie.

Une expression d'horreur déforma le visage de Quinn. Les cheveux rabattus sur les yeux, il se plaqua une main sur la bouche et bafouilla :

— Oh, seigneurs ! seigneurs ! qu'est-ce que c'est ? On dirait un trou dans la réalité. Il voudra vous toucher le visage parce que vous êtes de la nourriture à ses yeux, puis tout reprendra depuis le milieu, et oh ! oh ! OH ! Je vois des tempêtes, elles sont vivantes, et je vois des vagues aussi hautes que des immeubles, et nous ne sommes qu'un banc de poissons piégés dans une bouteille, mais rien de tout ça ne se produit en même temps. Et… et…

Il se figea. Une perle écarlate gonfla sous son nez comme une bulle de savon, puis éclata et coula sur sa lèvre supérieure.

— Quinn, tu saignes, bredouillai-je, quelque peu abasourdi. Tu ferais mieux de…

Je lui indiquai de renverser la tête en arrière. Un mouchoir taché de sang séché dépassait de la poche de son jean. Je le récupérai et le lui agitai sous le nez. Devant son absence de réaction, je tirai ma manche sur mes doigts pour lui fourrer le mouchoir dans les mains. Après quelques secondes, il cligna des yeux, secoua la tête, puis se tamponna les narines.

— Je me suis encore tout sali, pas vrai ? murmura-t-il.

— Ce n'est rien.

— Vous m'en voulez beaucoup ?

— Pourquoi je t'en voudrais ?

— Quand je saigne du nez, ça signifie parfois que j'ai dit aux gens des choses qu'ils ne veulent pas forcément entendre. Si Addam était là, il m'emmènerait dans une autre pièce. Il resterait avec moi le temps que ça passe. Il n'aime pas qu'on me gronde.

— Addam a l'air… d'un chouette grand frère.

Les larmes lui montèrent aux yeux. Il roula le mouchoir en boule et finit de se nettoyer le visage en quelques gestes rodés par l'habitude.

— Les animaux tuent leurs avortons, énonça-t-il d'un ton plus dur. Je l'ai vu dans un documentaire sur les oiseaux à la télé. L'oisillon se fait expulser du nid. Ses chances de survie sont si minces que ses frères et sœurs ne veulent pas gâcher leur nourriture pour lui. Je suis un avorton. Je me nourris au détriment de mes frères. Je mine leurs forces par mon existence. Pourtant, ils ne m'ont jamais fait de reproches. Jamais. Surtout Addam. J'ai peur. (Il esquissa un pas vers moi, son visage si près du mien que je sentais son haleine de chewing-gum au raisin.) Si Addam meurt, je ne ferai pas long feu.

— Tout ira bien, Quinn, tu ne risques rien.

— Vous ne comprenez pas. Ce sera soit avec une corde, soit dans une baignoire. Je ne sais pas pourquoi je ne pique pas les somnifères d'Ella. J'ai moins peur d'avaler des cachets que de m'ouvrir les veines. Mais, chaque fois qu'Addam meurt et m'abandonne, je ne vois que des cordes et des baignoires. Mais… les fois où Addam est sauvé, c'est toujours vous qui entrez en scène.

Il revint brusquement à la réalité.

— Brand arrive. Nous n'aurons plus l'occasion de parler seul à seul. Ne lui dites pas que j'ai failli pleurer.

Je me retournai juste à temps pour voir mon garde du corps entrer dans la rotonde, l'air mécontent. Ashton Saint-Gabriel lui collait aux talons. D'où l'air mécontent.

— Tout va bien ? s'enquit-il.

— Tout baigne, répondis-je. Ashton Saint-Gabriel, quelle coïncidence !

Le haut descendant portait une chemise argentée moulante qui faisait ressortir ses yeux miroirs, et dégageait un parfum assez nauséabond pour être tendance.

— Cela n'a rien d'une coïncidence. Ta visite nous a troublés. J'ai décidé de passer voir Christian pour lui demander s'il savait où était son frère.

Quinn fronçait les sourcils. Dans le cas des vrais devins, j'étais bien obligé d'admettre qu'observer leurs réactions se révélait toujours fructueux.

— Pourquoi ne pas demander à Quinn, l'autre frère d'Addam, ce qu'il en dit ?

— Naturellement, concéda Ashton, avant de porter un regard gêné sur l'adolescent. Bonjour, Quinn. Je suis étonné de te voir sans accompagnateur. Ta famille sait-elle que tu te promènes seul ?

— Pourquoi ne sais-je pas ce que vous faites ici ? dit-il tout à trac.

Déconcerté, Brand me coula un regard interrogateur. Moi-même surpris, mais pour une autre raison, je demandai au garçon :

— Qu'est-ce que ça signifie ?

— Je n'en suis pas certain. Cette partie m'échappe pour le moment. L'attaque est trop bruyante. Oh ! on s'apprête à nous attaquer. Avec des grenades.

— C'est un devin ! m'écriai-je, mais Brand avait déjà sorti un couteau.

Pendant qu'Ashton nous regardait bêtement, je caressai du pouce ma bague en or blanc. Son sort de Feu m'envahit comme une fièvre. Je concentrai sa puissance dans ma poignée de sabre, prêt à tirer.

— Tu as des armes ? m'enquis-je. Ashton ! tu as des armes ?

— Mais il n'y a personne, objecta-t-il en balayant d'un regard dubitatif les issues de la rotonde.

Je touchai le camée de ma mère. Un Bouclier nimba ma main libre d'une carapace de lumière cristalline que je décidai pour l'instant de ne pas étendre au reste de mon corps. On ne peut pas découper des grenades ; il nous fallait un autre plan.

— Quinn, tu as des armes ?

— J'ai un sort de Bouclier, comme vous. Et je peux créer une Porte.

— Ouvres-en une, lui ordonnai-je au moment où une grenade roulait sur le sol.

Sans perdre de temps, j'envoyai mon Bouclier sur le projectile pour le couvrir d'un petit dôme. La grenade tressauta et la bulle s'illumina d'un minisoleil blanc.

Deux autres grenades suivirent. Je lançai un Bouclier sur la première. Brand courut ramasser la seconde et la renvoya dans le couloir. Elle disparut derrière un rideau d'ombre surnaturel qui venait de se lever pour dissimuler nos agresseurs.

— Brand, merde, on est dans un hôpital ! gueulai-je. Il y a des gens !

— Commence pas ! rétorqua-t-il.

C'était mon Acolyte ; il laisserait le bâtiment entier s'effondrer si ça lui permettait de me garder en vie.

Une quatrième grenade vola vers nous. Je l'interceptai d'un éclair de feu. Elle émit un crépitement sonore puis se ratatina comme un ballon crevé.

Toujours aucun signe de nos assaillants derrière la brume noire. Ashton restait les bras ballants, dans un état de sidération totale. Nous étions dans un hôpital remplis de patients.

Des balles jaillirent soudain d'un autre couloir. La première rafale toucha Ashton au bras et souleva des nuages de poussière de marbre à mes pieds.

— Quinn, la Porte ! tonnai-je en surchauffant l'air devant nous avec mon Feu.

Les balles y fondirent dans des gerbes d'étincelles.

Ashton s'était écroulé. Il se releva péniblement, arrosant le sol de quelques gouttes de sang. Les taches vermeilles juraient sur le marbre lilial.

Les balles consumaient à vitesse grand V la durée de mon Feu. Pour gagner un peu de temps, je scindai mon Bouclier en deux et le projetai vers les couloirs. Des murs semi-visibles se dressèrent sur leur seuil, piqués d'une myriade de points lumineux en absorbant tirs, grenades et je ne sais quels projectiles. Ces barrages ne tiendraient pas longtemps.

Voyant que Quinn n'avait toujours pas ouvert sa Porte, je vociférai :

— Grouille !

— Mais je ne peux pas vous suivre ! s'écria-t-il. C'est impossible ! Je mourrai ! Je meurs chaque fois parce que je ne suis pas de taille à les affronter et qu'ils sont toujours là. Mais vous ne pouvez pas rester non plus parce que vous risquez de mourir, ce qui veut dire qu'Addam mourra et il faut que vous le sauviez. Alors prenez ça ! Je vous le cède librement. Votre Volonté est désormais la sienne.

Il venait de tirer de sa ceinture décorative un petit disque qu'il laissa tomber dans mes mains.

Mon premier Bouclier s'évanouit dans un craquement électrique. Une grenade fusa du voile fuligineux. Je la pulvérisai d'un éclair ignescent, puis utilisai mes dernières réserves de Feu pour condamner l'entrée du tunnel avec une barrière de flammes. Leurs langues crépitantes noircirent les murs immaculés.

J'examinai le disque dans ma main. Un sceau. Quinn venait de m'offrir un sceau. Quand je voulus le lui rendre, il leva les mains en signe de refus.

— Vous me le rendez plein de fois. Partez ! Vite !

— Je ne peux pas t'abandonner ici !

Brand m'empoigna par le col de ma chemise et beugla :

— Active-le. Et toi, ajouta-t-il à l'adresse d'Ashton, remue-toi, bordel !

Le haut descendant contemplait sa chemise déchirée et son bras sanguinolent. Hébété, il porta la main au collier couleur cuivre à son cou. Alors que ma seconde barricade s'effondrait, il tendit le bras pour déchaîner un vent mugissant. Frappées par le souffle, les balles ricochèrent tous azimuts.

Je serrai les doigts sur le sceau de Quinn et activai son sort.

Un cercle noir auréolé d'une couronne de lumière jaunâtre se matérialisa, prolongé derrière par un tourbillon. Je devais l'orienter rapidement dans une direction si je ne voulais pas corrompre le sort et risquer de me retrouver le cul dans un mur.

— Quinn, réfléchis, il y a forcément une direction qui ne craint rien !

Le vent d'Ashton meuglait toujours derrière moi. Une grenade incapacitante se vit retournée à l'envoyeur, illuminant la brume surnaturelle d'un éclair blanc si éclatant que, l'espace d'un instant, il révéla des hommes en noir. Tous tombèrent comme des quilles de bowling.

— Dehors ? De l'autre côté de ce mur ? hasarda l'adolescent, avant de secouer aussitôt la tête en signe de dénégation. Le toit ? Non, pas le toit, le plus souvent il s'effondre sur les bébés. Je ne peux pas… C'est dur de… (Un nouveau filet de sang lui coula du nez. Il baissa le regard.) Les tunnels de maintenance ! Même là, en bas, ils vous attaqueront, mais vous pourrez fuir. Surtout, allez voir Ciaran, laissez les fantômes manger d'abord, courez vers les gens sur le trottoir, ne touchez pas au bourdon. Et dites à Addam que je l'aime !

Je n'eus pas le temps de l'attraper.

Il se jeta à terre en se couvrant d'un dôme sombre avec son Bouclier. Impossible de le sauver à présent.

— Termine-la ! m'enjoignit Brand en désignant la Porte sans ancrage.

Je donnai une direction à la magie. La pointe du tourbillon se courba et se planta dans le sol. Brand poussa Ashton dans le vortex d'un coup de pied aux fesses. Puis il me prit par le bras et m'entraîna avec lui.

Les lumières virevoltèrent.

La gravité se détraqua.

À une pente succéda une chute libre.

Je heurtai violemment une surface en béton. Une vieille poussière moisie s'insinua dans mon nez. Brand était déjà debout. J'eus tout juste le temps de voir que nous étions dans un étroit couloir de brique, puis le vortex se ferma, emportant les derniers rayons du jour en nous laissant dans le noir total.

Étendu sous mes jambes, Ashton lança un artifice de lumière d'une voix rauque. Une flamme aux couleurs fauves naquit au-dessus de nos têtes. Comme l'avait annoncé Quinn, nous nous trouvions dans des tunnels de maintenance, construits pour accueillir les énormes conduits de fer qui chauffaient l'hôpital. Faute d'entretien, ils étaient depuis longtemps rongées par la rouille.

— Qui… ?

La voix d'Ashton tremblait tant qu'il ne parvint pas à finir sa phrase. Il se racla la gorge et reprit plus fort :

— C'est scandaleux. Qui serait assez fou ou effronté pour oser agresser des fils de l'Arcanum ? C'est une déclaration de guerre.

— Hé ! fit Brand en lui piquant le torse du doigt, mets-la en sourdine. On n'est pas encore tirés d'affaire.

Ashton écarta sa main d'une tape.

— Avise-toi encore de me toucher et je te ferai fouetter.

Cette fois, je vis rouge. Avant qu'il puisse sortir une autre connerie, je le saisis par le menton et le plaquai contre le mur.

— Tu es un haut descendant d'Atlantide qui a mis plus d'une minute à dégainer ses sorts lors d'une attaque. Lui, c'est un Acolyte qui a attrapé une grenade à mains nues pour la renvoyer sur nos adversaires. À ton avis, lequel mérite le fouet ? Alors boucle-la et suis les ordres. T'auras tout le temps de te plaindre du préjudice moral plus tard. Brand ?

Mon équipier venait de sortir un bonnet noir de sa poche arrière pour se couvrir les cheveux.

— On va partir de ce côté. Ashton, maintiens ton artifice. Si on tombe dans une embuscade, te fous pas dans la ligne de tir de Rune.

Notre petit groupe prit la direction choisie par Brand. Ashton avait la tête d'un type qui mâchait une phrase. Au bout d'un moment, il marmonna d'un ton amer :

— Addam a vraiment été kidnappé, n'est-ce pas ? C'est pour ça que l'on vient d'attenter à nos vies.

— Ils ne cherchaient pas à nous tuer, le contredit Brand. En tout cas, pas tout de suite. Ils utilisaient des grenades incapacitantes et des fléchettes tranquillisantes.

— « Des fléchettes » ? m'étonnai-je. C'étaient pas des balles ? (En y réfléchissant, je me remémorai d'autres détails insolites.) Je crois que les fragments de grenade étaient bricolés pour s'autodétruire. C'était une embuscade inoffensive.

— Peut-être. Et peut-être qu'ils auraient bricolé un accident après nous avoir assommés. Un truc pour expliquer notre mort. Mais leur plan a foiré, et ce devant témoins.

— Leur opération est compromise, acquiesçai-je. Ils s'embêteront donc moins à rester discrets. Ils ne peuvent pas se permettre de nous laisser filer.

Comme par hasard, un brusque courant d'air souffla sur nous, si froid que je crus d'abord à un flot de chaleur intense me brûlant les narines et les poumons. Pire, il portait une odeur de charogne et de magie de mort.

— Tenez-vous prêts, ordonna Brand. Rune, prépare tes sorts.

Au détour du tunnel, nous entrâmes dans une section oubliée du sous-sol. Des toiles d'araignées crasseuses garnies d'insectes desséchés se déchirèrent sur la poignée de sabre que je braquais devant moi. La galerie s'ouvrait sur une grande salle voûtée aux multiples arcades de pierre. Le sol était creusé de rigoles destinées à évacuer l'eau en cas d'inondation. De vieilles caisses disjointes formaient des piles vétustes.

Nous venions d'atteindre le centre de la pièce quand l'attaque survint.

Deux colonnes de six hommes. Leur peau avait l'aspect du lait périmé, leur corps suintant et gangreneux était engoncé dans un haut à col roulé et un jean noirs. Tous étaient équipés de couteaux divers, même si certains portaient des armes à feu. Ils couraient vers nous, sans bruit, sans communiquer.

Brand porta la main à son gilet tactique. Un couteau de verre volcanique incrusté de tiges de corail s'y glissa. Une lame spéciale pour un ennemi spécial : il avait déjà compris à quoi nous avions affaire. Je me tournai aussitôt vers Ashton.

— Ce sont des récarnés, ils sont nyctalopes. Garde ta lumière bien allumée.

— Et te mets pas dans nos pattes, ajouta mon Acolyte.

Je décochai un crochet du droit au premier récarné, levant l'épaule pour me protéger le visage. Le mort-vivant esquiva le coup et tenta de me poignarder. Je bloquai son avant-bras, ripostai, le cueillis en pleine mâchoire. Il y eut un craquement d'os.

Profitant de son déséquilibre, je le frappai d'un revers du poing. Il tituba en arrière, manquant de tomber. D'un coup de pied, je le poussai contre un autre récarné et lui tirai un éclair de feu dans l'œil.

Trois zombies passèrent près de moi en trombe. Brand en attaqua deux ; Ashton affronta le troisième. Le gros de la troupe était devant moi.

Je caressai du pouce la bague d'émeraude de dame Amoureux.

Un sort de Givre s'en exhala dans un frisson. La bise hurlante que je projetai sur les macchabées gela le pus qui suintait de leurs joues et grippa leurs articulations. Je me jetai dans le tas en distribuant des coups de tous côtés. Ici, une dent pourrie sauta d'une mâchoire fracturée ; là, une pointe d'os jaillit d'un bras cadavérique. J'abattis un récarné à bout portant d'un tir renforcé par un reliquat de mon sort de Feu. L'éclair ainsi décuplé ouvrit une plaie si béante que mon bras faillit s'y enfoncer.

Une accalmie, quelques secondes à peine, me permit de jeter un coup d'œil à mes deux camarades. Brand était entouré de cadavres, ses deux couteaux dégoulinant de sang noir et visqueux. Ashton opposait aux récarnés des attaques clinquantes, ostentatoires, qui l'exposaient inutilement aux ripostes.

Devant moi, deux morts-vivants se jetèrent à genoux. Un troisième était campé derrière eux, un genre de fusil à lunette calé contre l'épaule. Je virevoltai sur la gauche au premier tir. Les projectiles émirent un sifflement pneumatique. Des fléchettes.

Profitant du fait que les trois étaient alignés, j'agglomérai le reste de mon Givre dans une main et le lançai en cône sur eux. De hideux motifs floconneux leur glacèrent instantanément la peau.

Je leur sautai dessus. Des doigts volèrent, une mâchoire se brisa, une main se détacha. Je concentrai ma Volonté dans ma poignée de sabre ; une lame de métal grenat liquide en germa. Je lui donnai la longueur d'un katana et découpai les derniers récarnés en morceaux.

Au bout de quelques secondes, le combat était fini. Mon coup final fendit un zombie en deux. Sa peau, couverte de tatouages de sa vie d'avant, se déchira comme du vieux parchemin, révélant un salmigondis d'organes et de sang noirâtre.

— Y en a qui bougent encore, m'indiqua Brand dans le silence qui suivit.

Son front saignait abondamment.

— On va les empiler, décrétai-je.

Avec son aide, je regroupai à coups de pied les morceaux de cadavres vers le centre de la salle. Ashton nous regarda trimer sans bouger le petit doigt. Un récarné dont ne subsistaient que le tronc et la tête fixa sur moi des yeux conscients où brûlait une rage indignée.

Quelqu'un avait exhumé leurs corps et leur avait infligé ce triste sort. Quelqu'un les avait ranimés. Une pratique magique si répugnante que je ne pouvais pas nommer une seule cour s'y adonnant encore.

Je me concentrai sur mon sceau de cuisse. Sa magie s'éjecta comme une goupille de grenade. Mon sort de Pulvérisation réduisit les cadavres en miettes. Certains morceaux prirent feu, produisant un son pareil au crépitement de l'huile sur une poêle brûlante. Je sentis leurs âmes me frôler sur le chemin de leur lieu de repos.

— Leur ranimation est une abjection, murmurai-je.

— On n'est pas encore sortis, me rappela Brand. Il faut trouver une porte.

— Je parie que si on...

Un brusque haut-le-cœur m'interrompit. Je tombai à genoux en sentant la main tendue de Brand glisser sur mon épaule. À travers mon malaise, j'eus la vision d'un homme encapuchonné qui se tenait au fond de la salle.

Les lèvres de Brand remuèrent. Ashton disait quelque chose. Tout était comme étouffé, déformé.

Puis une onde implacable de magie de mort émana de l'homme. Le monde se disloqua. Littéralement. Un énorme fragment de réalité se détacha autour de l'inconnu : des lattes de caisses, des blocs de ciment arrachés au sol, la poussière et la crasse soulevées par notre combat... tout se mit à tournoyer autour de lui.

Il catapulta cette masse sur nous.

Un clou de planche m'érafla la joue. Une pierre m'égratigna le dos de la main. Une autre me fractura les os du coude gauche. Alors que mon bras tombait, inerte, le long de mon corps, Brand me plaqua au sol et me couvrit de son corps. Par-dessous son aisselle, je vis Ashton se réfugier derrière un pilier.

Après la pluie de débris s'ensuivit un moment de flottement. Un tintement assourdissant résonnait dans mes oreilles. Je suffoquais sous le poids mort de Brand. Un liquide chaud coula de sa tête sur mon sourcil. Il était vivant mais inconscient, ce qui ne me rassurait pas vraiment.

Je m'extirpai de sous son corps et, rampant, m'interposai entre notre agresseur et lui. Mon instinct me hurlait de fuir.

L'homme s'approcha. Je criai, je crois. Quand il ne fut plus qu'à quelques pas, je me rendis compte qu'il était mort. C'était un récarné. Un zombie. Impossible, pensai-je. Un récarné ne pouvait pas manipuler la magie de la sorte.

Un capuchon marron lui cachait la tête et le visage. Il dégageait des relents infects d'agrumes trop mûrs et de crasse. À cette puanteur se mêlait un parfum frais et incongru de linge propre.

Le cadavre leva une main cireuse. Un anneau de parasites lui rampait autour d'un doigt. J'entendis sa voix dans ma tête :

— *Qu'es-tu donc ?* demanda-t-il, fasciné.

L'absurdité de la question me fit presque rire. Ce que j'étais, moi ? Ma réponse se perdit dans une quinte de toux qui me moucheta le dos des mains de sang et de salive. La douleur cuisante à mon coude me portait au bord de l'évanouissement.

— *Tu sens l'humiliation à plein nez*, dit la chose. *Quelle odeur exquise !*

Elle voulut me saisir le visage.

Soudain, Brand m'attrapa par les épaules et me jeta derrière lui. Il était couvert de sang. Ma panique se cristallisa en stratégie. Je lui montrai mon poing, sur lequel brillait un sceau très rarement utilisé. Il blêmit et se coucha derrière moi.

J'ignore si la créature lut dans mon esprit. Peut-être son instinct de survie avait-il parlé. Quoi qu'il en soit, juste au moment où je m'apprêtais à déchaîner l'Exode, elle recula et leva les mains comme en signe de reddition.

— J'ai manqué bien des choses si des êtres tels que toi arpentent ce monde.

Des vagues d'énergie putrescentes montèrent d'elle. Son geste n'avait rien d'un acte de reddition : elle abattait le plafond sur nous.

Il y avait un parking au-dessus de nos têtes. Un pan entier, bitume, bagnoles et banc de ciment compris, s'effondra dans le sous-sol.

Des nuages de poussière s'élevèrent. La créature disparut derrière l'éboulement.

Notre groupe décampa tout aussi promptement pour ne pas se faire écraser par une voiture.

Délires cubiques

J'étais vautré par terre dans mon sanctuaire, au deuxième étage, épuisé après avoir chargé puis utilisé non pas un, ni deux, mais trois sorts de Soins. Il n'en avait pas fallu moins pour nous retaper à la suite de notre combat contre les récarnés. Brand et moi ayant de surcroît besoin d'être frais et dispos, j'avais tonifié mes sorts avec l'équivalent magique de la caféine, au prix de tics nerveux occasionnels.

Le repos, ce n'était pas pour tout de suite. L'affaire ne tarderait pas à s'ébruiter. Ashton, qui nous avait faussé compagnie à peine sorti de l'hôpital, ne manquerait pas d'en parler, et notre enquête éclaterait donc bientôt au grand jour. Le plan était maintenant de nous attifer en hauts descendants débauchés et de faire le tour du quartier des discothèques à la recherche de la principauté prénommée Ciaran, histoire de voir si les indices de Quinn pouvaient nous mettre sur une piste.

Ciaran ne répondait pas au numéro de téléphone dont je disposais. D'après nos sources, il avait récemment établi ses pénates dans un bar appelé *Délires cubiques*. Brand était redescendu pour s'équiper et aider Matthias à se préparer. Faisant fi du peu de bon sens paternel que je possédais, j'avais décidé de suivre le conseil de Quinn et d'emmener le gamin.

— J'ai parlé à Amy Beige, m'annonça mon Acolyte depuis l'escalier.

Il parlait de son contact qui travaillait pour les services de santé municipaux.

— Quinn s'en est sorti ?

— Je lui ai présenté mes excuses pour la vouivre. Du coup, elle m'a confirmé qu'il était vivant. Je n'en sais pas plus. Son Bouclier est tombé, mais les agents de sécurité de l'hôpital sont arrivés juste à ce moment-là.

Pieds nus, il gagna son coin perso du sanctuaire et ouvrit la malle où il rangeait ses couteaux spéciaux. Je considérai le sceau d'or blanc dans ma main, dont je venais de recharger le sort de Feu. Pourquoi étais-je si soulagé d'apprendre qu'un gamin que je connaissais à peine était indemne ?

« Vous m'avez embrassé sur le sourcil un jour. Et vous frapperez avec un tabouret de bar le vilain qui m'aura traité de monstre. »

— Ça va ? s'enquit Brand.

— Cette affaire devient étrange.

— Sans blague. T'as pu joindre le seigneur Tour ?

Je secouai la tête en signe de dénégation.

— Je suis tombé sur son répondeur. (Je remis ma bague et serrai le poing.) Je n'arrive toujours pas à comprendre ce qu'on a vu dans le sous-sol de l'hôpital. Un récarné qui se sert de sorts et qui commande d'autres récarnés ?

— Tu as pu déterminer quel type de magie il employait ?

— C'est bien le problème. La question ne devrait même pas se poser. Ce serait comme chercher le quatrième côté d'un triangle. Une discipline magique n'apparaît pas comme ça du jour au lendemain. Tout ce que je sais, c'est que le Macchabée utilisait une variante de magie de mort, qu'il ne portait pas de sceaux, ou en tout cas aucun de perceptible, et qu'il se servait de sorts, de véritables sorts. Mais j'ai beau me creuser, je n'arrive pas à lier ces faits entre eux.

— Il y a des gens qui arrivent à jeter des sorts sans sceaux.

— Oui, après avoir passé leur vie à en étudier la technique. Et, même là, ils n'auraient ni la portée ni la puissance qu'avait le Macchabée. Son premier choc télékinétique aurait dû le vider de ses forces, sans même parler de l'effondrement du plafond.

Brand disposa ses couteaux devant lui en silence. Il venait de piocher dans son arsenal le plus coûteux : des lames de verre volcanique noir incrusté de corail et de charbon vulcanisé. L'obsidienne, le corail et le charbon, trois matériaux redoutables contre les créatures magiques. Cette propriété serait liée à leur nature élémentaire : le corail se formait dans l'océan, l'obsidienne dans les coulées de lave et le charbon dans les entrailles de la terre.

— … savait se battre, marmonna-t-il.

— Qui ? Ashton ?

— Ashton est une buse. Tu l'as vu, avec ses grands gestes théâtraux ? Il a de la chance de pas avoir fini éventré dès la première attaque. Non, je parlais de l'escouade de récarnés. Ces putains de zombies ! Ils savaient se battre et au moins l'un d'eux savait se servir d'une arme à feu.

Notre société condamnait l'usage des armes à feu. Ça ne se faisait pas d'apporter des balles dans un combat magique ; elles nuisaient au spectacle. Il fallait une dispense spéciale rien que pour en posséder, comme c'était le cas de Brand.

— Ce qui nous amène à la question suivante : à qui appartenaient ces corps avant ? poursuivit-il J'en ai compté douze, dont « le Macchabée », comme tu le surnommes si astucieusement. Comment douze corps ont pu disparaître et être ranimés sur une île ? Et puis, des récarnés, ça ne sort pas de terre tout seul, pas vrai ? Ils sont forcément invoqués, non ? J'en reviens du coup à notre question de départ : qui a vraiment enlevé Addam ?

— Ça ne me plaît pas d'emmener Matthias sur cette mission.

— Va pas lui dire ça. Il est parti pour te demander un slow, le gamin. (Devant mon air interdit, il leva les yeux au ciel.) Quoi ? t'as pas remarqué qu'il craque un tantinet ?

— Pour moi ? Pourquoi moi ? C'est peut-être pour toi, bafouillai-je, quelque peu paniqué.

— Je lui ai plongé la tête dans les chiottes. Tu as enfourché son corps en repoussant une gargouille.

— Eh merde ! soupirai-je.

— Tu penses vraiment que c'est une mauvaise idée de l'emmener ? me demanda-t-il plus sérieusement

Je haussai les épaules en signe d'indécision.

— Je pense que… Quinn n'est pas un charlatan, il a un vrai don de divination. Et je ne crois pas qu'il nous mente. S'il dit que Matthias a un rôle à jouer, alors c'est le cas. Ça ne me plaît pas, c'est tout.

— Et j'ai l'impression qu'on n'est pas au bout de nos peines. On n'a même pas encore parlé de Ciaran.

Je tiquai involontairement. Les Arcanes étaient déjà un enfer. Quand on retirait en plus tout sens des règles et du devoir, on obtenait des plaies comme Ciaran.

— D'ailleurs, j'ai sorti nos tenues de discothèque du placard, ajouta-t-il en baissant la tête pour ne pas m'accorder le plaisir de le fusiller du regard.

Pour lui, chaque mission requérait des vêtements de circonstance. En matière d'indécence, cependant, il était beaucoup plus atlante que moi.

La nuit allait être longue.

À peine eus-je jeté un coup d'œil dans le miroir que je sortis un long manteau et me le boutonnai jusqu'au menton. Entièrement noire, ma tenue de discothèque se composait d'un haut en résille et d'un pantalon translucide. Quasiment transparent.

Dès qu'il m'entendit dans l'escalier, Matthias accourut de la chambre d'amis. Il portait une chemise de bowling à manches courtes. Les trois boutons ouverts au col laissaient entrevoir une peau pâle parcourue de nuances vert sapin, bleues et violettes. Il me brandit un tube de pommade sous le nez.

— J'ai trouvé ce baume chauffant dans l'armoire à pharmacie. Je me disais que je pourrais vous en mettre sur l'épaule. Vous vous êtes fait mal, n'est-ce pas ?

— Hum… Plus tard, peut-être. Là, on va partir. On se retrouve en bas.

Brand patientait près de la voiture, vêtu d'un harnais de gladiateur en cuir et d'un pantalon gris moulant. Sa réaction ne se fit pas attendre.

— Un manteau, t'es sérieux ? Un putain de manteau en tweed ?

— On se connaît ? répliquai-je.

— Tu sais que, le manteau long, ça fait encore plus pervers ?

Je lui décochai un regard noir, ôtai mon pardessus et le jetai à l'arrière de notre vieille Saturn.

Cinq minutes plus tard, le Réduit était fermé à clé et nous nous mettions en route. Il pleuviotait à présent. Des nuages longilignes glissaient devant la lune. L'humidité réveillait le parfum salin de l'océan, qui s'infiltrait jusque dans les terres. Au volant de notre voiture, je quittai notre cul-de-sac pour rejoindre la circulation.

— Je pourrais peut-être vous emprunter un flingue ? suggéra Matthias.

— Ou pas, rétorqua Brand.

— Contente-toi de rester près de nous, lui dis-je par le biais du rétroviseur. Au fait, tu veux qu'on t'appelle autrement que Matthias ?

— Vous parlez d'un nom de code ?

— Non, Matthias, pas un nom de code. Tu as peut-être un surnom ?

— Oh… (Il remua la bouche sans parler, comme décontenancé par mon invitation.) Sans doute… J'avais une amie avant. Elle m'appelait Max. Ça me plaisait.

À l'entendre, la notion d'amitié lui était tout aussi inhabituelle que celle de se choisir un surnom. Mon cœur se serra. Était-ce de la pitié ou ma conscience ? Je n'aurais su le dire.

— Max, opinai-je. Vendu.

Délires cubiques se trouvait dans un bâtiment de quatre étages appelé l'*Otis*. Importé de l'État de Washington, c'était jadis un hôtel malfamé, repaire de toxicos et de délinquants sexuels. Certainement magnifique à son apogée, il avait encore la charpente d'une beauté, dégradée par des décennies de mauvais choix.

Perché au dernier étage, le bar vibrait de musique et d'énergie. Si je ne savais pas déjà que c'était un bar à humains, je l'aurais remarqué dès l'entrée. Tout était pensé pour en mettre plein la vue aux touristes en quête de merveilleux. Dans l'air embrumé flottait une myriade de feux follets et de bulles enchantées qui, une fois éclatées, produisaient une pluie de particules aléatoires. Durant la minute qui suivit notre arrivée, je me fis asperger de sable, de neige, de paillettes vertes et de chenilles.

À notre approche, le barman nous jeta un coup d'œil puis s'avança en essuyant son comptoir avec une lavette sale. Il était très séduisant et torse nu.

— Salut, beau gosse. Qu'est-ce que tu bois ?

— Un verre plutôt que la tasse, plaisantai-je piteusement, car il était séduisant et torse nu.

Brand leva les yeux au ciel. Je me raclai la gorge et repris :

— Une bouteille de soda light gingembre-framboise pour moi. Spartacus prendra une bouteille d'eau. Matthias ? Max ?

— Une bière ? tenta l'ado.

— Non.

Il soupira.

— Un daïquiri sans alcool.

Le barman posa vivement nos bouteilles sur le comptoir. Lorsqu'il nous tourna le dos pour préparer le cocktail de Max, Brand et moi scrutâmes ses gestes avec un regard d'aigle. Il n'était jamais prudent de commander une boisson sans bouchon dans un bar en Nouvelle-Atlantide. Quand j'eus la certitude qu'il n'avait rien mis d'illicite dedans, je le laissai tendre son verre à Max.

— Cadeau de la maison, gueule d'ange, dit-il pour le plus grand plaisir de l'adolescent. J'adore ta peau.

Après quoi, j'installai Max et Brand à une table d'angle, puis partis à la recherche de Ciaran.

Je traversai plusieurs salles successives bondées de fêtards. Dans l'une d'elles, un groupe de jeunes humains pâlichons gloussaient dans un coin en essayant de parler atlante, apparemment leur nouveau klingon. Dans une autre, une femme en plein délire s'était versé le contenu d'un tube fluorescent sur le corps et faisait des roues, arrosant la foule de gouttelettes à l'aspect radioactif.

Quand je parvins enfin à la dernière salle, je n'avais toujours pas repéré Ciaran. Je pris place sur un tabouret devant un bar en forme de cœur et commandai un autre soda, misant sur le fait que la principauté viendrait à moi.

Ignorant mon regard dissuasif, un quinquagénaire vint me tenir la jambe. Il n'avait pas l'air atlante – et je ne savais trop qu'en penser. En un rien de temps, j'appris qu'il était là pour affaires, qu'il dirigeait le fan-club atlante du Hiérophante et qu'il aimait les seaux à champagne. Il changea de sujet pour parler des jours qui avaient précédé la Guerre mondiale atlante.

— C'était le genre d'événement marquant. Comme quand les gens parlaient de l'assassinat de Kennedy ? Je me souviens parfaitement du moment où j'ai appris la nouvelle. Ah, ça ! tout le monde était terrifié. « Quoi ? Les vampires et les fées existent bel et bien ? L'Atlantide n'est pas un mythe ? » J'étais à la crèche. Les dames s'étaient mises en retrait pour pleurer et discuter. Puis nos mères sont venues en urgence nous ramener à la maison. La mienne nous a dit d'éteindre les lumières et de nous cacher dans la cave. Vous le croyez, ça ? Elle est allée jusqu'à remplir de vieux bidons de lait avec de l'eau et a demandé à mon père de s'arrêter en chemin pour acheter un maximum de conserves. C'était la folie. Comme je disais, un moment marquant.

— Ah, vraiment ? murmura Ciaran à son oreille.

L'homme se raidit.

— On va essayer autre chose, continua la principauté. Quel souvenir garderez-vous du moment où vous avez attiré l'attention d'une chose qui vous dépasse ?

Les cheveux clairsemés de l'homme ressortirent sur son crâne blêmissant. Ciaran sourit et s'installa sur un tabouret. Son sourire s'adressait moins au type qu'à certaines parties de son corps : la veine qui palpitait à son cou, le lobe de son oreille, le défaut de sa lèvre inférieure.

— Diantre ! susurra-t-il, vous avez dans la tête des rêves fascinants, Gregory Roberts, qui méritent qu'on les étudie.

Ses mains soudain atones, l'homme renversa malgré lui son martini sur le comptoir, puis s'éloigna d'un pas chancelant.

— C'est bon, vous avez fini ? maugréai-je.

Les principautés étaient de grands mages indépendants qui occupaient une niche proche des Arcanes dirigeants. Contrairement à ces derniers, néanmoins, elles n'étaient sujettes ni à l'étiquette, ni aux règles, ni aux aspirations prévisibles. C'étaient des êtres d'une puissance indéfinissable, amassée au fil des siècles, qui agissaient à leur guise.

Dans les yeux de Ciaran chatoyaient des reflets pareils à ceux du soleil sur une eau ridée. Il avait des cheveux bleu foncé, des lèvres rouge sang et une affinité pour la magie sauvage. Les couleurs et les textures avaient la mauvaise habitude de changer en sa présence, selon son humeur. Je l'avais vu altérer des tapisseries, des portraits et même une fois les yeux d'une ouvreuse de cinéma.

Depuis que je le connaissais, de près ou de loin, Ciaran faisait commerce de secrets, qu'il vendait à ceux dans le besoin. Il avait une tapée de pouvoirs psychiques innés pour faciliter ses affaires, notamment, et non la moindre, une aptitude de clairvoyance.

Dire que j'étais impatient de savoir pourquoi Quinn m'avait conseillé de m'adresser à lui était un sinistre et curieux euphémisme, comme se demander si un micro-ondes chauffait assez pour cuire un chat ou si des ciseaux étaient assez tranchants pour se couper le doigt.

— Par tous les sables ! siffla Ciaran en se penchant en arrière pour mieux admirer ma tenue. Regardez-le montrer toute la marchandise.

— Merci, un compliment de votre part, c'est exactement ce qu'il me faut pour dormir sur mes deux oreilles. (J'inclinai la tête.) Bonsoir, Ciaran.

— Rune. J'ai failli attendre. Quinn avait prédit que tu viendrais plus tôt.

Si j'hésitai, ça ne dura qu'un instant. Je fréquentais la Tour depuis trop longtemps pour me laisser ébranler par ce genre de tactique de déstabilisation.

— Comment va-t-il alors ?

— Il est dans l'état où tu l'as laissé. Dans le coma.

Soit, il pouvait encore m'arriver d'être pris au dépourvu.

— Quinn est dans le coma ? Brand a eu quelqu'un de l'hôpital au téléphone tout à l'heure. On lui a affirmé qu'il allait bien.

— Oh, tiens ! s'exclama joyeusement Ciaran au moment où je sentais la présence réconfortante et familière de mon Acolyte juste derrière moi. Quand on parle du loup, on en voit la queue ! Et comment vas-tu, douce moitié ?

— Quinn est dans le coma ? demanda Brand.

— C'est exact. Rune te racontera certainement cela plus tard. N'es-tu pas censé surveiller le petit blondinet qui vous accompagne ? Sois mignon, laisse-nous discuter.

— On est en mission pour la Tour, rétorqua mon équipier, et on n'a pas de temps à perdre. Comment vous avez parlé à Quinn s'il est dans le coma ?

La surface rouge vernie du bar vira au noir charbonneux sous les doigts de Ciaran. Il se fendit d'un sourire forcé et répondit :

— Attention au ton que tu emploies avec moi, petit.

— Ciaran, l'avertis-je.

— Tout va bien, les amis ! (Son sourire s'élargit.) Mes excuses, Acolyte. Je ne voulais pas être discourtois. J'insiste, cependant, je n'ai jamais été adepte des plans à trois. Il y en a toujours un qui finit négligé. Pourquoi n'irais-tu pas danser ? Va *danser* et sois *joyeux.*

Un sort scellé s'activa, dirigé vers Brand.

J'étais à deux doigts de transformer mon sabre quand mon Acolyte tourna tranquillement les talons et s'éloigna.

— Vous avez manipulé son esprit, grommelai-je.

— Avec une facilité déconcertante.

— Vous êtes effrayant, Ciaran, mais je peux l'être davantage.

— Allons ! détendez-vous, seigneur Soleil. Ce n'est qu'une broutille. Je te donne ma parole qu'il ne lui a été fait aucun mal. Il va seulement s'amuser.

Je me moquais bien de sa parole. Une colère noire, sourde, m'envahissait. Il y avait des limites à ne pas franchir avec moi, et le contrôle mental en faisait partie.

— Décidément, tu n'es pas d'humeur à plaisanter, n'est-ce pas ?

— Je vous conseille de marcher droit à partir de maintenant. J'essaie de retrouver Addam Saint-Nicholas sur mandat de la Tour. Quinn Saint-Nicholas m'a envoyé auprès de vous. Dites-moi ce que j'ai besoin de savoir et la Tour saura vous récompenser.

Il attendit dix bonnes secondes. Puis attira l'attention de la barmaid, une petite Atlante avec quelques gènes de mythologie japonaise, à qui il dit :

— J'ai soif.

Voyant ça comme un signe de capitulation, je pris mon mal en patience pendant qu'il se commandait une absinthe. Elle lui fut servie dans un verre en forme de tulipe accompagné d'un petit plateau d'accessoires. Il mit de côté la cuillère spéciale, la coupelle ébréchée avec un gros morceau de sucre et la petite carafe d'eau glacée. Le parfum d'anis me prit aux narines.

— Addam Saint-Nicholas, énonça-t-il enfin. Je le connais par son petit frère. Quinn et moi avons certains dons en commun. Je suis conscient de tes préjugés à l'égard de nous autres, clairvoyants, mais tu es bien obligé de reconnaître l'aptitude de ce garçon.

— Je la reconnais.

— Ce sont les devins les plus rares, ceux qui voient les probabilités. Bon, je n'irais pas jusqu'à qualifier son don d'approximatif, mais il serait pertinent de dire qu'il voit tant de possibilités qu'il s'arrête parfois à l'arbre qui cache la forêt. Je tenais à être clair sur ce point, pour que tu ne m'accuses pas ensuite de t'embrouiller avec des énigmes.

— Ciaran, comment avez-vous pu lui parler ? Depuis combien de temps est-il dans le coma ?

— Depuis que tu l'as quitté. Son Bouclier s'est épuisé et vos agresseurs ont lancé des grenades à surpression. Il n'a pas repris conscience. Cela dit, son état ne l'inquiète pas vraiment. D'après lui, et je le cite, « le plus souvent » il se réveille « et, parfois, il y a même un gâteau ».

— Comment lui avez-vous parlé ? m'impatientai-je.

Ciaran suçota son doigt enduit d'absinthe.

— En rêve.

— Vous visitez les rêves.

— J'ai de nombreuses ressources insoupçonnées, petit Arcane. Quinn, dans son coma, m'a contacté par le biais du plan des rêves. Après une longue discussion, nous avons conjugué nos aptitudes pour tenter d'obtenir un meilleur « aperçu » de l'endroit où Addam est retenu.

— Il a dit qu'Addam était au milieu d'un désert. Il a parlé de sable et de bris de verre. Et aussi d'une rivière asséchée.

— Active tes neurones. Je vais même te donner de nouveaux indices. Addam se trouve entre les murs de la ville mais pas en territoire nantucketois, et il n'est ni dans une poche dimensionnelle ni dans une phase.

— Pas en territoire nantucketois mais quand même en ville ? (S'il n'avait pas d'emblée écarté les poches dimensionnelles, ç'aurait été ma première hypothèse.) Vous voulez dire, d'un point de vue légal ? comme une ambassade ?

— Tu chauffes. N'oublie pas que Quinn a tendance à s'exprimer en métaphores. Il n'a jamais dit explicitement qu'Addam se trouvait dans un désert.

Un autre détail me revint. Quinn avait dit : « *Vous ne pensez qu'à découvrir l'identité du coupable, mais, pour comprendre pourquoi ma mère ne parvient pas à localiser Addam, la question n'est pas* qui *l'a emmené mais* où *on l'a emmené.* »

Une métaphore.

Du sable et des bris de verre.

— Un sablier, compris-je. Un sablier brisé. Le château de Farstryke. Bon sang ! ils le retiennent prisonnier au château de Farstryke.

Ciaran applaudit sans bruit.

— Génial, soupirai-je. Vraiment génial. Je dois retourner voir Brand. Je parlerai au seigneur Tour de votre compensation. La prochaine fois, merci de répondre au téléphone quand je vous appelle.

La principauté attendit que je me sois levé pour lancer dans mon dos :

— Oh ! et si Brand vous accompagne, il meurt.

Je me figeai.

Je tournai la tête.

— Chaque fois, précisa-t-il avec un plaisir mesquin. Selon Quinn, si Brand vous accompagne, il meurt chaque fois.

Mon cœur cessa de battre une seconde. J'avais reconnu l'authenticité du don de Quinn, et Ciaran n'avait pas l'air de mentir, donc cette prédiction ne pouvait être que réelle. Bien réelle. Une armée de conjectures me labourèrent la cervelle : *Et si j'avais déterminé tout seul où se trouvait Addam ? Si je n'avais jamais eu à rencontrer Quinn ou à parler à Ciaran et que je n'avais jamais pris connaissance de cette mise en garde ? Si j'avais emmené Brand ? Si je l'avais perdu ?*

Au choc succéda un fourmillement désagréable, puis une rage folle.

Mon Aspect atlante s'éveilla. Cette fois, cependant, mes yeux n'en dévoilèrent pas qu'une simple lueur. Il y eut un flamboiement éclatant, aveuglant. Les pupilles de Ciaran s'étrécirent, et il leva les mains, ébloui. Les gens assez proches pour voir mon visage transformé reculèrent dans un chambardement de verres et de tabourets.

— Racontez-moi, articulai-je d'une voix tranchante.

Ciaran ferma les yeux et eut un geste de consentement. Un infime tremblement dans la voix, il répondit :

— Quinn m'a demandé de t'avertir. J'ignore quel avenir radieux il préfère voir mais, dans celui qui lui plaît le plus, vous lui êtes très chers, ton Acolyte et toi. D'après lui, si Brand t'accompagne au château, il n'en ressortira pas vivant. Il a été très clair sur ce point : Brand ne doit pas y aller avec toi.

La lumière mourut. Mon Aspect se retrancha.

Je tournai les talons et quittai la salle.

Je m'attardai un long moment dans le couloir.

Devant moi, un tableau de liège affichait des petites annonces pour des sofas, des colocations, des plans cul anonymes.

Une fae svelte à la peau brune et aux cheveux en soies de maïs patientait devant la porte des toilettes.

Un humain, assis par terre, se balançait d'avant en arrière. Vêtu d'un smoking de luxe, il avait un quadrillage de coupures superficielles sur ses pieds nus.

Je m'attardai un long moment dans le couloir, à observer tout et rien, le temps de parvenir à respirer de nouveau.

Max était affalé sur la table d'angle, seul. La bouche pendante, il regardait fixement la piste de danse du night-club. Au moment où j'y portai mon attention, il murmura :

— Brand est en train de danser.

Malgré la taille riquiqui de la piste, un cercle s'était formé autour de mon Acolyte.

Hommes et femmes admiraient ses déhanchements. Quant à lui, il semblait dans sa bulle, les yeux fermés dans un état proche de l'extase, agitant la tête au milieu des rayons de lumière colorée.

Sa danse ressemblait à un combat, comme si le monde entier l'attaquait de tous côtés.

Des larmes me piquèrent les yeux. Les Atlantes avaient un terme pour désigner les prophéties de mort. On appelait ça des Sombres Présages. Brand serait furieux mais, moi vivant, il ne mettrait pas les pieds au château de Farstryke.

Max sirota bruyamment son fond de daïquiri et posa le menton sur le bout de la paille, qui se plia. Son visage heurta la table. Il gloussa.

— Matthias ? Max ? demandai-je, inquiet.

Du coin de l'œil, je vis Brand s'immobiliser soudain sur la piste et fixer son attention sur nous.

— Rune ? fit l'adolescent en me singeant.

Je récupérai son verre pour le renifler.

— Max, tu as pris quelque chose ?

— Tu crois que je t'aurais volé ? s'indigna-t-il.

— Non, je te demande si tu as pris quelque chose ce soir. Tu es bourré ?

— Pas du tout ! Je suis farpaitement sobre. Pas la peine de faire ton… ton… ton concombre salé. (Il fronça les sourcils.) Je sais pas du tout ce que ça veut dire.

Il éclata de rire. Brand nous rejoignit et me jeta un regard penaud.

— Je dansais.

— Tu peux remercier Ciaran et son lavage de cerveau.

Il serra les lèvres. Puis il cligna des yeux et me scruta de près.

— Ça ne va pas ?

Je n'étais pas prêt à lui parler du Sombre Présage. Et Max n'était pas dans son état normal.

— Regarde-le, tu ne trouves pas qu'il a l'air défoncé ?

Le regard soupçonneux de Brand passa brièvement de moi à l'adolescent.

— Hé ! Matthias ! tu as pris quelque chose ?

— Mais vous avez fini de me traiter de voleur !?

Dans un grognement, mon équipier me prit le verre des mains pour le renifler à son tour. Comme moi, il ne parut rien détecter de suspect.

Puis son visage se ferma, signe qu'il se repassait mentalement tous les détails de la soirée afin d'imaginer le pire scénario possible.

— Les glaçons, déclara-t-il.

— « Les glaçons » ?

— Oh, putain ! « Délires cubiques ». Ouais, vachement malin. (Il regarda derrière lui.) Je vais dire un mot au barman.

Notant ses mains sur ses couteaux, je dis :

— On y va tous les trois.

Je saisis Max par le col de sa chemise et l'obligeai à se lever. Le fracas de sa chaise renversée lui arracha un glapissement. En approchant du bar, j'étudiai le visage du barman, à l'affût d'une quelconque expression de satisfaction ou de mépris.

— Qu'est-ce que tu lui as filé ? demandai-je d'un ton autoritaire.

— À qui ? À la gueule d'ange ? (Il décocha un sourire nerveux à Max, qui lui répondit par un sourire niais.) La dose standard, c'est tout. Ça risque rien. Je pensais que vous étiez au courant. C'est notre marque de fabrique, ici.

— Et c'est quoi « la dose standard » ?

— Rien de bien méchant. Il va rigoler, voir de jolies couleurs, ce genre de trucs. Ça va pas plus loin. Je vous jure.

— Je suis une gueule d'ange, s'ébaudit Matthias.

Le barman lui sourit avec un regain d'assurance.

— C'est certain. Mais… hum… je dois retourner bosser.

— D'accord, dit Brand.

Puis il chopa le gars par la nuque et lui fracassa la tête sur le comptoir en marbre. J'entendis un craquement, et ce n'était sans doute pas du cartilage. Du sang coula de sa lèvre fendue sur le bar tandis que Brand lui appuyait de toutes ses forces sur le crâne.

— Tu mens.

— Pas du tout !

Mon Acolyte se pencha pour lui chuchoter longuement à l'oreille. L'homme devint livide.

— Rien qu'un hallucinogène, c'est tout, je le jure ! C'est un connard d'Amoureux ! Vous le saviez, ça ? Vous le saviez !? Vous avez de la chance que j'aie pas mis de la mort-aux-rats ! (Des bulles de sang s'échappèrent de son nez.) On a des caméras de sécurité ! Si vous me faites mal, vous aurez des problèmes !

Ce fut à mon tour de me pencher. Je l'obligeai à tendre l'oreille pour m'entendre sous le boucan de la musique.

— Tu te crois où, petite merde ? C'est la Nouvelle-Atlantide ici, ce garçon est sous ma protection. Qui s'en prend à lui s'en prend à moi. Enfreins cette règle et je suis en droit de te régler ton compte.

— Des amphètes ! Je lui ai juste donné des amphètes ! Il va faire l'idiot, c'est tout… J'essayais seulement de… Je voulais juste…

Brand appuya plus fort et reprit la parole :

— Il va peut-être se ridiculiser. Ou monter dans la voiture d'un détraqué. Ou se mettre au volant de sa propre voiture. Ou croiser un type qui n'aime pas les idiots. Ou tu comptais peut-être l'attendre à la sortie après la fermeture.

— Mais c'est un Amoureux ! Vous savez pas ce qu'ils ont fait ? pourquoi ils se sont fait défoncer le fion ? (Son regard roula vers moi.) C'était l'un d'entre eux ! Je l'ai vu ! Je suis allé à une de leurs petites « sauteries ». (Il cracha le mot.) J'étais venu avec mon petit ami, quand il était encore vivant, avant qu'ils l'enlèvent ! Votre « gamin », là, cette saleté que vous protégez, il était constamment avec son oncle, un collier de chien à la con autour du cou, assis dans un coin pendant que son oncle faisait des saloperies aux humains. C'est un Amoureux ! Vous voulez savoir à quoi mon petit ami ressemblait une fois que le trône de Cœur l'a jeté ? ce qu'ils ont fait au visage de Joey, à sa santé ? Je…

— Laissez-le, dit Max tout bas. C'est pas marrant.

Il se laissa flotter vers la sortie.

— Tu ferais mieux de le suivre, me dit Brand.

J'attardai un regard sceptique sur la tête du barman clouée par sa main implacable.

— Je ne vais pas le tuer, m'assura-t-il. Va avec Matthias.

Il me faudrait me contenter de cette promesse. Je me hâtai de rattraper Max, qui lambinait près de la porte, grattant la peinture écaillée d'un interrupteur.

— Tout va bien ? m'enquis-je.

— Je pensais avoir vu un tigre à dents de sabre, mais c'était qu'un balai à franges.

— Ça arrive, dis-je gentiment.

— Peut-être que, si on attend un peu, ça redeviendra un tigre. J'aimerais bien. On pourrait l'adopter ! On devrait peut-être…

Il continua dans son délire, inattentif aux larmes qui ruisselaient sur son visage.

— Oh, Max ! soupirai-je. Viens, on rentre à la maison.

Interlude au Réduit

— Putain de bordel de chiotte ! râla Brand en boxant de plus belle le punching-ball installé dans son coin du sanctuaire.

Il se défoulait dessus depuis que je lui avais parlé du Sombre Présage et de la nécessité pour lui de rester sur la touche.

— Inutile de t'énerver contre moi, ce n'est pas ma prophétie.

— Je rêve ou tu souris, là ?

Un petit peu, sans doute. J'éprouvais un soulagement ridicule. Je connaissais ses cycles de colère mieux que les miens. Chez lui, les bordées d'injures étaient bon signe. C'est quand il ne jurait plus qu'il fallait s'inquiéter.

— Si on apprend plus tard que ce môme était le grand méchant, je lui tomberai dessus comme la vérole sur le bas clergé.

Sa remarque me laissa perplexe.

— Tu parles de Quinn ? Tu penses que Quinn pourrait être le grand méchant ?

— À mes yeux, tout le monde est un coupable potentiel. Et regardons les choses en face, si Quinn est derrière tout ça, il a trouvé le moyen idéal de nous séparer. En plus, il tombe comme par hasard dans le coma juste avant que le Macchabée nous attaque. T'inquiète, je vais lui rendre visite à l'hosto avec des fleurs, ou peut-être un réveil scotché à une batte de base-ball.

— Quinn, cerveau de l'opération. Que je réfléchisse…

— Vas-y, fais le malin. (Il se détourna du punching-ball en se massant les poings.) Tout ça ne me dit rien qui vaille, Rune. Je suis ton Acolyte, c'est mon boulot de passer la porte en premier, même quand une saloperie nous guette. Raison de plus, d'ailleurs.

— S'il ne s'agissait que d'une saloperie, ça passerait. Mais un Sombre Présage ? Non. Oublie ! ajoutai-je en haussant le ton quand il parut prêt à formuler une nouvelle objection. Tu ne passeras pas la porte cette fois parce que, si tu y vas malgré tout, tu nous condamnes tous les deux. Tu ne me sauveras de rien si tu meurs.

— Je ne te sauve de rien tout court ! s'emporta-t-il. Tu as suivi dame Amoureux sans moi. Je t'ai laissé seul juste avant l'attaque de la gargouille. Ciaran m'a manipulé sans souci. Et maintenant il y a Matthias. Max.

— Quel rapport avec lui ?

Il me dévisagea d'un air intraitable.

— Son oncle, qui n'a pas vraiment l'air d'un saint ?

Eh merde…

— Je voulais attendre d'en savoir plus avant de t'en parler, dis-je.

— Ah, ouais ?

Un bourdonnement dans notre lien m'annonça le coup de gueule.

— C'est des conneries ! Tu voulais juste éviter le sujet. Comment veux-tu que je vous protège, tous les deux, si tu me caches ce genre d'informations ? Je suis censé gagner comment, là ?

— Il s'est passé plein de choses, me défendis-je, un peu surpris ou peut-être blessé. On n'a pas eu le temps de respirer, encore moins de parler. Et je n'ai compris tout ça que ce matin, à la plage.

— Eh bien ! tu aurais dû le prendre, le temps. Quelqu'un l'a drogué, Rune. Et on a bizarrement de la chance, ç'aurait pu être largement pire. Si Max a des cadavres dans le placard, je dois le savoir tout de suite, sinon ce ne sera pas une tête de serpillière et un voyage en tapis volant la prochaine fois. Atterris, bordel !

— Ça, tu viens de le dire tout haut, soulignai-je. Tu m'en veux vraiment ?

Il commença à répondre que, oui, il m'en voulait vraiment. Puis il ferma la bouche avec tant de force que ses dents claquèrent. Il eut ensuite ce que j'appelle « ses moments zen » : tout son tumulte intérieur se replia dans de pâles rides autour de ses yeux.

— Je suis contrarié, avoua-t-il. Et je passe mes nerfs sur toi. C'est naze comme attitude. Je sais… je sais que je ne peux pas t'accompagner. Je comprends, mais… (Il se frotta le visage.) Dis-moi au moins que tu as un plan, que tu as de quoi assurer tes arrières.

— J'ai quelques idées.

— Alors que dirais-tu de plancher sur tout ça demain ? Tu es fatigué, et tu as un peu abusé de ton sabre ces derniers jours. Pourquoi on attendrait pas un peu ? On pourrait appeler la Tour, lui demander des renforts. Attendons demain soir. Rien ne t'oblige à y aller dès demain matin.

Le crépuscule ou l'aube : mes deux seules fenêtres d'action. Ces moments précis de la journée m'offriraient une protection supplémentaire, quoique limitée, contre les dangers de Farstryke. L'ennui, c'est qu'à mon sens Addam n'avait pas jusqu'au crépuscule.

— Tu me fais confiance, commençai-je.

— Rune…

— Oui ou non ? Mon instinct me dit qu'on doit se dépêcher de retrouver Addam.

Brand s'approcha des rideaux et, d'un doigt calleux, en écarta un pour regarder par la fenêtre. Dehors, il n'y avait que la lumière du réverbère ; quelques heures nous séparaient encore de l'aube. J'avais peu de temps pour recharger mes sceaux. J'aurais encore moins l'occasion de dormir ou de débarquer chez la Tour pour lui demander pourquoi, nom de nom ! il ne répondait pas à mes coups de fil.

Quand Brand me fit de nouveau face, je lui trouvai un air résigné.

Je le rejoignis et plaçai mes mains autour de son visage. Ce n'était pas vraiment une caresse ni un geste affectueux, je lui tenais à peine la tête. Je murmurai :

— Promets-moi que, quoi qu'il arrive, tu ne me suivras pas dans le château. Jure-le.

Même dans la pénombre, ses yeux restaient d'un bleu saisissant. Il les ferma et répondit d'une voix étranglée :

— C'est promis.

Le château de Farstryke

Farstryke était la cour du défunt Arcane qui, des siècles auparavant, incarnait le Temps. On l'appelait apparemment autrefois le trône de Sablier ; il avait été démantelé pour crimes contre l'humanité.

Le château faisait partie des rares édifices atlantes à avoir pu être transférés à Nantucket sans s'embarrasser de questions légales ou politiques. Le domaine était alors la propriété collective d'une fondation culturelle.

Hélas, comme on l'avait découvert par la suite, la téléportation de terres atlantes n'était pas une bonne idée. Personne ne savait pourquoi mais, quelques semaines après son importation, la zone était devenue le repaire d'apparitions. Des esprits de l'ombre y pullulaient comme des insectes attirés par une plaie suppurante. Même au top de ma forme, je galérerais à m'y infiltrer.

Le meilleur moment pour s'aventurer en terrain hanté, c'était à l'aube ou au crépuscule. Ces quelques minutes entre jour et nuit avaient le don de déstabiliser les monstres aussi bien diurnes que nocturnes.

C'était un maigre atout mais, à ce stade, tout avantage était bon à prendre.

Ciaran m'accueillit dans sa voiture avec un sourire sur ses lèvres vermeilles.

— Je ne sais pas ce que je préfère : que tu m'appelles au secours ou que tu proposes de covoiturer !

— Je ne cherche pas à vous faire plaisir. On vous paie. Est-ce qu'on peut se comporter en professionnels maintenant ?

— Allons, nous sommes entre amis, s'égaya-t-il. Soit, je serai professionnel.

Brand ne nous laissa même pas le temps de partir avant d'établir une liaison téléphonique. Pendant tout le trajet, je l'écoutai me débiter un tas d'informations de dernière minute sur Farstryke et son quartier. Il avait piraté les caméras de surveillance de la circulation, compilé les signalements de crimes dans un rayon de quatre rues autour du domaine, et même étudié les rapports de radars Doppler et multiparamétriques en quête d'éventuelles étrangetés météorologiques localisées.

Je me réveillai au son d'un flot d'injures dans mon oreille m'accusant de ronfler.

— On va passer dans un tunnel, dis-je. Allô ? Brand ?

— Vas-y, essaie de me faire ce coup-là. Essaie seulement.

Je me ravisai. Même sans notre lien, je percevais son anxiété dans sa voix.

— Tout ira bien, lui garantis-je. Tu le sais, n'est-ce pas ?

— Qu'est-ce que j'en sais ? On aurait dû appeler la Tour au lieu d'embaucher un mercenaire tout droit sorti du *Manège enchanté.*

— J'entends tout, lança Ciaran.

Je poussai un soupir exaspéré.

— On est presque arrivés, Brand. Je dois te laisser, d'accord ? Veille à ce que Max mange bien ses légumes. Je te rappellerai.

Je raccrochai, fermai les yeux et collai mon front contre la vitre. Sa fraîcheur nuiteuse me revigora un peu. Quand je rouvris les yeux, Ciaran me regardait fixement.

— Ton Acolyte est une vraie mère poule.

— Allez-y, moquez-vous, vous verrez de quel bois elle se chauffe, la mère poule. Voulez-vous que nous revoyions le plan ?

— Tu me l'as suffisamment détaillé au téléphone. Ne t'en fais pas, Soleil, c'est du gâteau. Quinn récupérera son frère en un rien de temps.

La voiture ralentit, et le pneu avant gauche buta contre le trottoir. En descendant, je vis que nous étions à l'entrée d'une étroite allée de garage bordée de hêtres. C'était le seul endroit de la propriété où s'interrompait un muret gris bardé de défenses de corail étincelantes.

Au loin, un toit crénelé se découpait sur un ciel mauve. L'allée arborée traversait un jardin en friche sillonné de chemins en escalier. Les plantes ornementales avaient disparu, étouffées sous l'avancée de broussailles locales et d'arbres champignonneux. J'avançai jusqu'à toucher de la pointe des pieds une pelouse défraîchie.

J'avais, à contrecœur, troqué mes bottes contre des baskets en cuir noir qui, bien que moins robustes, étaient imprégnées d'enchantements défensifs adaptés aux cimetières et autres lieux de ce genre. Je préférais mettre toutes les chances de mon côté. J'avais peu d'espoir de conserver longtemps l'élément de surprise. Une fois cette cartouche grillée, la meilleure tactique serait de devenir des intrus bruyants et indélicats.

— Bien ! Au cas où, je vous répète le plan une dernière fois. Dès l'activation de mon sort, on avance. On aura un peu moins de cinq minutes avant qu'il se dissipe. L'idéal serait qu'on atteigne le château dans ce laps de temps. En cas d'attaque, on fait front. Si vous m'entendez crier « Macchabée ! » en agitant frénétiquement le doigt, ça veut dire que notre plan est foutu. On se sépare, on dégaine les explosions. Faites gaffe, il pourra à tout moment arracher le sol pour vous l'envoyer à la figure.

Je m'agenouillai et touchai la terre en libérant un sort scellé. Un instant, ma main me parut se confondre avec la roche, puis le sort se stabilisa. Mon plan de secours. Glissant ensuite un pouce sous ma chaussette, j'effleurai mon bracelet de cheville en or. Son sort s'activa dans un vif afflux d'énergie.

Entrer dans un lieu tel que Farstryke ne se résumait pas à aller d'un point A à un point B. Il y avait de multiples espaces à prendre en compte. Le jardin attirerait des esprits de la terre et de la nature proches du plan physique. Au point du jour, j'espérais que les goules de jardin s'endormiraient pendant que les revenants et les feux follets des tombes émergeraient à peine de leur sommeil corrompu. Le mieux pour ne pas les avoir sur le dos restait évidemment de ne pas se faire repérer tout court.

— Faites comme moi, dis-je à Ciaran.

Je levai la jambe, plaçai le sort de Lévitation sous mon pied, gravis la marche invisible. Et voilà, je flottais.

Un petit pas vers la gauche, puis vers la droite. Lorsque je fus à quinze bons centimètres du trottoir, j'élargis le sort de manière à inclure Ciaran. Il imita mes mouvements, une pirouette en sus, jusqu'à se retrouver à côté de moi. Un sort de Vol nous aurait fait gagner du temps, mais je n'avais eu que quelques heures pour me préparer : la Lévitation était rapide à charger dans un sceau et facile à partager à deux.

Alors que nous étions ainsi surélevés, je nous fis entrer de plain-pied dans la propriété.

Notre présence fut détectée, indubitablement. La pelouse parut se raidir et les topiaires agitèrent leurs branches nues telles des lances. Curieusement, rien ne nous attaqua. Aucune paire d'yeux luisants ne s'éveilla dans les buissons. Aucun doigt ne jaillit de terre. Nous glissions vers le point d'entrée que j'avais choisi : une volière délabrée coiffée d'un dôme.

Au pied de la pente, il nous fallut rebrousser chemin. Il s'y trouvait une douve étroite remplie d'une épaisse bouillasse végétale. Préférant ne pas me risquer au-dessus de ce cloaque, je nous fis exécuter un détour par un ponceau aux planches blanchies. Nous étions de l'autre côté, à cinquante mètres à peine de la volière, quand la chance nous abandonna. Ciaran passa sur un fil de rupture.

Ces fils étaient une pernicieuse sous-catégorie de zones de rupture : d'infimes lignes de magie du néant qui mouchaient les sorts comme on souffle une chandelle. Ciaran en heurta une et tomba sur la pelouse.

La réaction fut immédiate. Le terrain hanté se mit à trépider puis à remuer.

— Attention, devant vous ! criai-je en sautant à terre à côté de lui.

Une goule au corps anormalement souple venait de s'extirper d'un massif de ronces et s'enroulait autour du pied d'une vasque à oiseaux décrépite. Son visage strié de boue m'évoquait celui d'un enfant battu. Elle nous adressa un sourire affreusement doux et affecta un air timide, le menton contre l'épaule, des bouts de cartilage grisâtres coincés entre les dents.

— On lui met tout et on file. Il y en aura d'autres ! dis-je en sollicitant mon sabre.

L'arme glissa dans ma paume et se solidifia en poignée. J'ouvris les hostilités avec un trait de feu. La créature criailla et battit en retraite.

Quatre autres goules au visage d'adolescents mutilés apparurent. Deux émergeaient du fossé fétide, un autre des ronces et le quatrième d'un trou caché sous l'herbe. Eh merde ! pourvu que nous n'ayons pas mis les pieds dans un nid ; les goules se reproduisaient comme des lapins, et nous serions dépassés en moins de deux.

Je saisis d'un doigt le camée de ma mère. Son Bouclier se libéra. Je touchai ma bague d'or blanc pour activer mon sort de Feu.

Trop fatigué pour susciter de mon sabre une salve de tirs, je l'allongeai en rapière à la garde en coquille. De ma main libre, je façonnai avec mon Feu une boule pourpre que j'envoyai sur les deux goules prises dans la gadoue. La fange s'embrasa dans une explosion, érigeant un mur de flammes et de fumées goudronneuses. Les créatures vagirent et fuirent à la nage, traînant à leur suite des filaments de cheveux brûlés.

Ciaran tendit la main vers la goule des ronces. La friction de la magie entre ses doigts était telle que ses ongles brillèrent. Un épais liquide pareil à de la sève suinta de la peau du monstre. Sueur, sang ou autre, la substance se mit à luire et prit feu. L'attaque, en plus d'être puissante, était astucieuse : le fourré d'orties sèches autour de la goule ne tarda pas à flamber aussi. Abandonnant son abri détruit, elle se rua vers le trou dans la terre.

J'avais espéré que toutes se décourageraient face à une telle menace à l'approche de l'aurore, mais la quatrième se campa résolument devant nous alors que ses cousines se carapataient. Elle nous toisa, les mains sur les hanches, ses griffes aussi pointues que des clous de cercueil.

Puis elle se figea, tourna les talons et plongea sous terre.

Mon instinct comprit avant moi.

— Il est là ! criai-je.

Le Macchabée surgit de derrière un cairn de deux mètres.

Son arrivée me paralysa immédiatement les sens telle une chape de fumée funèbre. Il était bien trop près. Son mélange écœurant de linge propre et de chair en décomposition m'assaillait les narines. Sa capuche, légèrement en retrait cette fois, dévoilait un front, un nez et un menton qui avaient tout l'aspect d'un fruit talé.

Il ouvrit les bras. Je pris mes jambes à mon cou. Un grondement s'éleva et, soudain, un énorme pan de réalité s'arracha dans un craquement tonitruant. Des vrilles de lierre mort, un morceau de haie et des fragments du cairn s'agglomérèrent en sphère tourbillonnante autour de lui.

Ses deux cibles ayant décampé dans des directions opposées, il dut choisir. Et Ciaran était le plus proche. Le récarné projeta sa masse de débris vers lui. Frappée par une pierre, la principauté tomba la tête la première sur une berge abrupte et rocailleuse, disparaissant de ma vue.

Je tirai dans la tête du Macchabée avec mon sabre. Du moins, j'essayai, car il esquiva l'éclair de feu d'un simple mouvement du cou avec la souplesse d'un serpent.

Il tendit un bras. À ses pieds, des bandes de mauvaises herbes dépérirent à vue d'œil. Ces micromorts organiques produisirent des étincelles noires, qui se rassemblèrent entre ses mains. Je plongeai derrière une haie pour éviter son sort de Foudre noire. La haie s'embrasa. Très vite, un nuage de fumée nous sépara. Je fuis cette brume qui me brouillait la vue.

Parvenu dans un espace dégagé, je focalisai mon attention sur le cairn, sur les interstices entre les galets. À l'aide du Feu, je surchauffai l'air enfermé en une fraction de seconde. Le tas de pierres explosa, faisant chanceler le Macchabée.

Puis il parla :

— Le sort de Lévitation était une manœuvre habile.

On n'avait encore jamais vu un récarné capable de s'exprimer à voix haute. Les mots étaient rauques, sibilants, moins un son qu'une vibration humide de l'air poussé de force dans des poumons putréfiés.

Le monde fut traversé par une lumière stroboscopique qui me donna le tournis. Soudain, le Macchabée se tenait devant moi. L'herbe dans le sillage de son déplacement instantané était brunie et fumante.

J'investis mon énergie dans le Bouclier. La magie se déploya sur mon corps dans un éclat de lumière fractale. Je passai à l'attaque.

Le Macchabée eut un geste de la main. J'eus la sensation de recevoir un coup de fouet. Mon Bouclier et la lame de mon sabre se désintégrèrent. Des cloques formant une fine ligne bourgeonnèrent et éclatèrent sur la main du mort-vivant, couvrant ses doigts de pus, comme s'il venait d'empoigner du fil barbelé.

Le fil de rupture. Il avait *saisi* et *déplacé* un *fil de rupture* sur moi.

— Non, merci, grognai-je, avant de me jeter sur la pente en gradins.

Après une chute maîtrisée de plusieurs mètres, je bondis sur mes pieds et courus. J'ignorais sur quelle distance le Macchabée pouvait manipuler son fil de rupture, et je n'en revenais pas de me poser cette question. Autant se demander quelle distance les rennes du père Noël pouvaient parcourir dans le ciel avant de devoir faire une pause. Cette situation était invraisemblable. Et pourtant les faits étaient là. Pas le choix, je devais fuir, car je ne pouvais pas me permettre de perdre un autre sort scellé à cause de la magie du néant.

Des racines parcheminées jaillirent du sol et s'enroulèrent autour de mes chevilles. Je les sectionnai d'un éclair de feu. Un mur de ronces se détacha de son massif et se déroula vers moi comme une bobine de fil. J'enjambai un ruban épineux, tirai sur deux autres.

Le Macchabée me poursuivait, virevoltant sur la pente tel un patineur sur glace, les bras levés.

La terre trembla. Je n'avais nulle part où me réfugier. Mes sorts de Bouclier, de Lévitation et de Feu étaient morts. J'ignore d'où me vint cette impulsion, mais je m'immobilisai soudain et lançai :

— Devons-nous, nous aussi, être ennemis ?

C'était une très ancienne phrase de salutation datant de l'époque des combats courtois. Elle offrait à des forces fantoches commandées par des généraux corrompus une chance de parlementer.

Le Macchabée hésita. La terre s'apaisa.

— Je m'appelle Rurik, déclara-t-il. Et, oui, je dois souffrir les ânes qui m'ont invoqué. Si tu tentes de passer, je te tuerai.

Les récarnés ne revendiquent pas de noms. La situation devenait de plus en plus abracadabrante.

— Qui t'a invoqué ? demandai-je dans l'espoir de gagner du temps.

Rurik resta silencieux.

— Qui peut être assez remonté contre Addam Saint-Nicholas, sans oublier assez fort ou timbré, pour invoquer une créature telle que toi ?

— Une invocation est un sort. Un sort est une suite de mots pétrie de Volonté pure. N'importe quel ignare un tant soit peu déterminé et doté d'une langue peut prononcer la bonne formule. (Il marqua une pause.) Cela ne signifie pas qu'ils me retiendront.

— Tu veux bien me dire au moins si Addam est vivant ou si je perds mon temps ?

— Si tu tentes de passer, je devrai te tuer. Je ne veux pas…

— Tu ne veux pas me faire de mal, oui, super. Ça va te paraître dingue, mais je me dis qu'on a peut-être un intérêt commun, toi et moi.

Il s'esclaffa. Le rire produit par des poumons morts était un son atroce.

— Ce que je voulais dire, petit agneau, c'est que je ne veux pas *ta mort*.

Il tendit son poing fermé vers moi. Un étau d'acier me comprima la gorge. Je m'écroulai à genoux, portai mes mains à mon cou, sans rien trouver de palpable.

— Reste avec moi, dit-il avec un plaisir manifeste en s'avançant. Joue avec moi. Ta tête est PLEINE de jeux et de cauchemars.

Je tentai de rassembler ma Volonté sapée par la panique. Pas moyen de toucher mes sceaux ; impossible de me concentrer pour accéder mentalement à leurs sorts. Mon sabre prit la forme d'une petite dague. Rurik serra le poing et je convulsai. Le sabre m'échappa des doigts et sa lame se volatilisa en une nuée de lucioles. Je relâchai volontairement mes muscles de manière à tomber sur la poignée. Rurik m'empoigna par le col et me tira à lui.

Sa capuche tomba, me révélant enfin son visage.

C'était un récarné, ou plutôt un ancien récarné qui serait parvenu à inverser le processus de décomposition. La reconstruction était brouillonne. Un globe oculaire démesuré débordait de son orbite ; une narine se perdait dans un repli de peau flasque ; de la cire d'oreille dégoulinait et séchait sur son cou comme de la cire sur une bougie.

— Je lécherai tes souvenirs sur mes doigts, susurra-t-il.

— Pas le premier soir, trésor, objecta Ciaran.

Il se tenait à cinq mètres de nous, le visage éraflé de partout. Et il envoya un banal caillou. Avec une précision ahurissante, néanmoins. La tête de Rurik partit en arrière puis en avant, comme s'il acquiesçait. Il ne fut pas assommé, mais chancela. Ma paralysie disparut, me laissant de douloureuses crampes.

Sans perdre de temps, je récupérai mon sabre, le flanquai contre l'abdomen de Rurik et, rassemblant toute ma Volonté, générai un éclair de feu aussi gros que mon poignet. Le trait le traversa de part en part. Je reculai en hâte alors que des lambeaux de chair tombaient de la plaie, mélange méphitique de tissus calcinés et de matière larvaire frétillante.

— Soit, siffla-t-il. Nous serons ennemis.

Il esquissa un geste de la main. Non loin, quelque chose fusa d'un buisson et m'attaqua le visage. Je sentis une odeur de mort avant même de distinguer les cadavres des frelons animés par une énergie nécromantique. Un dard m'entailla la peau sous l'œil, un autre sur le front.

Je caressai du pouce le disque de platine ciselé de Quinn pour libérer son sort.

Sa lumière me fit l'effet d'une eau claire et pure dans mes veines. Elle jaillit par mes doigts, par mes yeux, par mon nez, comme les rayons d'un soleil dessiné par un enfant. Les frelons flambèrent dans un sifflement suraigu. Rurik leva le bras pour se protéger les yeux et tituba à reculons.

On l'appelait le Sacrefeu, un sort aussi puissant que difficile, une magie sainte. Il servait à repousser les morts-vivants. J'avais renoncé à toute velléité de sommeil, cette nuit, pour le préparer.

Rurik ne tarda pas à riposter. Le chiendent à ses pieds brunit, des éclairs noirs montèrent à ses poings. Il amorça un geste vers moi.

Ciaran intervint en lançant des filaments de foudre qui réduisirent les vêtements de Rurik en cendres. Il accrut la puissance de sa décharge jusqu'à zébrer la peau cadavéreuse du monstre de marques luisantes et suintantes. Je laissai déferler un torrent dantesque de Sacrefeu. Dans sa lumière éclatante, je ne vis plus que des silhouettes et un brasillement fugace : celui de mon Aspect, qui répondait à l'appel du Sacrefeu avec la force purificatrice du Soleil.

Un long hurlement suraigu s'éleva, puis Rurik disparut.

Je tombai à genoux.

On est bien par terre, pensai-je. S'allonger serait encore mieux. S'allonger loin de cet endroit maudit serait idéal.

Malheureusement, nous venions de gagner une fenêtre, rien de plus. Une fenêtre d'action. En outre, j'étais le digne fils de mon père ; je ne m'agenouillais pas entre les batailles.

Je me relevai péniblement et réservai le Sacrefeu qui brûlait encore dans mes veines. C'était un sort précieux ; mieux valait ne pas en perdre une goutte. Rien ne garantissait que nous ayons amoindri ce Rurik. Il s'était révélé monstrueusement puissant. Il avait déplacé un fil de rupture ! C'était aussi improbable que d'attraper une rivière pour la jeter sur son épaule.

Rurik. Il avait un nom. J'en venais même à le considérer comme une personne et non une créature. Je n'avais jamais entendu parler d'un récarné doté d'une personnalité autre que le faible écho de sa vie précédente, encore moins d'un récarné capable de canaliser la magie comme un mage vivant. Je n'en avais jamais vu un inverser son processus de décomposition.

Cette énigme devrait attendre, néanmoins. Addam Saint-Nicholas était toujours prisonnier du château.

La volière de Farstryke avait certainement été splendide en son temps : le majestueux atrium de verre avait été conçu pour recevoir la lumière du lever au coucher du soleil. À l'aide d'un artifice, je délogeai les quelques dents de verre qui tenaient encore dans le châssis d'une vitre.

— On peut entrer par là.

— Il n'y aura sûrement plus de réseau à l'intérieur, me fit remarquer Ciaran d'un ton hésitant.

— Vous avez un coup de fil à passer ?

— Moi, non, mais, toi, tu dois appeler le seigneur Tour pour lui parler de cette créature. Tu dois lui raconter ce qu'elle a fait.

— Vous ne me dites pas tout.

— Ce ne sont que des soupçons.

— Lesquels ? insistai-je, comme il ne semblait pas décidé à développer.

— Peu importe, appelle-le. Cet incident l'intéressera.

Sur quoi, il me tourna le dos et grimpa dans la volière.

— Ce n'est pas du tout angoissant ce que vous dites ! ironisai-je.

Je ne l'avais jamais vu aussi sérieux et ce fait, à lui seul, me perturbait.

Je sortis mon portable. Aucun signal. Je le rangeai et entrai à mon tour.

Dehors, le soleil matinal peinait déjà à percer la masse de nuages ; à l'intérieur, on n'y voyait goutte. Je murmurai un artifice de lumière qui dissipa un peu l'obscurité, révélant des statues brisées et des arbres morts depuis belle lurette. Sur mon ordre, la sphère nitescente longea les murs et illumina les issues de la pièce.

— Hé ! Ciaran, vous vous rappelez le moment où on parlait de vos soupçons ?

La principauté émit un murmure désapprobateur. Il passa le doigt sur la hanche crasseuse d'un ange ébréché.

— Je peux savoir ce qui vous rend si laconique sur ce sujet ? persistai-je.

— Je ne tiens pas à être alarmiste. C'est d'une extravagance superflue.

— Dit celui qui teinte tout ce qu'il touche de nuances pastel et fluorescentes.

Il fixa sur moi un regard exaspéré.

— Avons-nous vraiment du temps à perdre ? Tout à l'heure au téléphone, tu étais convaincu que le frère de Quinn n'en avait plus pour longtemps.

Je soupirai, mais décidai de laisser tomber.

Brand m'avait fait mémoriser les plans qu'il avait dénichés après une rapide recherche sur Internet. La volière jouxtait un salon de musique et une salle de représentation qui s'ouvrait sur un grand vestibule. Je me dirigeai vers cette dernière.

À mesure que je m'enfonçais dans le château, la sensation d'étrangeté qui me démangeait depuis mon entrée devint une vibration palpable. Je percevais la présence d'esprits agités. D'expérience, je savais que les battements de mon palpitant les exciteraient. Je laissai sourdre un filet de Sacrefeu de mes mains. Cette infime quantité diffusait un éclairage disproportionné, et les ombres se réfugièrent en cohue dans les coins et les fissures.

L'âme tourmentée du château se replia.

La salle de représentation était remplie de gros meubles couverts de housses miteuses. Un mur entier se composait d'une fresque, ses pierres gravées d'inscriptions et mouchetées d'une substance ressemblant à de la cendre. En grattant la pellicule, je récoltai sur mon doigt de fins flocons graisseux.

— Comment comptes-tu localiser Addam ? s'enquit Ciaran.

— Grâce à la magie.

Je me concentrai sur mon sceau de cuisse. Au terme d'une seconde de résistance, le sort céda. Une boule d'énergie assez semblable à un artifice de lumière se développa au-dessus de ma tête.

À mon commandement, la sphère se morcela pour former un vent lumineux. Celui-ci s'infiltra dans le château par les murs, par le sol, par les portes, par le plafond, dédaignant fantômes et farfadets, ne s'attardant qu'un instant sur les grattements de rongeurs et d'insectes. Enfin, il rencontra une grande créature vivante : la seule présente dans l'édifice. Si c'était Addam, il était au sous-sol.

— Par là, décrétai-je en me dirigeant vers la porte fermée au fond de la salle.

La lumière de mon Sacrefeu tremblota brièvement. J'avais presque épuisé sa durée. Ça m'ennuierait de me retrouver coincé en bas sans lui. Les caves des châteaux atlantes servaient rarement à stocker les décorations de Noël et les outils de jardin.

Ciaran m'assena une claque sur l'épaule et cria :

— Tu n'es que mon visage et ma voix, pas ma Volonté ! Tu veilleras à t'en souvenir !

— Qu'est-ce qui vous prend ? Lâchez-moi ! protestai-je en le repoussant.

Il se figea. Regarda fixement le sol. Sa mâchoire se crispa.

— C'est quoi ce cirque ? râlai-je.

— Il vient de se passer quelque chose. J'étais… Je ne saurais l'expliquer. Tout est normal maintenant.

Soit, nous étions dans un château hanté, qui nous réservait je ne sais quelles surprises. Le mieux à faire dans ces cas-là ? Marcher à petits pas avec une allumette. Je transformai mon sabre en cimeterre crépitant.

— Si quelque chose s'approche de nous, envoyez la sauce, lui conseillai-je. Faites au mieux pour barricader votre esprit.

Deux coups de cimeterre sur la porte close et le bois vermoulu tomba en morceaux. Je pénétrai dans le grand vestibule.

— Brand m'a montré tous les accès du rez-de-chaussée. Ici, on est dans l'antichambre, l'entrée du sous-sol devrait se trouver quelque part par là.

Je lui indiquai un endroit de l'autre côté du fatras de tables de banquet et de chaises cassées. Au début, la porte ne me sauta pas aux yeux, puis la tenture retint mon attention. Elle frémissait sous l'effet d'un léger courant d'air.

La voix de Ciaran résonna, rauque et forte :

— Elle nous a tous embobinés, comme autant de poupées russes emboîtées les unes dans les autres. La garce !

— Ciaran, protégez votre esprit !

Il secoua la tête. Un délire en chassa un autre et sa colère se mua en chagrin.

— Les vagues ont emporté leurs corps. Il n'y a plus lieu d'espérer.

Et, l'univers ayant un grand sens de l'humour, la tapisserie se déchira au même instant, vomissant quatre récarnés armés jusqu'aux dents. Encore des fusils dans un combat magique.

— Ciaran, mettez-vous derrière moi, vous n'êtes pas en état de combattre.

— Mais… la Terrouest avance sur nous, nous devons nous préparer.

— Derrière moi ! lui ordonnai-je.

Je nous entourai d'un cercle parfait de Sacrefeu. Son énergie chamboula et consuma des débris de table.

Je crus d'abord que ma magie effrayait les soldats récarnés mais, alors qu'ils se déployaient autour de nous, je notai que leurs regards inquiets se portaient vers le plafond.

Tout s'expliqua quand un souffle de ténèbres m'ébouriffa les cheveux en laissant une traînée de givre.

Je levai les yeux et vis des spectres.

D'une voracité sans égale parmi les fantômes, les spectres déboulèrent par un escalier de l'autre côté de l'antichambre. Je m'empressai de renforcer ma barrière de Sacrefeu. Ils se précipitèrent vers moi en hurlant mais, êtres anciens et corrompus, ils se déchirèrent sur mon cercle de magie pure. Trois d'entre eux se désintégrèrent. Des souvenirs pâles et colorés s'échappèrent de leur corps telles des cendres. Certaines bribes de mémoire me frôlèrent ; des images de vie se carambolèrent dans ma tête. Le rictus filou de Maria, le cerisier dans mon verger atlante, les prunes de la taille de noix de coco offertes au premier poney d'Adeem.

Les récarnés ne jouissaient pas de mes protections. Comme ils subsistaient sous une forme intermédiaire, ni vraiment vivants ni vraiment morts, les spectres pouvaient encore se repaître d'eux. Un conseil de Quinn me revint subitement en mémoire : *« Laissez les fantômes manger d'abord. »*

Aussi attendis-je sans rien faire.

Deux récarnés ouvrirent le feu sur les spectres. Un autre pointa sur moi un fusil hypodermique puis s'écroula quand un spectre lui mordit l'épaule. Un mort-vivant tenta de sauter pardessus mon rempart de Sacrefeu. Son bras s'embrasa. Il se roula à terre pour étouffer les flammes. Les spectres fondirent sur lui et le dévorèrent.

En trois minutes, les derniers récarnés succombèrent. Les spectres tournèrent autour de mon cercle une bonne minute encore, hurlant, gémissant, puis repartirent finalement par l'escalier.

Mon Sacrefeu n'avait vraiment plus beaucoup de jus. Même en admettant qu'Addam soit en bas, prêt à partir, je n'aurais peut-être pas de quoi regagner le portail du domaine.

— Ciaran, rebroussez chemin. Le Sacrefeu est ma seule défense contre les mystifications du château et je ne peux pas vous en faire bénéficier sans l'épuiser prématurément. Si nous perdons la tête tous les deux, Addam est condamné.

Il m'adressa un hochement de tête lucide.

— Mes pouvoirs... s'apparentent aux rêves et aux prophéties. C'est sans doute ce qui me rend vulnérable à leurs invasions mentales.

— Addam n'est pas loin. Si dans un quart d'heure vous n'avez toujours pas de mes nouvelles, appelez la Tour. Et merci, Ciaran. Vraiment. Merci beaucoup.

Il inclina la tête, puis partit.

Je traversai le vestibule. En soulevant la vieille tenture, je compris mieux comment les gardes récarnés avaient survécu jusqu'à présent.

Dans l'antichambre, ils étaient des proies faciles, mais des enchantements protégeaient l'escalier du sous-sol et le sous-sol lui-même des intrusions spectrales. Je pris une profonde inspiration pour me détendre un peu.

Contrairement au rez-de-chaussée, la cave était assez bien entretenue. Le sol de terre compacte était balayé, les murs dépourvus de toiles d'araignées. Par un effet curieux des enchantements spectraux, mon artifice de lumière projetait à présent un halo net d'un jaune cartoonesque au-delà duquel l'obscurité restait totale.

Je suivis le couloir. Il me semblait avoir parcouru une centaine de mètres – difficile d'estimer la distance réelle – quand je rencontrai une porte.

Elle avait meilleure allure que celles du rez-de-chaussée. Ma lame grenat rebondit sur les pentures de métal quand je les tapotai.

Un sort la protégeait. Ou la piégeait. Je tins ma main devant l'une des bandes de fer en me concentrant.

L'identification de sorts était un exercice hasardeux. Tout reposait sur l'interprétation et une bonne intuition. Pour moi, la porte dégageait une impression d'électricité statique et de coups de soleil. Un sort d'Électrocution ou de Feu ?

Deux choix s'offraient à moi. Toujours les mêmes en définitive : destruction ou piratage. J'optai pour la solution la plus ingénieuse et dégainai l'un de mes sorts scellés. On l'appelait l'Ouverture. Une fois activé, il resta en attente dans mon cerveau au prix d'un léger tournis, comme quand on se lève trop vite.

Reculant contre le mur, j'appliquai l'Ouverture à la fois au battant et au piège. Un mécanisme s'actionna dans le verrou. Le piège magique s'en dissocia, entier, sans se déclencher.

J'abaissai promptement la poignée pour voir ce qui se trouvait de l'autre côté.

Addam Saint-Nicholas me tournait le dos. Il dansait, un lecteur MP3 à la main.

Autour de lui, un plateau-repas, une bouteille de vin, quelques livres de poche récents et un lit de camp. Il ne portait qu'un pantalon de costume noir. Ni chaussures, ni chaussettes, ni chemise, ni sceaux.

La première idée qui me vint à l'esprit fut qu'il dansait comme Brand.

Puis, avec une incroyable fluidité, il se retourna en sortant de son pantalon une patte de repose-pied grossièrement taillée en pieu. Son regard alla de ma lame de sabre à mon visage. Il lâcha son arme de fortune.

— Oh ! fit-il, vous n'êtes pas mort. Vous venez me secourir, n'est-ce pas ?

Ses dents blanches contrastaient avec le hâle constellé de taches de rousseur de sa peau. Un tatouage d'entrelacs celtiques lui ornait un bras jusqu'à l'épaule. Il faisait bien un mètre quatre-vingts.

Il avait attaché ses cheveux couleur sable en petite queue-de-cheval au moyen d'un vieil élastique.

— Votre épée, dit-il en tendant la main.

Je le dévisageai d'un air interdit.

— Euh… sans façon ?

Ma réponse le déconcerta.

— Toutes mes excuses, ces derniers jours ont été… fort longs. Quelqu'un pourrait-il me prêter une épée ? Je préférerais être armé.

— Ah ! j'ai compris. Vous vous imaginez toute une équipe de secours armée jusqu'aux dents. Mince, vous allez être déçu !

Ses yeux, d'un magnifique bordeaux, se portèrent vers la porte, puis revinrent sur moi. Je crus y déceler une forme d'approbation.

— Vous êtes venu à Farstryke seul.

— On m'a aidé pour entrer.

Je rétractai ma lame, calai la poignée de sabre sous mon pantalon et, sautillant, retirai mes baskets. Addam m'observa avec un mélange d'amusement et d'intérêt jusqu'au moment où je lui collai mes chaussettes sales contre le ventre.

Je remis mes baskets et profitai de ce qu'il enfilait mes chaussettes pour examiner ses tatouages. En général, les hauts descendants évitaient de s'en faire. Les tatouages s'apparentaient dangereusement à des runes et avaient tendance à s'animer d'une vie propre.

— Pour être clair, cette pièce est bien une prison, n'est-ce pas ? demandai-je. Vous n'êtes pas en train d'éviter votre maman parce que vous vous êtes réveillé dans les bras d'un matelot après une nuit arrosée ?

Il laissa échapper un éclat de rire surpris.

— Non, non, c'est une prison.

— Vous ne sauriez pas qui vous y a enfermé par hasard ?

— Je regrette, non, répondit-il d'une voix amère.

Je décelai un accent slave, marqué, comme celui de sa mère, par le roulement des « R ».

— Mais je compte bien le découvrir, ajouta-t-il.

Addam Saint-Nicholas

Le sort d'Ouverture s'amenuisait. Il nous fallait absolument quitter la pièce avant que le piège magique se remette en place.

— On y va, décrétai-je.

Addam ramassa son pieu et me suivit dans le couloir. Je refermai la porte, retirai l'Ouverture. Les poils se dressèrent sur mes bras ; le piège avait repris sa place.

— Écoutez, ça grouille de fantômes en haut. Pire, l'espèce de monstre qui a ranimé ces soldats récarnés, Rurik, pour reprendre le nom qu'il se donne, pourrait revenir. On doit faire vite. Si on trouve une issue facile d'accès, tant mieux. Sinon… j'ai une solution moins agréable.

— Il y a une sortie derrière, suggéra-t-il en m'indiquant la direction opposée et je m'y dirigeai aussitôt. C'est par là qu'ils m'ont amené. Si nous…

D'un geste, je lui intimai le silence. Des bruits, provenant de l'escalier. Je tentai d'identifier le son. Un grattement ou un crissement, comme des griffes de souris sur du contreplaqué.

Au bout du couloir, derrière nous, des bâtons blanchâtres dodelinaient dans l'air. En se rapprochant de ma sphère de lumière, leur forme s'affina en côtes et cubitus. Drapés de linceuls en loques, les squelettes me regardaient avec des orbites garnies de pièces d'or et de pierreries.

Les ossements constituaient la base grossière de la magie de récarnation. Il était bien plus facile de ranimer des corps décharnés que les cadavres bien portants que j'avais croisés en haut. Évidemment plus faibles, ils pouvaient cependant être invoqués en plus grand nombre.

Le couloir pouvait en accueillir quatre de front et je comptais cinq crânes boueux par rang.

— Reculez, intimai-je à Addam.

— Dix chacun, murmura-t-il d'une voix tendue.

— Chut !

J'invoquai le sort scellé contenu dans mon ankh d'argent et le gardai dans ma main. Je le sentais ronfler entre mes doigts comme un moteur de voiture.

Les squelettes entrèrent lentement dans la lumière jaunâtre de mon artifice. Je repérai plusieurs dagues rouillées dans leurs rangs. Alors qu'ils arrivaient à hauteur de la porte piégée, l'un d'eux amorça un lancer de couteau. Addam paniqua et lui jeta son pieu. Les crânes suivirent la trajectoire du bout de bois dans un cliquetis de vertèbres. Le pieu heurta la porte avec assez de force pour déclencher le piège. Des arcs électriques s'élevèrent du sol sous la première ligne de squelettes. D'un coup, des fragments d'os carbonisés et de tissu fumant volèrent en tous sens. Ce n'était pas une mauvaise tactique, même si une quinzaine de squelettes avançaient toujours vers nous.

J'avais prévu de me servir de mon sort pour activer le piège. Inutile d'attendre plus longtemps. J'envoyai ma Pulvérisation.

L'onde de choc magique les frappa dans un craquement de tonnerre. Une nuée de minuscules fragments d'os vola vers le plafond. Quand la pluie de débris cessa, Addam vint à côté de moi, si près que son bras effleura le mien. Il sentait la sueur et le parfum évaporé.

— Tu veux que j'aille récupérer ton pieu ? lui proposai-je.

— Je n'ai pas l'habitude de me faire voler la vedette par un véritable héros, répondit-il avec un sourire. C'était un sort d'excellente facture. (Il me décocha un clin d'œil puis s'éloigna.) Par ici, Héros.

Je lui emboîtai le pas en regardant tantôt devant moi, tantôt par terre, à l'affût de potentiels ennemis et chausse-trapes. Le couloir débouchait sur une vaste salle. Je retins Addam par le coude juste au moment où il s'apprêtait à poser le pied sur une espèce d'objet métallique rouillé. Un piège à ours ?

J'inspectai l'outil de plus près. Non, ce n'était ni un piège à ours ni de la rouille.

— On est dans une salle de torture, pas vrai ? m'enquis-je avec lassitude.

— Oui, c'est son entrée. Ah ! voilà ce que je voulais te montrer.

D'un geste théâtral, il écarta un pan de tapisserie. Derrière, un escalier de granit secret s'enfonçait dans des profondeurs noires et froides. Comme je restais silencieux, il ajouta :

— C'est ce qui leur permettait d'aller et venir si facilement dans le château. Le tunnel passe sous les jardins de Farstryke. Nous pouvons nous enfuir par là.

— Excellente idée, ironisai-je. Descendons plus bas dans les entrailles de la maison hantée, qu'est-ce qu'on risque ?

— Fais-moi confiance. Combien de Pulvérisations as-tu encore en réserve ?

Je ne tenais pas particulièrement à lui expliquer que je ne disposais que d'un arsenal de sceaux limité et que j'avais pratiquement grillé toutes mes cartouches.

— Et si on partait sur le plan B ? offris-je.

— La fameuse solution moins agréable ?

— C'est ça.

Je lui touchai le bras et activai le sort que j'avais ancré en arrivant à Farstryke.

Ça faisait un bail que je ne m'étais pas servi d'un sort de Fronde.

La magie de téléportation consistait à établir au minimum deux points de référence, puis de créer un pont instantané entre eux. La Fronde en était une variante simplifiée. Elle reposait sur un unique point de référence et faisait du mage une sorte de corde élastique. On pouvait uniquement revenir à son point de départ, la portée était merdique et on était loin du doux picotement de la vraie téléportation.

Le sort parut étirer mon corps au-delà de toute limite concevable pour le précipiter ensuite dans une mélasse tourbillonnaire. Nous atterrîmes à genoux devant Ciaran. Addam se retourna pour vomir. Je réussis à tituber jusqu'à une grille d'égout. Une substance rance et gélatineuse perlait sur nos visages. Je m'essuyai la joue pour voir ; elle était orange.

— Charmant, commenta la principauté.

— Ciaran ? haleta Addam en lui adressant un sourire tremblant qui s'avéra amical. J'ignorais que vous étiez venu. C'est Quinn qui vous a envoyé ?

Ciaran me glissa un bref coup d'œil. J'estimais que le moment était mal choisi pour parler à Addam du coma de son petit frère.

— On reviendra sur les détails plus tard. Laissez-moi contacter mon équipier, puis nous irons nous mettre en lieu sûr. Ciaran, pourriez-vous faire démarrer la voiture ?

— À tes ordres, acquiesça-t-il en s'inclinant, avant d'aider Addam à se relever.

Je passai un coup de fil à Brand.

— Tu es blessé ? demanda-t-il tout de go.

— Je n'ai rien. Je l'ai récupéré.

Son soupir de soulagement fit siffler le micro du téléphone.

— Raconte-moi tout.

Je lui décrivis succinctement les événements. Il me posa quelques questions et se calma au fur et à mesure de mes réponses.

— Bref, conclus-je, je devrais être à la maison dans deux heures.

— « Deux heures » ! répéta-t-il, perdant son calme durement acquis. Je peux savoir pourquoi ?

— Je vais raccompagner Addam chez lui. Je ne sais pas si notre mission s'arrête après cette étape ou pas. Je serai bientôt à la maison.

— Le Macchabée n'est pas mort. Il n'est même pas hors course s'il a pu t'envoyer une escouade de squelettes au cul.

— Des squelettes. Bah ! il doit quand même être mal en point vu qu'il ne nous a pas poursuivis lui-même. Tu sais, il n'est pas si aberrant que j'arrive à survivre une heure ou deux sans toi. D'ailleurs, tu as oublié de me féliciter pour mes prouesses.

— Oui, bravo, bravo, merci de ne pas être mort après m'avoir laissé en plan. T'auras droit à un cookie.

— Au chocolat ou aux raisins secs ?

Il raccrocha. Je rangeai mon portable. J'avais à peine fait un pas vers la voiture qu'il vibra. En le ressortant, je découvris un message de Brand : « Petit con. »

Addam me laissa la place du mort pour s'étaler sur la banquette arrière. Ciaran déboîta sans même me laisser le temps d'attacher ma ceinture.

— Appelle le seigneur Tour.

— Vous voilà bien sérieux tout à coup.

Il me décocha un regard exaspéré.

— Je suis une principauté. Mes obligations envers l'Arcanum sont peut-être limitées mais pas inexistantes. Le seigneur Tour doit être mis au courant.

— J'en sais très peu, confessa Addam à l'arrière. Je me demande encore ce qui s'est vraiment passé.

Je pivotai sur mon siège pour m'adresser à lui :

— As-tu le moindre souvenir de ton enlèvement ?

— Rien que… cette chose. Je suis entré dans mon bureau. Ensuite, ce ne sont que des bribes de souvenirs, des récarnés en train de me trimballer dans les tunnels sous Farstryke.

— Et tu ne sais pas du tout qui a ordonné à ce récarné, Rurik, de te kidnapper ?

— Celui-là n'avait rien d'un récarné ordinaire. Mais j'ignore de qui il tenait ses ordres. Rien n'a été dit. Est-ce que… (L'inquiétude lui tirait les traits.) Se sert-on de moi pour atteindre ma mère ? Ma famille est-elle en danger ?

— Je ne sais pas. À mon avis, c'était plus personnel que ça.

— Tu insinues qu'une personne de mon entourage est derrière tout cela ?

Mon portable vibra derechef. Un appel de Brand. Je n'eus même pas le temps de prononcer une syllabe en décrochant.

— Vous restez bien dans des rues fréquentées ? Y en a un pour surveiller vos arrières ? Tu restes attentif à d'éventuels pics d'énergie ?

— C'était quoi la première question ?

— Rune ! me réprimanda-t-il.

Une idée fit son chemin dans ma tête.

— Oh, putain ! pestai-je, tu es derrière nous, c'est ça ?

Je me retournai. Sa moto nous suivait à bonne distance. Une avalanche d'émotions m'envahit : le soulagement de le savoir présent, la honte d'avoir toujours un temps de retard par rapport à lui en matière de prévention, et la colère. Une bonne colère explosive.

— Brand, je te préviens, si tu étais devant Farstryke depuis tout ce temps, ce sera la guerre !

— Mais non ! se défendit-il, la voix étouffée par le grésillement de son micro de casque. Je viens de vous rattraper. Eh merde ! Rune, il a rien d'autre à faire à part se tourner les pouces derrière, le père Saint-Nicholas ? Tu veux pas lui demander de surveiller les environs par la fenêtre en cas d'embuscade ?

— Je l'entends, me fit remarquer le haut descendant.

— Ce n'est pas le plus diplomate, mais il n'a pas tort, dis-je à notre passager. Brand, on se dirige vers le Pas du Lac. Je te retrouve là-bas. Addam, surveille notre flanc gauche, je m'occupe du droit. Ciaran, droit devant. Restez vigilants. Mieux vaut ne pas crier victoire trop vite.

Addam habitait au Pas du Lac, un quartier bourgeois qui chevauchait ceux du marché et de la finance. Sa résidence était une église réaffectée, divisée en quatre grands appartements qui jouissaient chacun d'un quart de l'immense rosace. Pour Addam, c'était la partie supérieure droite : une pointe d'aile angélique sur un ciel ocre.

Brand attendait déjà devant sa moto quand nous descendîmes de voiture. Les présentations furent brèves.

Ciaran laissa le moteur tourner. D'un signe du menton, il m'invita à discuter en aparté.

— C'est ici que je vous laisse, annonça-t-il.

— Je ne plaisantais pas tout à l'heure : merci pour votre aide. Vous ne l'avez pas fait que pour l'argent, je me trompe ?

Il observa une pause, le temps de réfléchir à sa réponse. Pour ceux de sa génération, la gratitude était une marque de faiblesse.

— En effet, reconnut-il finalement. Quinn est un jeune homme unique. J'ai beaucoup d'affection pour lui. Je vais d'ailleurs tenter de le contacter en rêve. Ne tarde pas trop à parler à Addam de son état, Soleil. Ces deux-là sont extrêmement proches. Il sera bouleversé.

— Je n'y manquerai pas.

— Et tu penseras aussi à appeler la Tour ?

— Vous ne voulez toujours pas me dire ce qui vous préoccupe ?

— Pour le moment, non. Notamment car je préfère éviter d'influencer les conclusions de la Tour. Veille à mentionner le fil de rupture.

— Je pourrais difficilement l'oublier. Merci encore, Ciaran. Je m'assurerai que la Tour vous paie incessamment.

Il me salua de la tête, adressa un signe de la main à Addam et envoya un baiser à Brand.

Alors que nous montions tous trois au premier étage, je me rendis subitement compte qu'Addam ne m'avait jamais demandé mon nom ; je m'étais seulement présenté comme le type engagé pour le retrouver. Cela dit, il avait sans doute entendu Brand prononcer mon prénom au téléphone. Et puis, les hauts descendants mercenaires, ça ne courait pas les rues. Je serais étonné qu'il n'ait pas déjà compris qui j'étais.

La porte de son appartement ne disposait d'aucune serrure. L'accès était restreint par des enchantements biométriques.

— Préférez-vous monter la garde dans le couloir ? demanda-t-il à Brand.

Ce dernier le regarda en clignant des yeux, sans rien dire.

— Brand n'est pas que mon Acolyte, répondis-je. C'est mon équipier. Il vient avec moi.

L'intéressé décida d'en remettre une couche :

— Et c'est vrai que tous les gardes du corps à la mode adorent enfermer leur client avec un inconnu dans un lieu inconnu. Gros bonus s'il y a des zombies.

— Je ne voulais pas vous offenser, s'excusa Addam en s'inclinant légèrement. Je vous en prie, Brandon Saint-John, joignez-vous à nous.

Mon Acolyte m'adressa un regard désabusé tout en entrant à sa suite.

À peine le seuil franchi, Addam réactiva les sorts et Brand disparut dans une pièce sombre au bout d'un petit couloir. Au lieu de le talonner inutilement, j'inspectai l'autre moitié de l'appartement. Au fur et à mesure de notre exploration, nous allumâmes les lumières dans des chambres d'amis, une suite parentale, un sanctuaire, une cuisine et un salon qui occupait toute la largeur de l'appartement.

— Qui d'autre peut entrer ? interrogeai-je Addam quand il nous rejoignit.

— Ici ?

— Oui. Ta famille ? Tes associés ?

— Grands dieux, non ! Lilly Rose, oui, mais ni mes associés ni leurs assistants. Mes frères et ma sœur y ont accès. Dame Justice aussi. Elle entre où elle veut de toute façon.

— Et les gérants de la résidence ?

— En cas d'urgence, ils peuvent briser les enchantements et entrer, mais j'en serais immédiatement averti. Crois-tu que nous ne soyons pas en sécurité ici ?

— Rurik a passé sans souci les défenses de ton bureau. *(Ou quelqu'un l'y a aidé.)* Il serait plus prudent de te cacher ailleurs le temps qu'on décide de la prochaine étape.

Il acquiesça d'un air grave. Là-dessus, il cassa l'élastique de sa queue-de-cheval et secoua ses cheveux crasseux, chagriné de les sentir s'accrocher à ses doigts.

— Je vais d'abord prendre une douche. Te faut-il appeler dame Justice ? Il y a un téléphone dans la cuisine.

— Vous voulez que Rune appelle votre maman ? demanda Brand, incrédule.

— Oui, pour lui faire son rapport.

C'était ma faute ; il ignorait que la Tour, et non sa mère, m'avait engagé. Malentendu aisément réparable, mais il serait peut-être blessé d'apprendre que sa cour n'avait pas levé le petit doigt depuis sa disparition.

— Pour être honnête, je ne sais pas trop qui ta mère a mis sur ta piste. C'est le seigneur Tour qui m'a envoyé.

— À ce propos, intervint Brand, je vais essayer d'avoir Mayan au téléphone. (Il parlait de l'Acolyte et chef de sécurité de la Tour, son contact privilégié au trône de Dague.) Il convaincra peut-être son patron de répondre à tes messages. Excusez-moi.

Tandis qu'il s'isolait dans le couloir d'entrée, Addam me demanda :

— Le seigneur Tour t'a demandé de me retrouver ?

— Il s'inquiétait pour toi.

Un léger sourire lui tira les traits.

— Quinn aussi doit se faire un sang d'encre. Mon frère. Je dois l'appel…

— Addam.

Il s'approchait déjà de l'îlot qui séparait la cuisine du salon. Un téléphone rétro était fixé au mur.

— Quinn est à l'hôpital, lui avouai-je enfin.

Il s'arrêta net.

— Je ne… Quoi ? Quinn ?

— Je suis navré.

— Quinn est blessé ? Que s'est-il passé ? balbutia-t-il avec une détresse sincère.

— Nous étions à l'hôpital où se trouve Christian quand des récarnés nous ont attaqués. Il a une commotion cérébrale. Les récarnés se servaient de grenades à surpression…

Addam composa vivement un numéro sur le téléphone. Il fondit en larmes. Un standardiste le mit en liaison avec une aide-soignante de l'hôpital des Nouveaux-Saints, qui relaya son appel aux infirmières de l'étage de Christian. Il tanna ces dernières pour avoir des nouvelles de Quinn. Son interlocutrice ne put que lui confirmer que Quinn était hors de danger, quoique encore inconscient, et se reposait.

Après avoir raccroché, Addam contempla longuement sa cheminée, ornée de plusieurs photos encadrées. Il sécha ses larmes sans honte.

Puis il se précipita vers son bureau. À côté d'un ordinateur bourré de gadgets se trouvait une tablette. Il l'alluma et tapota l'icone d'un logiciel de messagerie.

À l'ouverture de la fenêtre, il se figea.

Brand nous observait depuis le seuil de la pièce. Comme toujours, il comprit avant moi.

— Votre frère vous a envoyé un e-mail avant l'attaque, n'est-ce pas ?

Addam braqua son regard sur lui.

— Vous êtes donc au courant pour son don. Ça… ça lui arrive d'envoyer ce genre de message. D'habitude, c'est quand il s'apprête à faire le mur ou à rater un examen. Il… il s'excuse d'avance. (Il considéra la tablette avec un léger sourire, qui s'effaça dans la foulée.) Ça dit : « Le plus souvent, je m'en sors. Ne t'en fais pas pour moi. Le monstre veut t'attraper. »

— Et l'autre ? s'enquit Brand en le scrutant. Vous avez lu deux messages.

Le visage d'Addam l'avait trahi. Il appuya sur un bouton et l'écran s'éteignit.

— En effet, il l'a envoyé juste après le premier. Ça disait : « Non, c'est lui que le monstre veut attraper maintenant. »

Le regard de Brand se riva sur moi. Et, oui, j'avais conscience d'être dans la mouise jusqu'au cou, voire au-dessus.

— Je suis très sale, soupira le haut descendant en retrouvant son accent russe. J'ai besoin d'une douche, de vêtements propres. Puis de découvrir qui s'en est pris à mon petit frère pour le venger. Il y a du café en grains dans le congélateur si vous voulez. Veuillez m'excuser.

J'échangeai un regard avec Brand tandis qu'Addam se retirait dans sa chambre. Mon Acolyte roula des yeux. Je suivis notre hôte. Il se tenait près d'une table de chevet en chêne, la tête basse. Je tentai de le réconforter.

— Quinn t'a certifié qu'il s'en sortirait. Il sait de quoi il parle, pas vrai ?

— Non, il a dit que « le plus souvent » il s'en sortait, nuança-t-il.

— Il était assez conscient pour s'adresser à Ciaran en rêve. C'est comme ça que je t'ai retrouvé. C'est plutôt bon signe, non ?

— Il n'y a pas de bons signes à voir. Nous en avons maintenant la preuve, n'est-ce pas ? Quelqu'un cherche à attaquer le trône de ma mère.

Je clignai des yeux, pris de court.

— Honnêtement, je n'y crois pas. Le seigneur Tour est convaincu que c'est toi qui es visé, soit à titre personnel, soit à titre professionnel.

— Mais pourquoi m'envoyer cette abomination ? Ce… Rurik. Pourquoi m'envoyer une petite armée de récarnés ? Ce genre de ressources ne se mobilisent que lorsqu'une cour en envahit une autre.

— Ou lorsqu'un haut descendant avec plus de grimoires que de bon sens invoque une force qui le dépasse et perd le contrôle de son invocation.

Il me dévisagea longuement en silence. Je finis par me trémousser, mal à l'aise.

— Tu m'intrigues, Héros, dit-il au bout d'un moment. Je te dois très certainement la vie, un simple merci ne sera jamais suffisant. Je ne sais pas si je dois te récompenser par une coquette somme d'argent ou en t'invitant sous la douche ?

— On accepte les chèques, répondis-je avant de pouvoir rougir d'embarras ou de faire une bêtise.

Il élargit son sourire un bref instant, puis s'éclipsa dans la salle de bains en fermant derrière lui.

À travers la porte de la chambre, j'entendis Brand émettre un son. Gloussement ou soupir, la question se posait.

Nous attendîmes deux bonnes minutes avant de nous mettre à fouiner.

L'appartement était décoré avec des matières sobres mais résistantes. Beaucoup de meubles en cuir, une moquette vert sapin, des murs grenat. Les photos sur le manteau de la cheminée montraient essentiellement Quinn, même s'il y en avait quelques-unes de Lilly, de Christian, ainsi que l'inévitable photo de presse du trône de Croisade. La bibliothèque et le coin multimédia d'Addam s'inscrivaient à l'opposé des miens : une collection presque anecdotique de livres, mais un mur entier de CD auxquels s'ajoutaient des vinyles, des cassettes audio, des concerts en coffrets DVD, sur cassette vidéo, sur Betamax et même de grands LaserDisc originaux. Les Atlantes jouissaient d'une belle longévité ; nos centres d'intérêt n'évoluaient pas au même rythme que la technologie.

La cuisine se nichait dans un grand renfoncement coupé du salon par un îlot en marbre. Le mur présentait un revêtement ardoise sur lequel Addam avait écrit des poèmes, des listes de courses, des numéros de téléphone et des paroles de chansons.

Dans un coin du salon se trouvait l'ordinateur de compétition. Des feuilles sorties d'une imprimante laser voisinaient avec un clavier ergonomique. Je poussai la souris du doigt, et l'écran s'alluma dans un ronronnement. Une page web était ouverte. J'examinai aussi bien les pages imprimées que celle à l'écran.

— Fichtre ! un indice.

— « Fichtre » ? répéta Addam en riant.

Il sortait de sa chambre en se séchant les cheveux avec une serviette trop grande, une autre nouée autour de la taille. Les murs épais de l'appartement devaient être insonorisés ; je ne l'avais même pas entendu couper l'eau.

Il s'approcha et regarda l'écran d'ordinateur.

— Qu'est-ce donc ? s'enquit-il aussitôt en désignant les feuilles. C'est toi qui as imprimé ces pages ?

Les premières comportaient des informations touristiques sur le Brésil ; les suivantes, les horaires des portails locaux. J'avais déjà tout compris. À en juger par la tête d'Addam, il n'en était pas loin. Ce fut Brand qui élucida la question :

— En Nouvelle-Atlantide, on ne contrôle pas l'identité des voyageurs quittant l'île, seulement celle des arrivants. Quelqu'un voulait faire croire que vous aviez emprunté la gare des portails. Vous auriez pu vous volatiliser au Brésil sans laisser de traces.

— À noter que cette personne a pu s'introduire ici pour fabriquer ces preuves, soulignai-je.

Sa famille et Lilly Rose ayant accès à l'appartement, ils étaient évidemment suspects. Normalement, aucun de ses associés ne pouvait entrer, mais je n'écartais pas encore la possibilité qu'on ait trafiqué ses enchantements. Après tout, Rurik avait réussi à manipuler un fil de rupture !

— Ils allaient me tuer, n'est-ce pas ? murmura Addam. Il ne s'agissait pas d'obtenir une rançon, ils comptaient me tuer et cacher le corps. Pourquoi laisser ces faux indices, sinon ? Le but était qu'on les trouve et qu'on m'imagine parti sur un coup de tête.

— Ou alors c'était une ruse pour se donner le temps de préparer leur demande de rançon, émis-je. Évitons les conclusions hâtives.

— Suis-moi, dit-il en retournant dans sa chambre.

Son invitation me laissait perplexe, mais je haussai les épaules et obéis. J'arrivai juste à temps pour le voir laisser tomber sa serviette et fouiller dans une commode en chêne. Il avait un bronzage uniforme, sans aucune marque. Je baissai les yeux en rougissant.

Il jeta sur le lit un pantalon de coton noir avec un tee-shirt jaune, ainsi que des chaussettes et une ceinture, mais pas de caleçon.

— Bien que j'apprécie ce qu'a fait le seigneur Tour, reprit-il tout en s'habillant, je vais dès à présent racheter ton contrat.

— Son implication te préoccupe ?

— Absolument pas, mais la situation a changé. Acceptes-tu de m'aider ?

Avais-je seulement le choix ? Si Rurik avait en effet jeté son dévolu sur moi, m'associer à un autre haut descendant n'était pas une mauvaise idée.

— C'est d'accord, mais il y a quelques règles de base.

Il me fit face après avoir enfilé son pantalon. Ma nervosité parut l'amuser.

— Telles que ?

— Suis mes consignes. Ne meurs pas.

— Entendu.

Le tee-shirt jaune vif ressortait sur sa peau hâlée et ses tatouages vert-marron. Il le rentra dans son pantalon, puis ouvrit un autre tiroir de la commode avec une clé cachée dans la table de chevet.

— Je ne plaisante pas, insistai-je. J'assurerai ta sécurité, mais tu devras m'obéir sans discuter. Mon équipier et moi, on a beaucoup d'expérience dans ce domaine. On… Ce sont des sceaux, ça !?

Le fameux tiroir contenait un plateau de bois sculpté sur lequel reposaient vingt disques de platine avec, juste à côté, une ceinture munie d'emplacements identique à celle de Quinn. Addam avait un *assortiment* de sceaux. Vingt sceaux. Avec rangement et étuis décoratifs. Sans parler du fait qu'on n'était même pas dans sa résidence principale, juste dans un pied-à-terre. L'espace d'un instant, j'éprouvai une jalousie dévorante, accompagnée d'un élan protecteur envers ma maigre collection disparate.

— Seuls quatre sont chargés, confessa-t-il d'un air penaud. Ai-je le temps d'en préparer d'autres ?

— Ça dépend, les quatre, ce sont des sorts pour te blanchir les dents et te rafraîchir l'haleine ?

— Habile et subtil, Héros. Mais, je t'en prie, oblige-moi donc à reconnaître ma vanité et ma superficialité. (Il retrouva son sérieux en me voyant lever les yeux au ciel.) Télékinésie. Les quatre. C'est une magie polyvalente.

— Bon, c'est très bien, maintenant prends tes affaires, on doit partir. Mieux vaut ne pas s'attarder trop longtemps au même endroit.

— Je ferai tout ce que tu voudras du moment que nous passons d'abord à l'hôpital. Je veux voir Quinn.

Je m'apprêtais à objecter fermement quand je vis que les larmes lui montaient de nouveau aux yeux à l'évocation de son frère.

— S'il te plaît, me supplia-t-il d'une voix étranglée.

— D'accord. On va à l'hôpital.

À vol d'oiseau, nous n'étions qu'à huit cents mètres des Nouveaux-Saints. Addam suggéra à Brand de laisser sa moto dans le parking souterrain de la résidence, gardé par des enchantements. Mon Acolyte ne rejeta pas l'idée de faire le chemin à pied ; sans doute se félicitait-il du caractère imprévisible de notre itinéraire.

Nous coupâmes à travers une grande place aménagée en jardin public. La fontaine qui trônait en son centre crachait une eau de rivière boueuse. J'entraperçus un coin de manche blanche juste sous la surface. Si ma mémoire était bonne, Jenny les Dents Vertes, la fameuse sorcière d'eau, y avait passé l'été.

En regardant alentour, je repérai des lutins dans les fleurs fanées. Un nain équipé de genouillères reprenait le trottoir fissuré. Il y avait beaucoup de portunes, des petites fées agricoles, qui entretenaient sans grand espoir les arbres chétifs et les lierres rabougris empoisonnés par les gaz d'échappement.

Les rues étaient nettement plus peuplées aux abords de la gare des portails. Les voyages longue distance fonctionnaient grâce une magie secrète issue du trône de Sortilège du seigneur Magicien. Aussi grand qu'un stade de foot, l'imposant édifice de pierre desservait les vingt-quatre fuseaux horaires.

— Tu sens cette odeur ? me demanda Addam alors qu'un pêcheur passait près de nous avec un petit conteneur étanche.

— Ça finit rarement bien ce genre de question.

— Des œufs d'esturgeon, du caviar. Sans doute récolté dans la mer Caspienne il y a une heure à peine. T'es-tu déjà rendu au marché des portails ?

— Non, j'étais trop occupé à démasquer ton ravisseur, lui rappelai-je. Addam, il faut vraiment qu'on en parle.

— Oui, j'y ai… beaucoup réfléchi. Mettons, de façon purement hypothétique, Héros, que ce soit en effet moi la cible, et non le trône de Croisade. J'aimerais bien comprendre pourquoi ! Si ce n'est pas pour une rançon, alors pour quoi ? Je ne suis pas le plus riche haut descendant. L'essentiel de mes revenus est réinjecté dans ma société. Je m'efforce de ne pas me faire d'ennemis.

— Des partenaires jaloux ? Des ex jaloux ?

— Quelle rupture se passerait assez mal pour mériter d'envoyer des récarnés !?

— Et du côté de ta famille ? Tu t'entends bien avec tes frères, n'est-ce pas ?

— Oui, Quinn… (Il grimaça.) Surtout avec Quinn. Il est… On pourrait dire que je l'ai pratiquement élevé. J'étais assez grand pour m'occuper de lui quand il était bébé. Ma mère ne pouvait pas s'absenter de la cour, alors il m'avait moi. C'était un bébé qui requérait beaucoup d'attention.

— Comment ça ?

— Il a failli mourir à la naissance. Le cordon ombilical s'était enroulé autour de son cou. Ils ont réussi à le récupérer de justesse. C'était aussi un prématuré. La première fois que je l'ai vu, il aurait pu tenir dans ma main. Regarde, il n'était pas plus grand que ça ! insista-t-il en me montrant sa paume d'un air ahuri.

— Tu t'entends bien avec Christian aussi, d'après ce que j'ai compris. Vous faites du bénévolat ensemble.

— De temps à autre. Nous gérons une association à but non lucratif qui organise des concerts gratuits. J'aime la musique.

— Ella y participe ?

Il me dévisagea un moment en silence, puis répondit :

— Non, je ne m'entends pas très bien avec ma sœur si c'est ce que tu veux savoir. Je n'aime pas sa façon de traiter Quinn comme un poids. Mais je ne l'ai pas kidnappée, c'est moi qu'on a kidnappé. Et puis Ella m'aime, elle n'a aucune raison de me nuire. Elle sait que mon entreprise fleurit, ce qui, à ses yeux, accroît son statut. Pour elle, c'est le plus important.

— Comme pour la plupart des hauts descendants.

— Exactement, et la plupart des hauts descendants ne s'abaissent pas à kidnapper leurs pairs. Se livrer des duels à mort, tant que tu veux, mais les enlèvements, la magie de mort ? Non, Héros.

Brand, qui avait pris ses distances pour veiller au grain, roula des yeux en entendant ce sobriquet.

— Tu parles souvent de ta société, fis-je remarquer à Addam. Elle compte beaucoup pour toi.

Il s'écarta pour laisser passer une femme en kimono de soie. Chahuté par un souffle de vent, le dos de la tunique laissa échapper un nuage de pétales de cerisier japonais. Addam y promena sa main, puis revint près de moi.

— C'est vrai, nous nous employons à nous faire connaître davantage.

— De tes trois associés, lequel serait le plus à même de maîtriser la magie incantatoire ?

— Si on parle de nécromancie, aucun des trois. D'ailleurs, pourquoi penses-tu qu'ils voudraient me nuire ? Ils n'y gagneraient rien. Certes, nous avons eu des divergences d'opinions dernièrement, mais…

— Putain, achevez-moi ! geignit Brand en m'adressant un regard suppliant.

Je soupirai, comprenant le message.

— Addam, assieds-toi. Brand, tu nous laisses une minute ?

Mon Acolyte obtempéra. Nous étions devant un banc en fer forgé. À mon grand effarement, Addam sortit un mouchoir en tissu et m'essuya une place. Une fois assis, je le regardai droit dans les yeux.

— Tu veux me rendre un service ?

— Bien sûr.

— Réveille-toi, bordel ! Laisse tomber la diplomatie et les hypothèses farfelues. Oublie les bons sentiments derrière lesquels la plupart des gens se réfugient pour se persuader qu'ils aiment vraiment, vraiment leur famille et leurs amis. Dis-moi, sans réfléchir, pourquoi et comment l'une de ces personnes s'en prendrait à toi ?

— Rien dans ma vie ne justifierait mon meurtre !

— Dans cette ville, on se fait trucider pour des lacets rien qu'en mettant les pieds dans la mauvaise rue. On se retrouve avec une dague dans l'œil pour avoir employé le mauvais adverbe. Les gens cachent de noirs secrets dans leur for intérieur, Addam. Personne ne sait vraiment ce dont un individu est capable, jusqu'au jour où ça leur tombe sur la gueule. Maintenant, dis-moi, pourquoi Ella te tuerait ?

Ma question le fit pâlir. Je m'apprêtais à l'admonester, mais il répondit :

— Son statut s'en trouverait rehaussé. Elle gagnerait une place dans l'ordre de succession.

— Pourquoi Christian te tuerait ?

— Je…

— Pourquoi ?

— Je n'en sais rien ! s'emporta-t-il en retrouvant son accent slave. Quinn, Ella et lui récupéreraient mes profits de Droite Ligne. Mais ce n'est pas grand-chose…

— Rien que les profits ?

— Oui. Mes parts, mes intérêts concrets dans l'entreprise, seraient réparties entre les cofondateurs.

— Voilà qui pourrait motiver l'un de tes associés à t'éliminer. Pourquoi Quinn te tuerait-il ?

— Ça ne lui viendrait jamais à l'idée.

— Si tu devais imagi...

— Ça ne lui viendrait jamais à l'idée.

— Soit. Vous êtes souvent en désaccord, tes associés et toi ?

— Pas tant que ça. Un peu, ces derniers temps. Michael aimerait tenter des investissements plus... risqués. Geoff est indécis. Ashton s'en moque pour peu que l'on parle de nous. Peut-on y aller maintenant ? S'il te plaît. Je dois voir Quinn.

J'hésitai, puis cédai avec un hochement de tête. Je l'avais secoué ; ça suffirait pour le moment. Mieux valait laisser ces pistes mariner dans sa tête.

Nous accompagnâmes Addam jusqu'à l'entrée de la chambre de Quinn. La vue de l'adolescent aux cheveux blonds branché à une perfusion et à un électrocardiographe, son corps frêle enseveli sous des draps blancs stériles, avait quelque chose d'indiciblement triste. L'émotion submergeant de nouveau Addam, je reculai dans le couloir pour les laisser seuls.

Brand montait la garde l'air de rien, penché sur un distributeur automatique comme s'il choisissait son en-cas. Je m'éloignai vers une baie vitrée. Un instant, le manque de sommeil me rattrapa. La journée ne faisait-elle vraiment que commencer ?

— Qu'est-ce que tu fabriques ici ?

Me retournant, j'affrontai le regard suspicieux de Michael Saint-Talbot. Il arborait un jean assorti d'un polo de rugby, un début de barbe sur la mâchoire. Il sortait de l'escalier.

Nous étions au rez-de-chaussée. Christian Saint-Nicholas se trouvait deux étages plus haut. Venait-il de lui rendre visite ? Pourquoi ne pas prendre l'ascenseur ?

— Quelqu'un t'a bien arrangé la figure, on dirait, se moqua-t-il.

J'étais trop fatigué pour échanger des vacheries. Je voulais des réponses.

— Que fais-tu ici, Michael ?

— Tu m'excuseras, mais ce ne sont absolument pas tes affaires.

Je lui barrai la route. Contrairement à beaucoup de hauts descendants, Michael n'était pas un expert du raffinement. Pendant une seconde, je crus sincèrement qu'il allait me coller son poing dans la figure sous le coup de l'énervement.

— Tu seras peut-être heureux d'apprendre que je vais m'attarder un peu dans les parages, lui annonçai-je.

— Ça veut dire quoi, ça ?

— Ça veut dire que je travaille pour Addam maintenant. Il aimerait découvrir qui l'a enlevé.

— Tu as parlé à Addam ? bafouilla-t-il. Il… il va bien ? Il est revenu ?

— Oh que oui !

— Et il a parlé d'un « enlèvement » ?

Je reçus une bouffée de son haleine fraîche et mentholée.

— Il a parlé d'un tas de choses.

Michael rougit.

— C'est absurde. Pourquoi aurait-il besoin de toi pour identifier son ravisseur ? Il devrait savoir qui c'est, non ?

— Curieux, n'est-ce pas ? Mais je ne vais pas te retenir plus longtemps. On se reverra bientôt.

— Nous n'avons rien à nous dire.

— Au contraire. J'aimerais revenir avec toi sur les différends que vous avez eus, Addam et toi, juste avant son enlèvement. Je n'ai pas de master en affaires et je ne prétends pas savoir ce que sont des « investissements moralement équivoques », mais…

— Tu es à côté de la plaque. Et on se passera volontiers de tes services. Si Addam a des ennuis, on l'aidera sans toi. Reste en dehors de nos affaires.

J'attendis quelques instants, puis demandai :

— Eh bien, pas de menace ? On aurait dit que ça appelait une menace.

— Continue comme ça et tu vas te retrouver avec un duel sur les bras.

C'en était trop pour Brand, qui partit d'un éclat de rire. Michael sursauta et fit volte-face.

— Un duel contre toi ? le railla mon Acolyte. Écoute, je suis convaincu que tu étais un caïd du *beer pong* à la fac, mais, ici, on joue dans la cour des grands.

— Pour qui te prends-tu ? Tu n'es rien. Un vulgaire larbin. Tous les deux, vous ne valez rien ! Vous vous croyez importants à jouer aux détectives ?

Je m'invitai dans son espace personnel et articulai :

— Tu as voulu zigouiller Addam, Michael ?

— Non !

— Quelqu'un lui a envoyé des récarnés aux trousses. Ce genre de sort a le chic pour exploser à la gueule de son auteur. Tu le sais, n'est-ce pas ?

— Peu importe, vu que je n'ai rien fait. Je m'en vais.

M'écartant dans un mouvement théâtral, je me retrouvai pile au bon endroit pour voir Ella Saint-Nicholas sortir de l'ascenseur, une quinzaine de mètres plus loin. Le déclic se fit dans mon cerveau.

— Ah, voilà ! m'exclamai-je. Ça, c'est le moyen le plus rapide de quitter le bâtiment. Je comprends mieux l'haleine mentholée maintenant.

Michael rougit comme une pivoine. Les poings serrés, il revint vers moi, s'avisa du couteau dans la main de Brand et, tout aussi promptement, se ravisa et bifurqua vers la sortie de l'hôpital, loin d'Ella.

Cette dernière avait noté ma présence. Une main sur la bouche, elle écarquilla les yeux en nous voyant approcher, Brand et moi.

Elle était toute débraillée, son gloss étalé, son élégant chapeau bleu de traviole. Son cou présentait des rougeurs, typiques de baisers barbus. Je lui souris de toutes mes dents.

— Je disais justement à Michael qu'un vrai gentleman vous aurait raccompagnée à la sortie.

Bouche bée, elle feignit l'ignorance :
— Michael qui ?
— Excellent, approuvai-je.
Elle jeta un coup d'œil vers le hall d'entrée.
— Veuillez me pardonner, seigneur Soleil, c'est très impoli de ma part, mais j'ai promis à ma tante de petit-déjeuner avec elle.
— Il n'est pas impoli de prendre son petit déjeuner. Qu'est-ce qui vous amène aux Nouveaux-Saints de si bon matin ?
— Je viens voir mon frère, bien évidemment.
— Seulement le grand ?
Elle grimaça, ayant peut-être oublié que son petit frère était là aussi. J'ajoutai :
— C'est le moment idéal pour rendre visite à Quinn si vous voulez.
— P-pourquoi donc ?
— Oh ! je m'en voudrais de vous gâcher la surprise. Au fait, vous devriez gronder votre femme de chambre, dame Saint-Nicholas. Elle a boutonné le dos de votre robe n'importe comment.
— C'est très aimable à vous de me le signaler, murmura-t-elle.
Puis elle se figea. Son regard s'embua. Lorsqu'elle battit des paupières, deux grosses larmes roulèrent sur ses joues. J'entendis des pas derrière moi.
— Ella ? s'étonna Addam.
— Addam ? Addam ! s'écria-t-elle en se jetant à son cou, le visage enfoui dans son tee-shirt jaune. Nous étions folles d'inquiétude ! Pourquoi n'as-tu pas appelé ?
— J'étais... Il s'est passé quelque chose. Je vais bien maintenant. Pourquoi pleures-tu ?
— Oh non ! je ne pleure pas, répondit-elle, avant de se détourner pour se tamponner les yeux de sa manche. Mais le seigneur Soleil est venu me poser des questions. Je ne me suis jamais sentie aussi mal, même si je n'avais rien à me reprocher.
— Rune ? me demanda Addam en quête d'explications.
J'adressai à Ella un sourire féroce.

— Ta sœur rendait visite à Christian. J'essayais de la convaincre de passer voir Quinn avant de partir. Je me disais que ce serait une surprise de te trouver ici.

Addam posa sur sa cadette un regard accablé par des années de déception.

— Tu comptais partir sans voir Quinn ? Tu ne lui as pas rendu visite depuis qu'il est là, n'est-ce pas ?

— Je…, commença-t-elle, avant de se sécher une larme pour gagner une seconde. Je ne voulais pas le déranger.

— Mais, Christian, tu veux bien le déranger ? Il est… (il chercha une horloge du regard) à peine 8 heures. Que fais-tu là, d'ailleurs ? Où est tante Diana ?

— Je peux parfaitement me déplacer sans tante Diana.

— Il n'y a pas lieu de s'inquiéter, commentai-je. Michael veillait sur elle.

— Michael Saint-Talbot ? Tu es venue avec Michael ?

Ella comprit qu'elle était coincée. Elle cessa de s'essuyer les yeux et fondit en larmes. Quand son frère voulut la toucher, elle s'enfuit vers la sortie.

Maligne, elle convainquit le vigile que nous l'importunions. Il nous bloqua le passage. Le temps de faire valoir notre statut et de passer la porte, Ella était partie.

Le pont South Bridge

Je pensais rentrer à la maison ensuite, mais Brand avait d'autres projets.

Il nous emmena, Addam et moi, dans le sanctuaire public des Nouveaux-Saints afin de recharger nos sceaux vides. Il ne me restait qu'un sort, l'Exode, qu'il valait mieux éviter d'employer à moins de vouloir tout raser autour de soi.

Les sanctuaires publics s'attachaient à offrir un maximum d'outils favorables au rechargement des sceaux, chaque mage ayant sa propre manière de méditer pour générer ses sorts. Devant répondre aux attentes d'une clientèle exigeante, celui des Nouveaux-Saints était mieux équipé que la moyenne. Il y avait des dizaines de placards remplis de papier de qualité, de stylos-billes, d'aquarelles, de poids, d'échiquiers, mais aussi de coraux, d'obsidiennes, de cristaux aux couleurs ternes, d'épées en bois, ainsi que d'une vaste collection de magazines et de films coquins.

Dans un coin, trois anciennes cabines téléphoniques en chêne et verre satiné permettaient à ceux qui canalisaient leur magie dans la solitude de trouver un semblant d'intimité. Un mur était dédié à la musique avec un système son et une grande variété de CD. Une kyrielle d'écouteurs équipés de protections jetables étaient raccordés à une unité multicanal.

Addam gagna l'espace musique. De mon côté, je m'assis en tailleur sur un coussin. Sa housse se composait d'un épais tissu rêche antitaches mais, après la nuit que je venais de passer, il me parut aussi doux que de la soie.

Je fermai les yeux et glissai lentement dans un état méditatif. L'énergie ambiante de la salle produisait un sifflement d'électricité statique. Dans un sanctuaire public, il me fallait du temps et de la patience pour lier ma Volonté à mes sceaux. Je choisis deux sorts faciles à façonner pour moi : Bouclier et Feu. Pour les élaborer, je me figurais de petits grains de sable que je développais, petit à petit, en perles.

Ce n'est qu'en rouvrant les yeux que je m'aperçus qu'Addam Saint-Nicholas dansait.

Tenant le câble des écouteurs comme un partenaire, il tournoyait doucement sous l'arc du fil. Il avait retiré ses chaussures et ses chaussettes. Ses pieds, longs et anguleux, avaient la callosité d'un habitué de la danse.

J'admirais les hommes qui savaient danser. J'étais, pour ma part, bien trop complexé pour m'y adonner correctement. Brand était bon danseur. Brand, qui avait tiré un gros fauteuil dans un coin afin de surveiller les issues et qui me regardait observer Addam. La gêne me fit baisser les yeux.

Quand Addam s'arrêta et ôta ses écouteurs, je plaisantai :

— Ne me dis pas que c'est du Britney Spears, ça gâcherait tout.

Il esquissa un sourire fatigué ponctué d'une fossette.

— West Coast swing.

Brand décroisa les jambes, son pied botté tombant lourdement sur le sol.

— Alors ? Vous avez réfléchi à la relation entre votre sœur et votre associé ?

— Oui, répondit-il en se rechaussant, et je me suis dit que je ne devrais plus jamais y songer. (Voyant que sa réponse n'amusait pas mon Acolyte, il soupira et se leva.) Soit, ma sœur et mon ami sont, semble-t-il, intimes. Doit-on vraiment en tirer des conclusions ?

— Oui, affirma crûment Brand.

— Ce sont deux jeunes célibataires, qui ne sont promis à aucune autre cour. Rien ne les empêche d'être ensemble en définitive. C'est certes étrange, mais ça ne fait pas d'eux des malfaiteurs.

— Addam, intervins-je, ils tenaient visiblement à garder leur relation secrète.

— Je n'en suis pas si sûr. Ces derniers temps, Ella s'est fréquemment rendue à notre complexe de la Terrouest. Je me rappelle avoir été étonné par ce soudain engouement. Peut-être voulaient-ils simplement se retrouver seuls sans forcément chercher à se cacher.

— Des excursions dans la Terrouest ? Ça ne te paraît pas un peu extrême ?

— Ella supporte de moins en moins d'être constamment surveillée par tante Diana. Nous faisons tous comme si ma tante lui servait de tutrice, mais nous savons au fond que dame Justice voulait surtout lui attribuer un chaperon. Ella revendique un peu plus d'indépendance maintenant : elle se fait des virées shopping en solitaire, en plus de ces fameux séjours au complexe que nous partageons avec les autres Arcanes du Droit Chemin. Je suis d'accord, la Terrouest est un territoire dangereux, mais les routes sont sécurisées et notre complexe fortifié.

— On peut en dire autant des cages à ours, répliqua Brand, ou des centrales nucléaires. Ça n'en fait pas un lieu idéal pour s'envoyer en l'air.

Les extraordinaires yeux bordeaux d'Addam se figèrent.

— Elle s'y rend avec un garde armé. Même si… je l'admets, je suis inquiet. Elle peut être très crédule. Ça m'ennuierait de penser que Michael puisse en abuser.

— Rune vous a servi le topo. Vous n'écoutez pas ? Vous ne comprenez pas pourquoi la relation d'Ella et Michael assemble beaucoup de pièces du puzzle ?

— Il y a des pièces de puzzle ? demanda Addam en ébauchant un sourire, qui s'effaça très vite devant l'air grave de Brand.

Soudain, je reçus une gerbe d'eau de mer à la figure. Une vague souleva le navire et je valdinguai dans un amas de cordes goudronnées. Brand et Addam n'étaient plus là, évidemment, et je ne voyais qu'une seule explication à cela.

— *Je ne sais pas à qui appartient ce souvenir, mais je vais me barrer fissa*, fulminai-je.

— *Toutes mes excuses*, dit le seigneur Tour dans mon dos. *C'était un bon moyen de discuter.*

Ma colère s'étiola dans un silence. Mon employeur se tenait à la proue du galion de ce souvenir personnel dans lequel je venais d'être aspiré. Il était jeune, plus jeune que je l'avais jamais connu, même après une cure de rajeunissement. Il arborait l'uniforme d'un officier de la marine d'antan, sous un violent soleil équatorial.

Des marins espagnols s'affairaient sur le pont, pieds nus. Au loin se dessinait une bande de terre truffée de gigantesques arbres tropicaux.

C'était une très bonne reconstruction mémorielle. Les matelots remarquaient même ma présence ou, à tout le moins, celle d'un substitut à sa place dans leur environnement fantomatique.

— *Franchement*, maugréai-je, *il ne vous viendrait pas à l'esprit d'essayer de me joindre sur mon portable ? Rien qu'un peu ?*

— *L'heure est grave, Rune*, déclara-t-il.

Sa réponse me fit taire.

— *C'est là-bas que j'en ai un jour rencontré une*, m'expliqua-t-il en désignant le lointain rivage. *Je voulais voir si des détails utiles me reviendraient. Retrouve-moi au plus vite au Pacific Bell. Rien n'est plus urgent.*

— *Vous êtes au courant pour Rurik, le récarné qui me poursuit, n'est-ce pas ?*

— *Oui.*

— *Et vous savez ce qu'il est.*

— *C'est une liche*, me révéla-t-il.

— « *Une liche* », répétai-je en secouant la tête, dubitatif. *Les liches sont un mythe.*

Pourtant, l'inquiétude me nouait le ventre.

— *Viens me voir*, insista-t-il, avant de m'expulser de son lobe temporal.

Le pont South Bridge avait été construit à l'origine à Édimbourg pour enjamber la gorge de Cowgate sur une distance de trois cents mètres. Achevé en 1788, l'ouvrage de dix-neuf arches comptait plusieurs niveaux et plus d'une centaine de chambres souterraines accueillant cordonniers, fondeurs, meuniers et couteliers.

D'un point de vue métaphysique, ce lieu avait été maudit dès le début.

Tout d'abord, on avait rasé trois quartiers insalubres afin de faire place au projet. Les bas quartiers constituent depuis toujours un terrain fertile pour les profonds résidus psychiques. Puis, à la suite d'un chantier bâclé, la ville s'était retrouvée avec une structure qui ne disposait ni de lumière naturelle, ni d'une bonne circulation de l'air, ni d'installations sanitaires. Comble du malheur, on avait choisi la personne la plus âgée du quartier pour inaugurer le pont. La doyenne en question était morte quelques jours avant l'événement. Les politiques s'en étaient mêlés et elle avait finalement fait la traversée dans son cercueil.

À l'aube du XIXe siècle, les caveaux étaient devenus un nid de prostitution, de gargotes et d'immigrants démunis. En 1824, des dizaines d'Écossais et d'Irlandais avaient péri dans un incendie. Les tristement célèbres tueurs en série Burke et Hare y auraient tué plus de dix-sept personnes pour vendre leurs cadavres à une école de médecine locale.

Finalement, les souterrains furent condamnés et restèrent abandonnés jusqu'au jour où l'Arcanum les avait rachetés puis téléportés sous l'artère embouteillée du quartier du Pacific Bell afin d'offrir aux habitants une voie secondaire.

Je n'avais pas parlé de la liche à Brand et Addam. Ma conversation avec la Tour s'étant déroulée en pensée, ils n'en avaient rien entendu. Je m'étais contenté d'évoquer notre tête-à-tête, le galion espagnol et notre convocation. Pour le reste, j'en étais encore à digérer ses révélations. Chose difficile quand on tenait compte du nombre de croque-mitaines dont l'existence était déjà avérée.

Nous n'échangeâmes que peu de mots tout en cheminant sous le quartier financier de la ville. Brand nous donna quelques brèves instructions avant de s'enfermer dans son rôle de garde du corps vigilant. Addam restait contrarié par notre dernière discussion.

À cette heure de pointe matinale, toute une faune d'individus se bousculaient dans les tunnels du South Bridge, des gens qui se moquaient bien de mes problèmes, ce qui, paradoxalement, me réconfortait. Deux métamorphes sous forme humaine, un lion et un loup géant, se faisaient face en grognant dans leur barbe naissante. La foule se fendit pour laisser passer un ouvrier minotaure qui se rendait lourdement au travail. Un homme d'affaires dans un costume à mille balles pleurnichait, un portable collé à l'oreille, en demandant le nom des rues, une carte dépliée dans les mains.

La voie était bordée de petits restaurants et d'échoppes qui égayaient les sinistres voûtes de pierre avec leurs artifices de lumière, leurs arômes de café torréfié et le cliquetis musical des cuillères dans les tasses. J'eus presque la larme à l'œil en apercevant un stand d'expressos.

— J'ai besoin de caféine.

— T'as surtout besoin de dormir, répliqua Brand sous le vacarme étouffé des sirènes d'ambulances résonnant au-dessus de nos têtes. Tu tiens à peine debout. Pourquoi la Tour ne pouvait pas se déplacer au Réduit ?

— Il a peut-être oublié le chemin. Ça fait un bail qu'il n'est pas venu faire un barbecue ou jouer à la balle avec nous.

Mon équipier me jeta un regard las. Je repris :

— Parce que c'est la Tour, voilà pourquoi. Je vais me prendre un café, j'adore le café, je suis en manque de café.

— Je vais prendre des nouvelles de Queenie, dit-il en sortant son téléphone.

Je gagnai le stand, suivi d'Addam.

— Puis-je t'offrir un expresso, Héros ?

— À ce propos, soupirai-je, tu fais semblant de ne pas savoir qui je suis ?

— Tu crois ?

— Addam, tu sais qui je suis. Tu as dit mon nom, tout à l'heure, à l'hôpital.

Il haussa les épaules.

— Le seigneur Tour est mon parrain, tu es son protégé. Il n'est pas aberrant que je te connaisse.

Je faillis éclater de rire. Quelle manière habile de contourner le fait que tous les hauts descendants me connaissaient ! J'étais un pitoyable cas d'école. L'exemple vivant de ce qui arrivait à une cour quand elle n'était pas assez forte pour se protéger.

La jeune femme qui nous précédait dans la file avait une peau bleu clair et des ailes de neige. Je chassai quelques flocons qui fondaient sur ma joue.

— *Snegúročka*, me souffla Addam. Une fille de neige russe. Une rareté.

— Elle appartient à ta cour ?

— Non, son espèce vient de Kostroma, la plaine européenne de la Russie. Ma famille est issue de Sibérie. D'Irkoutsk, principalement.

— Quinn n'a pas d'accent.

— Quinn a presque toujours vécu ici. Je suis né à Irkoutsk et j'y ai vécu de nombreuses années pendant que la Nouvelle-Atlantide prenait forme. Mon grand frère, Christian, a aussi gardé l'accent.

— Je ne l'ai pas encore rencontré. Ça fait un moment qu'il est à l'hôpital, non ?

— Et c'est peut-être Ella qui l'y a envoyé, c'est ce que tu sous-entends ?

— Exactement, répondit Brand, juste derrière moi.

Je sursautai malgré moi. Mon Acolyte m'adressa un regard réprobateur.

— Tout juste, Auguste, tu m'as pas vu venir. Un café ne compensera pas ton manque de sommeil.

Addam fixa sur lui un regard qui, sans être hostile, n'était pas très avenant non plus. Heureusement, mon tour vint à ce moment-là de passer commande. Le haut descendant ne patienta que quelques instants, cependant, avant de reprendre la discussion :

— Tu as dit qu'une relation intime entre Ella et Michael expliquait tout. (Il pivota de manière à me regarder aussi.) Qu'est-ce que ça veut dire ?

— Ta sœur est clairement manipulatrice, répondis-je, mais est-elle cruelle ? Vraiment cruelle.

— « Manipulatrice », c'est un peu exagéré.

— Ça vous intéresse ou pas ce qu'on vous raconte ? s'exaspéra Brand.

— Je… Non, elle est… crédule, obsédée par son statut, mais elle n'est pas cruelle.

— Nous avons tenté de déterminer ce que certains retireraient de ta disparition, poursuivis-je. En l'occurrence, tes parts dans Droite Ligne reviendraient à tes associés. Ce serait un mobile tout à fait plausible si ton influence et tes relations de cour ne leur rapportaient pas davantage à l'heure actuelle. Du coup, on s'est posé la question : et si l'un de tes associés récupérait tes parts *sans* perdre l'influence du trône de Croisade ?

— En sortant avec votre sœur, par exemple, dit Brand. Réfléchissez, pourquoi vous garder en vie ? Pourquoi se casser le cul à monter une petite armée de zombies pour vous garder prisonnier ? Dans un certain confort, qui plus est : vous aviez du vin et un plateau-repas. C'est complètement tordu, ça reflète deux états d'esprit diamétralement opposés.

— Comme si Ella avait ses limites, renchéris-je. Faire enlever son frère pour rehausser son statut, oui. L'assassiner, là, elle met son *veto.*

Tout concordait.

Les soucis de santé de Christian, l'absence d'Addam, autant de moyens pour Ella de gagner un accès direct au trône sans avoir de sang sur les mains.

Michael Saint-Talbot voulait tenter un pari risqué avec Droite Ligne et Addam s'y opposait.

Il venait de nous dire qu'Ella se sentait étouffer dans sa famille, tout comme Michael dans la sienne.

— Pour ce que ça vaut, ajoutai-je, j'espérais de tout cœur que ce serait Ashton le coupable, vu le connard que c'est.

— Ashton est loin d'être aussi nonchalant qu'il le laisse paraître, m'avertit Addam, et son regard s'illumina. Mais oui ! Le seigneur Force est un père strict, il l'a obligé à se former dans un camp de Désolation. Ashton a de solides bases de combat et de stratégie.

— Il a perdu tous ses moyens à l'hôpital. Et puis, dans ces camps, ils apprennent à se battre, comme tu dis, pas à invoquer des récarnés.

Le barista se racla la gorge pour attirer notre attention. Addam alla me récupérer mon café. J'allais le suivre quand Brand me retint par le coude.

— Qu'est-ce que la Tour t'a dit ? s'enquit-il tout bas.

— Comment ça ?

— Rune…

— Il pense que Rurik est un monstre mythique. Mais tu connais le seigneur Tour, il imagine toujours le pire. Je parie qu'on a affaire à un monstre des plus ordinaires.

— Le problème, quand tu manques de sommeil, c'est que tu prends tout à la légère.

Alors qu'Addam revenait avec ma caféine, nous nous mîmes en retrait près d'un cercle de pots de fleurs. À la table voisine, un ancêtre affublé du costume multicolore de la cour du Fou lisait l'avenir dans un jeu de scalpels runiques. En les manipulant, il s'entailla malencontreusement le pouce sur l'une des lames en céramique. Il pâlit en regardant le sang puis tomba dans les pommes, ou plutôt sur son *latte*.

Un frisson me parcourut. J'ignorais pourquoi, mais mon instinct me dicta de balancer mon café à la poubelle pour me libérer les mains.

— Il faut bouger.

Soudain, je perçus un afflux de magie. Un déferlement froid et rude.

Je tournai plusieurs fois sur place avant de déterminer qu'il venait de derrière nous.

Un membre de la cour des Festivités secouait son prophète évanoui.

Un bruit assourdi au-dessus de nos têtes. Encore des sirènes d'ambulances.

En avais-je entendu plus tôt ?

Et la foule. Une marée vivante…

À l'heure de pointe, le flot de passants coulait d'habitude uniformément dans une même direction. Là, je voyais des gens immobiles au milieu de tunnel, le téléphone à l'oreille, inquiets ou excités. Des agents de la guarda se frayaient précipitamment un chemin vers les issues menant à la surface. Brand héla l'un d'eux :

— Que se passe-t-il ?

— Dégagez ! grogna l'homme.

Mon équipier l'empoigna et le plaqua contre un mur, si fort que le gars se cogna l'arrière du crâne.

— Vous ne pouvez pas… ! s'indigna-t-il.

Brand le secoua pour faire bonne mesure.

— Dites-moi ce qui se passe.

La guarda avait beau être notre police, elle ne représentait pas la véritable autorité de la ville et elle en avait conscience. Elle respectait la force.

— On a des morts subites de tous les côtés. Les gens tombent comme des mouches. Certains parlent d'un sort, mais on n'en a pas la confirmation.

— Ça n'a peut-être aucun rapport avec nous, hasardai-je quand Brand eut relâché l'agent.

— Peut-être, dit-il en sondant les lieux du regard. Marchez le long du mur et ouvrez l'œil. On n'est plus qu'à deux rues du Pacific Bell.

Nous repartîmes. Loin de s'estomper, l'odeur de magie s'intensifia jusqu'à avoir un horrible goût de brûlé. Notant ma grimace de dégoût, Brand pressa le pas.

— Tu sens ça ? me glissa Addam, avant d'ajouter quand j'acquiesçai : Qu'est-ce que c'est ? Un sort ?

— Je crois bien.

Puis la sensation oppressante atteignit de nouveaux sommets, si écœurante que j'eus envie de vomir. Je percevais une présence. Non, une forme de conscience. Un regard invisible braqué sur nous !

— Brand, je crois que Rurik nous a retrouvés.

— Mais la guarda a parlé de gens qui mouraient, souligna Addam. En quoi cela revient-il à nous retrouver ?

— Je ne sais pas, mais j'ai un mauvais pressentiment. Quelque chose se rapproche.

Brand força aussitôt le passage, bousculant des gens qui protestèrent – des gens qui n'avaient pas conscience d'être de vulgaires quilles pour la boule de bowling qui fonçait vers moi. Devant nous se profilait l'imposant escalier moderne qui débouchait sur la rue du Pacific Bell.

Les lumières au plafond clignotèrent pendant cinq secondes au moment où résonnèrent également de lugubres lamentations.

Près de nous, une femme hurla en se jetant à genoux. Juste à côté, un homme jaunâtre toussait à s'en cracher les poumons.

La toux cessa subitement et la femme hurla de plus belle. Elle ne remarqua sans doute pas les volutes noires qui s'élevèrent des yeux et de la bouche béante du mort. Non seulement je les remarquai, mais je sus tout de suite ce que c'était.

Un ectoplasme. Un esprit invoqué très violent, un fantôme diurne. Sa fumée s'aggloméra au-dessus de la foule en prenant une forme humanoïde.

Je touchai le camée de ma mère. Une carapace de lumière aux reflets fractals m'enveloppa, mais je la détachai aussitôt de mon corps pour en faire une boule, que je lançai vers l'esprit.

Quand mon Bouclier frappa la créature, il la recouvrit en épousant ses formes comme une huile scintillante. Elle eut beau se déchaîner dans la bulle, les griffes fantomatiques de ses doigts crochus ne parvinrent pas à déchirer le sort.

Je sollicitai mon sabre, dont le protège-poignet passa dans ma main. Addam, quant à lui, activa l'un de ses sorts scellés. La magie nous poussa dans un claquement. La télékinésie. Une magie polyvalente, totalement inefficace contre un esprit en colère.

— À 10 heures ! s'écria Brand.

Je n'avais même pas remarqué le deuxième ectoplasme qui se ruait vers nous.

Je disposais de trois sorts. Celui qui emprisonnait le premier ectoplasme ; un autre qui nous ferait tomber le tunnel sur la tête ; et le dernier, le Feu, qui offrait certaines possibilités. Encore me fallait-il gagner quelques secondes pour le libérer et le modeler. Heureusement, s'il y avait bien une chose que mon entraînement m'avait apprise, c'était faire arme de tout.

Je créai un banal artifice de lumière, que j'ancrai sur ma poignée de sabre. Je brandis mon arme au moment où l'ectoplasme se jetait sur moi. Mon avant-bras s'enfonça dans sa tête. De profonds sillons bordés de givre gris s'ouvrirent dans ma peau. J'injectai ma Volonté dans l'artifice, dont la lumière ensoleilla les ténèbres désincarnées du monstre. Un cri perçant lui échappa et, plus surpris que véritablement blessé, il fila vers le plafond.

Cela me donna le temps de caresser ma bague d'or blanc. Le Feu déferla, assez brûlant pour faire fondre le sang gelé de mes lacérations.

L'ectoplasme vrillait telle une toupie sous les arches gothiques, prêt à revenir à la charge. La foule se débandait. Addam, les bras auréolés d'énergie, eut la bonne idée de dégager tous les obstacles du tunnel à l'aide de salves magiques.

— Couvrez-vous les yeux ! vociférai-je à la ronde.

La durée et la puissance d'un sort scellé constituaient deux facteurs interdépendants. En soi, je pouvais faire durer le Feu plus de cinq minutes, pratiquement une éternité en combat, mais ça n'anéantirait pas un ectoplasme.

En revanche, si je le réduisais à une fraction de seconde…

Je concentrai mon Feu dans un espace de la taille d'une tête d'épingle. Juste avant que l'ectoplasme fonde sur moi, je libérai d'un coup la totalité de mon sort. Un petit soleil naquit dans ma paume.

La créature fut oblitérée dans une explosion qui projeta des rouleaux de fumée enflammés jusqu'au plafond.

— À 1 heure ! à 9 heures ! m'informa Brand.

Le premier ectoplasme commençait à se dépêtrer de mon Bouclier. Un peu plus loin, au-dessus de la cohue paniquée, six autres esprits fonçaient vers nous.

— Courez, dis-je, presque hébété.

Je m'élançai avec eux vers le grand escalier. Dehors, nous pourrions prévenir la Tour et éviter de faire des passants du souterrain des victimes collatérales.

Aux hurlements et aux cris rauques des tunnels succéda le boucan des embouteillages de l'avenue. Le Pacific Bell était à cinquante mètres de là. À peine parvenu à l'intersection suivante, je sentis la vile présence des ectoplasmes dans notre dos.

— Va chercher de l'aide ! hurlai-je à Addam.

Il piqua aussitôt vers l'immeuble de la Tour.

Brand avait dégainé ses couteaux, deux lames d'obsidienne incrustées de corail. Derrière nous, six ectoplasmes – non, sept, mon Bouclier avait rendu l'âme – tournoyaient au-dessus de la bouche d'escalier.

Il y avait aussi, un peu plus loin, un nuage qui se dirigeait vers nous. Troublé, j'envisageai d'abord une multitude d'explications : un banc de brouillard, des débris d'explosion. Puis, lorsqu'il fut suffisamment proche, je discernai la masse de dizaines d'ectoplasmes.

Brand m'entraîna sur le passage piéton.

Devant nous, sur le trottoir au pied du Pacific Bell, se tenait une file de passants figés : une laveuse de carreaux, un portier, une femme avec un chien.

Soudain, ce fut le branle-bas.

Tous, sans exception, se précipitèrent au bord du trottoir. Le chien s'évapora dans un sifflement de charme rompu. Sa maîtresse me saisit par l'épaule et me jeta derrière elle avec une force surhumaine. Je percutai un distributeur de journaux.

Je perçus l'activation d'une bonne centaine de sceaux. Tout le long de la rue, les faux piétons levèrent les mains pour générer un mur de Sacrefeu.

Avec horreur, je me rendis compte que Brand était coincé de l'autre côté de leur barrage improvisé.

Je tentai de forcer la ligne, mais la femme me repoussa d'un vigoureux coup de hanche. Les ectoplasmes seraient bientôt sur mon Acolyte. Un cri inintelligible me déchira la gorge. La femme me barrait la route.

Mon Aspect s'éveilla dans une explosion solaire qui jaillit de mes yeux. Jamais il n'avait été aussi éblouissant, même quand Ciaran m'avait provoqué dans la boîte de nuit. Du feu ! Du vrai feu me courait sur les bras. La femme perdit l'équilibre, et une brèche s'ouvrit dans leur barrière de Sacrefeu.

Brand attrapa ma main alors que les premiers ectoplasmes atteignaient le carrefour. Je le tirai vers moi.

La femme se releva d'un bond et referma la brèche en reprenant sa place. Les ectoplasmes s'écrasèrent sur le rempart ignescent comme des mouches sur un pare-brise, anéantis par le sort.

Je m'effondrai avec Brand sur le trottoir. Des bras apparurent pour nous aider à nous relever. Addam.

Je contemplai, abasourdi, la rangée de passants. Un enfant de six ans entouré de dessins à la craie inachevés. Un épicier. Des hommes d'affaires. Des femmes avec des écharpes à bébé vides. Des dizaines et des dizaines de faux badauds, chargés de puissante magie.

L'envergure de cette ligne de défense secrète m'estomaquait. Un secret que la Tour venait de compromettre pour me sauver.

— Viens, me dit Brand d'un ton las. Tu as le bras en charpie.

Je le laissai m'emmener vers l'entrée du Pacific Bell en n'accordant à mon bras qu'un bref regard. La peau m'avait été arrachée du poignet jusqu'au coude. Curieusement, je ne sentais pas encore la douleur.

— Je crois que tu as raison, une sieste me ferait du bien, admis-je.

Il ouvrit une poche à munitions de sa chemise et en tira un carré de tissu qu'il me tendit. Ce que je prenais pour une compresse était en fait une serviette. En la dépliant, je découvris un cookie aux raisins secs.

J'en pris une bouchée avec un gémissement de reconnaissance, concentrant toute mon attention sur le simple fait de mâcher. Devant nous, la porte à tambour se déverrouilla avec un « tchac ! » et se mit à tourner de façon accueillante.

Le mythe des liches remonte à la nuit des temps.

Il s'agirait des âmes défuntes de grands mages qui se seraient perdus dans une quête perverse de la véritable immortalité.

Les liches sont censées être l'antithèse de l'existence, le négatif de la Nature. Telles des éponges, elles aspirent l'univers en elles et grossissent, se gonflent de vilenie et de puissance. D'après la légende, si on ne les élimine pas très tôt, elles ne laissent des nations environnantes que des coquilles vides.

D'après la légende.

Rurik

Le hall d'entrée de marbre du Pacific Bell était désert, à l'exception d'un homme près des ascenseurs, tout au fond.

— Mes yeux me grattent, geignis-je en les frottant.

Brand me guida d'une main sur l'épaule.

— Ils étaient en feu.

— Ah ! d'accord... Attends, quoi ?

— Tes yeux, ils étaient en feu. Quand ton Aspect s'est manifesté.

Je le dévisageai. Il haussa les épaules d'une manière désinvolte, l'air de dire « encore un truc d'Atlante », mais je ne m'y trompais pas, car le fait qu'il me rapportait n'avait rien d'anodin.

— C'est nouveau ? s'enquit poliment Addam.

— Oh que oui ! répondis-je.

Arrivé devant l'ascenseur, je reconnus le responsable de la sécurité et Acolyte du seigneur Tour, Mayan. Je ne connaissais personne de plus grand que cet homme aux longs cheveux bruns nattés. Tous les employés de la Tour, jusqu'au plus petit groom à temps partiel, étaient des tueurs entraînés, et Mayan était leur chef. Ce fait à lui seul avait de quoi intimider.

— Le seigneur Tour est-il au courant de notre arrivée ? lui demanda Addam.

— Seigneur Saint-Nicholas, avec tout le respect que je vous dois, les gens à cinq cents mètres à la ronde sont au courant de votre arrivée.

Brand se hérissa. D'un autre côté, il s'était renfrogné dès qu'il avait aperçu Mayan. Ils entretenaient les rapports compliqués de deux caractères dominants.

— Très malin de jamais me rappeler, râla mon Acolyte. Après tout, c'est pas comme si on était en mission pour vous.

— Nous avions beaucoup de soucis en tête, répliqua sèchement Mayan en s'écartant pour nous inviter à entrer dans l'ascenseur. Je vous en prie.

Il resta dans le hall et fit tourner une clé sur un panneau de commande. Les portes se refermèrent. J'eus une drôle de sensation au démarrage, que je ne parvins pas à identifier jusqu'au moment où Addam demanda :

— Nous descendons ?

— Oh, putain ! jura Brand. Il nous fait venir dans sa salle de crise. Sa salle de crise, Rune ! On a quoi comme menace au cul, bordel !?

Je n'avais qu'une envie : fermer les yeux et m'asseoir par terre.

— Le seigneur Tour pense que Rurik est une liche.

Mon Acolyte resta de marbre ; Addam esquissa un sourire hésitant.

— Voyons, les liches n'existent pas.

— Je crois que si, Addam.

Le portable de Brand émit un bip. Il le sortit, leva les yeux au ciel puis le rangea dans sa poche. Je patientai quelques secondes avant de l'interroger :

— Des infos ?

— Encore un message de Max.

— Max t'envoie des messages ?

— Max m'inonde de messages.

— Pour dire quoi ?

— « Je dois faire une lessive. » « C'est bon si j'essaie de réparer la machine à laver ? » « Oups ! j'ai pas réussi à la réparer, où sont les serviettes ? » « J'ai utilisé toutes les serviettes. » « J'ai le droit de manger un Devil Dog ? » « Oups ! j'ai fini tous les Devil Dog. »

— Il a mangé mes Devil Dog ? m'indignai-je en pensant à mes délicieux biscuits au chocolat fourrés à la crème.

— Essaie déjà de semer des monstres sans perdre haleine, répliqua-t-il. Ensuite on parlera grignotage.

— J'ignore ce qu'est un Devil Dog, confessa Addam. Ou un Max.

— Un invité de passage, répondis-je en étudiant la console de l'ascenseur, qui ne fournissait aucun chiffre indicatif. Ils comptent nous faire passer par le centre de la Terre ou quoi ? me lamentai-je tout en pressant ma blessure au bras.

La cabine ralentit enfin. Je n'étais jamais allé dans la salle de crise de la Tour et m'en accommodais parfaitement jusqu'à présent. Le seigneur Tour était du genre à ordonner la mort d'une personne depuis sa chaise longue. Si un problème nécessitait qu'il se penche sur une carte de bataille, il y avait de quoi paniquer.

Les portes de l'ascenseur s'ouvrirent sur un étroit corridor en inox. Des ouvertures de quinze centimètres étaient pratiquées dans les murs, un type de décoration très populaire dans les châteaux médiévaux et qui fonctionnait *grosso modo* comme un couloir d'abattoir.

Nous le longeâmes sans encombre avant de parvenir à une pièce. J'ignore à quoi je m'attendais, mais il n'y avait ni parois d'énergie crépitantes ni dragons gardant l'entrée. C'était une simple pièce hexagonale au milieu de laquelle trônait une table surmontée d'un grand écran. Le fait que je ne perçoive pas ses enchantements défensifs en disait long sur la qualité de leur facture.

Le seigneur Tour se tenait devant l'écran. Pieds nus, ses cheveux noirs attachés, il portait une tenue d'arts martiaux ample appelée *keikogi*. Et il n'était pas seul.

— Ciaran !?

— Soleil, me salua la principauté avec un grand sourire.

— Parrain ? nous interrompit Addam.

Le seigneur Tour appuya sur un bouton. À l'écran, des cercles rouges clignotants s'effacèrent d'une carte numérique de la Nouvelle-Atlantide. Il vint étreindre son filleul avec une affection qui me parut sincère.

— Merci de m'avoir envoyé des secours, dit le haut descendant.

— Addam, le réprimanda la Tour avec tendresse, ta mère en aurait fait autant si elle avait mesuré le danger que tu encourais.

— Elle m'aurait vengé, nuança-t-il avec tristesse. Ce n'est pas tout à fait pareil.

— Sinon, on va faire comme si Rune ne pissait pas le sang ? grommela Brand. Parce que, là, il en fout partout.

— Toutes mes excuses, dit notre hôte avant d'effleurer un sceau sur son bracelet.

Auréolé de magie de soins, il vint toucher ma blessure. Si mes sorts médicinaux s'apparentaient à un coup de soleil, le sien me donna l'impression de me faire cautériser au chalumeau.

— Vos sorts, vous leur ajoutez une dose de cheval de cocaïne ? commentai-je en retirant mon bras sitôt la plaie refermée.

— Quelqu'un va me dire ce qui se passe ? s'agaça Brand.

— Qu'est-ce que Rurik a fait aux gens autour de nous ? renchéris-je.

Le seigneur Tour me dévisagea en silence, puis entra une commande sur l'ordinateur. Les cercles rouges réapparurent sur la carte. Impossible, où que l'on se trouve dans la salle, de ne pas en remarquer la symétrie.

— Une grille, murmurai-je.

— Oui, la liche vous a pistés à l'aide de points fixes d'observateurs spectraux. Je ne saurais dire avec certitude si c'était toi ou Addam qu'elle cherchait, mais elle…

— Ce n'était pas un simple sort de Pistage, lui certifiai-je d'une voix forte. Il était alimenté par un sort de Mort. Ces gens…

Je considérai la myriade de cercles rouges que j'aurais bien été incapable de compter en un seul coup d'œil.

— Oui, opina calmement la Tour. La liche s'est servie d'une magie de mort qui lui est propre, dont les victimes de prédilection sont les plus âgés et les plus faibles. Des gens sont morts et ce ne seront pas les derniers. Je crains que tu ne mesures pas le cataclysme qui nous attend, Rune.

Brand guettait ma réaction. Il semblait lui-même partagé entre le mécontentement et la résignation.

— Vous êtes sûr que c'est une liche ? demanda-t-il.

— Je suis le seul Arcane à en avoir vu une. Oui, j'en suis certain. C'est une longue histoire, mais permettez-moi de vous la raconter.

Je me demandai subitement où était passé mon café. Quand l'avais-je perdu ? Je n'arrivais même plus à me rappeler la dernière fois où je m'étais reposé. Quand avais-je…

Je fermai les yeux, car les cercles clignotaient toujours et il y en avait un grand nombre.

— Les intérêts de la cour de Dague ont toujours été mêlés à ceux de l'Espagne et du Portugal. Durant ma jeunesse, je partais souvent à la rencontre des vieilles civilisations d'Amérique centrale et du Sud. À cette époque, naturellement, la plupart étaient sur le déclin, leurs cultures infectées par nos maladies et nos idées.

» Au milieu du XVIe siècle vint un explorateur du nom de Francisco de Orellana, que j'affectionnais beaucoup. Un humain remarquable. Il naviguait depuis ses dix-sept ans. En 1541, il se joignit à une expédition équatorienne chargée de cartographier l'Amazonie, du moins ce qu'on appellerait plus tard l'Amazonie, en quête de la Canela, le légendaire Pays de la cannelle, censé se trouver à l'est. Je l'ai accompagné.

Un tas de questions me brûlaient les lèvres, mais je me contins. La Tour ne parlait quasiment jamais de sa jeunesse. Je gardai la bouche fermée et les oreilles grandes ouvertes.

— Très vite, on confia à Francisco la tâche de prendre des chevaux et de se rendre à Guayaquil. Je partis de Quito avec le corps principal de l'expédition, fort de quatre mille indigènes et plus de deux cents Espagnols placés sous les ordres de Gonzalo Pizarro.

En ce temps, les expéditions commençaient toujours à une échelle monumentale, avec de véritables champs de tentes qui poussaient autour des villes portuaires, et des coffres remplis d'or espagnol. Et pourtant, malgré l'ampleur des effectifs, des provisions et des navires, dès l'instant où nous fûmes confrontés à l'Amazonie, nous nous sentîmes minuscules. Nous étions plusieurs milliers et notre insignifiance était palpable. Jadis, je n'aurais rien trouvé de comparable, mais, aujourd'hui, nous avons la Terrouest. C'est ce qui se rapproche le plus, selon moi, de cette sensation d'être englouti par la nature.

» Comme toutes les expéditions, la nôtre ne tarda pas à rencontrer des problèmes. Quand Francisco et ses cavaliers nous rejoignirent enfin, nous venions à peine de quitter la région montagneuse, mais plus de trois mille indigènes et une centaine d'Espagnols avaient péri ou déserté. Nous n'eûmes d'autre choix que d'établir un campement et de construire des bateaux de retour pour les malades. Entre-temps, Francisco se vit confier une seconde expédition chargée de trouver la source de la rivière Coca.

Ciaran émit un son appréciateur.

— Je me suis déjà rendu là-bas. À leur manière, l'Amazonie et ses rivières sont aussi puissantes que n'importe quelle jungle d'Atlantide.

Le seigneur Tour opina de la tête.

— C'est en effet un lieu ancien, pétri d'une magie profonde et mystérieuse. Je voyageais alors, vous vous en doutez, sans sanctuaire. Il me fallait des heures de méditation pour restaurer le moindre sort dans mes sceaux.

» Après avoir trouvé la source de la Coca, nous fûmes obsédés par le désir de continuer, de voir ce qui se cachait par-delà le coude suivant. Quand Francisco émit l'idée de rejoindre le corps principal de l'expédition, la troupe faillit se mutiner. Il fut donc décidé de continuer, vers l'inconnu.

» Nous étions poursuivis par les Omaguas. Nous trouvâmes la rivière Negro, qui nous mena ensuite à l'Amazone lui-même.

Il nous fallut construire un plus gros navire pour naviguer sur ses eaux tumultueuses. Les autochtones faillirent nous massacrer, puis ce fut la faim qui nous tenailla. Ainsi s'écoula un cycle entier de saisons. Au cours de notre périple, nous aperçûmes des Pygmées dont les têtes poussaient de leur colonne vertébrale ; une race de sorciers blonds aux yeux bleus ; des hommes pourvus de queues, de pieds à l'envers et de bâtons de feu vivant.

» Puis, en juin 1542, nous pénétrâmes sur les terres de la peuplade que Francisco nommerait les Amazones : une tribu gouvernée par de farouches guerrières.

» À notre arrivée, la liche les avait déjà gangrenés jusqu'à la moelle.

Il ouvrit un tiroir contenant un clavier élégant et tapa une série de mots qui apparurent brièvement en bas de l'écran. Posant le doigt sur un pavé tactile, il entreprit d'ouvrir divers documents. Des cartes topographiques, de vieux papyrus et des représentations artistiques se succédèrent à l'écran.

— Les liches sont associées au tremblement de terre d'Antioche, à Pompéi, à l'éruption minoenne. En 1542, cependant, elles n'étaient plus qu'un mythe, même pour l'Arcanum. Enfin, ce serait exagéré, peut-être pas un mythe. Disons plutôt une menace éteinte. Leur dernière mention dans nos annales remontait à l'Antiquité. Nous savions que les liches étaient créées à l'inverse de la magie de création. Ce sont des créatures qu'on peut invoquer, et elles sont quasiment immortelles. Elles se nourrissent de la mort et de l'annihilation, tirent leur force de catastrophes d'une échelle inhumaine et, si personne ne les arrête, elles deviennent, croyez-moi, capables d'anéantir des empires.

» Tous ces malheurs ont suivi la naissance d'une liche. Chaque fois, un élément m'apparaît clairement : leur espèce *évolue*. À mesure que l'humanité grandit, vieillit, il en va de même pour les appétits des liches. Vous le voyez bien, nous passons de tremblements de terre et de tsunamis à des fléaux et des pandémies, à… à ce que j'ai vu chez les Amazones.

Il se tut. Éteignit l'écran. Je voyais à présent son reflet.

— La liche disait s'appeler Yacam. Les sages du village l'avaient invoquée par erreur et l'avaient, au début, vénérée. Elles l'avaient nourrie, choyée. Elles l'avaient laissée grandir. Contrairement aux liches de l'Antiquité, cependant, quand Yacam eut atteint une taille critique, elle ne chercha pas à déclencher de séismes. Non, elle décida de leur ronger l'esprit. Elle s'amusa à *jouer* avec la tribu.

» Je cachai mes compagnons et, ensemble, nous vîmes Yacam posséder des groupes à tour de rôle. Elle possédait d'abord les hommes, qu'elle forçait à prendre les armes contre les femmes. Puis elle prenait possession des femmes et leur faisait donner la chasse aux hommes. Un moment, elle poussait les survivants à saccager le village en quête des yeux de vieillardes ; l'instant d'après, elle les faisait se battre pour des fémurs d'adolescents. Et cela ne s'arrêtait pas là… Mais je n'en dirai pas davantage.

Malgré cela, il s'attarda sur ce dernier point et avoua enfin :

— Entre chaque possession, entre chaque accès de démence sanguinaire, Yacam rendait leur lucidité aux Amazones pour les mettre face aux crimes qu'elles avaient commis. D'une certaine manière, c'était pire que le reste.

— C'est ignoble, acquiesçai-je. Qu'avez-vous fait ?

— Je me suis retiré. J'ai médité pendant des jours sur mes sceaux sans dormir, puis je suis revenu mettre fin à ce cauchemar.

Il se tourna vers le clavier pour nous cacher son visage, appuyant sur une touche sans que rien de visible ne se produise.

Le silence qui suivit s'avéra presque aussi pesant que son sinistre récit. Addam se décida à le briser :

— Nous devons agir. L'Arcanum doit intervenir. Peu importe comment cette affaire a commencé, ou ce qui m'est arrivé, l'heure n'est plus au secret si…

— Non, le coupa son parrain bien que son regard soit fixé sur moi. Ce n'est pas la solution. Comprends-tu pourquoi, Rune ?

Oui, je comprenais et répondis :

— Il est justement crucial de déterminer qui est responsable, car c'est le seul moyen d'inverser une invocation. Paniquer les foules ne nous avancerait à rien. Vous perdriez assurément un temps fou rien qu'en essayant de convaincre l'Arcanum que les liches existent. Tous ne sont pas aussi vieux que vous.

À cette remarque, mon employeur prit un air offusqué. *Eh bien, tant pis!* Sa manie de me tester me rendait toujours acariâtre ; c'était tout juste s'il ne me collait pas une étiquette « Arcane en formation » sur mon haut.

— Mais, insista Addam, si la situation est aussi grave que vous le dites…

Ciaran prit la parole :

— Si la liche sent venir la contre-attaque, elle prendra la fuite. Il faudra alors des mois pour la débusquer et nous ne pouvons pas nous le permettre. Chaque jour, ses forces grandissent, même si, heureusement, elle est encore loin d'avoir atteint son plein potentiel. C'est pour cette raison que j'ai parlé de mes inquiétudes au seigneur Tour. Avec son expérience, il est le mieux placé pour agir vite.

— Expérience, dit l'intéressé en lui jetant un regard circonspect, que je pensais connue de très peu de personnes. Mais passons. La discrétion restera notre meilleure arme. Je vais néanmoins avertir dame Justice. Étant donné le rôle involontaire d'Addam dans cette histoire, je suis certain qu'elle coopérera. Ensemble, nous réfléchirons au moyen d'approcher l'Arcanum. En attendant, Rune devra trouver l'invocateur.

— Il… Je veux dire, nous…, balbutia Addam. Il est possible que… Rune soupçonne ma sœur d'être impliquée.

— Je me fierais à son jugement dans ce cas.

— Sauriez-vous où nous devrions poursuivre notre enquête ? m'enquis-je, en grande partie pour changer de sujet.

Addam n'avait sans doute pas compris ce que le seigneur Tour me demandait de faire. Ce dernier hocha la tête en signe de confirmation.

— J'ai pris la liberté de faire venir votre invité et votre gouvernante. Vous pouvez...

Cette fois, Brand laissa éclater sa colère.

— Vous voulez que Rune s'expose directement à une menace aussi grave ? Vous savez pas qu'elle fait une fixette sur lui maintenant ?

— À l'heure actuelle, dit la Tour, je compte là-dessus.

Ciaran nous accompagna au neuvième étage, que notre hôte avait fait préparer pour nous.

— Vous restez ? m'étonnai-je.

— Le seigneur Tour me paie *très* généreusement.

Il adressa à l'intéressé, qui se tenait derrière nous, un hochement de tête grave, bien trop respectueux pour être sincère.

— Comment aviez-vous deviné que c'était une liche ? demandai-je à la principauté, sur un ton un peu méfiant avec le recul.

Il s'accorda un temps de réflexion avant de me répondre :

— Me soupçonner de toute complicité nuirait grandement à notre démarche. Voudrais-tu que je prête serment ?

Je restai interloqué. Pour les Atlantes, les serments n'avaient rien d'anodin.

— Par tous les dieux ! Ciaran, combien vous paie-t-il ?

— Va falloir qu'on renégocie, intervint Brand en lançant un regard noir au seigneur Tour. Il s'agit d'une nouvelle mission.

— Vous ai-je une seule fois lésés, Brandon ?

Au moment où mon équipier s'apprêtait à compter le nombre de fois où il nous l'avait « faite à l'envers », ou quelle que soit la réplique cinglante qu'il mitonnait, les portes s'ouvrirent dans un tintement. L'Arcane reprit la parole :

— L'étage entier est à votre disposition. Il y a un buffet froid dans le salon si vous souhaitez vous restaurer. Autrement, je vous conseille de vous reposer avant le dîner, qui se fera de bonne heure. Nous parlerons stratégie à ce moment-là.

Après nous avoir indiqué où se trouvaient Queenie et Max, il prit congé. Notre groupe se rendit dans la salle commune, une pièce remplie de téléviseurs à écran plasma, de moquette douce comme du velours et de gros fauteuils en cuir. Queenie et Max regardaient une émission culinaire. Le visage de l'ado s'illumina à notre arrivée.

— Vous êtes là ! s'exclama-t-il avant de contourner précipitamment le canapé.

Je ressentis un bref moment de gêne. Était-il approprié qu'il nous prenne dans ses bras ? Brand régla la question en lui coinçant amicalement la tête sous le bras.

L'épuisement me rattrapa. Je dus avoir une brève absence, car tout le monde me regardait. Queenie glissa à Brand un regard soucieux, avant de pousser tout ce petit monde vers le bar pour nous laisser seuls.

— Tu dois dormir, décréta mon Acolyte. Viens, allons voir les chambres. Aucun endroit n'est plus sûr dans cette ville, profitons-en tant que ça dure.

Cinq minutes plus tard, il me colla littéralement son pied au cul pour me pousser dans une chambre d'amis et claqua la porte.

Je restai un instant au milieu de la pièce à me ronger les ongles, ne sachant que faire. Puis mes dents crissèrent sur de la crasse que j'avais sous un ongle. Une douche, voilà par quoi je pouvais commencer. Une fois propre, je me vautrai sur le lit sans m'habiller. Mes paupières s'abaissèrent comme un rideau de théâtre et je m'endormis.

Je m'éveillai des heures plus tard, juste avant le crépuscule. Quelqu'un avait remonté la couverture sur moi et laissé une pile de vêtements propres et pliés sur le couvre-lit. En les examinant du bout des doigts, je reconnus l'un de mes vieux jeans et une chemise bleu-gris qui, à en croire Queenie, faisait ressortir mes yeux. *Queenie.* Je souris en imaginant l'équipe de la Tour débarquer dans le Réduit pour les évacuer, Max et elle, avant de devoir poireauter dehors pendant qu'elle nous préparait diligemment des sacs pour la nuit.

Mon humeur s'égaya plus encore quand j'aperçus mes plus belles bottes près de la porte.

Je m'habillai, me chaussai, tapant doucement des pieds pour caler mes talons au fond de mes bottes. Je sentis la vibration rassurante de l'enchantement d'Amortissement. Je me mis en quête du reste du groupe.

Le Pacific Bell privilégiait l'intimité, aussi chaque suite disposait-elle de sa propre porte d'entrée et aucune ne se trouvait en vis-à-vis. Ne sachant trop où Brand s'était posé, je me rendis dans la salle commune, passage incontournable pour gagner l'ascenseur.

Après quelques minutes, j'allumai le téléviseur, zappai deux pubs et tombai sur une image d'un carrefour de la Nouvelle-Atlantide qui semblait avoir été dévasté par une grenade. Une couverture blanche tachée de sang couvrait un corps. Le mot « ectoplasme » défila dans le bandeau en bas.

Éteignant la télé, je me levai pour aller toquer à des portes au hasard. À la troisième, Queenie me répondit. Plus surprenant, Addam était aussi dans la chambre. Uniquement vêtu d'un boxer, il se tenait devant un lit encombré d'une multitude d'emballages et de sacs de shopping, des ciseaux à la main.

— Je lui apportais les vêtements que la Tour lui a achetés, m'informa Queenie.

— Je suis à moitié nu, Héros, s'amusa Addam, et ton regard n'a pas quitté les ciseaux. Quel prince guerrier vigilant tu fais !

— C'est gentil de le remarquer, n'hésite pas à le dire à Brand. J'en déduis que vous n'êtes pas encore prêts pour le dîner tous les deux ?

— Je vais voir si le repas est prêt. En attendant, tu peux aider Addam à se préparer, couina ma gouvernante avant de s'éclipser, trop nerveuse pour en faire une question.

J'attendis qu'elle s'éloigne dans le couloir.

— Je ne vais pas t'aider à te préparer, dis-je à Addam.

— Ce ne serait peut-être pas la corvée que tu imagines, me taquina-t-il, avant de s'asseoir en croisant ses longues jambes, exhibant en partie son abdomen.

— Je pense que je vais t'attendre dans le couloir, marmonnai-je en refermant la porte.

Il sortit quelques instants plus tard, vêtu d'une élégante chemise blanche et d'un pantalon gris. La personne responsable des emplettes avait mal estimé son tour de taille ; il y avait sept bons centimètres de tissu pliés sous la boucle de ceinture. Bien sûr, ladite ceinture comportait pour un million de dollars de sceaux.

— Je viens de me rendre compte que je ne reverrai sans doute pas mon appartement avant un moment, déclara-t-il. À l'heure actuelle, je ne possède ni brosse à dents ni bol à céréales. Cela a quelque chose… de libérateur. De minimaliste.

— C'est bien de voir le verre à moitié plein. Tu n'as pas d'appartements au trône de Croisade ?

— Ne serait-il pas risqué de s'y rendre ?

— Sans doute, convins-je. As-tu contacté ta cour d'une quelconque manière ?

— Je n'avais pas le choix, à vrai dire. Le seigneur Tour est passé tout à l'heure et m'a rappelé que, dès l'instant où je suis sorti de Farstryke, ma mère a sûrement perçu ma présence. (Il grimaça.) Elle… surveille mon bien-être, en quelque sorte.

Dame Justice m'avait en effet parlé des sorts qui la liaient à ses enfants. En théorie, elle devait avoir senti l'attaque dans les tunnels du South Bridge, tout comme elle avait certainement détecté qu'Addam se trouvait à présent au Pacific Bell.

— Je l'imagine bien surgir d'un mur comme un boulet de démolition, plaisantai-je.

Ma remarque le fit sourire.

— Son entrée ne serait peut-être pas aussi théâtrale. Quoi qu'il en soit, le seigneur Tour m'a suggéré de contacter mes agents au trône de Croisade pour leur demander d'annoncer que je vais bien mais que je serai injoignable. Selon lui, cela devrait nous faire gagner du temps.

— Bonne idée, et as-tu… ? (J'hésitai, conscient que le sujet lui était pénible.) As-tu des nouvelles de tes frères ?

— Christian se repose, mais ils n'ont pas encore déterminé la cause de son mal. Quinn… dort. Il ne s'est pas réveillé. C'est gentil de demander.

— Quinn t'a affirmé qu'il s'en sortirait et je le crois. C'est un devin. Il est assez doué pour entrevoir son avenir.

— C'est justement ça le problème. S'il y a bien une chose qu'il m'a apprise, c'est que rien n'est écrit. Cela dit, le seigneur Tour a contacté ses médecins et mis à disposition toutes ses ressources médicales. D'après lui, l'état de Quinn est stable et les médecins sont optimistes. Il faudra que je m'en contente pour le moment.

— Tu as faim ? demandai-je pour changer de sujet.

Il retrouva son sourire, quoique timidement.

— Mon ventre crie famine. Je te suis.

En réalité, il connaissait mieux l'endroit que moi. Au lieu de gagner l'ascenseur, il me conduisit jusqu'à une salle où le plafond avait été ouvert pour accueillir un escalier majestueux. Il m'invita à passer devant. En montant, je jetai un coup d'œil en arrière et le surpris en train de me mater les fesses.

Il sourit en voyant mon regard perplexe puis grimpa à ma hauteur.

— Tu es très bel homme, Héros. Me permettrais-tu un aveu ?

— Dis donc, tu flirtais nettement moins quand tu te pensais en danger de mort.

Ignorant ma remarque, il enchaîna :

— J'avoue craindre que tu aies une mauvaise image de moi.

— Pourquoi dis-tu ça ? demandai-je en m'arrêtant net.

— Contrairement à ton Acolyte et toi, je n'ai pas combattu d'ectoplasme.

— En effet, tu t'es servi de la Télékinésie pour mettre les passants à l'abri et nous dégager la voie. Puis, quand je t'ai demandé d'aller chercher de l'aide, tu as foncé sans hésiter. Tu as assuré.

— T'ai-je impressionné ?

— Tu ne m'as pas laissé sans impression, répondis-je, un peu nerveux devant la gravité de son regard.

Il considéra le plafond d'un air songeur, puis acquiesça.

— C'est un début, je prends.

L'étage supérieur se divisait en plusieurs cuisines et différents espaces allant de la pièce intimiste à l'immense salle de bal. Des domestiques nous menèrent à une pièce qui donnait sur les ports nord de l'île. Les fenêtres étaient astucieusement conçues pour donner l'illusion d'un long mur de verre. Voilà plusieurs semaines que la Nouvelle-Atlantide n'avait pas eu droit à un Assainissement, le sort abrasif et toxique qui évacuait régulièrement le gros de sa pollution. Avec le smog, le ciel paraissait comme embrasé, presque beau quand on le contemplait depuis le confort d'une pièce climatisée.

Le seigneur Tour n'était pas encore arrivé, mais Brand était là. Il fouillait la salle à manger à la recherche de mouchards. Il avait déjà trouvé trois émetteurs sans fil.

— Je ne crois pas que ce soient des biscuits à apéritif, dis-je.

— Il veut me tester, c'est insultant, grogna-t-il, avant de m'étudier d'un œil critique et, visiblement satisfait, d'ajouter : Tu as bien dormi, tu as l'air en forme.

— Je suis d'accord, commenta très poliment Addam.

Brand fixa son regard sur lui. Puis il gagna le bar pour mettre les mouchards dans un seau de glace pilée, et il les concassa ensuite à l'aide d'une bouteille de bière. Après quoi, il décapsula celle-ci et me la tendit en adressant à Addam un sourire pincé.

— Un cosmo ?

— Une bière aussi, s'il vous plaît, seigneur Saint-John.

Depuis la chute du trône de Soleil, mes relations amoureuses étaient rares, très rares. J'étais mal à l'aise quand on me draguait et laissais généralement mon Acolyte effrayer les intéressés. Le fait qu'il ne rembarre pas d'entrée de jeu Addam et ses avances à mon endroit était à la fois intéressant et terriblement perturbant.

Les autres entrèrent peu après. Un domestique annonça que notre hôte aurait du retard et que nous pouvions commencer sans lui. Lorsque je m'approchai de la table, Addam se glissa spontanément devant moi pour me tirer la chaise. Du coin de l'œil, je notai l'air légèrement outré de Matthias. Tandis qu'Addam prenait place à ma droite et qu'un cortège de domestiques entraient pour nous servir, je m'adressai à l'adolescent :

— Max, comment vas-tu ?

Dans un sursaut, il accourut pour s'asseoir à ma gauche.

— Ça va, et toi, Rune ?

Sans cérémonie, Brand souleva la chaise, avec le gamin dessus, et la posa devant l'assiette voisine, puis récupéra une autre chaise pour s'installer à ma gauche. Loin de se démonter, Max se rapprocha de la table et se pencha pour me répondre :

— J'ai essayé de réparer la machine à laver.

— C'est très gentil.

— Bon, ça n'a pas marché. J'ai aussi cassé un balai-éponge.

— C'est le cadet de mes soucis.

— Fascinant, commenta Ciaran en prenant brusquement la parole.

Il observait Max en pinçant ses lèvres rouge vif.

— Je vous demande pardon ? dit le jeune homme.

— Tu es un Amoureux, mais tes rêves n'ont aucun sens. Que diantre t'ont-ils fait ?

Brand se figea, tout comme moi.

— Nous n'aborderons pas le sujet, articulai-je.

La principauté m'adressa un regard surpris.

— Tu m'as mal compris. Les Amoureux étaient d'infâmes débauchés alors que les rêves de ce garçon sont d'une incroyable douceur. C'est agréable de voir une branche décente dans cette famille.

— Oh ! fit Max.

À l'évidence, il ne savait pas trop s'il devait se sentir flatté ou horrifié. Je trouvais toutefois encourageant qu'il l'envisage tout de même comme un compliment. J'adressai un léger hochement de tête à Ciaran.

La table était garnie de divers mets fumants et de pichets glacés. Une assiette sous cloche fut placée devant chaque convive, qui disposerait durant tout le repas d'un serveur attitré. Ceux-ci attendirent le dernier moment pour soulever les cloches d'argent.

— Est-ce que ce sont… ? demanda Max avec curiosité.

— Des soleils de mer, confirma Addam d'un air ravi. Quel plaisir !

Si jamais j'avais oublié qu'il évoluait dans des cercles très différents des miens, sa remarque me le rappela. « Plaisir » était un bel euphémisme dans le cas d'un poisson que je n'aurais jamais les moyens de m'offrir.

Bien qu'après la Guerre mondiale atlante notre terre d'origine ait été désertée, ses zones de pêche les plus lucratives avaient été reprises. Les soleils de mer ne se trouvaient qu'en un seul lieu : un dangereux récif situé à une vingtaine de kilomètres des côtes de l'ancienne Atlantide. Il s'agissait de minuscules poissons de la taille de vairons, tout juste une bouchée de chair entre des écailles et des arêtes, qui généraient leur propre chaleur et lumière. Même dans l'assiette, les petits filets émettaient une douce lueur dorée. Je n'en avais pas goûté depuis plus de vingt-cinq ans ; mon défunt père en avait fait servir à table pour les fêtes de fin d'année.

— Waouh ! ironisa Brand. Avec ça, on aura toutes les protéines nécessaires pour partir à la chasse au monstre.

— Nous devrions pouvoir te servir autre chose, Brandon, proposa le seigneur Tour en entrant dignement dans la pièce. Peut-être un plat plus modeste en hommage à tes racines humaines ?

Il renvoya d'un geste un domestique qui venait l'assister et se dirigea vers le bar. Brand attendit qu'il se soit préparé un verre pour lancer :

— Vous devriez utiliser l'autre seau à glace. Il y a des mouchards dans celui-là.

L'Arcane regarda dans le récipient et émit un son désapprobateur.

— Tu n'en as trouvé que trois, quelle déception ! Le quatrième pourrait, d'un point de vue métaphorique, nuire à Rune un jour.

— Il me faudra donc faire plus attention à qui je laisse l'approcher, rétorqua-t-il.

— Sinon, on a une liche à nos trousses, leur rappelai-je. Un type plutôt grand, l'air sinistre. Rurik. Il peut potentiellement détruire le monde.

— Je préférerais que tu évites de le personnifier, dit la Tour en s'asseyant à la place d'honneur que nous lui avions laissée. Cette créature n'est pas un homme.

— Il parle, il s'habille, il sait se servir de ses dix doigts, argumentai-je. C'est une preuve de conscience.

— Vous allez nous dire ce qui s'est passé ? demanda Max. Je regardais la télé, tout à l'heure. On entend... on entend tout un tas d'histoires. Ils disent que beaucoup de gens sont morts. Tu n'as rien, Rune ?

— Moi aussi, je vais bien, lâcha Brand en se penchant pour s'imposer dans son champ de vision.

— Voici ce que vous devez savoir, déclara le seigneur Tour. Une liche a été invoquée, à l'origine sans doute pour enlever Addam et le retenir prisonnier. Entre-temps, son invocateur a dû perdre le contrôle. La créature s'est servie d'une variante fort ingénieuse d'un sort de Pistage pour retrouver soit Rune, soit Addam : elle a levé une cohorte de sentinelles de manière à quadriller le centre-ville.

— Des piles, grommelai-je. Rurik fait de personnes vulnérables des piles pour alimenter le radar le plus diabolique de toute l'histoire.

— Au moins, cet événement nous confirme un fait : la liche a encore des limites s'il lui faut recourir à de tels procédés pour vous traquer ou vous coincer. Ce sera parfait pour la prochaine étape de notre plan.

Ce nous de majesté irritait visiblement Brand, qui n'avait pas l'habitude de déléguer ma sécurité à un tiers.

— Comment on la tue ? demanda-t-il.

— La meilleure façon de la bannir, c'est de trouver soit son invocateur, soit son cercle d'invocation.

C'était la première fois qu'il parlait d'un cercle d'invocation, ce qui me mit la puce à l'oreille.

— Je croyais que nous devions trouver l'invocateur ? ou, du moins, rassembler tous les suspects jusqu'à identifier notre coupable ?

— Hélas, il semblerait que les associés d'Addam se soient volatilisés. Les appartements de Michael Saint-Talbot auraient été la scène d'une attaque brutale. Ashton Saint-Gabriel a été filmé par une caméra de sécurité en train de courir dans une ruelle, non loin de chez lui, comme si on le poursuivait. Je n'ai pas d'information sur Geoffrey Saint-Talbot.

— Et pour ma sœur ? s'enquit Addam d'une voix tendue.

— Cela reste à voir. Je n'ai pas réussi à la joindre par les moyens habituels.

— Nous ignorons qui est derrière cette affaire ou si quiconque est réellement en danger, soulignai-je. Ça pourrait être une ruse.

— Et, à ce titre, le plan a changé, acquiesça l'Arcane. Je vais localiser les hauts descendants, si tant est qu'ils soient toujours en ville. Dans tous les cas, je ne veux pas m'éloigner de l'Arcanum. J'aimerais que vous trouviez le lieu d'invocation de Rurik.

— Vous voulez que nous trouvions un cercle d'invocation précis, clarifiai-je. Ma foi, il est peut-être dans une meule de foin, juste à côté d'une aiguille.

— Invoquer une liche n'est pas une mince affaire. Le rituel aura presque certainement nécessité ce que nous appelons un cercle d'invocation « imprégné ». Un dispositif très rare, dont la création requiert des années d'effort de la part de dizaines de mages. Je soupçonne l'invocateur ou l'invocatrice de Rurik d'avoir utilisé l'un des deux cercles imprégnés existants de notre île.

— « Deux » ? m'étonnai-je. Je n'en connais qu'un, celui du Concile.

Cette modeste marque de culture me valut un hochement de tête approbateur.

— Il y en a un autre au domaine du Magicien, en Terrouest.

— Tiens donc, murmura Ciaran, les yeux brillants.

— Vous garderez cette information pour vous, l'avertit la Tour, avant de reprendre : Le Concile étant bien gardé, et la discrétion étant la meilleure arme de notre adversaire, il me paraît nettement plus probable qu'il ou elle ait eu accès au domaine du seigneur Magicien.

— Vous nous envoyez en Terrouest, énonça Brand, son regard chargé d'éclairs exprimant tout ce qu'il en pensait.

— Pas tout à fait, dit l'Arcane en saisissant sa fourchette à poisson. Mangeons d'abord, nous irons faire un tour ensuite.

Après le dîner, notre hôte nous emmena tous, y compris Queenie et Max, vers un ascenseur de verre extérieur. L'appareil ne figurait pas sur l'immeuble d'origine ; la Tour l'avait construit lui-même par dépit dans les années 1980.

— Moi, je vous parlais de la tuer, lâcha Brand de but en blanc alors que nous attendions la cabine transparente. Comment est-ce qu'on la *tue* ?

— Au prix de grandes difficultés et d'une force considérable. Nous nous tournerons vers cette solution si la situation nous échappe davantage. En attendant, il existe des moyens de l'affaiblir ou de détourner son attention. Le Sacrefeu, l'ambre tombal, certains matériaux alchimiques perdus après la chute de l'Atlantide. J'ai demandé à mes équipes d'essayer de dénicher de l'ambre tombal.

— Qu'entendez-vous par « force considérable » ? s'enquit mon équipier.

— J'y reviendrai si Rune ne parvient pas à atteindre le cercle.

Je me remémorai ses paroles : *« Je me suis retiré. J'ai médité pendant des jours sur mes sceaux sans dormir, puis je suis revenu mettre fin à ce cauchemar. »* Quelque chose me disait que le dernier recours employé par la Tour n'était pas sans d'importants dégâts collatéraux.

L'ascenseur arriva. Mayan nous rejoignit au moment où les portes s'ouvraient.

— Permettez, monsieur ? dit-il en levant la main vers l'épaule de l'Arcane.

La Tour haussa les sourcils lorsque Mayan lui cueillit un mouchard sur le dos. Il braqua son regard sur Brand, qui fit mine d'admirer la vue par la fenêtre, à deux doigts de siffloter innocemment. Mon Acolyte dans toute sa splendeur.

Notre groupe s'entassa dans la cabine. Une vitre blindée ternissait le panorama. L'ascenseur descendit jusqu'à un balcon à l'étage du gymnase de la Tour. Celui-ci donnait sur une piscine olympique, puis sur une suite d'espaces consacrés à la pratique de diverses disciplines : lutte, méditation, haltérophilie. Nous franchîmes plusieurs dispositifs de sécurité, certains visibles, d'autres dont je ne perçus qu'un frisson de magie qui me donna la chair de poule.

Au bout d'un couloir, flanqué de tourelles automatiques au plafond, se trouvait une porte de chambre forte. Le seigneur Tour s'approcha du panneau en plastique noir attenant et posa l'index dans une empreinte. L'appareil vrombit en réponse.

— Il analyse mon ADN, expliqua-t-il. Cela prendra un moment.

— Si nous en profitions pour parler de la suite de ce fameux plan ? suggérai-je.

— Lorsque l'on soupçonne un ennemi d'avoir une force supérieure sans en connaître l'ampleur exacte, et que le temps est notre allié, quelle est la tactique recommandée ?

— Division, diversion, dispersion, répondis-je par automatisme.

Le traité de stratégie militaire de Sun Tzu était l'un de ses ouvrages préférés.

— Nous diviserons l'attention de la liche en nous séparant en deux groupes et nous lui cacherons nos véritables intentions à l'aide d'une diversion. Rune, ta tâche consistera à accomplir un rituel sur le cercle d'invocation de Rurik et, pour garantir le succès de ta mission, il est crucial de l'empêcher de te suivre. Le contenu de cette chambre forte nous y aidera. C'est une chose que j'ai créée il y a des années pour ce type d'urgence.

— Donc vous comptez bien nous envoyer en Terrouest, dit mon Acolyte.

— Pas tout à fait.

Le panneau émit un tintement, puis la porte d'acier coulissa. Je fus le troisième à entrer, après le seigneur Tour et Brand. L'air dans la salle sentait le chlore et l'atmosphère contrôlée. J'ignorais ce qu'il y avait devant nous, mais Brand se raidit. Il émanait de lui une émotion si tumultueuse que je n'arrivais même pas à l'identifier.

Je le contournai et découvris…

Un autre moi.

Je me tenais au centre de la pièce.

Je portais un jean et un polo, des lunettes de soleil rangées dans la poche de poitrine. J'avais la tête baissée, aussi immobile qu'une statue. En étais-je une ?

— C'est un golem, m'expliqua la Tour.

Je le regardai d'un air ahuri. Un golem s'apparentait à une gargouille, le libre arbitre en moins. Il y en avait d'autres, disposés tout autour de la salle : le seigneur Tour, vêtu d'une blouse de peintre noire ; ses enfants, Dalton et Amelia ; Mayan ; la mère de ses enfants, Lissa, une femme qui avait quitté l'île des années auparavant pour vivre dans une communauté exilée.

L'Arcane toucha l'épaule du golem, murmura quelques mots. Sa tête – *ma* tête – se redressa. Mon double avait des yeux d'obsidienne et des fentes à la naissance des cheveux sous lesquelles luisait de la lave. Je sus, sans avoir besoin de le vérifier, qu'il dégagerait aussi l'odeur de ma signature magique.

Je glissai un coup d'œil à Brand, dans l'attente d'une vanne ou d'une blague qui rendrait ce moment moins surréaliste. Au lieu de ça, je remarquai qu'il dévisageait fixement la Tour d'un air furieux. Il bouillonnait de rage. Une colère sourde secouait le lien qui nous unissait.

— Brand ? dis-je calmement.

— Vous êtes un putain de malade, dit-il à l'Arcane d'une voix tremblante.

— Brand ? répétai-je.

Il se tourna vers moi.

— Ce n'est pas « nous » qu'il veut envoyer en Terrouest. Tu vois mon golem quelque part ? Hein ? Il convaincra qui, ce leurre, si je ne l'escorte pas ? La Tour veut t'obliger à risquer ta putain de peau en Terrouest sans moi !

— Mais…, bafouillai-je.

— Pourquoi lui ? demanda sèchement Queenie, qui n'avait pas ouvert la bouche depuis des heures, en se campant devant le seigneur Tour. Pourquoi est-ce à Rune de faire ce « rituel » ?

C'était bien la première fois que je la voyais s'emporter.

— Le rituel jugulera la liche, répondit mon employeur.

— Envoyez Addam, c'est lui le responsable de ce bazar ! s'insurgea Matthias.

— Max ! le réprimandai-je.

— J'irai, déclara Addam. Bien sûr que je me chargerai du rituel.

Son parrain était cependant d'un autre avis.

— Même si je ne doute pas un instant de tes capacités, cette mission requerra une force qui dépasse ton expérience. Il y a peu de mages à qui je me verrais confier une telle gageure, et Rune en fait partie.

— Arrêtez votre char ! cracha Brand avec dégoût. Cherchez pas à faire passer cette condamnation à mort pour un compliment !

— Tu doutes de ses capacités ?

— Évidemment que non ! Un jour, il vous surpassera et vous le savez pertinemment ! C'est pas la question, putain !

— Brandon, cette diversion aura lieu. Elle permettra de le *protéger*.

— Je vais l'accompagner, décréta Addam, avant de me glisser un regard anxieux. Tu ne seras pas seul.

— Moi aussi, j'irai, ajouta Max.

— Rune et Addam iront seuls, trancha le seigneur Tour. La rapidité et la discrétion sont de mise pour ne pas se faire repérer par notre ennemi. Les autres participeront à la diversion qui assurera sa sécurité. Pendant ce temps, Ciaran m'assistera dans mes préparatifs. Rune, tu iras avec Addam au complexe du Droit Chemin, qui jouxte le domaine du seigneur Magicien en Terrouest. Le temps que vous l'atteigniez, j'aurai trouvé un moyen de gagner sa coopération.

— Vous recommencez ! Vous vous ingéniez toujours à nous séparer ! hurla mon équipier.

— Et comment l'aiderais-tu exactement en Terrouest ? Surestimer ses propres compétences est un triste écueil, Brandon.

— Je vous interdis de me prendre de haut ! Vous savez où vous pouvez vous la carrer, votre condescendance ?

Des nuages noirs passèrent dans les yeux du seigneur Tour. Ce n'était pas qu'une image, mais de vrais nuages d'orage. De toute ma vie, je n'avais vu son Aspect qu'une fois. J'avais eu l'impression d'assister à la fin du monde.

— Surveille tes paroles, dit-il tout bas.

— Ou quoi ? le défia Brand. Vous allez me faire fouetter ? Encore ?

— C'est pas vrai ! paniquai-je en le chopant par l'épaule.

Sa colère l'aveuglait tellement que mon geste parvint à le prendre par surprise et le fit trébucher. Je le traînai de force dans le couloir.

De retour dans les espaces d'entraînement, je l'emmenai dans un vestiaire vide. L'endroit ne lui convenant pas, il poussa jusqu'aux douches. Après avoir ouvert tous les robinets, il me fit reculer dans un coin, entre deux jets, de manière à étouffer notre conversation.

Sa colère s'était épuisée, cédant la place à une vigilance circonspecte.

— Qu'est-ce qui t'a pris ? l'admonestai-je.

— Ça te fait quoi de savoir que la Tour a une poupée gonflable à ton effigie ?

— Je n'ai pas envie de rire. Tu ne peux pas dire des choses pareilles à la Tour ! S'il venait à s'énerver, à vraiment s'énerver, je serais incapable de l'arrêter. Je ne pourrais pas te protéger.

— Quoi, pour l'empêcher de me tuer ? Il n'oserait pas. Il aurait trop peur de te mettre en colère.

— Je crois que la Tour se moque bien de ce que je pense en réalité.

— Bien sûr que non, rétorqua-t-il. Tu crois qu'il achète des soleils de mer pour tout le monde ?

— Qu'est-ce qui t'emmerde vraiment ? Vas-y, je t'écoute. Tu crois que je ne saurais pas me débrouiller tout seul ?

— Bien sûr que tu sais te débrouiller, mais, là, il parle de t'envoyer en Terrouest ! On a zéro expérience dans ce cas précis, on s'est pas entraînés pour ce milieu, c'est un terrain inconnu.

— Des gens s'y rendent quotidiennement. Tous les trônes y ont une base, même nous, en soi.

— Oui, tous les trônes y ont une base, c'est le mot, une base fortifiée, parce qu'il faut être suicidaire pour foutre les pieds là-bas sans un putain de garde armé !

— On restera sur les chemins balisés avec Addam. C'est sans risque.

— À d'autres ! Le risque zéro, ça n'existe pas en Terrouest, on court au mieux un risque limité. Aussi limité que de se taillader les veines avec une lame de rasoir rouillée ou d'utiliser un crotale comme anneau pénien. Je ne veux pas que tu y ailles !

— Mais… (je levai les mains en signe d'impuissance) il faut bien qu'on le fasse. Tu sais qu'on n'a pas le choix.

— Alors arrange-toi pour que je puisse t'accompagner !

— Tu…, commençai-je, ne sachant comment tourner le reste de ma phrase. La Terrouest est un lieu magique. C'est, littéralement, une incarnation physique de la magie. De nous deux, tu sais que c'est moi le plus apte à l'affronter.

— Soit, t'auras le droit de passer devant et je surveillerai tes arrières.

— Non, persistai-je, avant de hausser le ton. Non ! je refuse que tu me suives en guettant le moment idéal pour te sacrifier.

Car, je le savais, il n'hésiterait pas une seconde. Je me rappelai subitement l'antichambre de Farstryke, où j'avais eu à peine assez de Sacrefeu pour me protéger des spectres. Voilà typiquement le genre de moment où il serait mort s'il m'avait accompagné : ce moment où ma magie n'aurait pas été assez forte pour le protéger.

— Addam sera avec moi, il a une ceinture entière de sceaux. Tu l'as vu, il sait se défendre en cas de pépin. Tout ira bien. Je courrai sans doute moins de risques que toi. Tu y as songé ? C'est toi qui vas servir d'appât.

Il me répondit d'une voix cassée et dépitée :

— Je devais rester sur la touche pour Farstryke, maintenant pour la Terrouest. Je suis censé réagir comment ? Qu'est-ce que t'attends de moi, Rune ?

— Que tu acceptes la situation bon gré mal gré ?

Son visage se durcit et il soupira.

— Il obtiendra de toute façon gain de cause, donc, soit, on réglera ça plus tard. Pour le moment, fais ce que tu as à faire.

Là-dessus, il s'éloigna d'un pas furieux sous les jets de douche, sans glisser une seule fois sur le carrelage mouillé. Je le suivis du regard. Je n'aimais pas les avertissements du type « on en reparlera plus tard » ; ça me donnait l'impression d'avoir une épée de Damoclès au-dessus de la tête.

Au dernier moment, il se retourna, revint vers moi et me prit dans ses bras mouillés. Sa joue contre la mienne, il murmura :

— Tu n'aimes pas quand je dis ça, je suis désolé. Je n'ai aucune envie que tu partes en mission en étant tracassé à cause de mes conneries. Alors, voilà, je ne suis pas fâché, il n'y a rien à régler. Je resterai avec cette saleté de golem et je ferai un boucan de tous les diables. Je vais te distraire cette putain de liche comme personne.

L'émotion me laissa sans voix. Je le laissai m'étreindre un moment puis, quand ses habits trempés me donnèrent froid, je le repoussai gentiment. L'eau lui avait plaqué la frange sur les yeux. Je la dégageai d'un geste affectueux et plaisantai :

— Tu as l'air de sortir d'un concours de tee-shirt mouillé.

— Le monde n'est pas prêt, dit-il avant de me soulever délicatement le visage pour m'étudier. Bon sang, Rune, tu utilises trop ton sabre !

— C'est seulement la fatigue, une sieste ne suffit pas à tout réparer.

— Fais pas le malin avec moi. Quand tu es fatigué, tu as des poches bleues sous les yeux. Quand tu abuses de ton sabre, elles deviennent verdâtres. Tu sais très bien que chaque tir de feu te retire une minute de vie.

— Chaque minute me retire une minute de vie. Chaque minute passée à combattre une liche me retire une minute de vie. Tout ira bien. Quand cette histoire sera finie, on se prendra une semaine de vacances. Pourquoi pas retourner à l'Enclave et apprendre à surfer avec les krakens.

— Je te le rappellerai, fais-moi confiance.

— Alors on est bon ? Plus de menaces envers la Tour ?

— Oh ! s'il t'arrive quelque chose, je le trucide. Mais je « surveillerai mes paroles ».

— Tu m'as déjà offert des garanties plus rassurantes, soulignai-je.

— Je suis pas vraiment d'humeur à t'en donner. Cela dit… tout à l'heure, devant la Tour… je suis désolé d'avoir parlé de la fois où… Tu sais.

— De la fois où tu as pris le fouet par ma faute.

— C'était pas ta faute, commence pas. Mais je sais que tu n'aimes pas y penser. Je m'excuse d'avoir abordé le sujet.

Je haussai les épaules en fuyant son regard. En effet, je n'aimais pas en parler. Quoi qu'il en dise, ç'avait été ma faute.

La vie n'avait pas été facile les premiers jours après que nous avions emménagé chez la Tour. Il y avait eu un incident. J'avais mal réagi. Brand en avait payé le prix.

— Allons-y, dit-il en me donnant une bourrade amicale. Tu es trempé. On te trouvera peut-être autre chose que des fringues de striptease. Ce jean te moule de façon indécente.

— C'est Queenie qui l'a choisi, pas moi.

Il leva les yeux au ciel.

— Au fait, ajoutai-je, quand j'ai débarqué dans la chambre d'Addam, tout à l'heure, il s'est plaint que je ne regardais que les ciseaux qu'il avait à la main alors qu'il était presque nu. J'ai fait preuve de vigilance !

— Tu étais nu avec Addam ? avec des ciseaux ?

— Non, c'est lui qui était à poil. Enfin presque. Queenie coupait les étiquettes de ses vêtements.

— Et t'espères quoi ? Que je te félicite parce que tu es resté sur tes gardes en présence d'une personne que tu connais depuis moins d'une journée et qui avait une arme à la main ? T'as quoi ? Huit ans ?

— Je pensais vraiment que tu serais impressionné.

— Oh ! mais je le suis. Aussi fier que quand tu noues tes lacets le matin ou quand tu manges avec ta cuillère sans en foutre partout.

Je lui rendis sa bourrade et glissai malencontreusement sur le carrelage mouillé. Il me rattrapa au dernier moment, comme toujours.

Je passai quatre heures dans le sanctuaire de la Tour réservé aux invités, à charger chacun de mes sceaux avec les meilleurs sorts que je pouvais méditer en urgence, ce qui n'incluait pas évidemment le Sacrefeu.

Canaliser de la magie sacrée n'avait rien d'une sinécure. J'y consacrai plus de la moitié de ces quatre heures. La version que j'avais utilisée à Farstryke m'avait demandé presque une nuit entière de travail ; je n'avais pas l'énergie nécessaire pour la restaurer telle quelle, mais le résultat me satisfit.

Après ma séance, je caressai l'idée d'aller piquer une tête dans la piscine. Je découvris que certains m'avaient devancé.

Max était assis sur une chaise longue en bambou à côté de Brand. Visiblement mort d'ennui, il se collait sur le biceps un bout de papier sur lequel il avait griffonné des motifs au stylo-bille pour se faire un tatouage. Mon Acolyte, quant à lui, pianotait assidûment sur le clavier d'un ordinateur portable réquisitionné.

Addam faisait du dos crawlé dans la piscine, près du bord où je me trouvais. Il n'avait pas l'air de porter de maillot de bain ; son aine était une tache blond foncé sous les remous de l'eau. Je détournai le regard avant que les rides se dissipent à la surface.

— L'eau est délicieuse, Héros !

— Pourquoi il s'entête à l'appeler « Héros » ? maugréa Max.

— Mets-la en veilleuse, le réprimanda Brand.

Je me tirai une chaise pour m'asseoir près d'eux.

— Où as-tu déniché un ordinateur ?

— Je l'ai emprunté à Mayan.

— Dois-je m'attendre à une surprise quand il s'apercevra de cet emprunt ?

Il esquissa un sourire en coin sans répondre. J'examinai l'écran.

— C'est pour quoi le *Jamestown Press ?*

— Des recherches.

— Brand et moi, on a eu une idée, ajouta Max, pas peu fier voire légèrement possessif. On enquête sur les éléments que la Tour n'aborde pas.

— Qu'est-ce qu'il n'aborde pas ?

— On affronte qui ? me demanda Brand en retour.

— Ah ! le quart d'heure éducatif. C'est parti : on affronte une liche.

— Et c'est tout ?

— On affronte la personne qui l'a invoquée.

— Qui d'autre ? insista-t-il.

— Je ne vois pas... Oh ! les récarnés. (C'était à eux que nous nous étions heurtés en premier après tout.) Une gargouille. Et puis des ectoplasmes, des squelettes, des spectres. Mais surtout des récarnés.

— Tu ne trouves pas étrange que la Tour n'en ait pas parlé ? J'ai aucun mal à croire qu'une sale enflure de haut descendant invoque une liche pour mettre l'ambiance, c'est le genre de trucs que font les sales enflures de hauts descendants, mais pourquoi créer une armée de récarnés ? Juste pour enlever Addam ? Sans vouloir te vexer, je ne pense pas.

— Je n'en prends pas ombrage, répondit l'intéressé.

Il était toujours dans l'eau, les bras croisés sur le rebord. Les lumières du bassin nimbaient son torse d'un halo bleu marine.

— Donc, avec Max, on a fait des recherches sur les tatouages, reprit Brand.

Les récarnés étaient tatoués. Un dessin me revenait d'ailleurs en mémoire : une grenade rouge en forme de cœur segmenté, avec des lettres en dessous.

— « USMC » ! Brand, ce sont sûrement des soldats, des soldats américains. L'USMC, c'est la marine des États-Unis, pas vrai ?

Il m'adressa un long regard las qui tempéra mon enthousiasme.

— Vous avez déjà tout trouvé, c'est ça ?

— Ce sont bien des tatouages de soldats, et je me disais que les corps devaient bien venir de quelque part. Du coup, on a regardé et on a trouvé des dizaines de journaux américains qui parlaient dans leurs articles de sépultures militaires profanées : le *Pittsburg Morning Sun*, le *Boston Globe*, le *Jamestown Press* de Rhode Island. Le lien entre les différentes profanations n'est pas flagrant si on ne le cherche pas. Très souvent, les pillages étaient maquillés en actes antimilitaristes. Rune, les premiers cas remontent à près d'un an. La création de cette petite armée a été un projet mûrement réfléchi. Alors… pourquoi ?

— Bonne question. Les récarnés conservent en partie leurs aptitudes et leur entraînement d'antan. Un ancien soldat se bat mieux qu'un ancien comptable. D'où les fusils. Ce n'était pas un hasard que ce soient tous des combattants.

— Brand m'a demandé de me renseigner sur les récarnés pour connaître leurs points faibles, ajouta Max. Tu savais que, comme ce sont des zombies, leur bite est constamment en érection et qu'elle finit par se détacher deux ou trois jours après leur ranimation ?

— Mais quel genre de sites web as-tu consulté ? s'étonna Addam.

L'adolescent rougit. Brand répondit au haut descendant :

— Les récarnés étaient des personnes vivantes avant. Une part inconsciente de leur esprit s'en souvient et souffre du sort que leur inflige un taré de nécromancien. En les aidant à en prendre conscience, tu fragilises l'emprise dudit nécromancien sur eux. Tu trouves que savoir que leur bite tombera bientôt est une information inutile ? Le savoir est une arme, c'est avec ça qu'on élabore des stratégies. Max a bien travaillé.

Le gamin leva vers lui un regard ahuri, comme si les compliments lui étaient une langue inconnue.

— Je te prie de m'excuser, Matthias, dit Addam.

Cette fois, l'adolescent se renfrogna. Mais depuis quand était-il jaloux ?

Je commençais à parler quand un oiseau violet aux grandes ailes surgit sous mon nez. Je hurlai et tombai à la renverse sur un tapis de végétation humide.

— Et ça recommence, pestai-je en regardant le perroquet au-dessus de ma tête.

J'étais de retour dans les souvenirs de la Tour.

Ce dernier, dans son corps de jeunesse, esquissa un sourire amusé. J'acceptai sa main et me remis debout.

— *Veux-tu bien venir dans mon bureau ?*

— *Vous êtes sérieux ? Je suis à l'étage juste en dessous ! Même pas besoin de téléphoner, il vous suffisait de taper du pied.*

— *Je me disais que tu apprécierais ce souvenir vivace.*

— *On ne doit pas avoir la même définition du mot « apprécier ».*

Il reporta son attention sur le perroquet, qui s'était niché au creux d'un arbre mort couvert de lianes. L'oiseau jasa et lissa les plumes lavande de son ventre.

— *Je t'attends dans mon bureau.*

Il me renvoya dans la réalité, où Addam me secouait, nu comme un ver.

Depuis des années que je connaissais la Tour, j'étais rarement entré dans son cabinet de travail. Comment devais-je interpréter son invitation ? Entre la salle de crise et la chambre aux golems, j'avais droit à un sacré tour du propriétaire ce jour-là.

Il m'accueillit sur le seuil et m'invita d'un geste à entrer. Toujours pieds nus, il portait une robe de chambre en soie par-dessus un pyjama. Voilà bien vingt ans, cependant, que je ne me laissais plus berner par sa beauté décontractée.

En entrant, j'eus quelques secondes pour embrasser une décoration d'acajou et de damas vert, assortie d'étagères débordantes de livres et d'un imposant bureau en marbre noir. Puis mon regard fut attiré vers le coin où la Tour réalisait un tableau.

On appelait cela de la peinture joaillière. Seule une poignée d'artistes dans le monde se rappelaient le secret de sa magie. Cet art consistait à faire fondre au moyen de sorts des pierres précieuses pour en faire une peinture qui séchait en quelques instants.

— C'est magnifique, murmurai-je en admirant la toile.

Il n'avait peint que la moitié : un ciel crépusculaire où s'invitait une lune précoce. À côté du chevalet, de la peinture de rubis et de saphir doré avait déjà durci dans des bols. Sous mon regard fasciné, la magie d'un bol d'opales liquides s'évapora dans un soupir, laissant une surface de crêtes cristallisées.

— Aimerais-tu essayer ? proposa la Tour, juste derrière moi.

— Je ne sais pas peindre.

— Commence donc l'océan pour moi.

Il y avait, sur une étagère au-dessus, des barillets de cuivre. Il en attrapa un, qu'il posa sur sa table de mélange. D'un doigt, il fouilla son contenu, une sélection de gemmes bleues, et en choisit deux très sombres, presque bleu marine, avec comme des éclats blancs en leur centre.

— Ce sont des saphirs étoilés ? demandai-je, époustouflé.

— Des saphirs étoilés bleus, confirma-t-il.

— La vache ! Je ne sais pas pourquoi vous m'avez convoqué, mais ça doit être grave pour que vous décidiez de faire fondre plusieurs milliers de dollars en me laissant gâcher votre tableau.

Il s'esclaffa. Ce n'était pas son rire public, mais un gloussement doux et interrogateur, comme si le son le surprenait lui-même.

— Tu ne gâcheras rien. Un coup de pinceau et puis c'est tout.

Il déposa les deux gemmes dans une coupelle en cuivre. Sur le rebord de l'étagère aux barillets était montée une série de sceaux en forme de pièces d'argent. *Sept* sceaux. *Montés.* En les voyant, j'éprouvai un pincement familier au creux de mon ventre. Je m'imaginai un instant appartenir à une cour si prospère que je pourrais dilapider des sceaux pour mes passe-temps.

La Tour activa un sort scellé et dessina avec les doigts un motif sous la coupelle de cuivre. Les saphirs étoilés se liquéfièrent.

Prenant le pinceau qu'il me tendit, je trempai les poils dans le bleu.

Ma jalousie s'évanouit sitôt que j'apposai mon unique coup de pinceau. J'esquissai malgré moi un sourire enfantin. Jamais de ma vie je n'avais vu une couleur si riche.

La Tour récupéra le pinceau et contempla la toile. Je l'imitai. Nous restâmes ainsi une minute, une minute irréelle, à regarder littéralement la peinture sécher.

— Vous avez quelque chose en tête, dis-je.

Il me décocha un sourire en biais, puis se retira dans un autre coin de la pièce présentant une carte de la Nouvelle-Atlantide gravée sur un panneau de bois.

— J'aimerais te confier certaines informations, mais avant il me faut ta promesse qu'elles ne quitteront pas ce bureau. (Il leva aussitôt la main pour me dissuader de plaisanter.) Ce sont des informations confidentielles de l'Arcanum. Tu comprends ce que cela veut dire.

En effet, et je ravalai ma réplique spirituelle.

— Je ne suis pas un peu jeune pour avoir les codes des missiles ?

— Si, mais la situation nous y oblige. Ai-je ta promesse ?

— Pourriez-vous imaginer de quelconques circonstances où la connaissance de ces informations pourrait nous porter préjudice à mes proches et à moi ?

Il sourit, non d'amusement, mais d'approbation.

— Tu finiras par comprendre, Rune, que certains secrets peuvent, en effet, causer de graves préjudices lorsqu'ils sont confiés. C'est notre responsabilité et fardeau en tant qu'Arcanes. Si cela peut te rassurer, je te demande de croire que je ne t'imposerais pas ce fardeau inutilement.

— Je garderai secrètes les informations dont vous me ferez part, jurai-je.

La promesse se scella dans un souffle d'air froid.

La Tour se plaça alors à côté de la carte et, du doigt, traça les contours de la partie orientale de l'île depuis la frontière de la Terrouest jusqu'à la côte.

— L'Arcanum a mis en place plusieurs dispositifs afin de pallier certaines urgences, dont un que je souhaiterais te révéler. Il y a, sous toutes les rues de cette zone, un réseau de défenses magiques et de sceaux de masse qui ne sont pas sans rappeler ceux qui sécurisent nos chemins en Terrouest. Sur activation, ces défenses inonderont la ville entière de Sacrefeu.

— Un peu comme la barrière autour du Pacific Bell quand on est arrivés.

— Ce périmètre de Sacrefeu était dressé par des individus. C'était une mesure circonscrite. Le réseau de Sacrefeu qui dort sous la ville serait nettement moins discret.

Oh…

Les conséquences s'enchaînèrent dans ma tête comme des dominos tombant l'un après l'autre.

Le Sacrefeu était l'arme ultime contre les morts-vivants et autres réprouvés. Il avait estropié Rurik lors de notre duel. Dans une marée de Sacrefeu, la liche n'aurait certainement aucune chance.

Malheureusement, cette ville comptait d'autres êtres morts-vivants et réprouvés, qui coexistaient en paix avec les lois du Concile. Que deviendraient-ils ?

En outre, nos édifices importés regorgeaient d'énergie noire et déconsacrée dont nous nous servions souvent. C'était une ressource magique incommensurable. Qu'en laisserait le Sacrefeu ?

La Tour parlait là d'une purge totale. Un dernier recours, à l'instar de mon sceau d'Exode – un sort de réserve d'une telle puissance que je doutais de pouvoir contrôler son rayon d'explosion.

— Dire que nous pensions que vous redoutiez seulement l'armée de récarnés, soupirai-je.

— Je ne les ai pas oubliés mais, à mon avis, ces récarnés n'ont qu'un rôle temporaire : celui de servir et protéger la liche tant qu'elle est encore trop jeune pour assurer seule sa défense. Plus tard, elle n'aura plus besoin d'armée. (Il oublia la carte pour se tourner vers moi.) Dans la salle de crise, je t'ai dit que je craignais que l'Arcanum ne me croie pas pour la liche. Ce n'est pas tout à fait exact. Je crains au contraire qu'il me croie sans hésitation. Je connais nos frères et sœurs, Rune. Certains n'auront pas une réaction adaptée.

— Il faut donc s'en tenir au plan avant que quelqu'un s'avise de nous mettre des bâtons dans les roues. Je dois me rendre en Terrouest et trouver le lieu d'invocation de la liche.

— De mon côté, je continuerai à chercher les hauts descendants. Je tenais à ce que tu mesures la gravité de la situation. Nous devons agir sans délai. Les responsables de la venue de cette liche doivent mourir, et vite.

— Je comprends. Ella, Michael.

En jetant un coup d'œil au tableau, je repensai à un tout autre sujet. J'avais un compte à régler avec lui.

— J'ai quelque chose à vous dire, déclarai-je avec un infini sérieux.

Son attention se traduisit par une totale immobilité.

— J'aimerais vous remercier de m'avoir sauvé quand les ectoplasmes me pourchassaient. Vous avez été contraint de révéler l'un de vos dispositifs de défense pour moi. J'ai conscience que ce n'était pas une décision facile, ni sans coût. Je tiens à ce que vous le sachiez : je vous suis extrêmement reconnaissant de votre aide et de votre protection. Et ce depuis toujours.

— Mais ?

— Mais, si vous ou vos gens excluez encore une fois Brand de cette protection comme vous l'avez fait en bas de l'immeuble, alors qu'il était si simple de le sauver aussi, je fais le serment, sur mon nom, que vous ne me reverrez plus jamais.

La force de mon serment fit naître une chaleur soudaine dans la pièce. Mes paroles tournoyèrent autour de nous tandis qu'une ligne de sueur me couvrait le haut du front.

Le regard de la Tour était noir, fixe, si immobile que ses yeux le brûlaient certainement.

L'ennui, c'est que je ne savais pas, vraiment pas, quelle était la nature exacte de notre relation. Brand semblait penser que le seigneur Tour m'affectionnait. Peut-être était-ce vrai. Dans tous les cas, même si je ne pouvais pas coller d'étiquette sur nos rapports, je savais que je revêtais à ses yeux une importance rare. Avec ce serment, je me servais donc d'un joker que je ne pourrais pas aisément jouer une seconde fois.

— Tu ne m'as jamais pardonné de l'avoir fouetté, n'est-ce pas ?

— Je ne parlais pas de ça.

— Ce n'était pas ma question.

— Ça nous avancerait à quoi d'en parler ? Vous voyez l'incident sous un autre angle ? Vous avez ouvert les yeux sur le comportement de votre fils ? Vous pensez encore que c'était Brand qui méritait le fouet ?

— J'ai toujours été lucide sur le comportement de Dalton, Rune. Ce n'est pas la leçon que tu devais en retirer.

— Il n'y avait pas de leçon !

C'était la première fois que je haussais le ton devant lui. Il faut dire qu'il venait de toucher une corde sensible qui me faisait voir rouge.

Je ne voulais pas y penser. Je ne voulais pas songer aux jours qui avaient suivi la mort de mon père, quand je me remettais de mes blessures. Du viol.

Le fils pourri gâté du seigneur Tour avait vu en moi un jouet fragile avec lequel s'amuser. Plus d'une fois, il m'avait acculé dans des pièces vides, caressé la cuisse sous la table, dévisagé quand personne n'y prêtait attention.

Brand avait fini par l'apprendre. Il avait aussitôt chopé Dalton pour lui flanquer la trempe de sa vie et avait reçu le fouet en punition.

Aucun sort n'avait pu redresser totalement le nez de Dalton ; aucun sort n'avait pu effacer toutes les cicatrices sur le dos de Brand. Cet incident avait été un fiasco sur tous les plans.

— Tu avais seize ans, tu étais le dernier représentant de ta cour, énonça le seigneur Tour. Tu avais beaucoup de leçons à apprendre en très peu de temps. Tu n'avais aucune ressource, aucune protection hormis celles que je t'offrais ; tu n'avais pas droit à l'erreur.

Il fallait que tu comprennes que tous les aspects de ta vie avaient des conséquences pour ton entourage. Tu devais comprendre que chacune de tes réactions devait être mesurée et réfléchie.

Les larmes me montèrent aux yeux. J'étais trop furieux pour en avoir honte, trop furieux pour les cacher.

Le seigneur Tour le remarqua et parut décontenancé.

Je lui tournai le dos pour me diriger vers la porte. Juste au moment où j'allais franchir le seuil, il ajouta, d'un ton presque hésitant :

— C'était une leçon valable, mais sans doute mal exécutée.

Je n'en étais pas sûr à cent pour cent, mais cela ressemblait à des excuses. La Tour venait de me présenter des excuses.

— Brand n'aurait pas dû vous parler sur ce ton dans la chambre forte, convins-je. Vous m'en voyez désolé. Il s'inquiète pour moi.

— Je le sais. Il m'arrive parfois de t'envier sa fidélité, son dévouement. Mayan et moi sommes des Acolytes très différents. Rune, je ne peux pas te promettre d'accorder à Brandon la même protection qu'à toi, notamment si cela se fait à ton détriment. Tu sais qu'il serait d'accord avec moi sur ce point. Cependant, chaque fois que je serai en mesure de le protéger, je m'y emploierai. Je ferai cet effort pour toi.

Un soupir de soulagement m'échappa.

— Je vous remercie.

— Bonne nuit, Rune.

— Bonne nuit, seigneur Tour.

La Terrouest

Chose inimaginable, la Tour décida de nous conduire lui-même à la Frontière. Cela chamboulait tous mes repères, comme rentrer chez soi et voir le facteur nettoyer la piscine ou le dentiste brûler les feuilles mortes dans le jardin.

Nous quittâmes le Pacific Bell juste avant l'aube, en passant par un tunnel long de plus d'un kilomètre. La grosse limousine était tellement blindée de défenses magiques que leur énergie me soulevait presque de mon siège. Le seigneur Tour et Addam étaient devant, Brand et moi à l'arrière. Je n'avais même pas tenté de le dissuader de nous accompagner à la Frontière. Les adieux avec Queenie en larmes avaient déjà été assez compliqués, sans parler de Max, qui m'avait regardé comme si son dernier espoir de sécurité s'envolait. Je n'avais pas songé qu'il lui serait peut-être difficile de me voir partir risquer ma vie après avoir vu son monde s'effondrer à peine quelques jours plus tôt. Pour le rassurer, je lui avais dit que Brand le nourrirait sans faute si je ne revenais pas. Ça ne les avait pas fait rire.

Selon la Tour, le mieux pour Addam et moi était de passer la Frontière à la porte nord-ouest de la ville, et c'était là que nous nous rendions. Dans la grisaille matinale, les buildings du centre-ville cédèrent peu à peu la place aux vieilles maisons d'un port de pêche. Ce quartier avait été construit par les derniers autochtones humains de Nantucket, l'une des rares communautés restantes de l'île. La magie y était moins présente, ce qui jouait en notre faveur. On pouvait difficilement se servir d'un sort pour nous pister dans cet endroit.

La Tour se gara dans une ruelle, entre une gargote de *fish and chips* et une boutique de pulls tricotés main. Il nous fit patienter pendant qu'il étudiait un écran enchâssé dans le volant de sa voiture. Une fois certain que personne ne nous surveillait, il hocha la tête et dégaina un téléphone.

— Addam, je vais te biper pour que tu aies ce numéro en mémoire. C'est une ligne privée que je partage avec Rune. Vous n'aurez sans doute pas de réseau en Terrouest, mais sait-on jamais. (Le portable d'Addam sonna une fois, puis la Tour se tourna vers nous.) Brandon, je préfère que tu l'aies aussi.

Il composa son numéro. Mon équipier écarquilla les yeux et bredouilla :

— Rune me l'a déjà…

Au même moment, la respiration de Dark Vador se fit entendre dans sa poche. L'Arcane lui jeta un long regard glacial. Brand eut la décence de prendre un air presque contrit.

Notre groupe descendit de voiture, quitta la ruelle et s'arrêta devant la Frontière.

Haut de trois mètres, le mur incrusté de corail et d'obsidienne traversait l'île du nord au sud. On semait régulièrement de la poudre de charbon tout le long, autre répulsif efficace contre les menaces surnaturelles. Il n'était pas gardé. Pour quoi faire ? Si une force était assez puissante pour se moquer d'un rempart enchanté par des Arcanes, des gardes ne pourraient pas faire grand-chose à part mourir dans d'atroces souffrances.

La Tour et Addam se mirent à l'écart pour se dire au revoir. Je me rapprochai de Brand.

— Tout se passera bien, murmurai-je.

Il me dévisagea un long moment. Puis il baissa les yeux et repartit vers la voiture.

— Tu ne dis pas au revoir à Addam ? lançai-je pour le retenir encore un peu.

Sa peine, son mécontentement, son amour pour moi… toutes ses émotions sourdaient de notre lien.

— Ne t'inquiète pas, répondit-il. On a déjà longuement parlé avant de partir.

— Là, je m'inquiète.

— T'as intérêt à me revenir en un seul morceau, dit-il sans se retourner, avant de monter dans la limousine.

Alors que la portière claquait, le seigneur Tour me rejoignit.

— Tout ira bien pour lui.

— Je n'en doute pas un instant. Vous avez promis.

— Pardon ?

— Vous avez juré de veiller sur lui tant que ça ne serait pas à mon détriment. Pour moi, ça veut dire que, s'il m'arrive quelque chose en Terrouest, vous prendrez soin de lui jusqu'à la fin de sa vie.

— C'est…, bredouilla-t-il, désarçonné. Ce n'était pas tout à fait l'essence de mes propos.

— Peut-être pas, mais c'est la beauté des serments. Rien que la semaine dernière, j'en ai fait un et je me suis retrouvé avec un ado sur les bras.

— Je vois. Je te demanderai donc de bien vouloir survivre à ton périple.

Je ne tenais pas à finir sur cette note légère. Le sujet était trop important.

— En tout cas, je vous en prie, veillez au moins sur lui si je ne reviens pas. Empêchez-le de… me suivre.

Il acquiesça d'un hochement de tête solennel.

— À bientôt, conclus-je.

Je me tournai vers le mur, ajustai les bretelles de mon sac à dos et rejoignis Addam. Lorsque je franchis la porte de la Frontière, je sentis le regard de Brand m'accompagner jusqu'au bout, et notre lien me permit de sentir sa présence encore quelques instants, avant d'être réduit au silence par les enchantements du mur. Le dernier souvenir que j'en emportais fut la sensation de sa main agrippant la poignée de la portière à s'en déchirer les ligaments.

Une fois que j'eus passé la Frontière, je me retrouvai seul dans ma tête pour la première fois de ma vie.

Jadis, la Terrouest était une vaste étendue de dunes, d'arbres rabougris, de prairies et de trous d'eau.

Puis mon peuple s'était installé sur Nantucket. En fondant la Nouvelle-Atlantide sur la moitié orientale de l'île, l'Arcanum avait épandu des siècles de réserves de magie, littéralement du jour au lendemain, pour téléporter des ruines humaines issues des quatre coins du monde. Bien que personne ne sache réellement ce qui s'est passé sur la moitié occidentale de l'île, certains émettent l'hypothèse que son étrangeté serait le fruit d'une mutation des rejets massifs de la magie de téléportation.

La région était devenue une terre hostile, peuplée de monstres cauchemardesques, d'anomalies spatiales et, plus imprévisible encore, de magie sauvage, une force planétaire primitive presque consciente, composée de millions d'éléments indépendants.

Je me souviens d'un article paru dans les années 1980, à propos d'un homme qui s'était aventuré en Terrouest avec une boussole. Perdu, il s'était dirigé vers le nord-ouest et avait fini par atteindre la côte en 1617. Il était mort d'une infection bactérienne, en même temps qu'une grande partie de la tribu wampanoag. Sa dernière lettre, rédigée sur son lit de mort, était exposée dans un musée consacré à l'histoire amérindienne, un paradoxe temporel qui me donnait la migraine rien qu'en y pensant.

Côté positif, les chemins n'avaient jamais été aussi sûrs. Des mesures supplémentaires avaient été prises douze ans auparavant à la suite d'une mésaventure très médiatisée. Le seigneur Hiérophante, escorté d'un groupe armé, avait frôlé la mort après être tombé dans une poche dimensionnelle où les ombres étaient hérissées de pointes de verre météorique tournoyantes. Peu de temps après, le seigneur Magicien et d'autres Arcanes s'étaient associés pour renforcer les puissantes défenses du chemin.

Addam et moi avions prévu d'éviter la voie principale qui menait à l'ouest, privilégiant des chemins secondaires tout aussi sécurisés. Nous ferions la route à pied ; aucun véhicule ne fonctionnait en Terrouest et la location de chevaux adaptés aurait nui à notre discrétion.

Sauf caprice de la magie sauvage, notre trajet ferait un peu moins de sept kilomètres.

Une prairie coupe-feu séparait la Frontière d'une forêt clairsemée.

— Tu sens cette odeur ? me demanda Addam.

— J'ai comme une impression de déjà-entendu.

— L'air ! précisa-t-il avec délectation. J'adore les senteurs de la Terrouest.

J'ouvris mes narines. Le parfum salin de l'océan avait disparu, remplacé par une odeur de pollen chauffé au soleil et de végétation luxuriante.

— Tu as passé beaucoup de temps ici, n'est-ce pas ? dis-je.

— Une semaine chaque été quand j'étais jeune, jusqu'au jour où une manticore a mutilé notre préceptrice. Ne fais pas cette tête, Héros, on ne risque rien sur le sentier. Toi, tu n'es pas venu souvent ?

— Une ou deux fois maximum. Je n'y ai pas remis les pieds depuis près de… trente ans ? C'est ça, trente ans.

— Ah, vraiment ? dit-il, ravi. J'imagine que cela fait de moi l'expert en la matière. Je serai ton guide.

— Je veux voir tous les lieux qui n'ont pas de manticore.

Il me gratifia d'un grand sourire, puis pressa le pas.

Nous arrivâmes à l'orée de la forêt. Le chemin était une piste de terre battue parsemée de touffes de mauvaise herbe, assez large cependant pour nous permettre de marcher côte à côte.

Notre voyage commença en silence. Le ciel s'éclaircissait, des nuages gris glissaient vers le soleil. Je sentais mieux l'air dont parlait Addam. Les odeurs bétonnées de la ville s'évaporaient, ne laissant que des fragrances naturelles. Sans être tout à fait agréables, elles avaient le mérite d'être fraîches et de rendre Addam heureux.

Un gros insecte pataud vint vrombir sous mon nez et se posa sur mon épaule. Je m'apprêtai à le chasser quand Addam me retint le poignet en secouant la tête d'un air grave.

— Il ne faut jamais tuer un bourdon-ballon.

— Je voulais seulement le faire dégager, lui assurai-je.

Alors que je poussais la bestiole d'un geste, Addam eut un hoquet de protestation. La peau du bourdon-ballon était aussi fragile que du papier à cigarette et son corps gorgé d'une quantité effarante de sang. Je restai prostré, les doigts dégoulinants de sang coagulé. Addam sortit un mouchoir et me nettoya les mains. Après quoi, il recula d'un pas pour me jauger.

— Mon prince guerrier vigilant connaît mal ces bois. Le bourdon-ballon est gênant mais inoffensif. Cependant, pars du principe que tout ce qui se trouve hors du sentier balisé te réserve de mauvaises surprises. Les petits lapins tout mignons ont des crocs cachés, les papillons peuvent lâcher sur toi une poudre paralysante, les poissons rouges transmettent des agents pathogènes par le sang. Le plus dangereux en Terrouest, ce n'est pas ce qui se trouve sur les sentiers, mais les jolies babioles qui t'en éloignent.

— Je rêve ou tu me fais la leçon ? à moi ? Échapper au danger, c'est mon métier, Addam.

— Et tu es très doué, acquiesça-t-il avec ce petit accent qui, comme je l'avais compris à force, ressortait quand il se moquait de moi.

Nous continuâmes notre chemin. Dans le ciel, un zeppelin fantomatique voguait parmi les nuages. J'aperçus des piverts aussi gros que des dobermans. Un arbre aux branches aussi larges qu'une autoroute. Un étang rempli de vagues océaniques. Heureusement, le danger restait éloigné du sentier et nous pouvions contempler ces phénomènes en toute sérénité.

— J'aime beaucoup tes amis, déclara Addam de but en blanc.

— J'ai des amis, moi ?

— J'en ai vu défiler, dans ma vie, des Acolytes, des gouvernantes, des invités. Vous avez une relation unique.

Je haussai les épaules, pas peu fier, et fus récompensé d'un sourire à fossettes.

— Depuis combien de temps avez-vous Queenie ?

— Oh ! depuis toujours.

— Et Max ?

— Depuis l'affaire du trône de Cœur. C'est un bon petit. Il en a bavé.

— Et tu as… de l'affection pour lui ?

Je m'arrêtai net.

— Addam, Max est mon invité. Mon invité de dix-sept ans. Il… Oh, putain ! il t'a dit quelque chose, hein ?

— Ce n'est rien, m'assura-t-il en rougissant.

— Qu'est-ce qu'il t'a dit ?

— J'ai dû mal comprendre, insista-t-il.

— J'en doute fort. Qu'est-ce que Max t'a dit ?

— Eh bien… il a peut-être laissé entendre que ma présence… « compliquait » le développement de votre relation. Mais je peux me tromper !

Je geignis en regardant le ciel. Un essaim d'abeilles bioluminescentes aux lueurs rouge et bleu bourdonnait de part et d'autre du chemin.

— Je suis gêné, poursuivit le haut descendant. Je crois que Max se montre un peu protecteur à sa façon. Il surveille tes arrières.

— Un peu trop d'ailleurs, m'exaspérai-je. Mes arrières ne se sont jamais autant sentis mal à l'aise.

— Pour ce que ça vaut, je ne pense pas qu'il faille y voir un intérêt libidineux ou avilissant. Il est jeune, tu es hors du commun, il craque pour toi.

Je grommelai dans ma barbe, sans toutefois le contredire.

— T'ai-je contrarié ? s'enquit Addam.

— Non.

— Je m'y prends vraiment très mal pour te mettre dans mon lit, soupira-t-il.

Je laissai échapper un éclat de rire surpris.

— Ah ! tout ça pour ça ?

— Évidemment, je vérifiais si j'avais des rivaux. (Il fronça soudain les sourcils.) Je me trompe peut-être, mais j'ai l'impression que la terre tremble. Tu le sens, toi aussi ?

— Hein ? Oh, bordel !

Les feuillages frémissaient dans les gigantesques fougères arborescentes non loin du sentier. Le frémissement se mua en tohu-bohu rythmé par des pas lourds.

La bouche sèche, je transmutai mon sabre en poignée et me campai devant Addam, qui dégaina une épée longue empruntée à la Tour.

Un juron nous échappa quand la créature déboula devant nous.

Une bête géante, hirsute, à la fourrure brun orangé et aux défenses pareilles à une fourche de transpalette. On aurait dit un monstre tout droit sorti de l'imaginaire de Jim Henson[1].

Lorsqu'elle tourna la tête vers nous, j'entraperçus deux yeux marron très expressifs de la taille d'enjoliveurs. Elle explora l'air au-dessus du chemin de sa trompe, émit un gémissement tonitruant en se brûlant, puis repartit pesamment dans la jungle de fougères.

— Quelle merveille ! s'extasia Addam.

Question de point de vue.

— Tu sais ce que c'était ? ou si c'était au moins herbivore ?

Le sourire à fossettes fit son grand retour.

Nous reprîmes notre route. À mesure que nous nous enfoncions en Terrouest, la nature passa de l'exubérance à la perversité absolue. Des grenouilles avec des pattes arrière constituées de plumes dentelées, des oiseaux aux ailes d'aigrettes de pissenlit, des renards à la queue hérissée de nuages orageux.

---

1 Marionnettiste et réalisateur américain à qui l'on doit notamment le *Muppet show* et le film *Dark Crystal*. (*NdT*)

— Je me demande si la Terrouest ressemble à l'Atlantide d'autrefois, dis-je. Ton grand frère te parle-t-il parfois de son enfance là-bas ?

— Christian ? Non, pas souvent. C'est probablement difficile pour les natifs de notre terre d'origine d'en parler sans se rappeler en même temps la guerre et le fléau. Ils sont si peu à y avoir survécu. (Il eut un instant de réflexion.) Il m'a malgré tout confié quelques souvenirs. Par exemple, il m'a raconté un jour que la magie était omniprésente en Atlantide et tellement dense en certains endroits qu'on l'expirait comme de la fumée. Il m'a aussi parlé de la mer de Pétales, au bord de laquelle ma famille habitait.

— J'en ai entendu parler, une mer remplie de fleurs.

— C'est très beau, paraît-il. Ou ça l'était. J'imagine qu'elle existe encore. Christian me décrivait les vagues qui venaient l'asperger de fleurs pourpres sur la plage. Oh ! et il m'a parlé des dragons, à l'époque où il y en avait en Atlantide. Il a vu des dragons.

L'espèce avait été pratiquement éradiquée lors de la Guerre mondiale atlante. Les rares survivants vivaient cachés et ne venaient en Nouvelle-Atlantide que sur l'appel du seigneur Chariot.

Je m'apprêtais à me vanter du dragon que j'avais vu lors du raid sur le trône de Cœur quand je notai les nuages de vapeur qui s'échappaient de ma bouche.

— On dirait que le mois de juillet s'est fait la malle, plaisantai-je alors qu'une flaque d'eau craquait sous mon pied.

— La Terrouest n'en fait qu'à sa tête, m'expliqua Addam avec un sourire. Ne t'inquiète pas, ces brusques changements de saison sont courants. Tu as froid ? Viens. (Il leva le bras pour m'inviter à me blottir contre lui, puis rit en voyant mon air incrédule et se ravisa.) Tu as vu la taille de ce nuage ? Impressionnant.

Je levai les yeux. L'extraordinaire nuage, d'un noir profond ourlé de blanc, se dirigeait droit vers le soleil, près d'occulter le peu de lumière qu'il nous restait.

— Tu es sûr que ce genre de chose arrive souvent ? m'enquis-je nerveusement.

— Oui, nous pourrions…

Soudain, le sentier se déforma.

Un craquement retentit, sonore, vibrant.

Addam s'agrippa à moi, me chauffant la joue de son souffle haletant.

— C'était quoi ça ? demandai-je, étourdi comme si je venais d'avoir une absence ou de me réveiller d'une sieste. Qu'est-ce qui s'est passé ?

Je sondai les alentours, sans repérer aucun danger. Nous n'étions pas attaqués. *Ou bien ?* La nausée me tordait le ventre.

— Je ne sais pas, avoua mon compagnon. J'ai été un instant pris de malaise. Est-ce… ? Il neige !

Alors que je levais la tête, un gros flocon s'échoua sur mes cils et fondit instantanément. Le sol était déjà couvert d'un fin tapis blanc. Nos vêtements n'étaient pas adaptés à ce genre de clim…

Je me figeai. Tétanisé.

— Rune ?

Mon cerveau refusait d'accepter ce que mes yeux lui montraient.

— Le chemin, balbutiai-je, et Addam s'écarta pour regarder le sol. On n'est plus sur le chemin. On est dans la nature.

— Serait-ce… ? (Sa voix se brisa.) Nous sommes-nous téléportés ? C'est impossible, les enchantements auraient dû…

— Vite, mets-toi dos à moi.

J'appliquai ma propre consigne et caressai ma bague pour préparer mon Feu. D'un geste exercé, je transformai de nouveau mon sabre en poignée et y injectai la moitié de mon sort afin d'augmenter sa puissance de tir. Je me servis du reste pour créer une bulle de chaleur autour de nous. Addam cessa de frissonner.

Quoi qu'il se soit passé, nous ne nous étions pas téléportés bien loin ; le gros nuage était à peu près au même endroit pour nous, engloutissant le dernier rayon de soleil. Je prononçai un artifice de lumière, que j'envoyai à quelques mètres devant nous pour ne pas trahir directement notre position.

— Addam, on va avancer. Tiens-toi à mon blouson et ne le lâche pas. Si on nous attaque, ne te mets surtout pas devant moi. Offre-moi une ligne de tir bien dégagée.

— Je ne me suis jamais retrouvé hors des sentiers balisés, chevrota-t-il.

— Tout ira bien, reste concentré.

Je me dirigeai vers l'ouest. L'herbe gelée crissait sous nos pieds. Un léger vent se leva, sifflant dans les branches et les fourrés avec un bruit rauque qui me donna la chair de poule.

— Il fait de plus en plus sombre, remarqua Addam.

Mon cerveau tournait à plein régime. Nous avions été dégagés du sentier ; ça ne pouvait pas être une coïncidence. Je me tâtais pour savoir si je devais préparer d'autres sorts – peut-être le Sacrefeu ou mon Bouclier. Toutefois, si une force était assez maligne pour nous écarter d'un chemin protégé, alors elle l'était également assez pour attendre que mes sorts s'épuisent. Je ne tenais pas à me faire choper avec des sceaux vides dans ce coin. D'autant que cette force était peut-être Rurik.

Un bruissement métallique derrière moi. Addam venait de sortir son épée. Parfait, il réfléchissait.

Puis, avec une rapidité effroyable, une brume s'éleva du sol enneigé.

Elle s'enroula autour de nos chevilles et, en quelques secondes, atteignit nos cuisses. J'entendais la respiration saccadée d'Addam. Curieusement, c'est ce qui me fâcha le plus. Il souriait à peine quelques minutes plus tôt. J'aimais bien son sourire.

Furieux, je m'arrêtai et criai :

— Les effets spéciaux sont l'apanage des lâches !

Récupérant le Feu de mon aura, je déchaînai devant moi un flot de flammes qui dissipèrent le brouillard et éclairèrent le tertre. Je réduisis le sort pour n'en garder qu'une braise dans ma main.

Un long silence s'ensuivit...

… puis une violente décharge d'énergie me traversa. Elle éteignit mon Feu, mon artifice de lumière. Les enchantements de mes vêtements moururent.

Je brandis mon arme et balayai les environs d'un mouvement circulaire. *Un fil de rupture.* Je venais d'être touché par un fil de rupture.

Rurik.

J'eus tout juste le temps d'avertir Addam. Une nouvelle onde d'énergie de rupture frappa. Je me jetai à terre dans un roulé-boulé en hurlant à mon compagnon de faire de même, mais il fut trop lent. Je *vis* presque le fil de rupture le cingler en frétillant avec une intensité inconcevable. Une fumée sifflante monta de la ceinture d'Addam – ou plutôt de sa collection de sceaux.

Il cria en essayant désespérément de s'en défaire. Le fil de rupture s'envola, vibrant, puis disparut. Me relevant d'un bond, j'accourus auprès d'Addam au moment où il parvenait enfin à retirer la ceinture fumante, qu'il jeta par terre. Les disques de platine étaient tordus comme des caramels mous.

Détruits. Ses sceaux étaient détruits. Sans aucun sceau à sa disposition, il voyait sa magie considérablement réduite.

— C'est Rurik, n'est-ce pas ? dit-il, pantelant. Il est ici.

Le sol explosa sur notre gauche. Un arbuste, de la terre et des pierres se soulevèrent comme un petit champignon atomique. Une deuxième explosion sur notre droite, puis devant nous, derrière nous.

Je tirai à l'aveuglette dans le nuage de débris. Mes éclairs de feu illuminèrent un instant la clairière, révélant de gigantesques ombres rôdant parmi les arbres.

— Où est-il !? s'écria Addam.

— Du calme ! lui intimai-je. Reste calme !

Des arbres frémirent sur notre gauche. Étouffant un juron, je tirai une salve d'éclairs dans le bosquet. Un rugissement retentit.

— Vite, cours ! Me lâche pas ! hurlai-je.

Je choisis une direction au hasard et piquai pratiquement un sprint. Sentant Addam trébucher, je le saisis par la manche pour le garder près de moi.

Des spirales de neige tournoyaient autour de nos jambes. Des branches filiformes se brisaient sur mes bras. Toutes les trois secondes, je tirais un éclair en l'air, profitant de son bref éclairage pour éviter arbres et rochers. Un massif de ronces ralentit notre course, leurs épines m'éraflant de partout.

Puis une nouvelle explosion nous projeta dans les airs.

Mon monde chavira dans un flou de terre et de cailloux. Je heurtai rudement le sol, sonné.

Il n'y avait rien qu'un tapis de feuilles mortes à côté de moi. Pas d'Addam.

— Rune ! appela-t-il sans que je le voie.

J'essayai de lui répondre, mais ne parvins qu'à émettre un bêlement de douleur.

Une voix imitant la mienne cria à ma place :

— Addam, il m'a trouvé, au secours !

M'affalant sur le dos, je tirai un éclair vers le ciel. Le trait s'éleva telle une fusée de détresse, mais des ombres convergèrent vers lui, comme animées d'une volonté propre, et l'avalèrent.

— J'arrive ! tonna Addam.

— Il m'a eu ! Au secours !

— RUNE !

Il s'éloignait, attiré à l'opposé de moi. Je tirai six fois en l'air. Les ténèbres mouvantes absorbèrent un éclair après l'autre. Si Addam les vit, il ne rebroussa pas chemin. Je l'entendis m'appeler encore, sa voix si ténue que j'en pleurai.

— Add…, hoquetai-je, les poumons en feu.

Prenant appui sur mes mains, je me relevai péniblement et titubai dans la direction que, selon moi, il avait prise. Mon pied s'enfonça dans un terrier. Je me tordis la cheville en voulant éviter la chute.

Je me mis à courir en boitant, à la lueur d'un nouveau trait de feu. Des branches me cinglaient le visage. Les arbres étaient des ombres dans un crépuscule artificiel. Je me cognai le pied à une pierre, trébuchai contre un tronc, m'écorchai les paumes sur une écorce rude à la couleur sanieuse.

— Addam. (Me rendant compte que j'avais récupéré ma voix, j'inspirai à plein poumons.) ADD… !

Un bras s'enroula autour de mon cou. Des relents de décomposition et de linge propre m'assaillirent le nez. Je frappai du coude un ventre mou. Le bras se retira. Je m'accroupis, puis pivotai sur place, parfaitement d'aplomb. Devant moi, Rurik se redressait. Je touchai mon ankh, activai son sort et projetai ma Pulvérisation.

L'arbre juste derrière lui explosa dans un « bang » supersonique. Des éclats de roche volèrent telles des balles, brouillard et neige se dissipèrent tout autour. Au milieu de ce maelström, Rurik était indemne. Même sa cape ne bougeait pas.

— Une illusion, murmurai-je, pourtant convaincu d'avoir senti son bras m'étrangler. Ce n'est pas réel.

Pourtant j'ai senti son…

Rurik se rua sur moi à longues enjambées. Il me souleva sans effort et me cloua violemment sur l'arbre abattu. Des dents de bois se plantèrent dans mon dos jusqu'au sang. De sa main libre, il m'écrasa le visage. Il ne portait pas de gants, et sa paume moite dégageait une odeur infecte.

Une magie écœurante s'insinua en moi. Le vide se fit dans mon esprit, avant de se remplir d'un flou de couleurs.

Geoffrey emmena la fille dans les buissons. Je gardai les yeux obstinément baissés en faisant mine de n'avoir rien remarqué alors que les autres ricanaient de mon humiliation.

Un jeune homme aux cheveux noirs m'accula dans un coin. « Tu n'as plus de cour, tu n'es personne, tu ne dois ta présence ici qu'à la pitié de mon père. »

J'arrachai de pleines poignées d'herbe sur la tombe de mon père, hurlant sous le coup d'une émotion trop vive et meurtrie pour n'être que du chagrin. Les bras de Brand m'enserrèrent.

Mon caleçon fut déchiré. Je sentis la caresse insultante de l'air froid sur mes fesses. On me poussa contre un canapé qui empestait le fumier et le foin.

— Ah ! fit Rurik. Voilà, c'est ça. C'est là que tu vis.

Le métal froid dans ma main me rappela que je tenais mon sabre. Je l'orientai de manière à lui tirer dans les couilles. Mes doigts s'emmêlèrent. Mon arme tomba.

Rurik me retourna sans ménagement pour me plaquer à plat ventre sur le tronc. Il me tordit les bras dans le dos. Exactement comme la nuit où on m'avait…

Non. Non ! pas question de revivre ce souvenir. Je serrai les dents, tentai de rassembler ma Volonté, mais elle m'échappait comme un pain de savon. *Concentre-toi. Concentre-toi.* Sans concentration ni contact, je n'avais aucun espoir d'activer mes sceaux.

Je me représentai la bague d'émeraude à mon doigt, m'efforçai d'imaginer le Sacrefeu qu'elle contenait, de le visualiser en train de brûler le visage suffisant et putrescent de Rurik.

De longs doigts gantés de blanc vinrent me ramener les cheveux en arrière.

À la vue de ces gants de soirée, mon cerveau se paralysa.

Devant moi, un homme affublé d'un masque de chien de chasse émergea de mes cauchemars dans la clairière embrumée. Il se tourna pour contempler la forêt.

— Sinistre, commenta-t-il.

— Non, sanglotai-je.

— Ça fait longtemps, ajouta le Chien. Je parie que tu es surpris de nous voir.

Un hurlement de terreur absolue s'échappa de ma gorge.

Le Chien leva son visage masqué vers la personne qui se trouvait derrière moi.

— Comme la dernière fois, dit-il. Inutile de forcer, nous avons toute la nuit. Faisons durer le plaisir.

— NON ! m'égosillai-je.

Non, pas encore, ce n'était pas possible, ça ne pouvait pas, non, ça ne pouvait pas se reprodui…

— Ah ! nous t'avons manqué finalement ! gloussa le Chien.

Il s'accroupit devant moi, planta son regard dans le mien. Les deux mains derrière moi vinrent se glisser sous mon jean. Le bouton sauta. Soudain, mon pantalon fut tiré sur mes mollets.

— Non ! Va chier va chier va chier va chier !

Les souvenirs s'abattirent sur moi comme une pluie de bris de verre. Le sang qui coulait sur mes cuisses, mes agresseurs qui s'en servaient comme lubrifiant, les entailles au couteau qu'ils me faisaient, leurs assauts répétés, incessants, pendant des heures et des heures…

Je tentai éperdument de me concentrer, de sentir l'anneau d'argent à mon doigt, le sceau de l'Exode. Je l'activerais, je n'hésiterais pas, je… J'atomiserais la clairière entière et moi avec, seigneurs ! Je le ferais car, au tréfonds de mon cœur, je savais que c'était exactement pour ça que j'avais créé ce sort. Je laisserais un chœur de flammes m'emporter dans son chant dévastateur. Plutôt crever que de revivre ça, que de me retrouver désarmé, outragé.

Des mains m'écartèrent les fesses. Je hurlai de plus belle et tendis le pouce vers l'anneau d'argent.

Addam surgit des ombres.

Bardé d'une cotte de mailles étincelante et armé d'une énorme épée, il s'avança d'un pas déterminé tandis que sa lame se liserait d'une lumière sacrée, le pouvoir de son Aspect atlante. Le halo marquait des ombres nettes sur son visage transporté d'un juste courroux.

Il frappa le Chien, qui se morcela dans une gerbe de terre, de feuilles mortes et de tiges flétries.

La force surnaturelle qui m'immobilisait se volatilisa. Je me retirai précipitamment du tronc d'arbre et m'effondrai dans la neige. Je voulus remonter mon pantalon mais me rendis compte qu'il était toujours sur moi, boutonné à la taille.

Je m'agrippai au tronc pour me relever. Rurik apparut dans mon champ de vision. Il affrontait Addam. Les manches de sa cape étaient piquées de gemmes d'un noir scintillant qu'il employait comme bouclier contre les attaques du haut descendant. Chaque parade projetait des gerbes d'étincelles dans la pénombre.

Addam s'arrangea pour se placer entre Rurik et moi. Il tenta un nouvel assaut, mais la liche bloqua son épée entre ses bras caparaçonnés. Je fis quelques pas vers mon compagnon dans l'idée de joindre mon Sacrefeu à la lumière de sa lame. Malheureusement, mes jambes flageolantes me firent trébucher. Pire qu'un amateur, je heurtai Addam dans le dos.

Sitôt que je le touchai, il y eut une explosion d'énergie entre nous.

Des ondes de lumière solaire se propagèrent. Elles couvrirent Rurik dans un flamboiement orangé.

La liche poussa un hurlement de douleur et s'enfuit par téléportation.

Je lâchai Addam. La lumière s'évanouit dans un dernier tressautement stroboscopique. Je tombai à genoux. Le haut descendant me dévisageait avec une expression partagée entre stupéfaction et...

Joie ?

Son épée s'éteignit, puis tomba de sa main. Il s'accroupit et me toucha la joue, les yeux rivés sur ses doigts dans l'attente d'un quelconque phénomène. Comme rien ne se produisait, il me prit le visage à deux mains.

— Je crois que tu es mon..., commença-t-il, avant de cligner des yeux. Es-tu blessé ?

— Oui, répondis-je, au bord des larmes. Enfin, non. Pas blessé.

C'était trop pour moi. J'ignorais ce que tout cela signifiait. : cette lumière, Rurik, l'illusion du Chien. Oh, seigneurs ! j'avais failli libérer l'Exode. J'avais failli abandonner.

Dix secondes. Dix secondes avaient suffi pour chasser l'homme que j'étais devenu et me ramener dans la peau de l'adolescent qui n'avait pas lutté alors que neuf hommes réduisaient son enfance en cendres.

— Tu trembles, dit Addam.

Parce que j'ai failli renoncer. À ma vie, à Brand, à tout.

— Ç-ça va aller…

Il se pencha et me prit dans ses bras. Je me laissai faire.

— Rurik va revenir, repris-je après un moment. Nous ferions mieux de déguerpir. Et la neige tombe plus fort, il nous faudrait trouver un abri.

— En fuyant de ce côté, j'ai aperçu une maison dans les bois.

— « Une maison » ?

— Dans les bois. Il n'y avait pas de lumière aux fenêtres.

— Je vois, et ça ne t'inquiète pas ? Elle avait des murs en pain d'épice ?

Il sourit.

— On fera très attention.

Tandis qu'il ramassait son épée, je retrouvai mon sabre dans les vestiges de l'arbre abattu. Ensemble, nous partîmes en direction d'un manoir à pignons.

Le manoir

L'étrange climat hivernal nous suivit à travers une étendue enneigée – un champ ou une pelouse – et jusqu'aux portes du manoir. La demeure de marbre était en bon état, mais l'absence du propriétaire se faisait sentir : le portique était envahi de lierre, le pas de la porte couvert de saletés diverses.

— Cet endroit…, commença Addam. Tu as la même sensation que moi ?

— Ouais.

De redoutables défenses magiques gardaient la propriété. Je m'en serais inquiété si elles avaient vu en nous une menace, mais ce n'était pas le cas.

— Quelqu'un s'est donné beaucoup de mal pour faire de ce manoir à la fois une forteresse et un lieu d'accueil. Je me demande s'il appartient à un Arcane.

Il y avait un gros heurtoir en laiton sur la porte. Faute d'une meilleure idée, je l'actionnai deux fois. Le métal était glacé à cause de la tempête de neige.

— Laisse-moi essayer, dit Addam comme personne ne répondait.

— Fais donc, l'ascenseur descend toujours plus vite quand une autre personne appuie sur le bouton. (Je lui souris.) Avec toutes ces défenses magiques, je ne pense pas qu'il soit prudent de forcer l'entrée. Les enchantements pourraient réviser leur jugement à notre égard.

— Peut-être pas, répondit-il en me rendant mon sourire, avant d'annoncer d'une voix claire à la porte : Je suis un haut descendant d'Atlantide et mes intentions sont pures. Accepteriez-vous de m'héberger ?

L'imposant battant de bois s'ouvrit dans un lourd grincement.

— Ben merde alors ! soufflai-je.

— Il y a beaucoup de choses que tu n'as jamais apprises si tu n'as pas vraiment passé de temps en Terrouest.

Abasourdi, j'entrai en traînant la patte tout en lui intimant d'un geste de m'attendre dehors. Il ricana et m'emboîta le pas en pressant délibérément ses abdos, incroyablement sculptés même à travers sa chemise, contre ma main.

Le vestibule tout en pierre s'ouvrait sur une pièce centrale plongée dans la pénombre de l'hiver. De grandes housses couvraient la plupart des meubles. Bien qu'il y ait un peu de poussière, je humais dans l'air l'arôme citronné de sorts d'Entretien.

Addam murmura un artifice. La lumière caramel éclaira un peu la pénombre, ravivant çà et là quelques couleurs. Sous nos pieds s'étalait un somptueux marbre pêche veiné d'or. Des boiseries en acajou apportaient une touche de chaleur. Un escalier grimpait le long de murs jaunes vers les étages supérieurs.

— Tu veux me faire croire que tu peux entrer dans n'importe quelle baraque de la Terrouest pour peu que tu le demandes gentiment ?

— La Terrouest respecte d'anciennes lois, semblables à celles de l'Atlantide d'autrefois. L'accueil et l'hospitalité y étaient entourés d'une étiquette élaborée. Ces rites favorisent la noblesse foncière, mais on peut dire que cela a joué en notre faveur.

— Donc aucun méchant ne pourrait entrer ici ?

— Aucune personne décidée à nuire au propriétaire ou à ses hôtes ne pourrait entrer. Et j'imagine que personne ne pourrait entrer tout court si le propriétaire avait des choses à cacher.

— Comme des squelettes d'enfants dans le four ?

— Quelle sombre imagination ! me réprimanda-t-il amicalement.

— Enfin… Rurik a bien brisé les défenses du Magicien sur le chemin. Si ça se trouve, il n'aura aucun problème à s'inviter ici.

— Tu penses que c'est ce qui s'est passé ? s'enquit-il d'une petite voix.

— Je ne sais pas. Si ça se trouve, les défenses sont encore intactes. En soi, Rurik nous a téléportés hors du sentier, il ne nous a pas attaqués dessus.

— Faudrait-il tenter de courir jusqu'au complexe du Droit Chemin ?

J'y réfléchis un instant. Et rejetai finalement l'idée.

— Nous ne savons pas où nous sommes par rapport au complexe, ni où se trouve le chemin le plus proche. Attendons la fin de la tempête pour évaluer la situation. Je crois que nous avons au moins blessé Rurik. La dernière fois que je lui ai porté un coup semblable, il lui a fallu un moment avant de revenir à la charge.

Addam défit sa ceinture à étuis – il avait dû la ramasser juste avant que nous prenions la fuite. Les sceaux avaient fondu sur les lanières de cuir de leur emplacement. Le haut descendant considéra sa collection détruite avec un air exaspéré qui me rappela, une fois de plus, qu'il avait grandi derrière des cordons de velours. Car si c'était *ma* collection de sceaux qu'on avait bousillée de la sorte, ce serait la fin du monde ! Je perdrais non seulement mon gagne-pain, mais aussi ma capacité à protéger ma maisonnée et à m'épargner quantité de morts atroces. Pour Addam, un simple passage à l'armurerie familiale réglerait le problème.

— Je suis navré, déplora-t-il. J'aurais dû être plus réactif.

— Difficile d'esquiver l'impossible. Nous ne pouvions pas savoir qu'il était capable de détruire les sceaux. Si ce genre de tour est déjà à sa portée maintenant, je n'ose pas imaginer ses capacités plus tard.

Addam tapota un sceau fondu du bout du doigt, brièvement, au cas où il serait encore chaud. Rien ne se produisant, il roula le tout en boule et le fourra dans son sac à dos.

— Je vais être un handicap pour toi, maintenant.

— Arrête, même sans tes sceaux, tu es un allié précieux. Tu nous as tirés de ce traquenard. Merci, d'ailleurs. Tu… Je n'avais jamais vu ton Aspect. Je ne savais même pas que tu en avais un. C'était… *(Magnifique. Tu étais magnifique.)* Hum… pratique. Et grand.

— Tu crois vraiment que c'est ce qui s'est passé ?

Sa question me prit de court.

— Tu crois vraiment que c'est mon Aspect qui l'a arrêté ? insista-t-il. La lumière qui a surgi quand nous nous sommes touchés n'était pas de mon fait. Je pense que c'était…

Il laissa sa phrase en suspens. Ses yeux ne quittaient pas mon visage. Je ne tenais pas à avoir cette discussion. J'ignore pourquoi, car moi-même je ne me l'expliquais pas, mais c'était mon ressenti.

— Peu importe, ça a neutralisé Rurik, au moins temporairement. Je te propose d'explorer le manoir pour comprendre où nous sommes.

Alors que j'inspirais profondément l'air propre et frais, Addam se rapprocha d'un vieil interrupteur, qu'il actionna. Le « clic ! » résonna dans la pièce de marbre sans qu'aucune lumière ne s'allume.

— Soit, cela aurait été trop beau, convint-il. Peut-être y a-t-il un générateur quelque part ? Il faudrait aussi vérifier si l'arrivée d'eau est ouverte. Tu as le visage tout égratigné, Héros.

— Les ronces ne t'ont pas épargné non plus, lui fis-je remarquer. Approche, je vais utiliser mon sort de Soins.

Je me contentai de me focaliser sur mon bracelet de cheville, sans toucher la chaîne. Le sort ne tarda pas à coopérer et la chaleur tout juste supportable de l'énergie de guérison m'envahit. Avant que le précieux sort se dissipe, je soignai mes entailles, mon entorse, ainsi que la blessure dans mon dos. Je m'occupai ensuite des joues écorchées d'Addam, qui inclina son visage contre ma main. Je n'avais jamais touché un duvet de barbe aussi doux.

Nous restâmes ainsi un instant, les yeux dans les yeux. Son souffle humide, plus chaud que l'air, me caressait la joue.

— Merci, murmura-t-il.

— Je t'en prie.

Des rides d'hésitation lui plissèrent le front.

— Tout à l'heure, Rurik… Il te faisait quelque chose, n'est-ce pas ? Il te trompait avec des illusions. Tu étais bouleversé.

— Ce n'étaient que des illusions, répondis-je en détournant le regard.

Mes bras se hérissèrent de chair de poule lorsque le sort de Soins se dissipa. Je me les frictionnai tout en tournant en rond.

— Viens, on va inspecter les lieux. Je veux m'assurer que nous sommes bien seuls.

Addam n'était pas un pro en la matière.

Au mépris des règles les plus élémentaires de prudence et de discrétion, il touchait à tout, telle une pie attirée par les objets brillants.

De mon côté, j'agissais comme si un danger nous guettait à chaque pas. Je marchais sur la pointe des pieds, vérifiant scrupuleusement pièces et couloirs au fur et à mesure. La première fois qu'Addam me vit ouvrir une porte à la volée en balayant aussitôt la pièce de mon arme, il mima des applaudissements. Vexé, je lui expliquai qu'il valait mieux effectuer cette vérification depuis le seuil plutôt que d'entrer d'abord et risquer de tomber dans une embuscade. Il paracheva ses applaudissements d'un grand salut.

— Je ne me moque pas de toi, Héros. C'est très impressionnant.

— Brand le fait mieux, avouai-je. C'est plus son rayon, ces trucs-là. Moi, je suis surtout la puissance de feu.

— Ton Acolyte est aussi ton associé si j'ai bien compris ?

— Ça dépend. Parfois il te dira que c'est lui le chef.

Addam baissa les yeux, fixant son attention sur les moulures des plinthes.

— C'était très courageux de ta part de revenir le chercher quand il était coincé devant la barrière de Sacrefeu. Je connais peu de hauts descendants qui risqueraient leur vie pour leur Acolyte. Il compte visiblement beaucoup pour toi.

Il me fallut une petite seconde pour saisir le message caché. Je soupirai.

— Sérieux, on remet ça ? Tu veux maintenant savoir si je couche avec Brand ? Je ne suis pas fan de ce genre de petits jeux, Addam.

— À moins que mon manque de subtilité soit en fait une habile tactique pour t'exprimer mon intérêt.

— On n'a pas encore vérifié ce couloir, dis-je pour changer de sujet tout en réprimant un sourire.

Si jamais je n'étais pas encore sûr d'être dans la demeure d'un Arcane, mes derniers doutes furent levés en entrant dans une pièce au fond du rez-de-chaussée.

C'était une vaste salle au sol de pierre brute parsemé de touffes de menthe pouliot. Les murs étaient creusés de nombreuses niches qui abritaient des statues d'argile à taille humaine. Bien que vieilles et patinées, les sculptures représentaient un ensemble bigarré de soldats, de jongleurs, de musiciens et de cavaliers militaires.

— Oh, putain ! soufflai-je.

Addam me lança un regard interrogateur.

Pris d'une intuition, je passai sous une arche au fond de la salle. La pièce attenante était encombrée de matériel et de tables. Seuls quelques passages aménagés permettaient de circuler sur le sol truffé de pointes de verre volcanique. Celles-ci se retrouvaient aussi sur les tables, les bureaux, les placards. Près de l'entrée, des paniers en osier étaient garnis de grosses bottes et de moufles, toutes ourlées d'épines d'obsidienne. On se serait cru au vide-greniers d'une bande de tueurs en série.

— Mais qu'est-ce que c'est ? murmura Addam derrière moi.

— C'est une salle d'entraînement pour un genre très rare d'être artificiel invoqué. Les sculptures dans l'autre salle viennent de Chine. Elles font partie de l'Armée de terre cuite, des statues enterrées il y a près de deux mille ans afin d'offrir au premier empereur de Chine une armée dans l'au-delà. Comment elles sont arrivées là, je n'en ai foutrement aucune idée. Cette collection a une valeur inestimable. Bref, si tu connais les codes d'activation, elles s'animent.

— Comme les golems de la Tour ?

— En dix fois mieux. Ces statues d'argile sont presque indestructibles, même si l'obsidienne et le corail peuvent les ralentir. Leur force est colossale. Elles peuvent se donner une apparence humaine et ont les facultés mentales d'un enfant de huit ans, soit bien plus que la plupart des êtres artificiels. D'où cette pièce.

— Cela ne me dit toujours pas à quoi elle sert.

J'empruntai prudemment l'un des passages dégagés pour m'approcher d'une troupe de mannequins de couture au buste hérissé d'obsidienne.

— On ne peut pas les laisser sortir en public sans entraînement, elles risqueraient d'arracher des bras d'une simple poignée de mains ou de défoncer les côtes de leur propriétaire en voulant le sauver d'un danger. On entraîne les soldats dans ce type de pièce pour les contraindre à mesurer leurs gestes.

Une expression émerveillée se peignit sur son visage.

— Quel Arcane habite ici, selon toi ?

— Le Hiérophante. J'en mettrais ma main à couper. Il n'y a pas de meilleur invocateur au monde, et il a un faible pour les cultures asiatiques. La vache ! je me demande ce qu'on va trouver d'autre dans ce manoir.

De retour dans la salle aux statues d'argile, Addam posa son sac à dos contre le mur et se laissa glisser par terre.

— Ta Queenie nous a préparé des sandwichs. Tu as faim ?

— Plus tard, peut-être. Cela dit, je ne suis pas contre une petite pause. Tu vas me juger si je fume ?

— Je risque fort de te piquer une cigarette.

Je cherchai le paquet dans mon sac à dos. Il ne restait de mes cigarettes qu'un tas de filtres arrachés. Incroyable, je les avais glissées en douce dans mon sac juste avant de quitter l'immeuble de la Tour. Je ne savais pas si je devais être agacé ou impressionné par Brand. Un soupir m'échappa.

— Ai-je déjà dit que Brand se prenait souvent pour le chef ? Avec lui, ce n'est même pas la peine de discuter pour la clope.

Il te sortira tout un discours : « Bla-bla, les capacités pulmonaires, bla-bla, rester en vie ».

La tête collée au mur, Addam me regarda avec un sourire en coin.

— Quand Quinn était plus jeune, il écrasait des oignons avec un marteau et prenait des photos de son visage larmoyant, qu'il collait sur mes paquets de cigarettes.

Mon rire souffla de petits nuages de vapeur. Le haut descendant rit aussi, puis son visage s'attrista.

— Il va s'en tirer, Addam.

— Il le faut. Si tu as raison… si Ella est mêlée à cette histoire… alors elle est responsable du coma de Quinn. J'ai vraiment du mal à l'accepter et Quinn serait bouleversé.

— Je croyais qu'Ella et lui ne s'entendaient pas trop.

— En effet, elle lui témoigne au mieux de l'indifférence. C'est un sujet sensible entre nous, mais de là à la croire capable de… (Sa voix se brisa.) Quinn se soucie beaucoup de ce que l'on pense de lui. S'il imagine sa sœur capable de s'en prendre à lui, il le vivra très mal. (Il ferma les yeux, et son artifice de lumière vacilla.) Je sais que je ne suis pas responsable de cette situation, je le sais. Mais si jamais c'est vrai, si Ella est impliquée, alors je serai quand même un homme trahi par sa propre famille. Je serai un homme qui, par la vie qu'il a menée, a ouvert la porte à ce genre de malheur. Je ne sais pas si je suis clair.

— Oui, mais c'est ridicule.

Il rouvrit les yeux et me jeta un regard interloqué.

— Ridicule, persistai-je. Crois-moi, j'en connais un rayon sur les crasses dont les gens sont capables. Dans certaines familles, on comprend vite pourquoi tout est parti en vrille. Les gens qui m'engagent ne valent pas mieux que ceux qu'on me paie pour arrêter ou espionner. Mais je vous ai rencontrés, Quinn et toi, et ce genre de crasses n'est pas dans votre nature. Écoute… je suis vraiment désolé de ne pas avoir pu protéger Quinn. Je suis désolé de l'avoir abandonné.

— Tu n'avais pas vraiment le choix d'après ce que j'ai compris. D'une certaine manière, je suis… content ? Non, rassuré, ou plutôt soulagé que tu aies pris ses avertissements au sérieux. Certains font peu de cas de Quinn et de son don. Beaucoup le craignent. C'est d'ailleurs pour ça que je m'en suis voulu de le laisser quand j'étais en poste en Russie. (Il sourit.) Même si les choses ont pris un autre tour en fin de compte. J'ignore s'il le doit à son don divinatoire ou à son caractère, mais il se débrouille toujours pour obtenir ce qu'il veut.

— Ah ! ça sent l'anecdote familiale, avec peut-être des photos sorties du portefeuille.

Il me regarda avec une timidité inhabituelle.

— Je te taquine, lui assurai-je aussitôt. Que s'est-il passé en Russie ?

— C'était une idée de ma mère que je fasse un séjour en Russie. À Irkoutsk. Quinn n'avait que cinq ans, nous n'avions jamais été séparés. Quand il a appris la nouvelle, il a pleuré pendant des jours. Le matin de mon départ, il s'est caché pour ne pas me dire au revoir. Nous avons fini par renoncer à le chercher et je me suis rendu à la gare des portails, à l'autre bout de la ville. Quinn a attendu que les gardes l'oublient pour faire le mur et courir me rejoindre. Il a eu le temps de faire plus d'un kilomètre avant que la sécurité le rattrape. Il avait emballé un sandwich cornichon-fromage dans un baluchon fabriqué avec son drap de lit et une tringle à rideaux, un vrai petit vagabond. (Il marqua une pause et secoua la tête.) Au cours des sept jours suivants, il a fugué une bonne dizaine de fois. Dès qu'on m'en a informé, je l'ai appelé pour lui expliquer que je reviendrais, que ma mission n'était que temporaire.

— Et il a compris ?

— Il comprend beaucoup plus de choses que les gens le pensent. Il m'a donné le nombre précis de personnes qui avaient peur de lui chez nous, le nombre précis de ses gardes qui réclamaient une réaffectation depuis que je n'étais plus là pour les contraindre à la politesse. Il m'a raconté le nombre de fois où il s'endormirait en pleurant si je ne revenais pas, le nombre de fois où son chagrin le ferait même vomir. Il disait… Oh ! il faut connaître Quinn pour comprendre sa vision du monde. Pour lui, le futur est un passé. *Les* futurs, d'ailleurs. Il disait que, si je ne revenais pas, il y avait une fois où il se perdait dans un quartier malfamé après avoir fugué et que, parfois, un homme dans un fourgon blanc s'arrêtait pour lui offrir des bonbons.

J'éclatai de rire.

— Quel champion de la manipulation !

— Tu l'as dit. J'ai donc alloué un dixième de mes fonds à la construction d'un portail privé entre Irkoutsk et notre cour. Je passais la semaine en Russie et le week-end avec Quinn. Du moins, j'essayais. La patience n'était pas son fort. Je ne compte plus les fois où il s'est glissé en douce par le portail et où je l'ai retrouvé dans mon lit en rentrant du travail parce qu'il s'était mis en tête que je ne devais pas attendre le vendredi pour entendre parler de sa nouvelle brosse à dents ou de la grenouille qu'il avait attrapée. Il en faisait voir de toutes les couleurs à ses gardes attitrés.

Un sourire joua sur ses lèvres, puis s'effaça, assombri par la triste réalité du présent. Il tapa des mains et se les frotta.

— Bon ! une petite collation, puis nous reprenons notre tour, Héros. Il doit bien y avoir un générateur ou une cheminée quelque part.

Notre visite du rez-de-chaussée se poursuivit.

Pour ma part, je cherchais surtout le moindre outil qui nous permettrait de contacter la ville ou de déterminer notre position exacte. S'il était connu que la Terrouest détraquait toute forme de technologie, les Arcanes comptaient généralement parmi leurs employés des gens assez futés pour leur sécuriser des lignes téléphoniques ou Internet grâce à la magie.

Ma seule trouvaille utile fut une ébauche de carte de la côte nord-ouest de Nantucket, fixée sur un grand tableau de liège dans un bureau. Le complexe du Droit Chemin y figurait. Bonne nouvelle, mais pouvait-on réellement se fier à une carte quand le paysage se remodelait au gré de sa fantaisie ?

— Elles bougent ! s'exclama Addam.

— Quoi donc ?

— Les lignes sur la carte. Regarde, la forêt est maintenant plus épaisse entre ici et l'océan.

— La vache ! dis-je avec un sifflement admiratif. Tu imagines la valeur d'une carte pareille ?

— Attention, Héros.

— Oui, je sais, faudrait pas que les enchantements s'imaginent que nous sommes ingrats. (Je posai le doigt sur la carte.) Je crois que ces doubles lignes représentent les routes balisées. Il y en a une qui passe près du complexe du Droit Chemin.

— Je reconnais cet endroit, dit-il en tapotant un motif ovale. Le Bassin de Tourbe. Il se situe à quelques pas du périmètre sécurisé du complexe.

— Nous avons donc l'équivalent d'un terrain de foot à traverser entre la route et le complexe. Avec des tempêtes de neige, des liches et des Muppets géants.

— On prend le risque ?

J'acquiesçai lentement tout en précisant :

— Mais pas avant que je change mes sorts scellés.

Nous reprîmes notre exploration.

Le premier étage comportait des chambres d'amis, fermées pour une absence prolongée. L'une d'elles disposait d'une cheminée en marbre assortie d'un panier de bûches sèches. *Au pire, nous pourrons camper ici*, songeai-je.

La chance nous sourit de nouveau au bout d'un couloir de l'aile ouest.

En passant devant un mur ocre, je ressentis un drôle de picotement. Une vibration me chatouilla les doigts quand je le touchai. Une énergie stable, profonde : indéniablement un sanctuaire. Curieusement, je n'en trouvai aucun accès ; les portes les plus proches ne donnaient que sur des chambres.

Dans l'une d'elles, Addam gagna les portes-fenêtres d'un balcon. Les vitres givrées ne laissaient pas voir grand-chose de l'extérieur.

— J'ai l'impression qu'il y a une coursive. Peut-être mène-t-elle à une entrée du sanctuaire ?

Il nous fallut unir nos forces pour ouvrir le battant bloqué par la glace. Sitôt que la porte céda, l'hiver se précipita à l'intérieur. Le climat capricieux se détériorait : à présent, le ciel crachait de la glace et de longs rubans de grésil.

En sortant sur la longue coursive, je tentai de scruter les ouvertures, à l'affût du moindre signe d'une embuscade ou d'une attaque, mais tout s'estompait dans la grisaille tumultueuse.

J'avançai prudemment, Addam sur les talons. Il y avait bien, comme il l'avait supposé, une porte au milieu. Une branche folle avait brisé les vitres, laissant des bourrasques de neige s'engouffrer dans un sanctuaire dépouillé en forme de losange. Addam ouvrit les portes d'un coup d'épaule et entra au moment où une pluie de grêle s'abattait brusquement sur la coursive.

Après avoir tant bien que mal refermé les panneaux endommagés, nous étudiâmes notre nouvel environnement. Il n'y avait pas d'autre porte, mais un escalier de fer forgé en colimaçon montait au deuxième étage. Je gravis quelques marches pour jeter un coup d'œil en haut. Cette pièce supérieure faisait pratiquement la taille d'une chambre de maître. Peut-être celle de son consort ou d'un proche.

Addam sortit de nouveau ses sceaux détruits et les disposa par terre. Après une longue minute à les observer, il secoua la tête.

— À mon avis, ils sont désormais inutilisables. Je ne détecte plus aucune magie. Ce devrait être impossible.

— Bienvenue dans ma vie. On se mange de l'impossible dans la gueule au quotidien, sauf que ça ne ressemble jamais à un ticket de loterie gagnant ou à un trésor déterré dans le jardin. Moi, j'ai droit à des liches et à des sceaux fondus.

Mon sarcasme me valut un sourire triste. Je plaisantais pour le réconforter, mais j'étais en réalité très inquiet. Les sceaux étaient le socle du pouvoir des hauts descendants, le fruit irremplaçable d'un art perdu. Je n'avais encore jamais entendu parler d'un sceau détruit. Égaré, oui, gagné en combat, mis au clou, même coincé entre les coussins du canapé. Mais détruit, jamais.

Les vitres cassées nous privaient du peu de chaleur qu'offrait le manoir. J'ôtai mon blouson chargé de neige et le secouai dans un coin avant de l'étendre par terre.

Addam rangeait ses sceaux à contrecœur dans son sac. Je me campai devant lui. Quand j'obtins son attention, je touchai mes deux pendentifs : le camée et l'ankh d'argent. Cette dernière aurait mérité un coup de chiffon ; son métal se ternissait.

— J'ai obtenu ce sceau quand j'avais sept ans, racontai-je en montrant la croix ansée. L'un de mes tout premiers, un cadeau du sénéchal de mon père.

Je détachai le collier et le déposai au creux de ma main. Trois bagues ornaient mes doigts. Je désignai celle d'or et d'émeraude.

— C'est Elena Amoureux qui m'a offert celui-ci. Longue histoire. Enfin, pas tellement longue, mais elle ne met pas en valeur mon instinct de survie.

Je retirai la bague, puis me penchai en tendant la jambe pour relever le bas de mon pantalon. L'or de ma chaîne de cheville rutila à la lumière caramel de l'artifice d'Addam. Je la récupérai aussi.

— Cela ressemble à un striptease, Héros, sauf qu'en règle générale on ne décrit pas ses affaires une par une en les enlevant.

— Très drôle, dis-je en tenant religieusement les trois bijoux dans ma main. Je cède ces sceaux librement. Ta Volonté est désormais la leur.

— Que fais-tu ? s'étonna-t-il.

— Tu te défendras mieux avec des sceaux. Je compte sur toi pour me les rendre après.

Il considéra avec de grands yeux les artefacts que je posai devant lui.

— Rune…

— Et, si tu les casses, tu auras droit à une visite de Brand.

— Tu es prêt à me les confier en sachant que je n'ai pas su protéger les miens ?

— Face à Rurik, il aurait pu m'arriver la même chose. Et puis Quinn l'a bien fait pour moi.

Je tapotai le disque de platine à ma ceinture. Je l'aurais volontiers offert à Addam aussi, mais je n'avais pas le temps de reproduire le sort que j'y avais mis.

— Certes, concéda-t-il, mais Quinn est un garçon remarquable. Je ne rencontre pas souvent des gens qui lui arrivent à la cheville.

Prenant mon courage à deux mains, je m'obligeai à lui poser *la* question que je redoutais tant :

— D'après toi, Addam, qu'est-ce qui s'est passé quand nos corps se sont touchés dans la forêt ?

— Tu veux savoir ?

— Je t'ai posé la question.

— Je crois… que tu es mon *talla*.

Je ressentis d'abord un frisson de surprise, puis mes joues s'enflammèrent. Avec une douceur dont je ne me croyais pas capable, je répondis :

— Nous ne sommes pas des *tallas*, Addam. Je suis navré.

— Comment peux-tu en être sûr ?

— Je le sais, c'est tout. Ce n'est pas possible. Tu n'y es pour rien.

— Est-ce que… (Il se mordit la lèvre inférieure.) Est-ce que Brand est ton *talla* ? C'est pour ça ?

— Non, ce n'est pas ça.

— Mais, quand nos corps se sont touchés, ce que j'ai senti… ne l'as-tu pas senti aussi ?

— C'était peut-être une nouvelle facette de ton Aspect, ou du mien. On aurait dit une lumière solaire, non ?

— Ou ça venait peut-être de nous deux. N'est-ce pas ce qui se produit entre *tallas* ? C'est un lien mystérieux, puissant.

Si seulement c'était aussi simple, pensai-je avec lassitude.

— Nous ferions mieux de nous reposer. Nous repartirons à l'aube.

Il me dévisagea fixement pendant dix bonnes secondes. Puis il hocha la tête et conclut :

— Tu peux fuir, Héros, mais tu ne peux pas te cacher.

Aux alentours de minuit, je me résignai à passer la nuit dans le manoir.

D'un point de vue tactique, je préférais que nous évitions de dormir dans des pièces séparées. D'un point de vue logistique, il n'y avait qu'un lit dans la suite avec cheminée que j'avais repérée plus tôt. Je tentai de nous épargner toute gêne future en faisant l'éloge du canapé usé dans le coin.

Addam me décocha un petit sourire, puis alla inspecter la salle de bains attenante pour voir s'il y avait de l'eau. Bingo ! Je gagnai à pile ou face le droit de prendre une rapide douche tiède en premier pour me décrasser. Addam redescendit pendant ce temps au rez-de-chaussée pour nous trouver de quoi manger.

Après ma douche, j'essuyai le miroir embué. N'ayant pas apporté de brosse, je m'appliquai à discipliner mes cheveux du bout des doigts.

Je me rhabillai et retournai dans la chambre. Addam avait jeté son butin sur le lit. En fouillant la pile de paquets et de boîtes, je vis des olives, des petits sablés, des biscuits en forme d'animaux et des châtaignes d'eau.

— On en viendra peut-être aux mains pour les biscuits animaux, blagua-t-il.

— Des petits sablés ? dis-je avec dégoût. Quel genre de type laisse traîner des golems à plusieurs millions de dollars et n'a même pas des sachets de pop-corn dans ses placards ? C'est la dernière fois que j'entre par effraction chez le Hiérophante.

— Pour sa défense, il y avait un cellier bien rempli, mais il était fermé par un enchantement contre les nuisibles. J'ai préféré ne rien toucher. Nous abusons déjà suffisamment de l'hospitalité du manoir. Au moins, nous aurons un feu. Admire le chef-d'œuvre !

Je m'approchai de la grande cheminée de marbre, dont le foyer accueillait à présent une pyramide de bûches. Il ajouta gaiement :

— C'est du pin tendre, il dégagera un agréable parfum. Aurais-tu un briquet ?

Je m'équipai de ma poignée de sabre et tirai un trait de feu sur le tas de bois. Après plusieurs tentatives infructueuses, les bûches s'embrasèrent enfin.

Addam s'adossa au mur pour se déchausser puis, affalé par terre, se tint les orteils pour les réchauffer. La lueur du feu s'affirmant dans la pièce, il laissa son artifice de lumière s'éteindre.

— As-tu bien profité de ta douche ? demanda-t-il poliment alors que j'ouvrais le paquet de biscuits en forme d'animaux.

— Ce n'est pas ma faute s'il n'y a plus d'eau chaude, me justifiai-je aussitôt. Il n'y en avait pas beaucoup.

— Pourquoi te mets-tu tout de suite sur la défensive ?

— Pardon. J'ai l'habitude de me battre pour l'eau chaude. Brand a plus de couteaux que toi, cela dit.

Il se leva et vint à moi en m'effleurant brièvement la tête.

— Tes cheveux sont mignons quand ils sont mouillés. Je vais me doucher. Dois-je remettre ces vêtements ensuite ? Mon prince vigilant voudra-t-il que nous dormions en tenue de combat au cas où Rurik nous rendrait visite ?

— Je préfère qu'on garde ces vêtements et je peux t'assurer que Rurik n'a rien à voir avec cette décision.

Un petit clin d'œil, puis il s'éclipsa dans la salle de bains.

Je répartis la nourriture. Les châtaignes d'eau et les olives ne m'intéressaient pas, mais je goûtai malgré tout les petits sablés. C'était comme bouffer de la sciure au sirop pour la toux. Je jetai la boîte dans la pile d'Addam, pris une poignée de biscuits animaux et allai étudier les livres de la bibliothèque.

Addam ressortit de la salle de bains en serviette. Lorsqu'il s'assit près du feu, le tissu s'ouvrit sur sa cuisse musclée. Les poils de ses jambes brillaient comme du bronze à la lueur des flammes. Surprenant mon regard, il esquissa un sourire.

— Mes tatouages donnent-ils vraiment l'impression que je me suis soûlé toute une nuit avec un matelot ?

— Oh ! Euh… non. J'ai dit ça ?

— Eh oui ! Tu aimes celui-ci ? (Il toucha les motifs qui se déployaient sur sa taille.) Ou cela ?

Il baissa la main sur sa hanche, relâchant la serviette.

— Arrête, ou je mange la dernière girafe.

Il rit et resserra sa serviette avant de réclamer les biscuits d'un geste.

Tout en mangeant, il m'observa, ses yeux bordeaux plissés en croissants. Je m'efforçai de rester impassible, mais il était à moitié nu et portait mes sceaux ; difficile de rester de marbre. Mon ankh était sur son torse, la bague d'émeraude à son index, la chaîne dorée autour de sa cheville reflétait la lumière dansante.

Je devais bien l'admettre, j'avais rarement vu un homme aussi séduisant. Ce constat m'emplit de regrets. J'éprouvais toujours ce douloureux pincement quand je contemplais un homme vraiment beau.

— Alors, murmura-t-il, aimerais-tu avoir des enfants ?

— Comme phrase de drague, on a fait mieux.

— Et que penses-tu du mariage collectif ?

— De mieux en mieux. Tu veux me mettre en cloque et *en plus* aller voir ailleurs. Tu sais, j'avais fini par penser que tu étais doué en séduction.

— C'est peut-être une ruse de ma part d'attaquer fort avec des demandes déraisonnables en espérant négocier à la fin un simple baiser.

— Je crois qu'il n'y a absolument rien de simple chez toi, Saint-Nicholas.

Il ébaucha un lent sourire, puis prit ses aises, étirant son corps en une pose ou, peut-être, une invitation.

Une notion jusque-là abstraite se mua subitement en danger concret, présent. Je remuai, mal à l'aise. À ma grande surprise, il perdit son sourire et ramena ses genoux contre lui.

— Tu es si bon combattant que j'étais… surpris, dans la forêt, de te voir un instant en position de faiblesse.

— Hmm, répondis-je pour me montrer aussi évasif que lui.

— Tu me parais sur les dents depuis ce moment-là.

— « Sur les dents » ? On ne m'a pas accusé d'être sur les dents depuis mon dernier passage chez le dentiste.

— J'exprime sans doute mal mon inquiétude. Je te demande si tu vas bien, Rune.

Je haussai lentement les épaules.

— Je sais. Écoute, Rurik joue avec le cerveau des gens. Je t'en ai parlé avant notre départ ce matin. Il s'amusait avec mes souvenirs pour me déstabiliser.

— Il… manipulait tes souvenirs ? Il lisait dans ton esprit ?

— Non, il… (J'atermoyai en mangeant un biscuit.) Il peut t'obliger à revivre des moments de ta vie. Forcément, il choisit les plus douloureux. Il se nourrit des idées noires et…

Addam hoqueta. Je le vis dans ses yeux : il venait de comprendre. Peut-être parce que j'étais à plat ventre sur le tronc d'arbre quand il m'avait trouvé. Ou peut-être avait-il remarqué mon geste de boutonner mon pantalon. À moins qu'il ait fini par s'apercevoir de l'acharnement que je mettais à protéger mon espace personnel. Quoi qu'il en soit, il venait de comprendre.

— Tu as revécu ton… agression.

— Plus ou moins. Un peu.

— Mais… (À ma grande stupéfaction, les larmes lui montèrent aux yeux.) Oh, Rune ! je me suis montré si cavalier. J'ai honte. Je suis terriblement navré, je ne voulais pas…

— C'est rien, t'en fais pas.

— Non, ce n'est pas rien. J'ai été rustre, insensible. Ce n'était pas mon intention, je ne cherchais pas à…

Avant de pouvoir changer d'avis, je me rapprochai de lui sans me lever. Il ferma la bouche de surprise. Je me penchai, lui donnai un bref baiser sur la joue puis regagnai ma place.

— Si tu culpabilises encore, n'hésite pas à me laisser le bon côté du lit. (Je marquai un temps de réflexion.) Et le reste de tes biscuits.

Son embarras s'envola, et il retrouva son sourire. Il avait un joli sourire. Un sourire qui faisait du bien.

Plus tard, en revenant des toilettes, j'entrai par inadvertance au moment où Addam troquait sa serviette contre un caleçon. Sentant ma présence, il se retourna. Je m'attendais à un trait d'humour ou à un sous-entendu coquin, mais notre dernière conversation avait quelque peu tempéré son effronterie. Il m'adressa un sourire timide et remonta correctement son caleçon.

Il avait déjà retiré la protection du matelas pour faire le lit avec des draps qu'il avait dénichés dans une armoire de la chambre. Il se glissa sous les couvertures, puis se tint immobile en me regardant traverser la pièce.

Je retirai chaussures et chaussettes, déboutonnai mon jean. J'envisageai un instant de dormir en caleçon, vraiment, mais mon cerveau fit un blocage complet à cette seule idée.

Je me mis au lit et remontai la couverture jusqu'à mon épaule, cachant mon rougissement dans l'oreiller. Addam se repositionna de manière à se mettre à ma hauteur. La chaleur exaltait le parfum de sa peau : du savon au bois de santal mêlé à une odeur de fumée. Je m'y perdis un instant.

— Merci pour les sceaux, chuchota-t-il. Je suis honoré que tu me les confies.

— Ils sont un peu plus défraîchis que ceux dont tu as l'habitude, mais ils feront l'affaire.

— J'aime beaucoup tes sceaux. Ils reflètent ta personnalité.

— Mon pendentif camée reflète ma personnalité ?

— Il est unique.

— Et la bague émeraude d'une femme, ça reflète ma personnalité ?

— Tu me taquines.

— Un peu. Ça te donne un petit accent.

— Beaucoup de choses me donnent un petit accent. Et c'était un compliment sincère : j'aime beaucoup tes sceaux. L'intendant ne nous donne que des disques de platine, à Quinn et moi.

— Bien sûr, l'herbe est tellement plus verte chez moi. Tu sais le plus marrant ? Je détestais autrefois ce camée. Il me venait de ma mère, qui est morte quand j'étais très jeune. J'avais quand même honte de le porter. Quel petit merdeux ! Je l'ai rangé dans un petit cagibi secret de ma chambre sans jamais le sortir… et c'est paradoxalement pour ça que je l'ai encore aujourd'hui.

— Comment cela ?

— J'ai piqué la plupart de mes sceaux dans les ruines du domaine du Soleil après l'attaque. Les gens qui avaient… massacré tout le monde avaient pillé l'armurerie, les chambres. Si je n'avais pas planqué ce collier ainsi que mon ankh, ils les auraient certainement volés aussi.

— Je trouve étrange que tu emploies le terme « piquer ». Le domaine du Soleil t'appartient.

— Non, c'est faux. Le domaine du Soleil appartient aux morts. C'est un lieu hanté. Je m'y aventure seulement armé comme un tank. Ou si j'ai besoin d'argent pour payer le câble.

Il rit et nous profitâmes d'un silence agréable ponctué par le craquement des bûches qui se consumaient. Il avait raison. Le bois dégageait un doux parfum.

— Tu es charmant à la lueur du feu. Tu es vraiment aussi beau qu'on le dit.

— Pour ta gouverne, la devineresse en était à son troisième verre de vin quand elle a fait cette prédiction.

— Je ne parle pas de la prophétie. Je parle de cet instant, réel, présent.

— Il faut vraiment que tu lèves le pied sur les compliments. J'ai déjà retiré mes chaussures pour toi. C'est un bon début.

— Tu ne te trouves pas beau ?

Peut-être étais-je fatigué. Peut-être la lueur du feu embellissait-elle vraiment la réalité, y compris les mots. Dans tous les cas, j'exprimai le fond de ma pensée :

— Je crois que les gens se rendent beaux. Je suis d'avis que notre apparence n'est qu'un croquis et que c'est notre beauté intérieure qui donne du relief et de la matière à cette image. Regarde Brand, il se contrefout de son apparence, il n'y a pas un gramme de vanité chez ce gars. Pourtant, il lui suffit d'entrer dans une pièce pour que les gens défaillent.

— Ton Acolyte est très séduisant, opina Addam, mais je ne l'ai pas encore vu se camper devant moi dans une forêt de Terrouest, loin d'un sentier balisé, pour anéantir d'une vague de feu les délires mégalomaniaques d'une liche.

— Oh ! fis-je, avant d'éclater de rire. T'es vraiment trop con ! (Je le poussai amicalement, le mettant sur le dos.) Dormez, seigneur Saint-Nicholas.

Il se redressa sur un coude le temps de me déposer un baiser sur le sourcil, puis s'enfouit sous les draps.

Entre l'alanguissement du feu et l'épuisement de cette longue journée, il s'assoupit promptement. Son souffle calme céda la place aux soupirs irréguliers de la somnolence, avant de se réduire à un timide ronflement.

Une fois certain qu'il dormait à poings fermés, je me glissai discrètement tout près de lui. Il avait pris un coup de soleil sur la nuque durant notre randonnée. Cette rougeur me réchauffa la joue.

Les Atlantes connaissaient peu d'énergies plus puissantes que la magie vitale – le pendant de la magie sauvage, presque doué de conscience. Les *tallas* étaient considérés comme la forme la plus rare de cette magie pure et unique. C'était un appariement d'âmes, une union de la Volonté et du destin. On ne pouvait pas vraiment parler d'amour véritable, même si bien des amoureux étaient devenus des *tallas*. On connaissait aussi des ennemis mortels qui avaient développé ce lien : des soldats sur un champ de bataille, des Arcanes en guerre, des courtisans rivaux. La haine et la discorde pouvaient être aussi fortes que l'amour et l'intimité.

Dans un cas comme dans l'autre, les *tallas* tiraient de cette union imposée une force et une magie extraordinaires. J'avais entendu parler de liens de *tallas* qui avaient guéri le cancer, déclenché des actes spontanés de téléportation pour éliminer une distance insupportable, ou infléchi le temps par un baiser.

Même si Addam ne pouvait pas être mon *talla*, mon esprit fatigué s'amusa à l'imaginer. Quel effet ça faisait d'être métaphysiquement scotché à une autre personne ?

Ces conjectures finirent par m'épuiser, et je m'endormis au son régulier du souffle d'Addam, même si j'avais prévu de monter la garde.

Je rêvai de créatures aussi grandes que des gratte-ciel, de chair nécrosée purifiée sous des vagues de soleil blanc. Je rêvai d'une longue conversation taquine avec un homme qui était à la fois Brand et Addam. Je me vis faire la roue dans un champ d'abeilles bioluminescentes en faisant s'envoler des nuages de papillons monochromes. Même si certains de ces rêves se déroulaient à la frontière du cauchemar, je ne me sentis jamais en danger ni angoissé. Dans chaque scénario, j'étais contenu. Par un blouson chaud. Par une ceinture. Par la chaleur humide de l'été.

Lorsque j'ouvris les yeux, bien plus tard, je me découvris dans les bras d'Addam.

Il dormait encore. Son souffle moite me caressait l'oreille. Je me figeai, rigoureusement immobile.

Malgré cela, je le réveillai. Ses bras se raidirent autour de moi.

Dans un sursaut introspectif presque paniqué, je me rendis compte que je ne voulais pas qu'il me lâche. Et je crois qu'il le savait car, timidement, il remonta une main sur mon torse pour couvrir la mienne. J'entremêlai mes doigts aux siens. Il se serra un peu plus contre moi, glissant son genou entre mes jambes.

J'allai à sa rencontre, pressant mon dos contre son torse. Ma respiration se fit lente, rauque. Ses doigts se refermèrent sur les miens, avant de se libérer pour explorer mon abdomen. Ils s'attardèrent un instant à la lisière de mon caleçon. Je me cambrai contre lui en signe de consentement. Ses doigts tracèrent le contour de mon érection, en entourant l'extrémité.

Et je sentis venir l'orgasme, soudain, incontrôlable. Un autre gémissement m'échappa, cette fois horrifié. Les muscles ou la volonté censés contenir cette effervescence me firent défaut. Mon sexe tressauta trois fois en éjaculant. Je tentai d'écarter la main d'Addam dans le vain espoir de lui cacher ma honte.

— Tout va bien, Rune, murmura-t-il, mais je me débattis jusqu'à ce qu'un mur d'air nous sépare.

Je m'assis au bord du lit en tirant la couverture sur mes cuisses.

— Ce n'est pas grave, m'assura-t-il.

— Si.

Arrachant les draps, je me réfugiai dans la salle de bains, écœuré par la sensation collante et humiliante du caleçon contre ma peau.

Je claquai la porte, ouvris les robinets de la douche et me déshabillai avec des gestes vifs et maladroits. Je balançai mon caleçon contre le mur. En attendant que l'eau chauffe, je dévidai du papier-toilette pour me nettoyer.

Dès que la température fut acceptable, j'entrai dans la douche et flanquai ma tête sous le jet. Je restai un moment en apnée jusqu'à ce que mes poumons crient grâce. Je me punissais en me rejouant en boucle la scène dans la tête, comme on gratte impitoyablement la croûte d'une cicatrice récente.

J'enfouis mon visage dans mes bras contre le mur carrelé. Ma vie était parfois merdique. Il était tellement plus facile de combattre les monstres qui se trouvaient en dehors de ma tête.

— J'aimerais me doucher, annonça Addam de l'autre côté du rideau.

J'essuyai mon visage trempé.

— Euh... bien. Je sors dans une minute, d'accord ?

Il y eut un blanc. Puis il dit :

— Héros.

— Oh... tu veux dire maintenant. Viens ?

Le rideau s'écarta et le haut descendant entra derrière moi.

La cabine était grande, il n'avait pas besoin de me toucher. Il eut le bon sens de ne pas chercher à me consoler ni à dédramatiser. Il se contenta de me pousser gentiment pour accéder au jet et mouiller ses cheveux blond cendré.

Puis il ouvrit ses yeux bordeaux et planta son regard dans le mien.

— Es-tu d'accord pour que je te touche ?

— Je ne suis pas… Je ne suis pas doué pour…

— Si mes caresses te gênent ou ne te plaisent pas, n'hésite surtout pas à me le dire. Je respecterai ta volonté.

— C'est… Si, j'en ai envie. Vraiment. C'est juste que je ne suis pas doué pour…

Il me saisit les hanches et se mit à genoux. Ses lèvres m'effleurèrent la cuisse, m'embrassèrent sur la hanche. Il continua à remonter ainsi un baiser après l'autre, marquant son passage de sa langue rude. Il se montra patient et fit durer ces préliminaires un long moment. Lorsqu'il me prit dans sa bouche, mon sexe était de nouveau dur.

La paroi derrière moi fut la seule chose qui m'empêcha de tomber. Addam fit glisser ses mains sur mes cuisses pour les encourager à faire leur travail.

Il était habile, doux et très déterminé. À tel point que mon monde finit par se réduire à sa bouche chaude et au jet d'eau froide, pour éclater finalement dans un autre orgasme. Je crois qu'un cri m'échappa aussi.

Il me garda dans sa bouche jusqu'au bout, puis se releva dans un cheminement de baisers. Je posai le menton sur son épaule pour lui dérober mon regard.

Étais-je censé m'occuper de lui maintenant ? J'avais oublié les règles. Je me raclai la gorge.

— Dois-je… ?

— Non.

— Ah bon ?

— Non, Héros. Pas pour le moment.

— Pourquoi es-tu venu me rejoindre ? demandai-je bêtement.

Il sourit contre ma joue, colla ses lèvres à mon cou, puis répondit :

— Je voulais que ce soit *ce* souvenir que tu gardes en mémoire de cette nuit.

Je fermai les yeux, accablé par la conviction qui perçait à travers ses paroles.

— Addam, j'aimerais que tu sois mon *talla*. Vraiment, je te le jure. J'aimerais que la vie soit aussi simple.

— Cela n'aura certainement rien de simple, Héros. Je crois que ce qui est simple pour beaucoup de gens représente pour toi une immense épreuve, tout comme je te pense capable de prouesses au quotidien que personne ne pourrait accomplir. En attendant, prends un moment pour toi, puis ravive le feu et reviens te coucher. Je tombe de fatigue.

Un baiser sur mon front, puis il sortit de la douche. Je l'entendis fouiller la commode à la recherche d'une serviette et la porte de la salle de bains se ferma.

Un peu plus tard, je regagnai le lit nu comme un ver – après la plus brève hésitation – et me lovai entre les bras d'Addam, dos contre torse.

— Repose-toi, me souffla-t-il. Je monterai la garde.

Le creux de son bras en guise d'oreiller, j'eus la surprise de m'endormir en quelques instants.

Le trou d'eau

Dans mon rêve, le manoir n'était ni abandonné ni prisonnier des neiges.

Les rideaux s'ouvraient grand pour révéler un soleil d'été éclatant. Une foule de domestiques, de hauts descendants et d'enfants couraient dans les couloirs cirés. Tous se mouvaient plus vite que moi, leur sillage marqué d'une traînée de lumière.

Je rasai les murs du corridor principal pour éviter ces passants véloces. Au pied de l'escalier, je marquai un temps d'arrêt, puis grimpai les marches. Arrivé à l'étage, je décidai d'enjamber la rampe pour m'asseoir sur une large corniche ornementale.

— J'espère que tu ne prends pas cela pour un rêve ordinaire, me demanda Ciaran, avant de soupirer. Je déteste expliquer la différence. C'est fastidieux.

Je levai la tête. Le noyer de la rampe virait au cuivre terni sous les mains de la principauté. Il me regarda en clignant des yeux, une vague lumière ondoyant dans ses iris.

— Bonjour, Soleil.

— Bonjour, Ciaran. C'est une surprise. Comment avez-vous deviné que j'adorais avoir l'esprit envahi pendant mon sommeil ?

J'effaçai mon sourire et sollicitai de toutes mes forces ma pensée rationnelle, ma Volonté intime. Le flou du rêve durcit.

— Allons, allons, me réprimanda-t-il. Je te rends service. Un service coûteux qui plus est. Tu n'imagines pas à quel point il est ardu d'arpenter les rêves à une telle distance. Je serai patraque toute la journée.

— Si vous pouviez abréger.

Ses lèvres vermeilles esquissèrent un sourire.

— Quelqu'un aimerait te parler, j'assure simplement la connexion.

Une connexion. La dernière personne avec qui il avait établi une connexion onirique à ma connaissance, c'était…

— Quinn, murmurai-je.

Soudain, Ciaran avait disparu et le jeune ado aux cheveux blonds en épis était à côté de moi, assis en tailleur avec un jean et des baskets hautes.

J'éprouvai un étrange mélange d'émotions, le chevauchement discordant de ma défiance à l'égard des devins et de mon affection inopinée pour l'enfant dont Addam m'avait dépeint un portrait si précis.

— Attendez ! me dit-il.

Il se mit gauchement sur les genoux pour me donner une bise sur la joue et se redressa, un sourire satisfait aux lèvres.

— Ha ! vous ne vous fâchez jamais quand je commençais par ça. Enfin, une fois vous m'avez dégagé de l'escalier d'un coup de pied mais, en soi, tout peut se produire au moins une fois, même des météorites de soja.

— Tu sais, la conjugaison, ça suit des règles strictes.

Il éclata de rire en tapant des mains.

— La plupart des gens auraient bloqué sur les météorites de soja. Ça, je l'ai inventé. La terre n'est jamais frappée par une météorite de soja en réalité.

— Quinn, sais-tu si Ciaran peut inviter Addam dans ce rêve ? Il s'inquiète beaucoup pour toi, ça lui ferait du bien de te voir.

— Moi aussi, j'aimerais le voir. (Son sourire s'étiola.) Mais, d'après Ciaran, la plupart des gens n'ont pas un esprit qui se prête aussi bien que le vôtre à cette expérience. Ce n'était pas un compliment, j'ai l'impression,

et je crois que nous n'avons pas beaucoup de temps. Je voulais juste que vous sachiez que je fais mon possible pour vous aider. Vous devrez en effet quitter le chemin balisé près du trou d'eau, comme vous l'avez vu sur la carte. C'est le plus rapide pour atteindre le complexe, et Rurik ne pourra pas franchir son périmètre, du moins pour l'instant. Mais, surtout, il n'y a pas de fils de rupture dans ce coin, son arme préférée. C'est donc par là qu'il faut passer. Tous les événements importants se déclenchent à cet endroit.

— Mais Rurik va s'y attendre, non ? à ce que je quitte le sentier au point le plus proche du complexe ?

— Il s'attend à tout, déclara-t-il, avant de prendre un air grave. Mais moi aussi.

M'adossant à la rambarde, j'évaluai ma puissance de sceaux. Les avais-je suffisamment rechargés, hier, dans le sanctuaire ? Étais-je de taille à l'affronter cette fois, au moins le temps de nous mettre à l'abri ?

— Puis-je au moins rassurer Addam sur ton état ? Il se concentrera mieux sur sa tâche s'il ne s'inquiète pas pour toi.

— Eh bien… j'essaie de me réveiller. Les médecins et les infirmiers sont très gentils. Il y a une dame qui me caresse les cheveux et me murmure à l'oreille. Mais c'est difficile. J'essaie de toutes mes forces.

Il renversa soudain la tête en arrière et hurla. Je faillis me chier dessus. Et lui de cesser en se grattant tranquillement le nez.

— Bon, ça, ce n'est pas efficace. Peut-être si vous me pincez ? ou si vous me frappez. Frappez-moi.

— À mon avis, Addam n'approuverait pas.

— Bah ! vous vous moquez de ce qu'il pense pour le moment. (Il fit une grimace de dégoût.) Ah ! je me trompais, et les douches ne sont pas faites pour ça, enfin ! Je vais aller rêver d'acide sulfurique pour la peine. Pouah !

Il se volatilisa et Ciaran réapparut derrière la rambarde. Cette fois, le noyer prit la texture de velours d'une plaque de mousse verte. Certes, il avait toujours affecté son environnement de manière imprévisible, mais c'était la première fois que je remarquais que ces changements reflétaient l'imprévisibilité des rêves. Quelle était donc la source de son pouvoir ?

La principauté haussa un sourcil et retira ses mains de la rampe.

— Ne me regarde pas ainsi.

— Comment ?

— Comme un boucher armé d'une tronçonneuse regarde une vache. (Il me chassa d'un geste.) Allez, va-t'en. Je dois partir.

— Attendez ! Vous voulez bien transmettre un message à Brand et au seigneur Tour de ma part ? Dites-leur que je vais bien et dites-leur où je me rends.

— Je n'y aurais jamais songé. Je comptais laisser le seigneur Tour dans l'ignorance car, comme chacun le sait, il apprécie ce genre de chose.

Sur le point d'ajouter un autre commentaire, il s'interrompit d'un sourire et leva les yeux au plafond.

— Il semblerait que le seigneur Saint-Nicholas fasse preuve d'un certain… enthousiasme pour vous réveiller. Vous feriez mieux…

— Oh ! fis-je en ouvrant soudain les yeux.

Les sensations vaporeuses du rêve s'effacèrent derrière la réalité physique d'Addam qui se pressait contre moi. Ce qui m'arracha un deuxième « Oh ! » plus expressif. Quand il s'aperçut que j'étais éveillé, il passa un bras autour de ma taille.

— Bonjour, Héros, bâilla-t-il contre mon dos.

— J'ai fait un rêve.

— Je vois, et tu veux me le raconter. Y aurais-je droit tous les matins ?

— Non, gros malin. Ciaran m'a amené Quinn en rêve.

Je sentis son corps entier se figer.

— Il va s'en sortir, lui assurai-je aussitôt. Il fait tout pour se réveiller.

Pas un mot, pas un geste. Je voulus me retourner, mais il resserra son étreinte pour m'en empêcher. Peu après, je l'entendis se racler la gorge et renifler.

Je lui laissai un moment pour se remettre de la nouvelle et savourai la chaleur éphémère de mon oreiller.

Dehors, l'improbable tempête hivernale avait fait place à une sorte de printemps. La pelouse était devenue un marécage boueux.

Tandis que nous cheminions péniblement vers le sentier balisé le plus proche, Addam me parut soucieux. Il lui fallut une bonne vingtaine de mètres pour parvenir à formuler ce qui le tracassait :

— Veux-tu que nous parlions d'hier soir ?

— Absolument, quoi de mieux pour me disposer au combat que de m'épancher sur mes sentiments ?

— J'ai ma réponse. Très bien, la mission d'abord.

Une minute plus tard, nous passions d'une zone protégée à l'autre. Le frisson des enchantements du domaine s'effaça sous la vibration plus intense du sentier balisé. Le soulagement m'envahit. Au moins Rurik n'avait pas pénétré ces défenses.

Des trois voies qui partaient de la propriété, celle qui menait au complexe du Droit Chemin était nettement plus étroite que le chemin de la veille. La forêt nous enserrait de part et d'autre, agitant ses rameaux devant nous et nous couvrant de ses ombres cinglantes. En tête, j'écartais les branches et les tenais pour Addam.

Nous marchâmes une demi-heure, la main sur nos armes. Vers 8 heures, des nuages vinrent cacher un peu le soleil. Enfin, les bois s'ouvrirent sur une prairie jaunissante, au sol jonché de coquillages, de sable, de bois flotté et d'étoiles de mer sèches. La côte se trouvait à plus d'un kilomètre mais, en Terrouest, nous n'en étions pas à une bizarrerie près.

— Ce n'est plus très loin, me certifia Addam. J'aperçois le Bassin de Tourbe derrière ces arbres. Nous devons atteindre l'autre côté.

Le sentier déviait vers le nord. Le trou d'eau était droit devant nous.

— Dès que nous aurons quitté le chemin, active tes sorts et cours, dis-je. Je scruterai les alentours devant et à gauche ; toi, derrière et à droite. N'oublie pas de regarder aussi en haut et en bas. Attends-toi à une embuscade à tout moment.

— Nous allons vider nos sceaux ? Tous jusqu'au dernier ?

— On pourra toujours les recharger au complexe. Je veux qu'on traverse ces cent mètres comme des dieux, que nos pas résonnent comme le tonnerre. Je veux montrer à cette saleté ce qu'il en coûte de s'attaquer à un haut descendant d'Atlantide. Tu es avec moi ?

Il esquissa un sourire féroce, absolument pas effrayé. Parfait.

Je caressai ma bague d'or blanc, le disque de platine de Quinn, puis me touchai la cuisse. Le Bouclier et le Feu s'éveillèrent dans une fractale vibrante, suivis du Sacrefeu. Des bulles de lumière blanche et pure s'échappèrent de ma bouche et de mon nez le temps que le sort s'équilibre.

L'aura de magie d'Addam s'ajouta à la mienne. L'air se troubla autour de ses poings, avant d'être absorbé par sa peau. La terre près de ses pieds trembla, se distendit, comme si des mains enfouies la poussaient. Il sortit son épée, ourlant le tranchant d'une langue de Sacrefeu. À l'aide de mes conseils, il avait créé une version simplifiée du sort. J'étais fier, ce n'était pas à la portée de tout le monde.

« Prêt ? » articulai-je en silence.

Il me regarda dans les yeux et inclina la tête, serrant la poignée de son épée à s'en blanchir les articulations.

— C'est parti, dis-je, avant de piquer vers le trou d'eau.

Rurik déclencha aussitôt son piège.

Une brume s'éleva à une vitesse surnaturelle. Non loin, des silhouettes éclopées se dessinèrent dans le brouillard, puis se précisèrent sous la forme d'une petite troupe de squelettes menée par la liche en personne.

J'identifiai la carcasse animée d'un ours, d'un loup, ainsi que deux squelettes humains armés de fusils rouillés. Derrière eux se dressait une vouivre faite d'écorce – un être artificiel semblable à la gargouille qu'on avait lâchée sur moi l'autre jour. Elle se cabra en secouant violemment la tête dans un bruit d'éboulement de bûches.

— Tu es loin de mesurer les forces rassemblées contre toi ! tonna Rurik, emmitouflé dans sa capuche de lin. Je déploierai toutes mes ressources pour t'écra…

— Abrège ! rétorquai-je, avant d'envoyer une salve de feu qui calcina l'herbe sous ses pieds. Addam, occupe-toi des invocations ! Rurik est à moi.

Je fonçai vers lui en faisant de mon Bouclier une faux que j'abattis sur ses chevilles. Alors qu'il chancelait, je le bombardai de boules de feu. Harcelé, il recula dans le brouillard en battant des bras.

Je m'y précipitai pour ne pas le perdre de vue. À présent au milieu de la rangée d'ormes, je vis le trou d'eau, un bassin parfaitement rond de couleur olivâtre. Des nénuphars et des végétaux en décomposition flottaient à sa surface.

J'avais déjà transmuté mon sabre en poignée. D'une impulsion de Volonté, je la prolongeai jusqu'à ce que le métal en fusion se solidifie en épée grenat. Le Sacrefeu que j'y injectai ensuite fit jaillir de la lame des flammes orangées presque blanches.

Rurik avait retrouvé son équilibre. Je me ruai sur lui, arme au poing. Un feu adamantin se cristallisa en armure sur ses bras et il para mon attaque. Les étincelles de l'impact nous éblouirent malgré la lumière du jour.

La réalité se courba autour de lui. Je connaissais ce petit tour et n'avais aucune envie de me prendre encore un parking sur la gueule. Je lui lançai une bouffée de Feu dans les yeux et le frappai avec mon Bouclier. Il s'étala de tout son long.

Il se releva en tournoyant, non d'un mouvement mais par un emploi habile de la Lévitation. Flottant au-dessus de moi, il ouvrit ses bras bardés de diamants. La réalité miroita de nouveau, mais, au lieu de projeter sa Volonté dans le monde, il aspira le monde dans sa Volonté.

L'herbe dépérit sous ses pieds dans un rayon de dix mètres. Un moineau tomba du ciel, une brindille au bec. Là où l'effet de décomposition toucha le trou d'eau, grenouilles et anguilles remontèrent à la surface, sans vie. Il s'en dégageait des relents exécrables d'égout et de compost brûlé.

Je ne comptais pas attendre de voir ce qu'il ferait de cette énergie. Sa cape brûlait encore un peu par endroits. J'alimentai les petites flammes grâce à mon Feu. Un lacis de fils flambants s'étendit sur son torse, sur sa capuche.

Il arracha sa cape dans un grognement, révélant de longs sous-vêtements démodés à moitié moisis. J'entraperçus un visage difforme, puis un rideau de brume me le fit perdre de vue.

Addam apparut dans un coin de mon champ de vision, virevoltant avec son épée. Les os de l'ours et du loup gisaient à ses pieds. D'un geste, il fit surgir de terre des stalagmites qui fracassèrent les squelettes humains.

Me retournant, je vis Rurik jaillir du brouillard, les bras tendus vers le bosquet derrière nous. Terre et bois geignirent et se fendirent, vidés de leur essence vitale. Je brandis mon sabre enflammé en y déversant tout mon Feu. La lame grenat s'embrasa avec la force d'une éruption solaire.

Je bondis et tranchai les poignets de Rurik.

Il ricana. Son corps libéra une explosion d'énergie. La vague télékinétique me faucha et m'envoya valdinguer dans le trou d'eau.

Mon sabre ignescent siffla quand l'eau nauséabonde m'engloutit. Je coulai à plus de trois mètres de profondeur sans toucher le fond. D'un vigoureux battement des jambes, je me propulsai vers le haut. Je crevai la surface en crachant, des algues pendues aux oreilles.

Addam piétinait des fragments d'écorce mouillés. Il avait engagé le combat avec la liche afin de détourner son attention de moi.

Une myriade de gemmes noires étincelaient sur le corps de Rurik. Il avait fait pousser des sortes de dagues à la place de ses mains. Lorsque Addam trébucha sur le terrain inégal, la liche en profita pour lui taillader la joue. Le haut descendant cria de douleur et tomba à genoux.

Je parvins à m'agripper à la berge étouffée sous la végétation, me tirant si violemment à elle que je me déchirai un muscle de l'épaule. Un coude planté sur le sol, je pointai ma poignée de sabre vers Rurik. La liche me jeta un coup d'œil et, au dernier moment, érigea un mur de boue pour parer mon tir, m'aspergeant le visage de vase.

Me cramponnant des deux mains, je me hissai sur la berge. J'ignore ce que Rurik venait de faire à Addam, mais ce dernier ne luttait plus. À genoux, il offrait sa gorge, la tête renversée en arrière. La liche leva le bras, puis le baissa vivement pour l'achever.

Soudain, j'entendis une balle briser le mur du son.

La tête de Rurik partit de côté.

Deux autres détonations. Sa tête se coucha encore. Addam tressaillit et se libéra du mystérieux sort qui le paralysait. Il s'éloigna d'une roulade puis bondit sur ses pieds.

Brand, mon Brand, était allongé de l'autre côté du trou d'eau, son fusil posé sur un bipied. Nos regards se croisèrent. Une foule d'émotions passa entre nous.

— Relève-toi et attaque-le, putain ! lança-t-il, passablement exaspéré.

Mû par un élan victorieux, je m'avançai d'un pas décidé vers la liche et concentrai ma Volonté dans mon sabre, forgeant un cimeterre grenat éclatant. Brand n'avait pas tiré avec des munitions ordinaires sur Rurik ; le contour des plaies luisait comme des trous de cigarette dans du papier.

Mon Aspect s'éveilla tel un prédateur face à une proie affaiblie. Très vite, des flammes me léchèrent la frange.

Brand venait de nous offrir une fenêtre d'action ; nous devions mettre le paquet. Addam tendit le bras vers les pieds de Rurik. De l'eau afflua à la surface du sol, transformant la terre en gadoue. Notre adversaire glissa et tomba sur un genou. À l'aide de mon Feu, je portai le liquide à ébullition. La liche hurla, bascula en arrière et se traîna à reculons sur ses moignons de bras. Addam invoqua de nouveau des piques minérales. Une stalagmite transperça le torse de Rurik.

Il envoya une onde de choc dans un dernier râle d'énergie. Le souffle nous projeta en arrière, Addam et moi, et je me retrouvai de nouveau à l'eau. Je regagnai la berge juste à temps pour voir

Brand s'approcher de notre ennemi avec un gros pistolet à canon court. Aucune phrase d'adieu sarcastique ; il se contenta de viser et tirer.

Une fusée éclairante décrivit un arc dans les airs et frappa Rurik, éclatant à l'impact. Son corps se constella de points lumineux implacables, d'abord des dizaines, puis des centaines, des milliers, jusqu'à le transformer en une masse de flammes rugissantes.

Dans un ultime vagissement, la liche explosa. Des fragments de corps volèrent en tous sens. J'en reçus un sur la joue. Non contente de dégager une odeur infecte, sa chair semblait grouiller de vers. Je plongeai aussitôt le visage dans l'eau, puis secouai la tête comme un chien mouillé.

Un long silence s'ensuivit, uniquement troublé par le crépitement du feu qui dévorait les vêtements vides de Rurik. Enfin, Brand s'avança au bord du trou d'eau.

— Tu crois que c'est le moment de faire trempette ?

— J'étais au mauvais endroit, ç'aurait pu arriver à n'importe qui.

— Deux fois de suite ?

Je le foudroyai du regard, puis le laissai m'extirper du bassin.

Sitôt campé sur mes jambes, je l'étreignis comme jamais je n'avais étreint personne.

Le complexe

Je claquais des dents dans mes habits trempés. Brand m'offrit sans hésiter son manteau. Je souris jusqu'aux oreilles, bêtement fier de lui.

— Si on faisait un jeu ? Levez la main si votre nom commence par B et que vous avez tué une liche aujourd'hui.

— « Tué » ? ricana-t-il. Ce serait trop beau. Cette saloperie n'est que désincarnée. Il faudra quand même trouver son cercle imprégné pour empêcher toute future invocation. On est censés attendre au complexe du Droit Chemin le temps que la Tour obtienne l'accord du Magicien pour pénétrer sur son domaine.

Addam s'avança vers mon Acolyte. Une profonde entaille marquait son visage égratigné et maculé de terre.

— Merci, Brand, dit-il en lui tendant la main. Merci beaucoup. Je te dois la vie.

L'intéressé haussa les épaules et accepta sa poignée de mains.

— On perd notre bonus si tu te fais éventrer, plaisanta-t-il bien que manifestement touché. Faut y aller. Il y a plein d'autres saloperies dans les parages, on ferait mieux de se mettre à l'abri derrière les défenses du complexe. C'est pas loin.

— Je n'en reviens toujours pas que tu sois là, avouai-je alors qu'il allait récupérer son fusil. C'est un coup de Quinn, pas vrai ? Il t'a rendu visite en rêve ?

— Non, à Max.

Évidemment, songeai-je. Quinn n'aurait pas pu lui rendre visite puisque Brand n'avait pas fermé l'œil depuis mon départ, comme en attestaient les cernes sous ses yeux.

— Apparemment, reprit-il, Quinn et Max sont très bons amis. Je cite : « Pendant de nombreuses années à venir sauf la fois où on était ennemis jurés et que tu m'as mis un furet dans les cheveux. » Bref, il l'a prévenu que tu avais fait une halte inopinée au complexe du Hiérophante hier soir.

— On s'est égarés. Rurik nous a attaqués, puis il a fallu s'abriter d'un blizzard.

— Tout à fait logique, commenta-t-il en scrutant le ciel maintenant d'été. Putain ! ce que je déteste la Terrouest.

— Max a-t-il dit si Quinn allait bien ? s'enquit Addam d'un ton anxieux. Sais-tu s'il s'est réveillé ?

Brand hésita avant de répondre :

— De ce que j'ai compris, il serait sans doute déjà sorti du coma s'il n'avait pas eu la sensation d'avoir une mission importante à remplir dans la tête des gens.

Addam ferma les yeux, puis se dirigea vers le complexe, la mine abattue.

Nous le suivîmes. Brand commença par m'assaillir de questions sur les événements de la veille. Je ne tenais pas à m'étendre sur mon combat contre Rurik, cependant. J'étais surtout curieux de savoir comment Quinn avait monté cette opération.

Avec sa vigilance de garde du corps, Brand ne cessait de bouger les yeux de droite à gauche tout en marchant, une astuce pour agrandir son champ de vision. Il se lança dans ses explications :

— Donc, Quinn a prévenu Max que vous comptiez quitter le chemin balisé ce matin. Très intelligent, d'ailleurs, bravo !

— Nous n'avions pas le choix, se défendit Addam, à quelques pas devant nous. Rurik a percé les défenses de la route. Nous étions en danger partout.

— Je vous charrie, Quinn nous l'a dit. On savait grâce à lui que vous alliez quitter la route et qu'il y aurait ensuite un combat. Il a indiqué à Max où je devrais me placer. Sur son conseil, je suis passé chez la Tour récupérer des ingrédients issus de cimetières : du sel de vieilles pierres tombales, de l'eau de pluie, de l'herbe sépulcrale, de… Vous voulez vraiment la recette ? Bref, Mayan m'a aidé à mettre cette pâte dans mes munitions de fusil et dans la fusée éclairante.

— Et tu es venu ici à pied ?

— Y avait que cinq kilomètres, répondit-il en haussant les épaules. Ça s'est bien passé, la Terrouest m'a pas catapulté en 1989 ou je ne sais quoi.

— Cinq kilomètres, ça fait quand même une sacrée marche.

— C'est vrai, et j'en cours seize au quotidien à ce moment lugubre de la journée que tu appelles parfois le matin. Je te préviens, Rune, t'as pas intérêt à me remercier, pigé ? Je suis exactement à ma place.

— Oui, acquiesçai-je avec un sourire. Tu as raison.

Alors que nous franchissions la barrière magie du domaine du Droit Chemin, le climat nous fit un nouveau caprice. Le printemps s'invita soudain, arrachant aux arbres et aux plantes en fleurs d'épais nuages de pollen toxiques. La poussière était si envahissante que déjà des jardiniers se précipitaient sur les pelouses avec des souffleuses, leur peau en sueur couverte d'une croûte olivâtre.

Le bâtiment principal du complexe se dressait devant nous, véritable étalage de marbre et de vitraux coiffé d'un immense toit en pente. Les enchantements défensifs des lieux bourdonnaient sous mes pieds, nettement plus intenses que ceux du domaine du Hiérophante. Rien d'étonnant en soi ; ce complexe était la propriété commune de la coalition formée par la Justice, la Force, la Tempérance et l'Ermite.

Addam nous conduisait vers une véranda tout en vitres.

— On devrait peut-être se débarbouiller avant d'entrer ? suggérai-je en apercevant le marbre immaculé à l'intérieur.

— Il y a des douches près de la piscine si vous voulez.

— Quelqu'un devrait prévenir Max et Ciaran de notre arrivée, dit Brand.

— Max est ici ? m'étonnai-je. *Ciaran* aussi ?

— Quinn nous a dit d'emmener le gamin. Ciaran s'est porté volontaire une fois revenu de sa petite balade mentale avec lui.

— Ciaran nous a beaucoup aidés, le défendit Addam. Il a de l'affection pour Quinn. Les véritables devins ne courent pas les rues.

— Ah, ouais ? fit Brand. Pourtant Rune peut pas faire un pas sans tomber sur une putain de prophétie.

— Mais Quinn a vraiment dit de faire venir Max ? insistai-je.

— Il a dit un tas de trucs. Y avait des éléments tactiques, des délires bizarres de devin et une histoire de chewing-gum. D'ailleurs, il a dit aussi que tu aurais besoin de ça, en précisant de ne l'utiliser qu'en dernier recours.

Il posa l'étui de son fusil pour sortir d'une poche en vinyle un objet emballé dans un mouchoir.

— Un cookie ? demandai-je, plein d'espoir.

Il me fourra l'objet dans la main. C'était rond, de la taille de ma paume, mais dur. En soulevant le tissu à carreaux, je découvris l'arrondi d'un disque d'argile. Un hoquet de stupeur m'échappa.

— Brand… C'est mon sceau de masse.

— Dans le mille, Émile.

— Il était enterré. Sous notre maison.

— Côté positif, la nana du magasin de bricolage où j'ai loué le marteau-piqueur est super mignonne et elle m'a annoncé que le ciment serait en solde la semaine prochaine.

Je restai pantois. Il leva les yeux au ciel.

— Ça sert à rien de contredire un *vrai devin*.

Je repliai le mouchoir et mis, presque nerveusement, le sceau dans ma poche de blouson. Mon imagination tripla de volume. Les sceaux de masse étaient des artefacts éminemment puissants. De vrais lance-flammes si on comparait un sceau lambda à un chalumeau, et tous les mages n'étaient pas nécessairement capables de s'en servir. J'avais fait du mien – le seul en ma possession, le seul à avoir survécu à la chute du trône de Soleil – un dispositif de défense d'urgence pour le Réduit. Voilà des années que je chargeais et rechargeais son sort.

— Tiens, reprit Brand en levant le menton vers ma gauche. Ils sont là-bas.

En effet. Max sautillait comme un chiot. Ciaran, assis sur la branche basse d'un châtaigner, balançait indolemment les jambes. Son aura magique avait teinté le gazon en dessous d'un jaune lumineux, comme si un projecteur était braqué sur lui.

En voyant Max, je me rappelai qu'il me faudrait avoir une petite discussion avec lui. Lorsqu'il nota mon regard, un sursaut de culpabilité lui fit baisser les yeux.

— Bonjour, bonjour ! chantonna Ciaran, avant de sortir une cigarette de sa poche de chemise pour la désassembler. Je vois que notre jeune et intrépide Quinn avait raison : tu t'es bien aventuré hors des sentiers balisés. Un jeu dangereux, Soleil.

— Il y a des matins comme ça. Nous…

— Ce collier est à Rune, m'interrompit Max en désignant le cou d'Addam. C'est son sceau. Pourquoi tu le portes ?

— Pour l'amour du…, s'exaspéra Brand.

— Max, l'avertis-je.

— Et c'est la bague de ma grand-mère ! Tu la lui as donnée !? Celle que tu as reçue en échange de ma garde ? Tu l'as donnée à cet homme ?

— Pas de discussion, grommela Brand. On vient d'affronter un ennemi que même le seigneur Tour qualifie de monstre. Personne n'est d'humeur à se prendre la tête. Addam, c'est qui, ce type ?

Le haut descendant suivit la direction de son doigt. Un homme accourait vers nous en portant une boîte en bois.

— C'est, il me semble, le chiromancien du complexe. J'imagine qu'il vient nous soigner.

— Eh ben ! j'imagine que je vais le mettre en joue avec mon fusil. Il a mal choisi son jour pour débarquer en courant.

Addam alla promptement à la rencontre du nouvel arrivant, qui était bien le guérisseur du complexe. Sa boîte était pleine d'antiseptiques, de bandages, de pierres analgésiques. Elle contenait aussi deux sceaux chargés de sorts de Soins, des broches de cravate victoriennes en forme de caducée.

Addam insista pour qu'il commence par moi. De mon côté, j'insistai pour qu'il fasse d'une pierre deux coups avec le même sort. Rien ne disait que nous n'aurions pas besoin du second plus tard.

Pendant que mes diverses coupures se refermaient, le chiromancien se tourna vers Addam et survola son visage égratigné de ses doigts pâles. Il s'attarda sur la balafre qui courait de l'oreille à la nuque. Le sang coagulé avait aggloméré les cheveux du haut descendant.

— Je dois utiliser le second sceau, annonça l'homme d'une voix fatiguée.

— Non, c'est guéri, décréta Addam en se touchant le cou.

— Mais il reste une marque, un autre sort permettra peut-être de l'effacer.

— N'insistez pas, dit-il, gêné. C'est très bien comme ça.

— Mais vous aurez une cicatrice, seigneur Saint-Nicholas.

— C'est sûr, opina Max avec une fausse inquiétude. Et derrière l'oreille en plus.

Je le saisis par le col de son tee-shirt et l'entraînai à l'écart tout en lançant derrière moi :

— Il y a une douche près de la piscine, là-bas ?

Addam m'adressa en réponse un regard déconcerté.

— Je vous y retrouverai, ajoutai-je.

J'emmenai l'adolescent derrière un abri de jardin non loin. Une fois hors de vue des autres, je le plaquai de mon avant-bras contre le mur en stuc.

— Matthias.

— Tu es fâché contre moi, murmura-t-il.

— As-tu dit à Addam qu'il se passait quelque chose entre nous ?

Il baissa les yeux, au point de presque fermer les paupières.

— Nous avons… discuté. Il a dû mal comprendre.

— Je peux t'assurer que me mentir, là, maintenant, est une très, très mauvaise idée. Tu as dix-sept ans, il n'y aura rien entre nous. Ton attitude à son égard est intolérable.

— Je…

— C'est la première et la dernière fois que nous avons cette conversation.

Je le relâchai si brutalement qu'il chancela. Il s'emmura dans un silence boudeur, mais je patientai jusqu'à ce qu'il soit obligé de me regarder.

— Tu resteras avec Ciaran jusqu'à nouvel ordre. Il t'évitera les ennuis. File.

L'adolescent fronça les sourcils de tristesse. Sans un mot, il rejoignit les autres. L'arrière de son pantalon était couvert de pollen.

Je soupirai en me frottant les yeux. L'amour vache, c'était plus le style de Brand, mais je me débrouillais plutôt bien au besoin.

La piscine, soit deux mille mètres carrés de bassin en pierre noire poreuse remplis d'eau limpide, disposait d'une grande zone de douches attenante à une dépendance de trois pièces. Un domestique nous y attendait déjà, avec cette prévoyance légendaire dont faisaient toujours montre les bons serviteurs. Addam demanda trois tenues propres ainsi qu'un plateau de fromage accompagné de biscuits. Max et Ciaran ayant été envoyés à l'intérieur, il ordonna qu'on leur apporte également une collation. Après nous avoir détaillés des épaules à la taille, sans doute pour évaluer nos mensurations, le domestique s'éclipsa.

— Aimerais-tu que nous nous douchions ensemble ? me proposa Addam.

Son ton laissant entendre un « ENCORE » absolument pas subtil, Brand leva brusquement la tête. Je cachai mon visage rougissant en soulevant mon tee-shirt sale.

— Veux-tu y aller d'abord ? offrit le haut descendant à mon équipier.

Je vis les neurones de Brand turbiner à plein régime.

— Il y a de la place pour tout le monde.

Addam haussa les épaules pour montrer que ça ne le dérangeait pas. Pour la majorité des Atlantes, la nudité n'était pas un tabou et, d'après mes observations, Addam était encore moins pudique que la moyenne.

Brand entra dans l'espace des douches et joua avec les robinets. De l'eau jaillit de six pommes différentes, ricochant comme du gravier sur la pierre couleur pêche.

— Cela ne te gêne pas, Héros ? me glissa Addam.

— Je veux seulement me doucher.

— Mais il cherche à me tester, n'est-ce pas ? C'est une forme de rivalité ?

— Exactement, mais pas pour mon attention. Je te l'ai déjà dit, je n'ai pas ce genre de relation avec Brand.

— Je vois.

Sur quoi, il déboutonna son pantalon et le laissa tomber sur ses chevilles. Un mouvement trop gracieux pour ne pas avoir été travaillé. Il rit en voyant ma tête et gagna la douche. Déjà tout à ses ablutions, Brand nous tournait le dos, de gros nuages de vapeur remontant le long de son corps charpenté. Lorsqu'il entendit Addam approcher, il se retourna et ouvrit les bras vers le ciel pour exhiber son corps.

Le piège venait de se déclencher.

Je ne voyais pas le visage d'Addam, mais ses épaules s'affaissèrent quand il découvrit les attributs de mon Acolyte. Il me jeta un regard si comique que je m'esclaffai.

— N'oublie pas ! lui rappelai-je assez fort pour que Brand m'entende aussi. Ce n'est pas une rivalité pour mon attention.

Je me dévêtis, roulant en boule mes habits déchirés et maculés de sang. Je ne conservai que mes bottes et mon blouson enchantés. Quand je m'avançai sous les jets à effet pluie, Brand m'envoya un pain de savon. Je murmurai un artifice qui accrut l'adhérence de ma main et l'attrapai sans souci. Mon équipier émit un reniflement approbateur puis s'en retourna à son shampoing.

Je me choisis un coin de douche en me plaçant sous l'une des pommes carrées. La vapeur et l'eau chaude eurent tôt fait de détendre mon épaule maintes fois blessée. Grimaçant, je tentai de me la masser. Brand m'écarta la main d'une tape et s'en chargea. Il avait un jour suivi une formation de six semaines auprès d'un massothérapeute pour mon anniversaire.

— Ça n'a rien de sensuel, expliqua-t-il à Addam. Il a une épaule abîmée.

— Que peut-on faire pour s'en occuper ? s'enquit le haut descendant.

Ils se lancèrent dans une discussion sur les soins à apporter à mon épaule, sur la meilleure façon de la dénouer sans aggraver ma blessure. Trop heureux pour me plaindre, je décidai de les laisser tisser des liens autour de ce sujet.

Mon massage thérapeutique terminé, j'attrapai l'une des bouteilles de shampoing mises à disposition dans une niche en hauteur. J'espionnai mes deux compagnons à travers la mousse. Addam peignait ses cheveux vaguement nattés avec les doigts. Brand offrait son visage au jet à haute pression. Tel qu'il se tenait, je voyais ses cicatrices ressortir, pâles, sur la peau rosissante de son dos.

L'émotion me serra la gorge. J'étais responsable de ses pires blessures.

Il se retourna assez vite pour surprendre mon expression.

— Arrête de me regarder comme ça.

— Comme quoi ?

— Comme si tu allais entonner une chanson ou me prendre dans tes bras. (Il fixa sur Addam un regard accusateur.) Il n'était pas dans cet état à son départ. Je t'avais dit de ne pas le briser.

— Je te promets qu'il n'a entonné aucune chanson quand nous étions ensemble, se défendit-il.

Brand croisa les bras et le dévisagea un moment. Puis il déclara tout de go :

— Rune t'aime bien.

J'ouvris la bouche pour intervenir, mais il me fit taire d'un geste et reporta son attention sur Addam.

— Tu n'as pas besoin de cacher tes sentiments pour lui. Ce n'est pas un concours. Retiens seulement ceci : sa sécurité, c'est mon affaire. Point barre. Quoi qu'il se passe entre vous, je ferai partie du tableau.

— Cela me paraît acceptable, opina Addam.

— Encore heureux. De toute façon, c'était pas une question.

— Il a beaucoup de chance de t'avoir, ajouta Addam avec diplomatie.

— Que Dieu t'entende. Bien, tu as fini de te doucher, laisse-nous un instant.

Addam se contenta de rire et s'inclina. Secouant ses cheveux mouillés, il attrapa une serviette sur la pile déposée par le domestique, l'enroula autour de sa taille puis se retira dans la dépendance.

— Tu t'es montré un peu véhément, fis-je remarquer à mon Acolyte.

— En matière de politesse, je suis un grand incompris.

— Pourquoi voulais-tu être seul avec moi ? Tu ne vas pas m'engueuler, hein ?

Des rides se creusèrent au coin de ses yeux : son masque compassé de mécontentement.

— Tu veux me parler de ce que Rurik t'a fait ?

J'aurais dû me douter qu'il comprendrait malgré le récit tronqué que je lui avais livré. Mes pauses avaient été aussi limpides pour lui qu'un message écrit.

— C'était seulement dans ma tête, rien de plus, promis. Il… Rurik m'a fait revivre des mauvais souvenirs. Il m'a fait croire que ça se reproduisait. C'est tout.

— « C'est tout » !? (L'émotion fit briller ses yeux bleus.) Rune… Eh merde ! je m'étais juré que je ne te laisserais jamais revivre ce genre de traumatisme. Tu… tu… Ne me refais jamais ça. Ne m'oblige plus à rester sur la touche. Tu as la moindre idée de la torture que c'était pour moi de te laisser partir ? J'aurais dû être présent !

Je pouvais évidemment lui énumérer toutes les raisons qui avaient motivé cette décision, ou toutes celles qui me rendaient l'idée de le mettre en danger insupportable, mais ce n'était pas ce qu'il avait besoin d'entendre. Il dut déceler cette hésitation dans mon regard car, contre toute attente, le sien s'adoucit.

— Tu as conscience qu'Acolyte n'est pas qu'un boulot, pas vrai ? C'est pas parce qu'on se présente maintenant comme des équipiers que ma nature d'Acolyte disparaît. Je peux pas tout couper avec un interrupteur. C'est pas un choix ni une philosophie de vie, c'est ma vocation.

— Tu as raison, ce n'est pas un choix. Tu n'as jamais eu le choix ! Tu…

— Ne t'avise pas de me dire ce que j'ai eu ou non. Tu te rappelles la première fois que je t'ai défendu ?

Voyant mon air perdu, il s'appliqua à me rafraîchir la mémoire :

— Ce connard de palefrenier, là, comment il s'appelait ? Gregor. Il aimait te persécuter quand t'étais môme, en douce, évidemment, histoire de pas se prendre un savon. Il te rabaissait constamment parce qu'il se sentait minable… Tu te souviens de la fois où on partait en balade à cheval sur la plage et que Gregor t'a sorti que tu ferais mieux de monter un poney plutôt qu'un vrai cheval ? La tête que tu as faite à ce moment-là m'a fendu le cœur : tu étais fier d'avoir appris à monter comme un adulte, et il le savait ; il s'en est servi pour te blesser, miner ta confiance. Je lui ai pété le nez direct. Et je te dis pas le *bonheur* que c'était d'être ton héros !

Je clignai longuement des yeux, un instant muet.

— Ce n'était pas la première fois, le contredis-je. Tu m'as toujours protégé, tu as toujours été mon héros. Tu mangeais mes brocolis. Tu as raconté à mon père que c'était toi qui avais couru sur la piscine gelée. Tu m'obligeais à prendre mon sirop quand j'étais malade. Toujours, tu as toujours été là, alors que je n'ai rien fait pour le mériter. C'est juste à cause de mon sang ? du statut de mon père ? de… ?

Il me prit le visage, planta son regard dans le mien et déclara avec fermeté :

— Rune de la maison Soleil, j'ai la conviction que tu as un destin hors du commun. Je le crois sincèrement. Ton histoire ne fait que commencer. C'est pour moi un honneur de t'accompagner dans ce qui est, et restera toujours, une folle aventure. Alors ne me laisse plus jamais sur la touche, c'est tout ce que je voulais dire.

Il m'accorda l'un de ses rares sourires, une expression de pur plaisir, et me déposa un baiser sur le front. Puis il me renvoya sans ménagement dans mon coin de douche. Je m'essuyai les yeux du plat de la main.

— C'est ce qu'on appelle une discussion à cœur ouvert, pas vrai ?

— Saloperies d'émotions ! C'est quoi la suite du programme ?

— On inspecte les lieux et on interroge les gens. Tu savais que Max a fait croire à Addam qu'il se passait quelque chose entre lui et moi ?

Il haussa les épaules.

— Moi, j'ai dit à Addam que je le tuerais si tu étais blessé.

— Super, je vais encore devoir remettre des pendules à l'heure.

— Finis ta douche, princesse, dit-il en me lançant une bouteille d'après-shampoing. Je veux terminer cette mission *pronto* et rentrer enfin chez nous.

Ella possédait une petite suite privée au premier étage.

Le majordome du complexe se tenait au garde-à-vous dans le couloir, vêtu d'un ensemble anthracite très traditionnel assorti d'une cravate bleu marine. Il s'interposa quand je voulus m'approcher de la porte.

— Mes seigneurs, nous salua-t-il.

— McAllister, répondit Addam en fronçant les sourcils.

— Vous souhaitiez apparemment que je vous attende ici. Si ce n'est pas trop présomptueux de ma part, puis-je savoir pourquoi ?

— Vu que vous venez de bloquer l'accès à mon pote, vous avez sûrement déjà percuté, lâcha Brand.

Le col du majordome ne put cacher le rouge qui lui monta au cou.

— La chambre de dame Saint-Nicholas est fermée, seigneur Saint-Nicholas.

— On va bientôt mettre cette phrase au passé, répliqua mon équipier. Écartez-vous.

— Je crains que nous respections un protocole très strict pour l'accès aux espaces privés des hauts descendants, persista McAllister en ne s'adressant qu'à Addam – ou plutôt à un point au milieu de son front. À moins que vous ne vous présentiez sous l'autorité de votre mère ?

Je transmutai mon sabre en poignée et tirai sur la serrure. Des étincelles retombèrent sur la manche du majordome, qui se tapa le bras en poussant un petit cri. La porte s'entrouvrit dans un grincement.

— Occupe-toi de lui, dit Brand à Addam, avant de forcer le passage.

La chambre était exiguë, plus encore que notre Réduit. Logique, étant donné le nombre de personnes que comptaient les familles des quatre cours. On atteignait vite la crise du logement.

La haute descendante avait décoré la pièce dans des tons criards de rose et de violet. Le lit croulait sous les peluches et les plaids moelleux, une grande maison de poupées occupait tout un coin, contrastant avec la boîte de préservatifs qui dépassait du tiroir mal refermé de la table de chevet.

— On met tout sens dessus dessous ? demanda Brand.

— Laissons la chambre en l'état pour le moment. Ce n'est pas comme si elle offrait beaucoup de cachettes.

— En l'état comme la serrure ? ironisa-t-il, avant d'ajouter quand je lui décochai un regard noir : Non, non, c'était très stylé comme entrée.

Notre inspection commença. Enfin, il n'y avait que Brand et moi, car Addam, qui avait ordonné à McAllister d'attendre dans le couloir, se contentait de nous observer avec une appréhension grandissante. Je dus me rappeler que c'était sur sa sœur que nous enquêtions.

Le seul meuble fermé à clé était une malle ornée de licornes peintes au pochoir. La serrure fragile ne résista pas une seconde à mon tir de sabre. J'ouvris le coffre et sortis une pile d'albums photos que Brand entreprit de feuilleter.

Le premier illustrait la petite enfance d'Ella. Le deuxième la suivait jusqu'au début de l'adolescence. Le troisième reflétait le goût d'une jeune femme pour les hommes importants : toutes les photos montraient Addam, son grand frère Christian, ou d'autres hauts descendants du Droit Chemin. La plupart affichaient un air las ou faussement poli. Le flash de l'appareil avait immortalisé plus d'un regard exaspéré.

À la fin de ce dernier album, Ella avait caché une photo dans le repli de la couverture. Un cliché d'elle en compagnie de Michael Saint-Talbot, à une fête foraine. Elle l'embrassait sur la joue tandis qu'il regardait ailleurs en fronçant les sourcils. Un ballon prolongé par un serpentin bleu sortait du cadre.

— Rien de vraiment compromettant, commentai-je, mais ça confirme le lien entre eux.

— Cela ne prouve pas pour autant que Michael et elle ont trempé dans cette affaire, souligna Addam, avant de soutenir mon regard. Ce n'est pas de la naïveté ! J'attends seulement une preuve irréfutable. Mon enlèvement, passe encore, mais, pour l'invocation d'un être comme Rurik, ils risquent la peine de mort, Rune.

— Je sais, lui assurai-je avec douceur. On ne fera rien sans preuve. Promis.

— Faudrait qu'on jette un coup œil à la piaule de Michael, dit Brand. On…

— Il n'est pas ici ? l'interrompit quelqu'un.

Geoffrey Saint-Talbot venait de pousser McAllister pour entrer, la moitié du visage maculée de sang séché. Comme personne ne répondait, il ajouta :

— Je suis arrivé avant lui ? Il est censé être ici ! Nous... nous devions nous retrouver. Nous...

Il laissa sa phrase en suspens. Ses yeux, vitreux et injectés de sang, se fixèrent sur moi.

— J'ai besoin d'aide. Je t'en prie, aide-moi.

Notre groupe gagna précipitamment les appartements que Geoffrey partageait avec son frère. En chemin, McAllister nous répéta pour la énième fois :

— Je serais au courant si un autre haut descendant était présent ! Nous notons scrupuleusement leurs arrivées !

— Écoutez ! lâcha Brand d'un ton exaspéré. Avec les bons sorts, une centaine de descendants pourraient vous moucher le nez sans même que vous vous en aperceviez. Alors bouclez-la et laissez-nous faire notre travail.

— Attends ! m'écriai-je alors que Geoffrey tendait la main vers la poignée de la porte.

Je le retins par la manche mais, paniqué, il tenta de passer quand même en se servant de son autre main. Brand l'empoigna par le col et le jeta derrière nous.

— La poignée est protégée par un enchantement, expliquai-je en désignant un petit octogone d'argile collé à la moulure. C'est normal, ce truc ?

— Non, c'est la première fois que je vois cela, répondit McAllister.

— Serait-ce un... enchantement domestique ? Je crois reconnaître un sort d'Inertie, dit Addam en déchiffrant les glyphes gravés.

— C'est probablement ça, acquiesçai-je gravement.

— Mais pourquoi ? demanda-t-il.

J'avais un mauvais pressentiment. Ma maison avait un enchantement semblable. C'était en effet un sort domestique, destiné à bloquer les mauvaises odeurs.

Je fracassai l'artefact avec le pommeau de ma poignée de sabre. Sitôt les morceaux d'argile tombés, sa magie se dissipa dans un bruit de parasites.

— Reculez, ordonnai-je en tendant la main vers la poignée de la porte.

— Mais bien sûr, grogna Brand. Rends-moi service et va d'abord suivre une formation de quinze ans à l'école des gardes du corps.

Il me dégagea d'un coup d'épaule puis entrouvrit la porte. Rien ne nous sauta à la figure, si ce n'était l'odeur.

— Geoffrey, attends-nous dans le couloir, dis-je.

— C'est quoi cette odeur ? demanda-t-il d'une voix à la fois autoritaire et tremblante en se pinçant le nez. Qu'est-ce que c'est ?

J'échangeai un regard avec Brand. Nous entrâmes de concert.

Dans la suite, malgré les rideaux tirés, le halo d'une vive lumière filtrait de l'extérieur. L'épaisse moquette beige était constellée de taches de sang coagulé tout autour du corps écharpé de Michael Saint-Talbot.

Il gisait au milieu d'un cercle d'invocation réalisé avec des bandes de cuivre souples clouées au sol. Les morsures et les griffures l'avaient tellement défiguré qu'il n'était reconnaissable que par un œil et ses cheveux blond-roux.

Derrière moi, sur le seuil, Geoffrey émit un bruit d'étouffement.

— McAllister, emmenez le seigneur Saint-Talbot dans une autre pièce. Servez-lui un verre. Nous vous rejoindrons bientôt.

— Je ne peux pas le laisser, gémit le haut descendant.

— Si, décrétai-je. Va reprendre tes esprits, Geoff. Il faudra que tu nous racontes calmement comment tu as causé la mort de ton petit frère.

Oui, c'était violent, et son visage se décomposa. Il se mit à piauler en boucle « Je n'ai jamais voulu, je n'ai jamais voulu… ». Je me campai devant lui si brusquement qu'il trébucha en arrière.

— Va avec McAllister. Si jamais tu tentes de nous fausser compagnie, je jure de te traquer jusqu'aux confins du monde.

— Je n'ai jamais voulu…, répéta-t-il.

Il tremblait de la tête aux pieds. McAllister le prit par le bras avec une fermeté inattendue et l'emmena dans le couloir tout en débitant des instructions dans une petite radio qu'il avait sur lui. Addam m'adressa un regard perdu et interrogateur.

— Accompagne-les, opinai-je.

— Non, je veux rester avec toi. Tout est ma faute.

Brand s'approcha soudain de lui et planta un doigt sur son torse.

— Ne dis pas ça, tu es une *victime* dans cette affaire. Tu ne nous aideras pas en restant sur le seuil à culpabiliser ; le plus urgent est d'inspecter les lieux. Tu penses y arriver ?

Addam serra les lèvres, hocha la tête et entra. Il ferma aussitôt les yeux pour réprimer un haut-le-cœur. Ça se comprenait. Moi-même, je respirais par la bouche.

— Voyons si on trouve du matériel d'invocation, dis-je.

— Vraiment ? s'étonna Addam. Le cercle ne suffit pas ? Et ce bol ?

Il désigna un récipient posé à côté du cadavre. Michael y avait fait couler son sang pour entamer le rituel, du moins selon toute apparence.

— Crois-moi, le plus intéressant est ce que nous ne voyons pas. Ne touche à rien pour le moment, cherche juste des outils d'invocation.

Plus grande que la chambre d'Ella, la suite comprenait une kitchenette séparée du reste par un muret, ainsi qu'une salle d'eau. Voyant qu'il n'y avait pas de sang dans cette dernière, j'envoyai Addam l'examiner.

Je me chargeai des commodes, de l'armoire, de la penderie et des corbeilles à papier. Notre inspection se révéla infructueuse. Je ne trouvai ni le marteau qui avait servi à clouer les bandes de cuivre du cercle, ni de boîte de craies, ni de couteaux, ni même un reçu pour le bol, qui avait toujours une étiquette de solde collée en dessous. Pas de trace d'herbes rituelles dans les tiroirs, pas de trous dans le sol, sous la moquette, hormis ceux du cercle encore présent, pas de cicatrices d'anciennes saignées sur le poignet ou les doigts de Michael.

— C'est une mise en scène ou je ne m'y connais pas. Autrement dit...

— Ashton est notre coupable, compléta Brand.

Un bruit dans la salle d'eau, puis Addam apparut dans l'embrasure de la porte.

— Ashton ?

Je me chargeai de lui expliquer notre raisonnement :

— Rien n'indique que des invocations ont eu lieu ici avant aujourd'hui, ni que Michael était un invocateur chevronné. Ça pue le coup monté. Ce n'est peut-être qu'une intuition, mais je te parie qu'Ashton n'a pas de frère mort ni de visage écorché, et il ne gît sûrement pas dans une mare de sang.

— Ashton, Geoffrey, Michael, grogna Brand, les yeux brillants. Les trois ! On va bientôt découvrir qu'ils étaient tous dans le coup. Alors soit ils ont fini par se déchirer, soit, et c'est le plus vraisemblable, Ashton était le salopard en chef depuis le début. (Il balaya la pièce d'un regard furieux.) Et je te parie ce que tu veux que chacun a planqué une preuve compromettante sur les deux autres parce qu'ils avaient pertinemment conscience d'être entre salauds. Heureusement pour nous, Michael était un abruti fini. S'il a caché quelque chose, c'est soit dans l'un de ces trophées de sport, soit là où il planquait ses magazines porno quand il était jeune. Rien à foutre de préserver la scène de crime, on retourne tout.

— Faut-il... ? commença Addam avant de s'interrompre en détournant le regard, pris d'un nouveau haut-le-cœur devant le cadavre de Michael. Faut-il nous inquiéter ? Si c'était Ashton... se pourrait-il qu'il soit encore dans les parages ?

Brand alla s'accroupir devant le corps, le genou posé entre deux taches de sang. Sans hésitation, il écarta un pan de la chemise déchirée et enfonça le doigt dans une plaie faite par un couteau. Addam se retint une nouvelle fois de vomir.

— Le corps est froid, ça fait un moment qu'il est comme ça, annonça mon Acolyte. Allez, on retourne tout. Je veux des réponses.

Il prit les trophées. Je décidai de m'occuper des lits. J'ignorais lequel appartenait à qui, mais décidai de commencer par celui dont la table de chevet comportait un magazine sportif.

Il y avait une déchirure dans le matelas, côté tête de lit. J'en sortis une carte de sauvegarde et deux anciens numéros de *Playboy*.

— C'est une carte SD, énonça Brand.

— C'est ce que je me disais, affirmai-je en tentant de prendre un ton docte.

Il me la prit des mains, la fourra dans un adaptateur tiré d'une poche de son blouson et brancha le tout à son smartphone.

La carte contenait quelques images. Brand fit défiler une série de schémas bleu et blanc. Des plans de bâtiments ?

— Sais-tu à quoi ces images peuvent servir ? s'enquit Addam.

— Ce sont des captures d'écran d'un calque de SIG, répondit Brand.

— C'est quoi, un SIG ? demandai-je.

— Rune, ta tête a déjà failli exploser quand j'ai branché le support SD à mon portable, je ne vais pas t'expliquer ce qu'est un SIG. Crois-moi simplement sur parole : c'est une carte version haute technologie.

— Soit, alors une carte de quoi ?

Il fronça les sourcils en considérant l'image.

— C'est le plan d'un bâtiment. Système de sécurité, conduits d'aération, canalisations, issues de secours. Mince ! là, on dirait un passage secret. (Il agrandit le coin inférieur.) Ici… On voit les rues qui se croisent devant le bâtiment. Nazaca et Hypérion. Y a quoi dans ce quartier ?

— Des complexes d'Arcanes. Il y en a toute une série le long de la route de Nazaca, qui suit la ligne tellurique principale de l'île. Peux-tu accéder aux dossiers municipaux ?

— J'ai pas de réseau.

Il renifla, puis braqua son regard sur Addam. À l'évidence, il comprit plus vite que moi ce qu'il voyait, car il laissa échapper un juron. Addam avait débouché un flacon trouvé sur une table de chevet. L'odeur était atroce, entre la merde fraîche et le gardénia. Pourtant, elle ne nous était pas inconnue, et voilà pourquoi Brand jurait.

— Quel con je suis ! Voilà comment il a réussi à nous rouler !

— Il parle d'Ashton, expliquai-je. C'est le parfum qu'il portait à l'hôpital quand on nous a attaqués.

— Je lui ai accordé le bénéfice du doute parce qu'il s'est fait attaquer en même temps que nous, il a dû faire front à nos côtés et on l'aurait dit autant en danger que nous. J'avais les réponses sous le nez ! Ce mec a suivi un entraînement dans un camp de Désolation, normalement il sait se battre. Pourtant il était là, avec nous, face aux récarnés, à faire de grands gestes superflus qui auraient coûté la vie à n'importe qui. Alors je te pose la question : pourquoi un combattant chevronné ferait-il de grands gestes inutiles dans un putain de combat à mort ?

— Parce qu'il sait qu'il n'a rien à craindre, répondis-je.

— Je te parie que ce truc sert de marqueur olfactif, dit-il en désignant le flacon. Ça permettait à ces trois bâtards de ne pas se faire attaquer par les récarnés qu'ils côtoyaient ! On…

— Chut ! siffla Addam en nous intimant le silence d'un geste.

Brand ferma aussitôt la bouche. Il ne prenait jamais aucune alerte à la légère ; il était nettement plus discipliné que moi dans ce domaine.

Addam tendit l'oreille. Je l'entendais, moi aussi. Un murmure étouffé, quelques syllabes répétées en boucle. Je finis par distinguer des mots : « Marche pas marche pas marche pas… »

Brand entreprit d'examiner le mur en le tapotant du poing. Au bout de quinze centimètres, la paroi rendit un son creux. Il fit courir ses doigts sur le blanc de chaux à la recherche d'une quelconque fente et m'adressa un bref regard.

J'ouvris mes sens à l'invisible, l'un de mes dons. Je repérai aussitôt les sorts de Dissimulation. Je tendis la main vers l'emplacement supposé de la poignée et, avec une facilité déconcertante, ouvris une porte dérobée.

Je découvris un placard avec des manteaux, des jeux de société, une vieille pipe à eau vide couverte d'autocollants de rugby. Et, recroquevillée au milieu de tout cela, son visage émacié strié de larmes, Ella Saint-Nicholas. Une main plaquée sur la bouche, elle s'était mordu les doigts jusqu'au sang pour rester silencieuse. Addam vint s'agenouiller et l'attira contre lui.

— Tout va bien, ne regarde pas, murmura-t-il en pressant le visage de sa sœur contre son épaule. Cache-toi les yeux, je vais te porter.

— Ça n-ne marche pas, bafouilla-t-elle. Ça ne marche plus. Ils nous ont attaqués, attaqués. Ils ont continué. Ils ont continué même quand Michael leur a ordonné d'arrêter. On s'est réfugiés ici, il m'a cachée. Il m'a dit de me cacher. Il m'a dit que je m'en sortirais si je me cachais. Alors je me suis enfermée et ils sont entrés, et il a hurlé, oh ! hurlé, hurlé, il ne cessait pas de hurler !

Brand se rendit dans la pièce où le majordome avait emmené Geoffrey, sans doute pour commencer à l'intimider. Je suivis Addam jusqu'à la chambre d'Ella.

Il déposa sa sœur sur le lit, sur un plaid de laine rose et violet dont il la recouvrit. Sans les charmes d'apparence que je l'avais vue utiliser auparavant, la gravité de son anorexie se révélait au grand jour. C'était dur à voir.

Le désespoir se lisait sur le visage d'Addam. Il n'était pas idiot. Il savait bien que non seulement sa sœur pourrait ne jamais se remettre de ce traumatisme, mais aussi qu'elle n'en aurait peut-être pas l'occasion. Les crimes dont elle était complice étaient passibles de la peine de mort.

Un détail ne cessait de me tarauder : Michael l'avait cachée. Des monstres allaient enfoncer sa porte et sa seule préoccupation avait été la sécurité d'Ella ? C'était un geste d'une noblesse inattendue, qui me donnait étrangement envie de pleurer.

Lorsque je retournai dans le couloir, une domestique se présenta devant moi.

— Pourriez-vous rester auprès d'elle et vous assurer qu'elle ne sorte pas ? lui demandai-je. Il doit y avoir quelqu'un avec elle en permanence. Donnez-lui un léger tranquillisant, si vous en avez, mais rien d'assommant. Nous devrons l'interroger.

— Bien, mon seigneur.

— Rune, la corrigeai-je.

— Bien, seigneur Rune, dit-elle, avant d'entrer dans la chambre.

Addam me rejoignit deux minutes plus tard et me suivit en silence. J'envisageai une demi-douzaine de platitudes pour détendre l'atmosphère, avant de déclarer finalement :

— C'est sûr que renifler le contenu d'un flacon trouvé dans la chambre d'un mort, c'est vraiment une brillante idée.

Il ébaucha un infime sourire.

— Ce petit flacon nous en a appris beaucoup, Héros.

— C'est ce qui s'appelle se raccrocher aux branches.

Brand sortit de la pièce où était retenu Geoffrey au moment où nous arrivions.

— Comment tu veux la jouer ? lui demandai-je.

— Avec patience et compassion, bien sûr. À ton avis, bordel !? Je lui ai confisqué tous ses sceaux. On devrait lui coller la raclée de sa vie.

— Je ferais sans doute mieux d'y aller seul.

Une expression impassible se plaqua sur son visage.

— Pas question.

— J'ai été… proche de Geoffrey à une époque, insistai-je en m'adressant aussi bien à lui qu'à Addam. Voyons d'abord ce que j'arrive à en tirer. J'ai beau vouloir apprendre comment cette histoire a commencé, ma priorité reste de savoir où se trouve Ashton. Il faut l'enfermer et s'assurer que Rurik ne soit jamais rappelé.

— « Proche de Geoffrey » ? répéta Addam.

— C'est pas vrai, s'exaspéra Brand. Vas-y, Rune, mais on reste sur le seuil.

Là-dessus, il me poussa dans la pièce sans ménagement.

Geoffrey était en train de se lever. Il chancelait déjà, et quelque chose me disait que le demi-verre d'alcool sur la table n'était pas son premier. Une petite flaque s'était formée sous la bouteille de whisky.

— Il est mort… Mon frère est mort.

— Geoff, est-ce qu'Ashton a tenté de te tuer ?

— C'est lui qui a tué Michael, c'est ça ? Oui, c'est lui. Évidemment. Je crois qu'il a voulu me supprimer aussi, je… Il y avait une voiture. Elle est montée sur le trottoir et a failli me renverser. Je le savais, je *savais* que c'était Ashton. Tout est allé de travers. Ce n'est pas ce que nous avions prévu à l'origine. Ce n'était pas censé finir comme ça. Tu dois me croire, je…

— Geoff, reprends depuis le début. Il est temps de passer aux aveux, tu en as conscience, n'est-ce pas ? Même si la situation est catastrophique, je te garantis qu'elle peut encore empirer. Sais-tu ce que tu encours si Rurik est invoqué une nouvelle fois ?

— « Une nouvelle fois » ? Tu veux dire… qu'il est mort ?

— Donc tu connais Rurik.

Il m'adressa un regard las.

— Inutile de me piéger, je vais tout te dire.

Je le resservis en whisky pendant qu'il s'installait dans le fauteuil, puis m'assis sur le canapé. Il prit le verre de ses mains tremblantes sans souffler mot. Après une quatrième gorgée qui le fit tousser, il reposa le verre et me regarda.

— Nous avions de grandes ambitions, Michael et moi. La galerie de Tempérance… Toutes les cours du Droit Chemin, en fait… Elles évoluent tellement lentement, prennent tellement de précautions dans leurs projets. Nous, nous voulions nous inspirer d'hommes comme la Tour ou le Chariot, des hommes qui embrassent le monde des affaires humain, qui sont devenus des géants de la finance. Nous pensions qu'Ashton avait les mêmes objectifs. C'est ce qu'il nous a dit. Je crois que même Addam approuvait ce cap, du moins dans une certaine mesure, mais il se montrait trop prudent et ralentissait tout. Pas vrai, Addam ? lança-t-il en portant son attention vers l'entrée, derrière moi.

J'ignore quel regard Addam lui adressa en réponse, mais Geoffrey baissa promptement les yeux.

— Au début, l'idée était de mettre Ella en... position d'autorité. Elle en pinçait pour Michael. Il lui suffisait de manifester un semblant d'intérêt et elle était à ses pieds. Il...

Geoff s'interrompit et, si c'était possible, pâlit un peu plus. Il regardait de nouveau Addam. Cette fois, j'imaginais sans mal la tête de ce dernier.

— Les choses n'étaient pas censées prendre cette tournure. Nous n'avions jamais prévu de nous en prendre à Christian ni à toi. Nous voulions juste qu'Ella étoffe son carnet d'adresses, ce qui lui aurait permis de te remplacer dans la boîte. Elle avait les mêmes aspirations que nous. Ou, en tout cas, elle ne demandait qu'à faire plaisir à Michael. C'est tout ce que nous voulions au départ, je le jure, un bête... un bête... transfert de pouvoir, Ella dans notre équipe au lieu de toi.

Il reporta son attention sur moi.

— Je n'étais pas au courant à l'avance du kidnapping d'Addam ni de l'empoisonnement de Christian. Malheureusement, à ce stade, Michael et moi étions tellement mouillés qu'il nous était impossible de prévenir la guarda sans nous compromettre. Et puis... tout à coup, Ashton a fait venir ce Rurik et ces récarnés. Il avait toute une armée. C'était terrifiant, tout bonnement terrifiant.

— Tu as empoisonné mon frère, énonça calmement Addam.

— Non, c'était Ashton, bredouilla Geoffrey. Il s'est servi d'une sorte de plante rare, une substance impossible à identifier tout de suite pour les médecins. Elle devait affaiblir Christian, le rendre malade.

— Y a-t-il un antidote ? s'enquit Addam.

Je ne l'avais jamais entendu employer un ton aussi grave. C'était limpide : la vie de Geoff dépendait, littéralement, de sa réponse. En me retournant, je vis que mon équipier retenait Addam par l'épaule, moins pour l'empêcher de passer à l'acte que pour me donner une chance d'obtenir des réponses. À titre personnel, Brand n'aurait aucun souci à le laisser embrocher Geoffrey.

— Oui, il y a un antidote, je le jure. Nous voulions seulement l'incommoder, pas le tuer. Enfin, c'est ce que nous avions tous dit, mais maintenant… Maintenant je ne sais pas ce qu'Ashton avait en tête.

Je poursuivis mon interrogatoire :

— Qu'y a-t-il au coin de la route de Nazaca et de l'avenue Hypérion ?

Il s'enfonça dans son fauteuil, les yeux écarquillés.

— Je ne l'ai appris que plus tard, murmura-t-il.

— Je m'en cogne de savoir quand tu l'as appris, je veux savoir qui habite là.

— Le seigneur Ermite. C'est l'adresse de l'Ermitage. Je crois… je crois qu'Ashton projetait de détruire l'Ermite. Tous ses actifs seraient alors récupérés par les trois autres cours du Droit Chemin. Avec Ella comme unique héritière de la Justice, et nous trois, nos ressources augmenteraient considérablement. Je crois qu'Ashton voulait éliminer l'Ermite. Il a dit que ce serait facile.

« Facile » ? Je n'aurais pas été aussi catégorique bien que, à l'échelle des cours, l'Ermitage soit en effet nettement moins protégé que la moyenne. Il était dans la nature même de l'Ermite de vivre sans entourage. Si intéressante que soit cette information, cependant, ce n'était pas ce que je voulais savoir dans l'immédiat.

— Comment Ashton a-t-il réussi à invoquer une liche ?

— Je ne savais même pas que c'en était une au début ! Elles ne sont pas censées exister tout court ! Je ne savais pas…

Il but une gorgée de whisky. Je me levai et lui fis sauter le verre des mains.

— Ça suffit, Geoff, arrête de te présenter en victime. Dis-moi comment Ashton s'y est pris !

— Je n'en sais rien ! Il a parlé d'amis qui lui devaient un service, des amis puissants. Je ne sais pas comment ça s'est passé, ni où, ni quand. (Il leva le regard vers Addam.) Ils vont vouloir s'occuper d'Ella maintenant, elle aussi sera en danger. Et il te déteste, Rune. Ashton te déteste. Il répète sans cesse qu'il ne te laissera pas lui gâcher la vie une seconde fois. Il tentera sans relâche de te tuer.

— Quand est-ce que je lui ai gâché la vie ?

— Je ne fais que te rapporter ses paroles, je ne sais pas ce qu'il entendait par là. C'est absurde, personne ne savait que tu interviendrais dans cette affaire. Tu n'étais pas censé être la cible des récarnés, ni de Rurik. Mais, dès le moment où tu as commencé ton enquête sur la disparition d'Addam, tout est parti en vrille, et Ashton a mobilisé de plus en plus de ressources pour te neutraliser. Son plan n'est plus viable maintenant. Jamais il ne pourra attaquer l'Ermite. Je crois… je crois qu'il a perdu la raison et qu'il veut juste voir des gens souffrir. Il a attenté à ma vie. Il a tué mon…

Sa voix se brisa et de grosses larmes coulèrent de ses yeux.

— Il n'a pas perdu la raison, objecta Brand. Le meurtre de Michael a été préparé avec soin. Il fait le ménage. Ça ne me dit rien qui vaille.

Geoff me prit la main en amorçant une phrase, mais je la retirai si vivement qu'il tomba de son fauteuil.

Il laissa échapper un gémissement et se roula en boule.

J'éprouvai une pointe de culpabilité devant ce triste spectacle. Je tenais à lui autrefois. Il venait quasiment de tout perdre. J'étais passé par là. Lorsque je m'accroupis pour lui tenir un discours un peu moins véhément, il se crispa.

— Inutile de me frapper. Inutile de l'envoyer encore me tabasser. Je t'ai tout raconté. Michael est mort, que me reste-t-il ? Ma vie est fichue. Ma… Oh, seigneurs ! Ma mère, je dois l'annoncer à ma mère.

Et voilà, Geoffrey dans toute sa splendeur. Je n'avais peut-être pas de compassion à lui accorder en fin de compte. Je m'apprêtais à me relever quand un détail me fit tiquer.

— Qui t'a tabassé ? Brand ? Il ne t'a pas touché.

Une certaine aigreur perça à travers ses larmes.

— Autrefois, le soir où tu m'as vu emmener Lydia dans les buissons, tu l'as envoyé me tabasser. Tu as de la chance que je ne l'aie pas fait arrêter.

Je me levai et rejoignis Brand dans le couloir. Il évita mon regard.

— Tu as tabassé Geoffrey pour moi, murmurai-je.

— Je l'aimais pas. C'est pas comme si j'avais besoin d'un prétexte. Vire-moi ce sourire niais de ton visage.

— Tu as défendu mon honneur.

— Tu penses que c'est une bonne idée, hein ? de te moquer de moi.

Ce que je pensais n'eut plus aucune importance, car toutes les lumières s'éteignirent subitement.

Et ce n'était pas le pire.

— Les défenses sont tombées, annonça Addam, interloqué. Le domaine n'est plus protégé.

Assiégés

Alors que tout le monde se mettait à parler, je murmurai un artifice. Une sphère lumineuse apparut au-dessus de ma tête et éclaira faiblement le couloir.

— Nous avons des générateurs de secours, disait McAllister. Les lumières auraient dû…

— Elles ne fonctionnent pas, s'alarmait Addam. Les défenses de secours auraient dû s'activer immédiatement !

— Quelles autres défenses y a-t-il ? demandai-je en haussant la voix. Addam ! réponds !

— Attends, je réfléchis, répliqua-t-il en fermant les yeux.

Il ne saisissait pas l'urgence de la situation. Brand, en revanche, l'avait bien comprise, si j'en croyais le sifflement du couteau sorti de son étui en cuir. McAllister aussi, vu sa façon de se planquer derrière nous, l'air apeuré. Nous n'avions que quelques instants pour réagir. Peu importait si c'était une attaque d'Ashton : nous étions exposés à la Terrouest, et nous n'avions que quelques instants devant nous.

Addam posa les mains sur le mur en sollicitant sa Volonté. Après quelques secondes, ses épaules s'affaissèrent.

— Il y a normalement des sceaux de masse dans les fondations du complexe, mais ils ont disparu, ou ont été vidés. Geoffrey ! Geoffrey, essaie avec moi.

Ce dernier se tenait dans l'embrasure de la porte, blême, les yeux écarquillés. Sur l'interpellation d'Addam, il ferma les yeux et tenta, en vain, d'établir une connexion avec les défenses.

— Perdez pas votre temps, maugréa Brand. Ashton aussi y a accès. Ah ! j'adore les familles qui se déchirent. Tout le monde connaît les pires coups à faire dans ces cas-là. Rune, une idée ?

Les paroles d'Addam résonnaient dans ma tête : *« Dans les fondations. »*

Une idée me vint en effet ou, à défaut, une prise de conscience de l'enchaînement d'événements que Quinn avait mis en place comme des dominos.

— Combien y a-t-il de personnes sur la propriété ? demandai-je.

— Trente-deux, répondit McAllister. En plus de vos associés.

— Ils sont tous à l'intérieur, dans le bâtiment ?

— C'est peu probable, bafouilla-t-il. Nous avons des gardiens, des jardiniers. Ils…

La radio à sa ceinture hurla. Ce n'était pas une façon de décrire des parasites ou des échanges tonitruants, non, des gens hurlaient. Nous n'avions plus le temps.

Je sortis le disque d'argile de ma poche et échangeai un regard avec Brand. Il lâcha un juron, se colla au mur et écarta les jambes. J'appuyai de mon pouce au centre de mon sceau de masse. Le sort activé frappa avec une force divine.

Les objets en céramique volèrent en éclats, les portraits furent emportés dans un souffle… Je fus le seul du groupe à ne pas tomber.

Mon sceau de masse avait passé plus de dix ans enfoui sous notre Réduit. Depuis tout ce temps, je n'avais cessé d'alimenter le même sort.

Le dégagement de magie dura une éternité, l'éternité d'un battement de cœur sous adrénaline.

N'ayant pratiquement jamais utilisé de sceau de masse, je ne m'étais pas attendu à cela. Une puissance… incommensurable. Je me confondais presque avec l'énergie du monde. L'espace d'un instant, un instant interminable, je ne ressentis plus ni douleur ni souffrance. Mon épaule ne me faisait plus mal. Mes traits tirés de fatigue se détendirent. Je ne doutais plus de rien : ni de moi, ni de mes capacités, ni de ma démarche.

Je libérai le sort. En un clin d'œil, il parcourut sols et plafonds, moquettes et fenêtres. Sa magie enveloppa des souris, des termites, mais aussi des déchets organiques : vieux bois, tissus, rognures d'ongles, fleurs séchées. Il y avait une enfant apeurée qui s'était réfugiée dans un monte-plats, un corps momifié caché derrière un mur du rez-de-chaussée. Le sort engloba et enregistra tous ces obstacles en continuant de s'étendre. Tant de détails, impossibles à assimiler, mais la magie n'avait pas besoin de mon entendement, seulement de mon instinct.

Elle se propagea jusqu'au moment où, enfin, j'atteignis la frontière solide des murs de façade. Les murs d'un bâtiment revêtent une signification particulière. Ils séparent les concepts élémentaires d'intérieur et d'extérieur, axiome de la magie de foyer.

C'était un moment décisif. Si je continuais, si j'essayais d'inclure le reste du domaine, j'éparpillerais trop la magie et écourterais sa durée. Elle serait moins efficace et nous protégerait moins longtemps.

Aussi verrouillai-je le sort en faisant des murs de l'édifice les limites de ma barrière. Toute personne coincée à l'extérieur serait condamnée.

Brand se releva et m'accorda aussitôt son attention.

— Une heure, lui annonçai-je d'une voix rauque. Peut-être plus. La barrière devrait tenir au moins une heure face à tout ce qui se trouve hors de l'édifice.

McAllister s'empressa de récupérer sa radio. À l'instant où il posa la main dessus, les hurlements se turent abruptement dans un gargouillis. Choqué, il me la tendit telle une offrande.

— Je peux joindre tous ceux piégés dehors, dit-il. S'ils se regroupent en un seul et même endroit, nous pouvons abaisser le sort…

— C'est impossible.

— Mais s'ils se regroupent tous… pourriez-vous étendre… ?

— Non, ça ne fonctionne pas comme ça.

Le majordome baissa les yeux. Il se retira dans un coin et appuya sur le bouton de sa radio pour parler. Des bris de miroir crissèrent sous ses pas.

— Ces gens sont mes employés, dit Addam, qui s'était ouvert l'arcade sourcilière en tombant. Nous devons trouver un moyen de les faire entrer.

— Non, assena Brand. Pour l'instant, on sauve surtout qui on peut parce que, dans une heure, on en reviendra à la situation de départ. Tu as conscience du peu de temps que ça nous laisse ? de notre isolement ? On est dans la merde !

Les quelques points qu'Addam avait marqués auprès de lui s'envolèrent quand il se tourna vers moi pour confirmation.

— Fie-toi à mon Acolyte, déclarai-je.

— Alors… dites-moi quoi faire.

— Rune, sais-tu si des créatures ont pénétré dans le bâtiment avant le déploiement de ton sort ?

— Je ne sais pas trop. Il y avait tant de surface à couvrir que j'ai dû l'étirer au-delà de sa capacité initiale et en faire un simple rempart.

Dans le Réduit, vu sa taille ridicule, j'aurais transformé le moindre centimètre carré en péril mortel. J'ignorais ce que le sort donnerait en barrière.

Brand interpella McAllister d'un claquement de doigts. Le majordome baissa le volume de sa radio, étouffant des bribes d'échanges paniqués.

— Il me faut un lieu central, à un étage intermédiaire, avec beaucoup d'espace.

— J'ai demandé à tout le monde de se rassembler dans la salle de bal du deuxième étage. Cela convient-il ?

— C'est parfait, répondis-je à sa place. Au fait ! je crois qu'il y a une petite fille qui se cache dans un monte-plats. Je n'en sais pas plus.

— On y va, décréta Brand. Toi aussi, Geoffrey. T'as pas intérêt à t'éloigner. Si j'apprends que tu es mêlé à cette attaque, je te bute.

— Je ne sais pas ce qui se passe ! Je ne mens pas !

— Lui non plus, soulignai-je.

Notre groupe partit au pas de gymnastique, McAllister et Addam en tête. Je m'attendis presque à voir Brand s'imposer, mais il resta près de moi.

— On a moyen de contacter la Nouvelle-Atlantide ? s'enquit-il.

— Difficilement, haleta McAllister. La Terrouest produit des interférences. Certains indicateurs liés à notre système de défense alerteraient normalement les résidences en ville... mais rien ne garantit qu'ils n'aient pas aussi été sabotés.

— Elle est grande, votre armurerie ?

— De bonne taille.

— Il nous faut des armes à charbon vulcanisé. N'importe quoi avec de l'obsidienne ou du corail. Vous savez combien il y a de personnes dans le bâtiment ?

— J'ai demandé que l'on distribue des radios à tout le monde. Nous aurons bientôt l'information.

Cette dernière phrase le laissa à bout de souffle. Nous pressâmes l'allure. Le marbre succéda à la moquette, amplifiant le vacarme de nos pas tandis que nous dévalions un grand escalier.

Max était étendu sur la dernière marche, Ciaran assis sur lui.

— Seigneur Soleil, me salua la principauté.

— Je ne veux rien savoir.

Je passai sans m'arrêter et entrai dans une salle de bal. Devant nous, des employés couraient en tous sens, pleurant, suppliant pour avoir des nouvelles de leurs proches. Je pensais que Brand m'avait suivi, mais il était encore dans l'antichambre, à considérer le sol d'un air songeur. Alors que je revenais sur mes pas, il s'accroupit et mit la main à plat sur une dalle.

— Qu'y a-t-il ?

— Des vibrations. C'est ton sort de Défense ?

— Je les sens aussi, dit Geoffrey. Pourquoi un sort défensif ferait-il trembler le bâtiment ?

Ce n'était pas normal, mais les quelques personnes qui nous observaient étaient déjà suffisamment effrayées sans que nous les alarmions davantage. Une femme vint à notre rencontre.

— Mon fils ? Mon fils ?

Elle s'agrippa de ses doigts noueux à la manche d'Addam, qui se pencha pour lui murmurer des paroles réconfortantes, avant de l'emmener à l'écart. Le visage de McAllister se décomposa.

— Son fils est jardinier.

— N'y pense même pas, m'avertit aussitôt Brand en voyant ma tête. Je t'interdis de culpabiliser. Reste avec moi, Rune.

Il avait raison. J'inspirai profondément, puis tapai des mains pour réclamer l'attention générale. Le brouhaha se tut, et les regards se tournèrent vers moi.

— Mesdames et messieurs ! nous faisons face à une défaillance des enchantements défensifs du domaine. Une barrière temporaire a été érigée, mais notre situation est critique. Nous devons nous préparer au pire. Mon Acolyte, le seigneur Brandon Saint-John, a étudié l'art du siège. Je vous enjoins de suivre ses instructions comme vous suivriez celle des seigneurs Saint-Nicholas ou Saint-Talbot.

— Mon fils est dehors ! chevrota la vieille femme au côté d'Addam.

— Pour le moment, nous n'avons aucun moyen de les rejoindre, déplorai-je. Le mieux à faire pour les aider, c'est de mettre en place toutes les conditions favorables à leur secours une fois la menace écartée.

J'allais laisser la parole à Brand quand l'édifice gronda autour de nous.

Le bruit, pareil à un roulement de tonnerre, me donna la chair de poule. Lentement, je levai les yeux vers le dôme de cristal tout en haut. Une lourde chape de nuages venait d'abattre sur l'après-midi un crépuscule artificiel.

— Non, murmura Geoffrey derrière moi. Il n'oserait pas. La magie de climat est proscrite.

— Faut vraiment que t'arrêtes de débiter ce genre de conneries, lâcha Brand. Rune, il est urgent de mettre ces gens en ordre de bataille.

Les sorts de Climat étaient lents, mortellement dangereux et incroyablement faciles à foirer. L'environnement fonctionnait un peu comme des plaques tectoniques ; on ne pouvait pas en altérer une sans en affecter une autre. C'était donc un acte illégal et, si j'en doutais encore, j'avais maintenant la confirmation qu'Ashton ne comptait laisser personne repartir vivant.

— McAllister ! tonna Brand, envoyez quelqu'un au point le plus élevé du bâtiment avec une radio, je veux avoir toutes les infos en temps réel. Occupez-vous ensuite de trier les gens en trois groupes : les aptes au combat, les rapides et les vulnérables.

Le majordome appela d'un geste une jeune femme gracile aux cheveux bleus.

— Emma, la tour.

Elle fila comme l'éclair, ses pieds effleurant à peine le sol.

Un trait de foudre zébra le ciel, illuminant les veines de pluie sur le dôme. Deux secondes plus tard, le tonnerre retentit violemment.

— Je ne comprends pas, chuchota Geoff. Si Ashton a besoin du cercle imprégné comme tu le dis, pourquoi perdre son temps à nous attaquer ?

— Sans Rurik, je doute qu'il arrive à pénétrer sur la propriété du Magicien.

— Du coup, il a peut-être changé de tactique, acquiesça Brand. Maintenant, il cherche à se débarrasser des témoins. Ça expliquerait pourquoi il a tué Michael et tenté d'assassiner Geoff et Ella.

— Il ne sait pas que le seigneur Tour le traque aussi, dit Addam.

— La belle affaire ! maugréa Brand. C'est pas comme si on pouvait ouvrir une fenêtre et crier : « Hé, mec ! t'es déjà foutu ! »

— Avec un peu de chance, quelqu'un comprendra que nous sommes en danger même sans les alarmes, émit Addam

Dame Monde réside dans son complexe de la Terrouest. Elle détectera sûrement la tempête, c'est une mage de la nature.

— On ne s'en sortira pas avec des hypothèses, répliqua mon équipier.

Pendant ce temps, McAllister avait rempli sa tâche. Il y avait d'un côté les personnes âgées et les enfants, et de l'autre tous ceux capables de tenir une arme. Brand interpella de nouveau le majordome :

— McAllister, emmenez un groupe à l'armurerie. Donnez les armes à charbon, à corail et à obsidienne aux meilleurs combattants. Chacun formera ensuite un binôme avec une personne rapide connaissant par cœur la disposition des lieux. Je veux des patrouilles devant tous les principaux points d'entrée : au sous-sol, à chaque étage, et la plus grosse unité tout en haut. Cette unité aura les armes à longue portée. En cas d'intrusion, n'intervenez surtout pas, donnez immédiatement l'alerte. Il me faudrait un autre espace comme celui-ci dans les étages supérieurs, mais plus petit et avec moins de points d'entrée. Trouvez une personne compétente pour y emmener tous les autres.

— Il y a une salle de représentation au troisième étage de l'aile principale.

— Ça fera l'affaire. Personne ne…

Le marbre trépida sous nos pieds, mes tympans éclatèrent.

J'envoyai précipitamment mon artifice de lumière vers le dôme. Le verre se fissurait autour de l'armature de métal.

Les ordres aboyés par Brand continrent à peine la panique générale. Si le dôme avait cédé, nous aurions eu un carnage. Mais il tint bon. McAllister aiguilla les domestiques dans une direction tandis que Brand m'entraînait dans l'autre. Il me donna une consigne que je n'entendis pas et désigna Addam et Ciaran. *Les mages.* Nous nous séparâmes pour réunir Addam, Geoff, Ciaran et Max dans le couloir. Mon Acolyte s'attarda un instant dans l'embrasure de la porte pour s'assurer que le personnel avait évacué les lieux sans encombre, puis nous rejoignit.

— On ne connaît pas les intentions précises d'Ashton. La barrière ne tiendra pas indéfiniment. Vous êtes des hauts descendants, autrement dit, chacun à votre façon, notre puissance de feu en cas de combat.

— Nos sceaux sont à sec, objecta Addam. Nous les avons épuisés contre Rurik.

— C'est pour ça que nous allons au sanctuaire, dis-je, comprenant où Brand voulait en venir. Nous prendrons trente minutes pour stocker un maximum de sorts.

Addam se mit en tête du groupe en déclarant :

— Le sanctuaire est au rez-de-chaussée dans une aile adjacente. Suivez-moi.

Nous partîmes d'un pas pressé. D'une main, j'attirai Brand à moi pour lui souffler :

— Il vaudrait mieux que tu restes avec les plus vulnérables, les personnes âgées et les enfants : ils ont besoin d'un guide. Je te retrouverai dès que nous aurons fini.

— Je te remercie pour ta suggestion, répondit-il, avant de se libérer pour remplacer Addam en tête.

Je soupirai et réclamai d'un geste une radio que Ciaran avait réussi à récupérer. Il me la remit tout en évitant une énorme plante en pot. J'appuyai sur le bouton.

— Ici le seigneur Soleil. Emma, vous me recevez ?

— Je suis là !

— Vous voyez quelque chose de là-haut ?

Il y eut un hoquet de stupeur accompagné d'un choc et d'un grésillement. Sans doute avait-elle fait tomber sa radio.

— Ils sont très nombreux ! Et ils ont l'air… malades. Je les vois grâce à un artifice de longue-vue. Ils sont tout en noir et ils ont l'air pâles, malades.

— Combien ? me lança Brand par-dessus son épaule.

— Combien sont-ils, Emma ?

— Une centaine, sans doute plus. Ils s'amassent devant le portail nord.

— Merci, continuez à les surveiller.

Je baissai le volume et repris mon souffle. Après avoir tourné dans un autre couloir, nous descendîmes une volée de marches.

Tout en noir et l'air malades.

— Brand, tu avais raison. Chez le seigneur Tour, tu as dit qu'on avait oublié les récarnés. Tu avais raison.

Il m'adressa son habituel regard blasé, celui dont il se servait pour me dire « Non, sans déconner ? » quand nous avions de la compagnie. Un éclair illumina les lieux et, l'instant d'après, je sentis la vibration du tonnerre dans mes chevilles.

Pressant l'allure, notre groupe traversa une grande galerie. Au mur s'alignaient des portraits aux moues austères que le passage de nos artifices de lumière animait d'un simulacre de vie.

— Derrière la porte verte, droit devant, annonça Addam.

Nous arrivâmes dans un corridor, ou plutôt une loggia cloisonnée d'un côté de baies vitrées. L'orage redoublait de violence, les éclairs s'enchaînaient. Dehors, le jardin obscur prit, pendant une fraction de seconde, une teinte vert acidulé surréaliste. À quelques mètres devant nous se trouvait une double porte rehaussée d'or et d'argent.

— Brand…

— Commence pas, grogna-t-il.

— Je ne risque rien dans le sanctuaire. Va organiser la barricade, puis reviens avec un groupe armé.

Il serra obstinément les mâchoires.

— S'il te plaît, murmurai-je.

Geoff nous regardait tour à tour.

— Tu plaisantes ? C'est un Acolyte, son rôle est de monter la garde pendant que nous méditons. C'est au majordome d'encadrer les domestiques.

— Geoff, l'avertis-je, avant de reporter mon attention sur mon équipier : Emmène Max, d'ailleurs, car il n'a pas de sceaux. C'est le plus logique.

L'adolescent voulut aussitôt protester, mais se ravisa dès que Brand braqua son regard sur lui.

— Mes sceaux sont chargés, intervint Ciaran. Je les accompagnerai, car mieux vaut rester groupés, n'est-ce pas ?

— Merci. Brand ?

— Vous attendrez mon retour ici, décréta-t-il.

— C'est promis.

— Je reviens dans vingt minutes.

— Parce que tu pars vraiment !? s'indigna Geoff. Tu es prêt à laisser des hauts descendants sans protection ?

— Rune n'est jamais sans protection, rétorqua-t-il. Et ferme-la.

S'il était possible de blêmir et de s'empourprer en même temps, Geoffrey s'y essaya.

— Je suis un haut descendant !

— On le saura, ironisa mon Acolyte.

— Brand, tu ferais mieux d'y aller, intervins-je.

— Vingt minutes, répéta-t-il, avant de rebrousser chemin avec Ciaran et Max, qui trébucha deux fois en me jetant un dernier coup d'œil par-dessus son épaule.

Lorsqu'ils disparurent derrière la porte verte, je me retournai et collai un pain à Geoffrey. Il se plia en deux, le nez en sang. Dans la foulée, je le saisis par les bras et le poussai rudement contre le mur. Il s'effondra. Je mis la poignée de mon sabre contre sa tempe.

— Tu nous as causé du tort, à moi et à mes proches. En vertu de toutes les lois atlantes, je suis en droit de riposter. Tu n'as pas encore compris que je peux même décider de te tuer ? Je te conseille d'écouter un minimum ton instinct de survie, et vite.

Je l'abandonnai par terre et pénétrai dans le sanctuaire.

La quintessence de l'arrogance.

Pendant une bonne minute, je restai bloqué, à la fois sidéré et furieux, sur la myriade de vitres.

Ils avaient aménagé leur sanctuaire dans une serre. Nous étions dans une belle cage de verre, au milieu des éléments déchaînés, avec des enchantements hors service. Ce sanctuaire, véritable clé de voûte de la magie des sceaux, était tellement vulnérable à présent qu'un simple gros caillou suffisait à le démolir.

— D'ordinaire, des enchantements le protègent, bien sûr, dit Addam, gêné.

— Bien sûr, ironisai-je en voyant une branche de la taille d'une voiture passer dehors. Putain, achevez-moi !

— Tu as l'air prêt à fulminer de nouveau contre les hauts descendants, Héros.

Je l'entendis approcher et sentis sa chaleur contre mon dos. Il baissa la voix :

— Courons-nous un trop grand risque en restant ici ?

— Ma barrière ne bloque que les forces mal intentionnées, elle ne fera rien contre l'orage. Il faudra faire vite.

Geoffrey, retranché dans un coin salon, émit un grommellement irrité. Il s'était barbouillé le visage de sang en voulant arrêter son saignement de nez.

— Où sont ces maudites serviettes ? pesta-t-il.

— Demande à une bonne, rétorquai-je. Je suis sûr qu'elles feront des pieds et des mains pour te servir.

— Tu m'as déjà sorti ton sermon, lâcha-t-il froidement.

— À l'évidence, ce n'est toujours pas rentré.

Je ramassai un torchon bleu qui traînait à côté d'un déplantoir et le lui jetai à la figure. Il déplia le chiffon crasseux, grimaça, puis le replia de manière à obtenir un carré un tant soit peu propre. Il ne se plaignit pas cependant ; c'était peut-être rentré, finalement.

— Allez, au travail ! Chacun choisit un coin, et faites vite. Je vous signale qu'on est au cœur d'un paratonnerre.

— Ils ne m'ont pas rendu mes sceaux, dit Geoffrey. Je n'ai que ces deux-là.

Il montra ses lunettes ainsi qu'une minuscule boucle d'oreille en diamant presque cachée dans le repli de son lobe.

— Il y a des sorts utiles dans les autres ?

— J'ai un Bouclier dans celui-ci, répondit-il en tapotant la boucle d'oreille.

— Il y a des sorts utiles dans les autres ? réitérai-je.

— Ils sont… inoffensifs.

Le connaissant, sûrement des sorts cosmétiques ou liés à la mémoire eidétique. *Et après on se demande pourquoi je fulmine contre les hauts descendants.*

— Remplace le sort de tes lunettes par une magie offensive. On n'aura pas le temps pour autre chose. Magne-toi, Geoff.

Pour méditer, il se mit au coin – littéralement, face au coin. J'avais oublié à quel point sa méthode reflétait son manque d'assurance punitif.

Je m'isolai près du bâtiment principal, histoire d'avoir au moins un vrai mur derrière moi. La canopée de frondes de fougères géantes emplissait l'air d'une odeur de terre fraîche et d'eau croupie. Tout en haut, des rafales de pluie martelaient les vitres. Addam me suivit. Son accent revint, comme toujours quand il était tracassé :

— Je… je n'ai pas l'habitude de charger mes sceaux dans ces conditions. Je ne veux pas te décevoir et cela me rend très nerveux.

— Sais-tu ce qui se passe dans ton corps quand tu as peur ? Tu transpires, ton rythme cardiaque s'accélère, ton niveau d'adrénaline grimpe. Sais-tu ce qui se passe quand tu es en colère ? Transpiration, palpitations, adrénaline. Et quand tu es euphorique ? Transpiration, palpitations, adrénaline. C'est la même force, Addam. De l'énergie et de la volonté en barre. Sers-t'en. Danse avec la peur au ventre, danse avec la rage au cœur, danse avec moi.

— Mais toi, tu médites, tu ne danses pas.

— Je peux faire les deux.

Il me regarda dans les yeux. Son visage se détendit légèrement.

Je sortis mon antique disque d'argile et le tins à plat sur ma paume. Addam noua les bras autour de mes épaules puis se balança doucement. Ce n'était pas une danse à proprement parler, mais le rythme était assez régulier pour me permettre de m'évader vers l'état contemplatif dont j'avais besoin pour charger mes sceaux.

Mon monde se limita progressivement, d'abord aux grommellements de Geoff, puis à la danse, et enfin à la sensation d'Addam contre moi. Je me perdis alors dans le brouillard de ma méditation. Mobilisant ma Volonté, j'explorai à tâtons le sceau de masse.

Je l'avais trouvé des années après la chute de la cour de mon père, lors de mes premières incursions dans les ruines hantées du domaine du Soleil. Plutôt que de le vendre pour une petite fortune, j'avais décidé de l'enfouir dans les fondations du Réduit afin de nous protéger en cas d'invasion. Depuis tout ce temps, je ne m'en étais jamais servi pour autre chose. Aussi ne savais-je pas du tout à quoi m'attendre en essayant de le remplir avec une forme de magie plus agressive.

Pendant quelques secondes, son potentiel insondable m'emplit de désespoir. On était loin de l'espace confiné, rassurant, auquel j'étais habitué avec mes sceaux. Je ne percevais réellement aucune limite ; autant remplir un lac avec une lance à eau, ou faire un bonhomme de neige en attrapant des flocons un par un.

J'avais recommandé à Addam de tirer parti de ses émotions. Autant suivre mes propres conseils. Je pris mes doutes, les roulai en boule et les concassai jusqu'à obtenir une force exploitable. En temps normal, pour forger le Feu, je m'imaginais entourer un feu de joie de mes bras. Cette fois, je me figurai l'inverse, un feu de joie m'enveloppant dans ses bras. Je visualisai la blancheur éclatante d'une explosion, me représentai flottant au cœur du soleil.

Je perdis toute notion du temps. Quand je revins doucement à moi, le sceau de masse était prêt et Addam m'enlaçait toujours.

Je sortis mon téléphone en essayant de ne pas le déranger. Quinze minutes s'étaient écoulées. Mon périmètre de défense tenait encore ; j'avais le temps de préparer un autre sort. En dehors du Feu, mes sorts scellés les plus courants étaient Soins et Bouclier. J'optai pour ce dernier et consacrai plusieurs minutes à son élaboration. J'étais moins lent d'ordinaire, mais forger sa magie était plus ardu dans un sanctuaire inconnu. Mon sort achevé, je remarquai qu'Addam ne dansait plus.

— Tu as pu charger un sceau ? m'enquis-je.

Il recula légèrement pour me regarder. Ses yeux brillaient de satisfaction.

— Beau travail, Saint-Nicholas, le félicitai-je. Geoff! on décolle.

Au moment où je m'aventurai au centre de la serre, une paroi vola en éclats.

Tout alla très vite. Une ombre se précipita vers nous dans un scintillement d'eau et de verre. Geoffrey hurla. Une pluie chaude m'éclaboussa le visage.

Puis l'adrénaline me fit voir la scène au ralenti, me permettant de donner une cohérence à ces images. Une baie vitrée s'était brisée. Un cerf avait bondi à l'intérieur et donné un coup de sabot à Geoffrey. L'animal avait la jugulaire tranchée, et le corps couvert de morsures rondes pareilles à celles d'une lamproie. Le pauvre se démenait sur le carrelage en nous aspergeant de sang artériel.

Je levai un bras pour me protéger le visage. Addam accourut auprès de Geoffrey, qui reculait en poussant des coudes et des pieds.

— Qu'est-ce qui lui a fait ça!? vagit ce dernier dans le mugissement de l'orage en contemplant avec horreur les blessures du cerf.

Je transmutai mon sabre. Pivotant sur moi-même, je balayai méthodiquement les environs avec ma poignée rutilante : plafond, murs, sol, comme Brand me l'avait enseigné. Les spasmes du cerf s'espaçaient. Chaque morsure était plus large que ma main.

— On se replie dans le couloir, ordonnai-je. Addam, aide-le à se relever !

Geoffrey agrippa son bras et se laissa mettre debout. Lorsqu'il porta la main à ses lunettes, je rugis :

— Non ! Garde tes sorts ! Le cerf ne nous fera rien et la créature qui l'a attaqué ne peut pas franchir la barrière. *(Du moins je l'espère.)* Repliez-vous dans le couloir.

Je couvris leur retraite laborieuse puis, dans la loggia, passai devant avec mon sabre pointé devant moi. Un éclair tremblant transforma mon ombre en marionnette sur le mur.

Après quelques secondes, je baissai mon arme, sans relâcher ma vigilance.

— Par où devrions-nous passer ? demanda Geoff. Mieux vaut éviter l'aile du seigneur Force.

— Je suis d'accord, acquiesça Addam, avant de se tourner vers moi. Ce sera plus long par les couloirs principaux, mais nous aurons plus de place pour réagir.

— Je vais demander à Brand.

Je montai le volume de la radio. Un instant, j'eus l'impression d'arriver au milieu d'une conversation, avant de comprendre qu'il répétait mon nom en boucle.

— Je suis là, répondis-je en appuyant sur le bouton.

— Qu'est-ce qui s'est passé, bordel !?

Évidemment, il avait perçu mon angoisse quand la paroi avait explosé.

— Un cerf a déboulé dans le sanctuaire. On dirait qu'une créature l'a attaqué. Je nous fais évacuer les lieux.

— Nooon, c'est vrai ?

Son sarcasme avait beau être une façade, je tiquai. Quelque chose clochait. Je le sentais par le biais de notre lien.

— Brand, qu'est-ce qu'il y a ? Tu vas bien ?

— Deux unités ne répondent plus, avoua-t-il après un bref silence. Ta barrière magique est toujours active, n'est-ce pas ?

— Oui, mais il reste la possibilité qu'on nous ait envahis juste avant que je la déploie.

— J'ai envoyé une patrouille dans votre secteur. Ciaran les accompagne.

Je considérai avec anxiété le mur de verre de la loggia.

— Très bien, mais nous ne sommes pas en lieu sûr. Je préférerais gagner une pièce intérieure. Je t'appellerai quand je l'aurai trouvée.

— Les patrouilles sont sur le canal 5. J'essaierai de prévenir Ciaran pour toi.

— Je me réglerai sur leur canal dès que nous serons à l'abri. (Je remis la radio à ma ceinture.) Geoff, tu pourrais changer la forme de ton truc ? demandai-je en désignant l'artifice de lumière qui gigotait au-dessus de sa tête.

— Euh… je crois, oui. En quoi ?

— En grosse cible bien voyante.

Ce crétin entreprit de m'exaucer, avant de me jeter un regard noir et de l'éteindre. Je soupirai. J'avais l'impression de pas mal soupirer depuis quelques jours.

— Si le complexe a été envahi, on peut s'attendre à des embuscades. Envoie la lumière en éclaireuse devant. Elle révélera les ennemis ou les fera sortir. Comme ça.

Je projetai au loin un mot chargé de Volonté. Une boule de lumière ambrée apparut au bout de la loggia, nous offrant une bien meilleure visibilité.

— Addam, quels itinéraires s'offrent à nous ? Le plus urgent est de s'éloigner de ces fenêtres.

— Ce corridor mène à une véranda, répondit-il en désignant une porte. De ce côté, il y a le couloir de service que nous avons emprunté. Là, ce sont des salons.

— « Des salons », répétai-je en m'approchant de la double porte ornée d'un filigrane argenté.

À la faveur d'un coup de tonnerre, j'entrai dans la pièce en position accroupie. Arme au poing, je parcourus du regard un ensemble de fauteuils et canapé aux motifs floraux passés. Ne décelant aucun mouvement, j'envoyai un artifice de lumière le long des murs pour m'assurer que rien ni personne ne se planquait derrière les meubles.

Geoffrey invoqua un nouveau ruban de Möbius lumineux au-dessus de sa tête. Je m'apprêtais à le traiter d'abruti quand il dit en l'éteignant :

— Je ne peux pas le projeter comme toi.

— Le moment est mal choisi pour s'entraîner.

Le salon comportait deux autres entrées. Je me rendis compte, non sans appréhension, que je dépendrais entièrement du sens de l'orientation d'une autre personne. Je me branchai sur le canal 5.

— Brand, on est dans le salon le plus proche du sanctuaire. On va attendre Ciaran quelques minutes, mais je préfère ne pas m'attarder ici.

— Fais pas le con et attends-le. Il n'est plus très loin.

— Compris.

Geoffrey s'approcha de moi alors que j'accrochais la radio à ma ceinture.

— Et si Ashton était dans la maison ? Brand a parlé d'unités disparues. Elles ont peut-être été attaquées. Nous ferions mieux de trouver un endroit tout près où nous barricader. Je peux vous aider avec mon Bouclier.

— « Nous barricader ».

— Et mon sort de Givre. J'en ai un dans mes lunettes. À mon avis, je peux aussi m'en servir pour faire une barricade.

— Excellente idée, Geoffrey ! répliquai-je, mon appréhension se teintant de colère noire. Vraiment, bravo ! Et tant pis pour les autres en haut.

— Eux aussi se barricadent !

— On vient de passer au sanctuaire parce que, leur vraie ligne de défense, c'est nous. Tu sais quoi ? Oublions le fait qu'il en va de notre responsabilité de les protéger du danger. Oublions le fait que ce sont tes employés. Rappelons-nous seulement qui a arraché cette putain de liche de l'éther et provoqué tout ce merdier.

— C'est Ashton ! Je me suis laissé berner aussi facilement que toi.

— Pas aussi facilement, dit Addam d'une voix calme, avant de gagner une cheminée ornementale pour ramasser un tisonnier en laiton. C'est moi le dindon de la farce dans cette histoire. Reste là si ça te chante, Geoff. Je te retrouverai après.

Son associé blêmit, faisant ressortir la marque de sabot violacée sur son front. Il croisa les bras d'un air boudeur et nous tourna le dos – pour se retrouver face à face avec Ciaran, qui laissa tomber son Camouflage. Geoffrey hurla et tomba à la renverse sur un repose-pied. Le sourire carmin de la principauté brilla dans la faible clarté.

— Je t'ai fait peur, fanfaronna-t-il.

— Les sorts de Camouflage projettent quand même des ombres, soulignai-je.

J'agitai ma poignée de sabre, que j'avais brandie quelques secondes avant son apparition. Il émit un son désapprobateur.

— Toujours aussi avare de compliments.

— Avez-vous croisé des intrus en venant ? s'enquit Addam.

Ciaran portait un collier fait d'osselets, chacun d'eux étant un sceau. Très ancien, ce type d'artefact remontait à l'époque où l'enveloppe de la magie se devait d'être aussi sinistre que son contenu. Les osselets étaient maculés de sang frais.

— En effet, répondit-il.

— C'étaient des récarnés ? demandai-je. Dans le bâtiment ?

— Tout à fait, une attaque-surprise, mais nous nous sommes débrouillés. Les garçons ?

Trois domestiques armés s'avancèrent dans l'encadrement de la porte. Leur entrée attira mon attention sur les fenêtres derrière eux ; le ciel était un abîme gris tourbillonnant.

Mes oreilles éclatèrent.

— Tes cheveux ! dit Addam.

Lui aussi avait des mèches échappées de sa natte qui se dressaient sur sa tête.

Alors que Ciaran braillait à tout le monde de dégager, j'attrapai Addam et nous jetai de l'autre côté de la pièce. Au moment où je m'écrasai par terre avec lui, un éclair frappa la demeure.

Je connus un bref instant de synesthésie : la blancheur m'assourdit, le tonnerre roula dans un grondement jaune. Puis je vis l'un des gardes en feu. Il tournait en rond en moulinant des bras, attisant les flammes malgré lui. J'arrachai une tenture et enveloppai le malheureux. J'eus la sensation que des aiguilles brûlantes me piquaient à travers la tapisserie. Enfin, l'homme s'effondra et je parvins à le faire rouler par terre pour éteindre le feu.

Je soulevai l'étoffe le temps de constater qu'il avait perdu la quasi-totalité de son visage, et la vie. Je rabattis la tapisserie.

— Il faut… s'éloigner de ces fenêtres, dis-je dans le sifflement du vent.

La plupart étaient éventrées et la pluie fouettait ma tête inclinée.

— Addam, trouve-nous un autre chemin, ajoutai-je.

— Par là, dans le couloir, de l'autre côté de cette porte, suggéra-t-il, hébété.

Nous nous mîmes en route dans un silence choqué. Les deux domestiques restants fermèrent la marche en échangeant des murmures apeurés. Honnêtement, je ne leur jetais pas la pierre. S'ils avaient cru que tout irait bien parce qu'ils étaient entourés de hauts descendants, ils se trompaient. Nous n'avions, hélas, qu'une seule corde à notre arc. Notre pouvoir était limité par les instruments mêmes de notre magie. Comment pouvais-je espérer protéger qui que ce soit avec des ennemis à la fois en dehors de mon périmètre de défense et en son sein ?

Je poussai une porte battante. J'accrus la lumière de mon artifice et l'envoyai en éclaireur au-dessus d'une portion de parquet sombre et miroitant.

— Par ici, précisa Addam en allant ouvrir une porte de l'autre côté du couloir.

J'entraperçus une moquette vert mousse, puis il écrasa quelque chose d'humide avec sa botte. Je le tirai en arrière sans crier gare. Une bouffée de spores semblables à des lucioles s'éleva à l'endroit où il se tenait juste avant.

— Seigneurs ! siffla-t-il alors que j'éclairais la pièce avec mon artifice.

Sur la partie supérieure, c'était un salon de lecture richement décoré. En dessous, la moquette bouillonnait de champignons fauves luisants aux lamelles charnues et enflées.

— Nous avons été à la merci de la Terrouest. (Je me tournai vers mon groupe, presque furieux.) Ça n'a duré qu'une minute, mais nous avons été à sa merci, et nous n'avons aucun moyen de savoir quelles saloperies ont pu s'infiltrer avant que ma barrière se dresse. Ne touchez à *rien*, même si ça vous paraît normal. Si vous vous appuyez sur un bureau et qu'il vous bouffe, je décline toute responsabilité. Des questions ?

— Ils porteront des cirés, murmura Ciaran.

— De quoi vous parlez ?

Ses yeux, toujours un peu scintillants d'ordinaire, brillaient à présent.

— Je vois des sortes de bestioles, dit-il, avant de secouer la tête. Je crains que le temps nous soit compté, Soleil.

— Nous pouvons essayer par là, proposa Addam en indiquant une autre porte dans le couloir.

Il nous fit passer par une bibliothèque, puis par une salle de musique. Derrière des portes vitrées ornementales, nous trouvâmes un corridor obscur dans lequel Addam nous pressa d'entrer.

À quelques mètres devant nous, mon artifice de lumière déclencha la première embuscade.

Des macchabées surgirent du tournant suivant. Deux se jetèrent à genoux, le fusil contre l'épaule. D'un geste, je scindai mon artifice en deux sphères lumineuses que j'envoyai dans leurs yeux. Pris par surprise, l'un vacilla dans la ligne de tir de l'autre.

Ciaran se précipita au-devant d'eux et leur aboya :

— Souvenez-vous !

L'un des morts-vivants recula et cria le nom d'une femme – avec une vraie voix, chose normalement impossible. Un autre se mit à arracher les points de suture de son visage. Un troisième dégaina un couteau et le planta dans la poitrine de son voisin.

— Pas dans le cœur. Ici, ajouta Ciaran en se touchant la nuque. Votre calvaire s'achève.

Le récarné fit pivoter son couteau et poignarda les autres dans le tronc cérébral. Aucun ne résista. Pour finir, il se suicida.

Comme la plupart des scènes de violence, celle-ci se termina avant même que nos cerveaux la comprennent. Quelqu'un était saisi de haut-le-cœur. Addam haletait.

Qu'avait donc fait Ciaran ? Je n'avais senti aucune activation de sceau.

— Tu oublies que, les rêves, c'est mon rayon, me rappela-t-il.

— Quel genre de rêves tordus vous avez ? bafouilla l'un de nos gardes.

— Ce n'étaient pas les miens mais les leurs. Je leur ai rendu leurs rêves, pour leur rappeler leur vie d'autrefois. N'oubliez pas qu'à leur manière ils sont tout autant victimes d'Ashton que nous.

Un hurlement de femme se fit entendre.

Les domestiques armés nous regardèrent. En temps normal, ils se seraient précipités vers la personne en détresse, mais ce jour était différent des autres : les couloirs s'étaient transformés en terrain inconnu et hostile.

Les hurlements s'arrêtèrent net.

— Seigneur ! gémit l'un des serviteurs, mais que nous arrive-t-il !?

— Nous devons quand même rejoindre les autres, déclarai-je. Concentrez-vous sur cet objectif. Allons-y.

Notre groupe passa par un escalier étroit pour gagner le premier étage, puis sous une arche, avant de déboucher dans l'aile résidentielle de la demeure. Je n'aurais su dire quel Arcane habitait dans ce secteur, mais c'était spartiate. Les planches étaient tapissées de frondaisons de sapin. Des baies sèches craquaient sous mes pieds, libérant une odeur résineuse.

Les cris d'un homme nous parvinrent.

— Peter ! s'exclama l'un de nos gardes avant de s'élancer en trombe.

Je le poursuivis. Il disparut derrière le coin du couloir. Un jet de sang jugulaire gicla dans son sillage. Pas de hurlement, pas de bruits de lutte, rien que le claquement du sang contre les murs blancs.

Je me baissai aussitôt et, avec un cri guerrier, brandis ma poignée de sabre. Il y avait deux corps à terre ; l'un bougeait encore mais se vidait de son sang. Un homme se tenait au-dessus, affublé d'un ciré vert algue. Il avait les traits mous et gonflés d'un noyé.

Des yeux espacés, une peau grise de requin. Des dents pareilles à des aiguilles hypodermiques. *Un draugr.* Un putain de draugr, un esprit de l'eau, vampire des marées.

Je rugis de colère et fis feu. Mon tir le toucha à l'épaule. Il délaissa sa victime et trébucha sur le corps inerte de mon garde, dont la vie s'échappait dans le flot de sang qui coulait de sa gorge arrachée.

Le reste du groupe arriva. Geoffrey libéra un sort ; une lumière facettée rayonna de sa peau. Profitant de ce que l'attention du draugr était détournée, le dernier domestique armé lui enfonça son épée dans les côtes.

Les draugar n'étant pas tout à fait morts-vivants comme les récarnés, le charbon vulcanisé était inefficace contre eux. Notre adversaire se retourna et défonça le crâne du garde d'un revers de la main. L'homme convulsa à peine une seconde avant d'expirer.

Geoffrey s'étant rendu parfaitement invulnérable, je le balançai contre la créature, qui l'écarta de la main comme une mouche. Ma poignée de sabre rougeoya sous la force de ma Volonté ; du métal en fusion en germa pour former une lame aussi longue que mon avant-bras.

— Gardez vos sceaux ! criai-je tout en me mettant en position de combat.

J'esquissai de rapides coups d'estoc vers les yeux du draugr. Il chancela, me permettant de lui assener un coup de pommeau. Sa tête partit en arrière. Relevant les épaules pour protéger mon cou de ses griffes qui s'agitaient, je lui transperçai le bras. Il trébucha, et tomba sur un genou. Je tentai de le décapiter d'un coup net.

Sa peau était hélas trop coriace. Il tomba à quatre pattes dans un hurlement perçant. Puis il se souvint subitement de la réserve de sang qu'il avait à sa disposition en la personne du garde qu'il venait de neutraliser. Plus rapide que l'éclair, il planta ses griffes dans la gorge du blessé.

Sous mon regard horrifié, le serviteur succomba, et son esprit s'échappa de son enveloppe charnelle. Trois hommes que je devais simplement ramener à l'étage ; trois hommes morts.

Mon Aspect atlante se manifesta sur mon ordre. Pour la première fois de ma vie, je l'invoquais consciemment. Je l'appelai à ma peau, le laissai m'embraser comme une fièvre. J'éclipsai bientôt toutes les sources de lumière du couloir. Du monde. Quand je parlai, mes paroles jaillirent telles des flammes.

— Brûle, murmurai-je.

Le visage du draugr se mit à fumer. Des lambeaux de peau se détachèrent de sa mâchoire. Ses cheveux se ratatinèrent en immondes bouclettes calcinées.

Il périt dans une combustion fuligineuse.

Un grand silence s'installa.

Lorsque la lumière déclina, *ma* lumière, celle que j'incarnais, il me fallut faire un effort conscient pour rester debout. La voix tremblante, je demandai :

— Par curiosité, mes yeux étaient-ils en feu ?

— Oui, ils brûlaient, murmura Addam avec un mélange d'émerveillement et d'effroi. Ton corps tout entier brûlait.

— Très impressionnant, Soleil, dit Ciaran. Autre fait intéressant, cependant, les draugar se déplacent toujours en *bancs*.

— Eh merde ! jurai-je, avant de prendre ma radio. Brand ?

— Je suis en route. Que s'est-il passé ?

— Non ! reste où tu es. Nous venons d'affronter un draugr, il a dû profiter de l'orage pour ven…

Cela fit tilt dans ma tête. Ce n'était pas une coïncidence si la tempête masquait le soleil. Le couvert des nuages permettait aux draugar de se déplacer en plein jour.

— C'est un coup d'Ashton, repris-je. Il a aussi des draugar à sa botte. S'il y en a un, il y en a toute une bande. Rappelle les patrouilles, on ratissera le bâtiment quand ce sera fini. (*Si ça finit.*) Toi aussi, replie-toi. Je te retrouve à la barricade.

— McAllister, rappelez les unités du sous-sol. Rune, passe sur le canal 4.

Je m'exécutai. La voix de Brand grésilla aussitôt :

— Boucle-la et compte jusqu'à trente. JE VIENS TE CHERCHER !

Je souris et répondis :

— On se retrouve à mi-chemin.

Nous courûmes longuement, précédés d'un artifice de lumière. Nos pieds glissèrent sur un carrelage humide, pataugèrent dans une moquette détrempée. Des fenêtres éventrées sifflaient en crachant de la pluie. À un bureau empestant le cigare succéda une pièce équipée de barres de danse et de miroirs. Un effet de l'artifice lumineux nous fit paraître infiniment plus petits dans les glaces qui se faisaient face.

— Rune, tu n'es plus très loin, me dit Brand par radio.

Sa voix était tendue. Avant de pouvoir lui répondre, je l'entendis étouffer une exclamation et ajouter :

— On est six. Je crois qu'on a de la compagnie. On est dehors, dans une cour que ta barrière a incluse. Le dallage a l'air orang...

Sa voix se perdit dans un grésillement. Notre lien me transmit des vibrations de surprise et d'adrénaline.

— Addam, de quel endroit il parlait ? Vite !

— Ça ressemble à la cour à l'arrière de cette aile. Elle donne sur les jardins. C'est par là.

Je me ruai vers la porte qu'il m'indiquait et déboulai dans une rotonde, un vaste espace octogonal au sol composé d'une immense mosaïque en forme d'étoile. Un dôme peu élevé dévoilait le ciel tumultueux.

Au moment où nous arrivâmes au milieu de la salle, un arbre entier passa à travers la voûte vitrée. Un fracas de bris de verre et de baguettes de métal me vrilla les tympans. Des manches furent saisies, des bras furent tirés. On me sauva d'une lame de cristal aussi longue que mon fémur. Mon sauveur me poussa dans un couloir et m'écrasa de son corps.

L'angoisse de Brand ne cessait de sourdre en moi. Il se battait.

— Où... où sommes-nous ? demandai-je quand le calme revint.

Je grognai un artifice de lumière dans un excès de Volonté aveuglant. Nous n'étions que deux : Ciaran et moi. Aucune trace d'Addam. L'entrée du couloir était bloquée par un éboulis.

Brand se battait, Addam avait disparu. Je me sentais atrocement tiraillé dans deux directions opposées. Mais le haut descendant était plus près.

— Addam ! m'égosillai-je.

Je courus au tas de gravats. À la faveur d'interstices, j'aperçus un rideau de pluie et l'obscurité. Alors que je m'efforçais de déloger une barre de métal coupante, j'entendis la voix d'Addam :

— Nous sommes indemnes ! Nous pouvons continuer de notre côté. Passez par les débarras, cherchez une fenêtre qui donne sur la cour.

— Vous pouvez marcher ? demandai-je à Ciaran.

— Je me suis coupé en te sauvant, énonça-t-il en examinant une sale entaille à son poignet.

— Oui, super, merci, maintenant bougez-vous. Je vous en prie, Ciaran ! Brand se fait attaquer !

Le couloir envahi par la poussière menait à une zone réservée au personnel et, de là, à un débarras qui s'étendait sur toute la longueur de l'aile. Un affreux remugle émanait de cet endroit peuplé de grands meubles houssés.

Je m'arrêtai au milieu de la pièce pour étudier un mur. Je ne voyais ni fenêtres ni portes, rien que du mur.

— Il est là, grognai-je d'une voix tremblante de colère. Juste de l'autre côté !

Avec un cri de frustration, je tirai un éclair de feu, pulvérisant une frise de marbre et enflammant des toiles d'araignées.

— Des portes, des couloirs, des coins, lâcha la principauté avec dégoût. Nous ne sommes que de vulgaires rats dans un labyrinthe ! C'est assez.

Il toucha une pièce de son collier d'osselets. Un bourdonnement de magie nous entoura et Ciaran leva la main vers le mur. Un pan entier frémit, puis se contracta. Quand le tremblement tonitruant cessa, le mur tenait toujours mais il était différent. Fragilisé.

— Vas-y, frappe. (Alors que je m'apprêtais à tirer, il me saisit le poignet, transformant le cuir de la manche de mon blouson en velours côtelé.) Frappe, te dis-je.

Je m'avançai de trois pas et décochai un coup de pied latéral dans le mur. Il se fendit. Ciaran avait réduit la pierre à l'état d'argile.

J'avisai une table gracile posée à l'envers sur un meuble houssé. Je m'en emparai et m'en servis pour marteler le mur. À la troisième tentative, la paroi s'ouvrit sur une bruine et des éclats de voix.

Par la brèche, je repérai Brand. Avec cinq domestiques, il avait formé un cercle au milieu d'une grande cour balayée par les éléments. Des récarnés en tenue de camouflage urbain les attaquaient de toutes parts. Au moins deux strates de cadavres s'empilaient autour de mon Acolyte, dont les manches étaient imbibées de sang.

Je vis avec horreur un serviteur se faire embrocher par un récarné.

— À terre ! criai-je.

La plupart des hommes suivirent l'exemple de mon équipier, qui se coucha immédiatement et tira au sol ceux qui tardaient à réagir. Sans prendre la peine de sortir, je levai mon arme et arrosai la zone d'une rafale d'éclairs de feu. Brand n'attendit pas mon feu vert : d'un coup de pied, il brisa les chevilles d'un récarné qui tentait d'esquiver mes tirs, puis l'empoigna par la ceinture et lui planta son couteau dans la nuque.

Je passai à du tir de précision, éliminant les récarnés qui couraient derrière le groupe de résistants.

Galvanisés par mon arrivée et suivant les consignes de Brand, les domestiques s'appliquèrent à cisailler les jambes des ennemis avec leurs armes avant de les jeter à ma portée. Le combat s'acheva rapidement.

— Allez, grimpe ! dit Ciaran en me poussant.

J'escaladai la brèche et posai les pieds sur un dallage en terre cuite orange. Je courus vers Brand en prenant garde à ne pas glisser sur le sol trempé.

— Il en viendra d'autres, prévint-il, avant de se renfrogner quand je tentai de retrousser sa manche.

D'un regard appuyé, il me désigna le domestique qui avait pris un coup d'épée, comme si je n'étais pas censé me soucier de mon Acolyte en premier.

— Qu'est-ce que vous fabriquez dehors ? lui demandai-je.

— On prenait un raccourci.

— Par une cour à ciel ouvert sous les éclairs. Tu devrais dessiner des cartes.

— L'orage s'essouffle, grommela-t-il, les dents serrées.

J'observai le ciel tout en déchirant sa manche jusqu'au coude. Nous étions toujours surplombés d'une masse de nuages agités de remous gris et noirs.

— Pas du tout, c'est seulement l'œil de la tempête.

Il avait une estafilade de quinze centimètres sur l'avant-bras. Même si la plaie saignait abondamment et nécessitait une suture, il avait connu pire. Il gardait de la colle chirurgicale dans ses poches de ceinturon ; cela devrait suffire à limiter l'hémorragie un temps.

— Comment va-t-il ? demandai-je à Ciaran, qui examinait le serviteur blessé.

Les yeux baissés, il secoua la tête d'un air grave. Je soupirai, puis désignai deux arbalètes que les domestiques avaient laissées tomber.

— Il faudrait recharger ces armes et gagner la barricade au plus vite.

Soudain, du côté du bâtiment, une porte-fenêtre s'ouvrit avec fracas et Addam et Geoff déboulèrent dans le patio. Le premier avait sorti son épée ; le second, cette andouille, avait encore gâché un sort scellé comme en attestait le halo glacial autour de sa main.

L'instant d'après, une fenêtre vola en éclats de l'autre côté. Un porte-chapeaux assena encore plusieurs coups à travers l'ouverture pour dégager le verre, et la tête blonde de Max apparut.

— J'ai le kit de secours ! annonça-t-il. J'ai entendu parler de votre attaque. Je veux vous aider.

— Toi, je sais pas ce qui me retient de te botter le cul, l'incendia Brand. Je t'ai dit de rester à l'abri.

Alors qu'il se dirigeait d'un pas lourd vers l'adolescent pour l'extirper de la fenêtre, Addam vint à notre rencontre. Son regard se posa sur le serviteur mort au combat et il tomba sur un genou devant lui.

Je l'aurais volontiers rejoint, mais un murmure sibilant de Ciaran m'interpella. Bras tendu, doigts écartés, il leva la main vers le toit, puis la baissa vers la brèche du débarras.

— Ils arrivent.

— Des récarnés ? Brand, en formation !

La principauté secoua lentement la tête et précisa :

— Il y a du draugr aussi. *Des* draugar, répéta-t-il en insistant sur le pluriel.

— Rechargez-moi ces arbalètes ! ordonna mon équipier. Geoffrey, sers-toi de ce putain de sort avant qu'il s'épuise. Addam, rassemble les blessés au centre d'un cercle ! ajouta-t-il en y plaçant aussi Max.

Pas le temps d'élaborer une stratégie plus poussée car, déjà, une cohorte se bousculait derrière le trou que j'avais fait dans le mur. Trois récarnés bondirent dehors. Derrière, j'aperçus des visages livides et des cirés.

— Je m'en charge, annonça Geoff.

Alors que les récarnés tombaient sous les tirs d'arbalète, le haut descendant envoya une boule de Givre sur le bâtiment. Un mur de brume combla la brèche.

Un récarné coincé à l'intérieur tenta d'enfoncer la paroi nébuleuse. Son visage noircit et se crevassa, avant de tomber en morceaux.

Geoffrey mettait toute sa Volonté dans sa barrière glaciale, mais il dépensait son énergie pour rien. Le sort de Ciaran avait fragilisé une section importante du mur. Des fragments de pierre sautèrent sous la pression, obligeant Geoff à étendre sa défense, réduisant son efficacité. Pire, les draugar se servirent des récarnés comme projectiles pour affaiblir le sort.

En surcharge, la barrière céda brusquement et le trou vomit des draugar. Quatre, non, cinq, plus d'une demi-douzaine. *Trop nombreux.* Peu importaient les atouts que nous avions dans nos manches, ils étaient trop nombreux.

Les derniers carreaux d'arbalète sifflèrent, transperçant deux draugar avec assez de force pour les faire chanceler. Derrière moi, je sentis Ciaran et Addam libérer des sorts scellés. L'épée d'Addam se nimba de Sacrefeu tandis que la principauté générait un tourbillon de force autour de lui. Il s'écarta du groupe et tendit les bras. Meubles et cloisons s'effondrèrent dans la cour, privés de leurs vis et de leurs clous, que Ciaran projeta sur l'ennemi. Criblées de partout, les créatures s'effondrèrent.

Brand leva le regard une demi-seconde avant l'arrivée de la vague suivante.

Cinq zombies sautèrent du toit. J'aurais dû m'y attendre ; les récarnés se moquaient bien de se briser les jambes ou de se froisser les muscles, et puis Ciaran m'avait prévenu que le danger pourrait venir d'en haut également.

Les macchabées s'écrasèrent sur les dalles, se relevèrent sur leurs os fracturés et se ruèrent sur nous.

Brand s'occupa du premier en lui crevant les yeux, avant de lui planter son couteau dans la nuque. Le mort-vivant n'avait pas encore touché le sol que mon Acolyte pivota pour en poignarder un autre. Je tirai trois éclairs de feu sur les draugar qui nous encerclaient – la plus grande menace – dans l'espoir de les maintenir à distance. J'en touchai un à l'œil au moment où cinq gros clous lui perforaient la mâchoire.

L'un de nos hommes s'écroula après un coup de dague dans la joue, la plaie béante révélant des dents ensanglantées. Addam se campa devant les domestiques et engagea le combat avec son épée. Il trancha le visage d'un récarné en deux, faisant gicler sur moi un sang noir et froid.

Je continuais de harceler les draugar de mes tirs. Max s'élança et égorgea un récarné. Je me précipitai pour le ramener de force dans le cercle, puis tirai dans la tête du récarné blessé jusqu'à ce qu'il cesse de bouger.

Un mort-vivant profita d'une parade d'Addam pour le contourner et foncer vers nous. Geoffrey se réfugia derrière les employés de maison, laissant un boulevard au récarné pour m'attaquer. Mon dernier tir partit en vrille vers le premier étage. D'une impulsion de

Volonté, je transmutai ma poignée de sabre en dague de poing. Je n'eus pas à m'en servir, cependant, car Brand s'interposa et terrassa le macchabée d'un coup net.

— Les sceaux ! m'aboya-t-il.

— Pas encore, répondis-je.

— Des draugar ! s'écria Ciaran alors que la première vraie vague de vampires des marées passait à l'attaque.

Je me ruai à la rencontre du premier. Une pellicule d'huile putrescente vernissait ses joues bouffies. J'esquivai deux coups et, grâce à une feinte, me retrouvai dans une position idéale pour le poignarder au torse. Ma lame resta coincée dans sa cage thoracique. Au lieu de l'arracher, je la fis éclater dans un nuage d'étincelles. La créature mourut avec un dernier hurlement.

Un draugr avait réussi à attraper l'un des domestiques dans le cercle et s'en nourrissait. Un autre était aux prises avec Brand qui, malgré sa rapidité, avait déjà plusieurs entailles sanguinolentes au visage.

— Rechargez les arbalètes ! criai-je tout en me jetant sur le monstre.

Max voulut me suivre. Je perdis une seconde à me retourner pour le renvoyer brutalement au milieu de notre petit groupe. Geoffrey le réceptionna et le retint pour moi, ce qui aurait pu être gentil si ce type n'avait pas été un gros lâche qui comptait certainement s'en servir de bouclier humain. Je fis front devant eux.

Armé de son épée nimbée de Sacrefeu, Addam courut pourfendre le draugr qui avait acculé Brand. Les derniers récarnés gisaient morts dans son sillage.

Les draugar restent trop nombreux.

Je me touchai la cuisse en me focalisant sur mon sceau de la honte. Le sort de Bouclier m'enveloppa. Avant que ma peau l'absorbe, je lui donnai la forme d'une masse et frappai, propulsant deux draugar à l'autre bout du patio. Le premier perdit de précieuses secondes à revenir ; le second heurta ma barrière de défense et se désintégra dans un nuage de fumée.

— Repoussez-les vers le périmètre ! hurla Brand après avoir croisé mon regard.

Il s'écarta de son adversaire et tournoya pour lui flanquer un coup de pied latéral. Il les enchaîna, l'obligeant à reculer peu à peu vers la défense magique.

Un draugr parvint à bondir au milieu de notre cercle, un autre courut prêter main-forte à celui qui affrontait Brand. Un troisième sauta par-dessus Addam pour le prendre à revers.

Trop nombreux.

Défendant nos camarades, *dont Geoffrey*, Max combattait un draugr avec un fendoir de cuisinier. Je m'apprêtais à voler à son secours, mais Ciaran assomma le vampire des marées avec un pied de table.

Brand avait maintenant un genou à terre, la jambe en sang. Je courus vers lui. Soudain, un draugr surgit de nulle part et ses griffes me frôlèrent la joue. Je dérapai sur les dalles trempées. Du coin de l'œil, je vis mon équipier esquiver un coup pour en recevoir un autre au cou. Alors que je sortais mon sceau de masse, mon assaillant m'attrapa brutalement par le col. L'artefact me tomba des mains et alla glisser plus loin.

— Tu nous fais perdre notre temps, siffla-t-il à travers ses lèvres boursouflées, me soufflant son haleine d'algues au nez. Sois sage et couche-toi dans ton sang.

En réponse, je lui rugis à la gueule et le giflai. Je voulus faire appel à mon Aspect, mais j'avais déjà trop sollicité ma Volonté. La créature découvrit ses crocs cassés dans un rictus silencieux et tenta de me mordre. Je me défendis d'un crochet du droit qui lui fit partir la tête en arrière. Furieux, il leva une main aux ongles acérés, prêt à me frapper.

Max accourut pour bloquer l'attaque avec son fendoir. Déviée, la main du draugr glissa sur le bras de l'adolescent et les griffes se plantèrent dans sa gorge.

Un jet de sang jaillit de la blessure. Sous mon regard interloqué, Max s'écroula lentement. Je hurlai, me débattis, puis le draugr s'envola soudain, jeté par Ciaran contre la barrière magique.

Je restai un moment prostré, à regarder le corps inerte de Max, à regarder l'un des derniers serviteurs agoniser par terre, à regarder Addam s'interposer entre Brand et un coup d'estoc, à regarder mon Acolyte incapable de tenir sur sa jambe estropiée, à regarder quatre nouveaux draugar débarquer dans le patio.

Il n'y avait pas de mots pour décrire ce que j'éprouvais à cet instant. Il n'y a pas de mots pour décrire le sentiment qui nous envahit quand la bataille tourne en notre défaveur et que l'on se noie dans son échec.

De ce recoin douloureux de mon cœur où vivait le désespoir, mon Aspect répondit enfin à mon appel éperdu.

Mes bras s'embrasèrent. Le feu remonta sur mon torse, me couvrit le visage, envahit mon champ de vision. Une force supérieure à tout ce que j'avais connu me secoua. Elle me lacéra la gorge comme un cri contenu, m'implorant de la libérer.

Je tombai à genoux et hurlai au ciel ma détresse.

Un éclair de magie pure – une magie visible, éclatante – fusa de mon être et frappa les nuages dans une fulguration intense. L'œil de la tempête bouillonna. Sa masse s'effila, laissant apparaître des carrés d'une couleur indéterminée, puis de vives nuances de bleu.

Un beau soleil d'après-midi perça les nuages et déchira les ombres.

Les draugar, créatures de la nuit, prirent feu. Vagissant, ils tentèrent de se réfugier dans la demeure, mais les survivants les poursuivirent et les taillèrent en pièces.

Le combat était terminé.

Fin de la partie

Quand je tombai enfin à genoux devant Max, la puissance m'avait quitté. Je tremblais, épuisé, douloureusement conscient de ma mortalité.

Des deux mains, je tentai d'étancher le sang qui coulait à gros bouillons de sa gorge. Il en avait déjà tant perdu que mon genou glissait dans une flaque pourpre.

— Max, sanglotai-je en essuyant l'écume rosâtre au coin de sa bouche.

Levant la tête, je remarquai que tout le monde se tenait autour de nous.

— Où est le kit de secours qu'il a apporté ? demandai-je, paniqué.

— Cherche-le, ordonna Addam à Geoff en l'envoyant valdinguer vers la pile de cadavres. Dépêche-toi ! ajouta-t-il avant de se mettre lui-même à quatre pattes pour retourner les corps.

Maculé de sang, traînant sa jambe inutile, Brand vint s'accroupir à côté de l'adolescent. Il tendit une main vers moi, paume ouverte. Mon sceau de masse.

— Qu'est-ce qui s'est passé ? chuchota-t-il. C'était quoi ce truc ?

Je scrutai le ciel. Déjà, des nuages gris s'engouffraient dans la trouée que j'avais créée, mais le soleil rayonnait toujours de mille feux. *Oui, qu'ai-je fait ?*

— Je ne sais pas, confessai-je.

— En tout cas, c'était efficace. Tu vas bien ?

Je n'avais pas envie d'en discuter. Je n'y comprenais rien. Je ressentais un… un vide en moi, comme si j'avais épuisé une ressource qui aurait dû être préservée.

Max toussa. L'écume sur ses lèvres vira à l'incarnat. Il entrouvrit les yeux.

— J'ai assuré ? hoqueta-t-il.

— Garde tes forces, Max, dis-je.

Il grimaça quand j'appuyai plus fort sur ses plaies en sentant sa vie s'écouler entre mes doigts.

— Mais j'ai assuré ?

— Comme un chef. Tu t'es montré extrêmement courageux.

— Et stupide, intervint Brand. Incroyablement stupide.

— Oh ! fit l'adolescent, avant de sourire. Je préfère la réponse de Rune.

Un spasme de douleur lui tordit les traits, et il étouffa un hurlement.

— Ça vient, ce putain de kit !? vociférai-je.

— Trouvé ! annonça Ciaran sur ma gauche.

Il passa la boîte à Addam, qui accourut auprès de l'adolescent et vida le contenu du kit sur les dalles : les bandages, les pierres de soins, les baumes et le petit caducée d'or mis de côté après notre arrivée au complexe.

— Il est normalement réglé pour que je puisse l'utiliser aussi bien que notre chiromancien, déclara Addam. Cela devrait fonctionner.

Il y eut un frisson de magie et le sort enveloppa ses mains d'une douce chaleur. J'arrachai les boutons de la chemise de Max pour permettre à Addam de poser les mains sur sa gorge. Une rougeur se propagea autour des plaies sous les taches de sang. La peau lacérée brilla et se referma lentement. Des pelures de peau sanguinolentes se détachèrent.

Addam se redressa, fourragea dans le kit et prit deux galets plats qu'il posa respectivement sur le front et le torse du blessé.

Incommodé, Max tenta de s'en débarrasser, mais je lui tins fermement la main pour l'en empêcher. Ses paupières s'alourdirent.

— Ce sont des enchantements analgésiques, m'expliqua le haut descendant. Rune, il… il a perdu beaucoup de sang. Il nous faudrait d'autres sorts de Soins.

Des portes s'ouvrirent brusquement sur la cour. J'étais à deux doigts de récupérer le sceau de masse que Brand tenait encore dans sa main quand je reconnus McAllister. Accompagné de trois employés, le majordome accourait avec une pile de linges et de bandages. Deux hommes les suivaient en portant une table aux pieds cassés. Je mis un instant à comprendre qu'il s'agissait d'un brancard de fortune.

J'observai l'expression de McAllister lorsqu'il se rendit compte que seul Max avait besoin d'être évacué. Tous ses employés étaient morts. Tous. Tous les domestiques qui nous avaient épaulés. Je décidai de mettre de côté ce chef-d'œuvre de culpabilité pour l'admirer plus tard sous toutes les coutures.

— Tu veux bien rester avec Max ? demandai-je à Brand en me levant.

Il acquiesça et me remit mon sceau de masse. Je l'empochai, m'étirai et, ignorant les fourmis dans mes jambes, me dirigeai vers Geoffrey en transmutant mon sabre en dague. Il me vit venir.

— Rune, dit-il quand je fus assez près, mais qu'est-ce que tu as fait ? As-tu… (Il jeta un bref coup d'œil autour de lui.) As-tu utilisé la magie de climat ?

Absolument pas. J'ignorais d'où me venait cette certitude, mais je n'en doutais pas un instant, et son culot de me reprocher d'avoir sauvé sa misérable carcasse me donnait envie de lui en coller une. Je le dévisageai en silence, attendant qu'il se mette à remuer, mal à l'aise, avant de dire :

— Voilà ce que tu vas faire. Tu vas retourner *en vitesse* au sanctuaire. McAllister enverra quelqu'un te chercher tes sceaux. Tu vas en charger au minimum quatre avec des sorts de Soins et, ensuite, tu reviendras *en vitesse* auprès de Max, où qu'il soit, et tu te démerderas pour qu'il survive.

— Mais… mais le sanctuaire n'est plus sûr.

— Je m'en cogne, c'est toujours un sanctuaire.

— Il est ouvert ! N'importe quoi pourrait m'attaquer !

— Je… m'en… cogne ! répétai-je en collant mon visage au sien.

À ma grande surprise, il me poussa de son front en retour et grogna :

— Mais je ne suis pas comme toi ! Tu crois que je n'en ai pas conscience ? Tu crois que je n'ai pas conscience de mon inutilité en combat ? Combien de fois encore faudra-t-il que je m'excuse de ne pas être un tueur aussi efficace que toi ?

— Ho-ho ! continue sur cette lancée. Vas-y, essaie.

— Je n'irai pas ! Le sanctuaire n'est plus sûr, c'est du suicide ! persista-t-il en me piquant le torse du doigt.

Je lui saisis l'index, le retournai et plantai ma dague au milieu de sa paume. La lame brûlante y entra comme dans du beurre. Quand il se mit à hurler, je lui pris le menton de ma main libre et le repoussai violemment. Il tituba en battant des bras avant de tomber à la renverse. Je le clouai aussitôt au sol d'un genou et attendis qu'il se taise.

Une fois certain d'avoir toute son attention, je retirai ma dague. Les hurlements reprirent. Cette fois, ils tardèrent nettement moins à se réduire à des geignements.

— Si tu t'avises d'utiliser un sort de Soins sur toi alors qu'il reste des blessés, l'avertis-je, je ne me contenterai pas de te tuer, je ferai durer le plaisir.

Sitôt que je le libérai, il s'empressa de se relever et fila vers le bâtiment.

Addam, l'air choqué, trébucha sur un cadavre en me rejoignant. Je l'arrêtai d'un geste ; je n'étais pas en état de discuter. Les yeux baissés, je me concentrai sur ma respiration.

Un visage gris tavelé me rendait mon regard. Un récarné. Une photo avait glissé de sa poche. En la ramassant, je découvris le portrait d'une fillette édentée. Au dos, il y avait deux mots mal orthographiés écrits à la craie grasse, le genre de souvenir qu'un enfant glisserait dans un cercueil.

Ma décision fut vite prise. Je soufflai et me rendis compte que j'avais retenu ma respiration tout du long.

Il y avait de quoi s'interroger sur la vie que Brand et moi menions pour que, de toutes les émotions que nous partagions à travers notre lien, ce soit ce soulagement qui le fasse blêmir de peur. Il s'avança en boitant.

— Rune! on doit vite dégager et s'abriter derrière une barricade. Ça fait presque une heure depuis que tu as activé le périmètre de défense.

— Je sais. Je le sens faiblir.

— Mais j'aurai besoin de ton aide pour monter l'escalier, d'accord? Ma jambe ne tient plus. Tu peux me faire un bandage.

Je souris légèrement et essuyai ses joues ensanglantées.

— Bien tenté.

— Rune...

— Tu sais que je dois aller les affronter.

— Non, rien ne t'y oblige.

— J'ai un sceau de masse chargé. J'ai l'Exode. C'est la meilleure solution.

— Ce n'est pas une solution, c'est l'absence de choix! Je refuse!

— Seul, sans avoir besoin de restreindre ma magie, j'aurai une chance. Je peux les prendre par surprise devant le portail où ils se sont amassés avant que ma barrière cède. J'ai l'occasion de tous nous sauver. Ce n'est pas une tactique suicidaire, Brand. J'ai peut-être le moyen de *tous* nous sauver.

— Ne me demande pas ça. (Sa voix se brisa.) Ne me demande pas de rester encore sur la touche.

Les fines pattes-d'oie de ses yeux se contractaient. Mes doigts touchaient encore ses joues ensanglantées.

— C'est mon histoire...

— Rune, murmura-t-il.

— Et elle ne fait que commencer.

Nous étions si proches que, lorsqu'il inclina la tête, son front se colla au mien. Il respira fort quelques instants, puis parvint à me demander:

— Tu as mis quel sort dans le sceau de masse ?

— À ton avis ?

Il ouvrit les yeux et tenta de sourire.

— À mon avis, j'adorerais voir la sale tronche d'Ashton quand le Roi du Jour se pointera devant lui avec un sceau de masse rempli de Feu.

— C'est une plaisanterie !? s'écria Addam.

Brand se tourna en même temps que moi. Le haut descendant se tenait juste à côté de nous. Ses joues déjà rouges s'empourpraient encore.

— Tu ne peux pas les affronter seul.

— Addam, j'ai un sceau de masse rempli de magie de Feu, et j'ai une autre arme : un sort que j'appelle l'Exode. Ça fait des années que je le charge et le recharge dans son sceau. Ne t'inquiète pas, j'ai plus d'un tour dans mon sac.

— Et tu penses devoir le faire seul ? Tu es content de ce plan ?

— Ce n'est pas un plan assez dingue pour qu'il soit content, commenta Brand.

— Moi aussi, je suis un haut descendant, insista-t-il. Ces gens sont sous ma responsabilité. Tu n'iras pas seul. Je te l'interdis.

Sans le savoir, il venait de me rendre service, car rien ne ralliait mieux Brand à ma cause qu'une personne qui doutait de mes compétences. Ça ne rata pas, il se hérissa :

— Mais pour qui tu te prends ? Et, surtout, pour qui tu prends Rune ? Tu sais pas quel Atlante était son père ? de quelles aptitudes il a hérité ? Il marche dans les pas d'un géant. Ne t'avise plus *jamais* de douter de sa capacité à mettre ses plans en œuvre.

— Mais…, bredouilla Addam, les yeux embués de frustration. J'ai le sentiment de… de devoir faire quelque chose. Je me sens tellement inutile.

— Bienvenue au club, on se réunit tous les mardis, lâcha mon Acolyte.

— Addam, tu n'es pas inutile, lui assurai-je. Et puis, tu as raison, ces gens sont sous ta responsabilité. Mets-les à l'abri. Je retiendrai le gros des envahisseurs, mais vous devrez vous tenir prêts à repousser ceux qui passeront malgré tout. Et merci de ne pas m'enterrer tout de suite ; je ne me lance pas dans un sacrifice héroïque. Je reviendrai.

La barrière. Je la sentais frémir comme une feuille qu'on déchire. Son énergie déclinait rapidement. Si je ne m'activais pas, je perdrai l'élément de surprise.

— Je dois y aller. Tu aideras Brand à monter ? demandai-je à Addam.

— Pas de ça avec moi, garçon, dit mon équipier quand notre compagnon lui offrit son épaule.

— T'embête pas, soupirai-je en désignant Brand d'un geste las. Nettoie simplement ses blessures et referme le tout à la colle.

— J'ai pas besoin d'aide, maugréa mon Acolyte.

— Ça, je n'en doute pas un instant. (La barrière ployait.) Je dois y aller. Vite, Brand, fais rentrer tout le monde, je vous ferai gagner autant de temps que je peux.

Son inquiétude s'exacerba dans un sursaut de panique, puis son sens pragmatique du devoir prit le pas. Un dernier hochement de tête et il se retourna pour aboyer des ordres à McAllister et à ses hommes. À quelques pas de là, Ciaran me salua à son tour d'un signe de tête, avant d'aider une personne à soulever le brancard de Max.

— Héros, murmura Addam d'une voix tremblante.

— Non, ne fais pas ça. Ne me dis pas adieu.

Ses yeux brillaient d'émotion. Il se pencha et m'embrassa. J'avais déjà oublié à quel point ses lèvres étaient chaudes. Était-ce le cas de tout le monde ?

Il se détourna pour aller aider les autres.

En moins d'une minute, je me retrouvai seul dans la cour.

Il y a une astuce pour réussir à mentir à Brand.

Même si le lien d'Acolyte n'a aucune propriété télépathique, Brand est très doué pour jauger ma sincérité. Il sait tout de suite quand je ne suis pas honnête. L'astuce, c'est donc de me concentrer sur ma certitude que je lui mens pour la bonne cause. Ainsi, il ne perçoit que la sincérité de ma décision de lui mentir en lui affirmant que je m'en sortirais.

En réalité, j'étais mort de trouille. Mon cœur ne battait pas simplement la chamade, il me martelait les côtes comme une bête furieuse. J'étais seul, sur le point de m'engager dans une bataille que je n'étais pas certain de remporter.

Mon père avait-il déjà vécu une expérience semblable ? Contrairement à moi, il était né en Atlantide en des temps plus violents, à une époque où les mages réglaient leurs différends à la tête de petites armées. Avait-il souvent porté le fardeau de telles responsabilités ? Les chances de réussite paraissaient tellement minces et douteuses. Si fort soit-on, il arrivait toujours un moment où l'on faisait zig au lieu de zag. Comment rattraper une erreur, même minime, quand on était cerné par une armée ?

Je grimaçai et chassai ces idées noires de mon esprit. Le doute ne ferait qu'entamer ma détermination. Les gens qui venaient de donner leur vie pour protéger le complexe méritaient mieux. Les survivants retranchés dans la demeure méritaient mieux. Chaque seconde que je perdais augmentait le risque pour Brand de devoir affronter une horde avec une jambe estropiée ; pour Addam de devoir affronter une horde avec des sceaux vides ; pour Max de se vider de son sang avant que Geoffrey revienne avec des sorts de Soins.

J'eus alors un instant de lucidité totale. L'adrénaline qui précédait le combat. Le monde devint d'une netteté incroyable.

Devant moi se dressait un immense mur blanc hérissé de pointes de métal en forme de fleurs de lys. Un portail en bois haut de huit mètres et gravé de vieilles runes mortes séparait le complexe de la Terrouest.

Les interstices entre les lattes me laissaient voir du mouvement.

Je déployai ma Volonté et abattis la barrière de défense.

Pas de temps à perdre.

Les cheveux chahutés par une brise fraîche, je sortis mon disque d'argile. Je déglutis, décrivis plusieurs cercles du pouce sur la surface usée, puis appuyai au centre.

Le sort de Feu, décuplé par la puissance d'un sceau de masse, s'éleva autour de moi.

Ses vagues d'énergie successives m'enveloppèrent, soulevant de la terre et des feuilles mortes dans un tourbillon venteux. Ma peau rougit, le sang qui imbibait le col de ma chemise se réchauffa à température de corps.

J'éclatai de rire. Ce n'était toujours pas fini, la libération euphorisante du sort continuait. Il croissait, bouillonnait. Un son pareil au battement saccadé de pales d'hélicoptère m'emplissait les oreilles.

Voilà ! voilà ce que c'était d'être un Arcane. J'avais déjà été grisé par l'utilisation du sceau de masse pour un sort défensif, mais s'en servir pour de la magie offensive, c'était toute la différence entre être le témoin et la cause d'un prodige effarant.

Alors que le Feu prenait de l'ampleur, je levai la main et fis sauter l'imposant portail de ses gonds. Derrière les énormes lattes volantes, une centaine de macchabées trépignaient en rangs ordonnés sur les pelouses extérieures.

Des cadavres calcinés – des draugar, peut-être, grillés par le soleil – marquaient chaque ligne d'une pierre tombale.

Les morts-vivants fixèrent leur attention sur moi. Ceux armés d'un fusil se mirent à genoux. Leurs balles s'épanouirent telles des fleurs aux pétales orangés sur le bouclier de chaleur ardente que je levai d'un geste du doigt.

J'avançai vers eux sans faiblir. Leurs lignes s'étendaient en tout sur une centaine de mètres. Aucun signe d'Ashton. Aucun signe d'une tente ni d'un poste de commandement. *Ils sont trop éparpillés.* Même avec un sceau de masse, même avec l'Exode, je n'aurais pas assez de portée pour raser leur armée d'un seul coup.

Transformant mon bouclier de chaleur en armure ample, je m'élançai vers eux.

Des balles sillonnèrent mon champ de vision comme des éclairs tandis que j'enfonçais les premiers rangs, brisant leur formation. Je laissai échapper une fraction de mon Feu, transformant les récarnés autour de moi en torches ambulantes. Leurs camarades m'assaillirent en dégainant des couteaux. Je partis à toutes jambes vers la gauche en amassant la horde autour de moi. Tous les quelques mètres, je bifurquai, serpentant au milieu de l'armée de morts-vivants.

Des cheveux graisseux. Des cicatrices et des brûlures *ante mortem*. Du maquillage mortuaire. Des dagues militaires, des tenues de combat noires. Leur haine et leur présence me submergeaient. J'utilisai juste assez de magie pour me frayer un chemin et parer leurs attaques.

Un fossé se présenta soudain devant moi et je tombai la tête la première sur les rangers crottés d'un mort. Homme et bottes flambèrent, consumés par mon armure incandescente. Les flammes se propagèrent de corps en corps. Le temps que je contienne la magie vorace, une forêt de bras en feu s'agitaient autour de moi au milieu des hurlements.

Je me relevai d'un bond et courus quelques mètres vers la gauche, avant de virer de nouveau à droite. Chaque fois que je repérais une ouverture dans la masse, je m'y engouffrais, espérant obtenir une vue plus dégagée afin de vérifier si j'avais attiré une portion suffisante de l'armée.

Sur ma gauche, une bousculade de récarnés avait formé un monticule. J'étendis mon rayon de chaleur afin de me créer une ligne droite puis piquai vers le tas. Je gravis tant bien que mal l'amoncellement de cadavres et me jetai dans les airs.

Survolant la foule de morts-vivants, je vis une cinquantaine de récarnés en train de se ruer vers le centre du cercle que je venais de créer.

J'ouvris les bras et laissai le Feu se déchaîner.

La magie explosa. Je devins le cœur d'une fournaise, d'une réaction nucléaire. La source d'une flamme infinie.

Des âmes libérées s'envolèrent en masse, m'étreignant de leur souffle chuintant.

Je n'avais jamais connu une telle puissance. C'était presque trop. Je…

— Je suis ! dis-je, ris-je, criai-je. Je suis un Arcane. Je serai un Arcane !

En quelques secondes, les récarnés ne furent plus qu'une masse indistincte de flammes humaines qui se piétinaient en essayant frénétiquement de fuir.

Mes dernières réserves de Feu épuisées, une chape de silence s'abattit sur le champ de bataille. Des membres tressautaient çà et là. Une odeur nauséabonde de chair putride cuite flottait dans l'air. J'étais au milieu d'un paysage noir : une pelouse noircie, des cadavres noircis, des nuages de cendre noircis.

Il ne restait de mes vêtements que des lambeaux, des loques déchirées et cramées. Une partie de mon haut tomba quand je reculai en chancelant.

Je tournai lentement sur moi-même pour voir si j'avais réussi.

Les récarnés les plus proches se trouvaient à une centaine de mètres. Mais ils étaient là. Des dizaines, encore, de chaque côté.

Un instant, je crus rire, mais ce n'était pas ça.

Je pleurais. Je pleurais, car j'avais échoué.

Avec le recul, la soudaine prise de conscience de l'erreur que j'avais commise me serra la gorge. J'aurais dû garder mon armure de chaleur et d'abord me servir de l'Exode. Ensuite, une fois le gros de l'armée rasé, j'aurais pu réitérer la tactique avec le Feu en attirant ces deux groupes de récarnés à moi.

À présent, sans armure, je ne survivrais pas deux secondes. Je serais submergé avant de pouvoir les annihiler.

Je n'avais pas le choix. J'attendis, immobile, qu'ils viennent à moi. Leurs foulées soulevaient des nuages étincelants de résine et de cendre mêlées. Transmutant mon sabre, je tirai au hasard sur les premières lignes. Combien de coups de couteau pourrais-je endurer avant de devoir recourir à l'Exode ? Combien de temps tiendrais-je ? Tous ceux que je ne tuerais pas envahiraient ensuite le complexe.

Certains étaient maintenant assez près pour que je discerne des cheveux d'un blond sale et des dents grisâtres. Je m'arrosai d'une pluie d'étincelles grenat en allongeant ma poignée en glaive.

Je pensai à la fois où j'avais obligé Brand à descendre l'escalier sur un gros tricycle en plastique.

Je pensai à mon père me montrant les limites de notre petit royaume depuis le toit de la maison.

Je pensai à la douce chaleur des lèvres d'Addam.

Je pensai au cauchemar de la remise à calèches et à ce moment auquel je me préparais depuis vingt ans. Le moment de fermer les yeux sans le poids de savoir qu'ils se rouvriraient.

Une silhouette sombre surgit dans les airs. Je levai mon épée devant un homme qui atterrit si brutalement que son poing creusa un petit cratère dans la terre calcinée.

Le seigneur Tour se leva et libéra l'énergie d'un collier de sceaux de masse.

Des sphères liquides se formèrent sur ses mains, miroitant telles d'énormes gouttes de mercure offrant un reflet déformé du paysage. Il projeta ses sorts vers les deux lignes adverses. Deux frappes parfaites. Elles détonèrent dans un rayonnement d'énergie. Ni feu ni éclair : de l'énergie pure. Une démonstration de puissance époustouflante. Chaque déflagration emporta une dizaine de récarnés.

À l'aide de deux autres boules, la Tour acheva d'exterminer les macchabées des deux côtés. J'essuyai mes yeux pleins de cendres et grimaçai en sentant les griffures que j'avais reçues auparavant me piquer méchamment.

— Avouez-le, vous étiez juste à côté, à attendre le tout dernier moment pour faire votre entrée. Vous, les Arcanes, vous aimez tellement vous donner en spectacle.

— Hélas, tu te trompes, car le combat n'est pas fini.

L'appréhension me noua le ventre. Il m'assena la nouvelle :

— Ashton Saint-Gabriel est dans les parages. Il a réinvoqué la liche.

Je ne pouvais pas nier qu'une petite voix dans ma tête s'exclamait : « *Le seigneur Tour est là ! Il va s'occuper de tout !* » Hélas, son arrivée ne me permettait pas pour autant d'aller faire la sieste. On avait encore besoin de moi.

— Vous pouvez le vaincre ?

— *La* vaincre, me corrigea-t-il. C'est une créature, pas un homme. Et, oui, je suis prêt à l'anéantir. Le domaine a-t-il encore des défenses magiques en état de marche ?

— Ashton les a toutes sabotées. J'avais érigé une barrière, mais j'ai dû l'abattre pour affronter l'ennemi.

— J'ai vu cela, très beau tour de magie.

Il retira de sa ceinture un bijou qui étincela dans la lumière grise. Quand il le posa sur sa tête, je me rendis compte que c'était un diadème, garni de six grosses gemmes. Six sceaux de masse. Il était venu en Terrouest bien décidé à défoncer nos adversaires.

— Eh bien ! pas de plaisanterie sur la tiare ?

— Pas une, répondis-je en toute sincérité.

L'activation simultanée des six sorts de masse me propulsa dans les airs, où je tournoyai un instant. Lorsque je retombai au sol, un fémur carbonisé me blessa au torse, et je dus m'arc-bouter des bras et des jambes pour me stabiliser. Quand je pus relever la tête, l'édifice brillait.

— Attendez… vous venez de recharger tous leurs enchantements ?

— Seulement ceux de la demeure. Ce sont les ficelles de notre métier, Rune. Tu t'initieras un jour à ces secrets.

Il tendit une main vers moi. Je crus qu'il m'offrait son aide pour me relever mais, quand nos doigts se touchèrent, je reçus une décharge d'adrénaline si violente qu'elle me fit voir des arcs-en-ciel pendant cinq bonnes secondes. Lorsque je retrouvai enfin l'usage de ma voix, chaque mot me coûta un souffle :

— Vous êtes sérieux ?

— Tu tenais à peine debout. Il me faut un guetteur pendant que je me lance à la recherche de la liche.

Là-dessus, il activa un autre sort et ferma les yeux. Son corps s'immobilisa alors que son esprit partait en exploration.

J'entrepris de me défaire pudiquement de mes derniers lambeaux de tee-shirt. Ma dégaine m'embarrassait. Je retournai quelques cadavres du bout du pied en quête d'un substitut, mais j'avais tout cramé sur plusieurs mètres à la ronde.

Un bruit attira mon attention vers la demeure. Une poignée de personnes sortaient par le portail détruit de la cour. Mes yeux se rivèrent aussitôt sur Brand et Addam, puis s'écarquillèrent en me voyant avec eux. Enfin, en voyant mon golem.

— Il est moins bavard que toi ! me lança mon équipier de loin.

— Je dois me vexer que plus personne n'ait eu peur de sortir une fois la Tour arrivée ? demandai-je.

Brand émit un reniflement amusé.

— Si ça te chante. On va dire que ça n'a rien à voir avec la cinquantaine de zombies que tu as atomisés.

— C'est vrai que j'ai fait ça.

— Ça oui ! opina-t-il fièrement.

Nous nous regardâmes quelques instants sans rien dire. C'était dans ces moments qu'on chérissait notre lien d'Acolyte. J'adressai ensuite un signe de tête respectueux à l'Acolyte de la Tour, Mayan, qui me salua en retour.

Addam contemplait le carnage qui s'étendait autour de moi, balayant la scène des yeux dans un sens, puis dans l'autre. Il secoua doucement la tête et m'évalua du regard.

En un clin d'œil, je fis le tour de leurs visages et ne vis que des joues rouges et brillantes. D'ailleurs, Brand ne boitait plus. Je m'apprêtais à leur demander si Geoff s'était acquitté de sa tâche de guérisseur, mais Ciaran devança ma question :

— Le seigneur Tour nous a apporté des cadeaux. Le chiromancien du complexe s'occupe de tous les blessés. Max est dans un état stable.

— Ouf! me réjouis-je. Excellente nouvelle. Quelqu'un a-t-il prévenu Geoffrey qu'il pouvait revenir ?

— Qu'il aille se faire voir ! lâcha Brand. Il a de la chance que je me sois pas planqué derrière la porte du sanctuaire en poussant des cris de fantôme. C'est quoi la suite du programme ?

— La Tour cherche mentalement Rurik. Ashton l'a réinvoqué.

— Saint-Gabriel a utilisé le cercle imprégné du Magicien, confirma Mayan. Il n'est pas loin, c'est tout ce que nous savons.

Ciaran arborait une expression curieuse.

— Et comment a-t-il réussi à passer outre les défenses du Magicien ?

Le seigneur Tour émit un murmure, puis revint à lui en clignant des yeux. Après un bref coup d'œil du côté de la forêt, il nous fit face.

— C'est une bonne question, parmi un nombre préoccupant d'interrogations. (Il glissa un regard à Brand, qui triturait ses étuis de couteaux.) L'attaque des récarnés était une feinte, elle visait à détourner votre attention de la véritable menace. Tu avais raison, Brandon. Nous n'aurions pas dû les ignorer.

— Pardon ? dit l'intéressé en levant le regard.

Parti pour répéter ses excuses déguisées, la Tour comprit subitement que Brand cherchait seulement à le lui faire dire deux fois. Il ferma la bouche et désigna les bois.

— Il y a une église de ce côté.

— C'est une basilique, précisa Addam. Un monument à la mémoire des Arcanes passés du Droit Chemin.

— Ashton s'y est réfugié. La liche sera meurtrie et amoindrie. Nous devons la retrouver avant qu'elle ait le temps de se cacher. Elle ne doit pas s'échapper.

— Ciaran, dis-je en me tournant vers la principauté, le seigneur Tour a… ravivé les défenses du complexe, mais rien ne dit que toute menace ait été éliminée. Accepteriez-vous de veiller sur le personnel pendant que nous pourchassons Ashton ?

Par ces ordres, je volais en quelque sorte le commandement à la Tour, ou, du moins, je le conservais jalousement. L'Arcane resta impassible, mais n'objecta pas. C'était bon signe. La sécurité des civils était rarement sa première préoccupation ; les dommages collatéraux le suivaient comme la peste.

— Si tu juges cela préférable, acquiesça-t-il.

Il prit congé d'un salut exagéré puis partit en direction de la demeure, tapant les fesses de mon golem au passage. Maintenant de travers, les lunettes de soleil de l'automate dévoilèrent ses orbites de lave.

— Merci pour tout ! lançai-je à notre allié. Brand, tu devrais peut-être...

— Je te préviens, je te colle un pain.

— Je ne te collerai rien du tout, ajouta Addam, mais je ne partirai pas non plus, alors ne le demande pas.

— Dans ce cas, allons-y, décréta le seigneur Tour en se dirigeant d'un pas décidé vers les bois. Rune, j'aimerais te parler. Mayan, surveille nos arrières. (Il hésita.) Brandon, le code de commande du golem est « sécurité cinq ». Veille à ce qu'il nous suive, je te prie.

— « Cinq » ? répéta mon Acolyte. Ça veut dire que vous avez quatre autres Rune ?

La Tour marchait d'un pas si vif que je dus trottiner pour le rattraper. Quand je fus à sa hauteur, il m'indiqua d'un mouvement de tête le ciel perturbé.

— Ashton Saint-Gabriel s'est servi de la magie de climat.

— Oui, pour offrir un couvert aux draugar.

— Des draugar, murmura-t-il d'un air songeur. Notre petit traître a décidément des alliés inattendus. Dans ce cas, pourquoi a-t-il interrompu l'orage ?

— Ce n'était pas lui, mais moi.

Il fit un faux pas et se rattrapa en enjambant d'une longue foulée les derniers cadavres de récarnés.

— Donc tu as, toi aussi, recouru à la magie de climat, dit-il ensuite.

— Non, enfin... je ne sais pas. Je voulais que les nuages disparaissent et j'ai été exaucé, les draugar ont brûlé, mais ce n'était pas un sort. Je n'ai pas utilisé de sceau.

La Tour braqua son regard sur moi. Pendant un très court instant, il afficha une expression que je pris bêtement pour de la fierté, avant de finalement me demander avec le recul si ce n'était pas du triomphe.

Si j'avais des questions, une soudaine bourrasque humide et piquante me ravit l'occasion de les lui poser.

Une harpie tombée du ciel se posa devant nous avec fracas. Dotée d'un corps de lion et d'une tête de vieille mégère, elle agitait des ailes d'au moins cinq mètres d'envergure. Ses serres, hautement venimeuses, empestaient l'encens ; une seule éraflure suffisait à liquéfier la chair d'un homme et à disloquer son squelette. Elle rejeta la tête en arrière et croassa :

— Des douceurs ! De jolies douceurs frétillantes !

— Je suis le trône de Dague, l'avertit la Tour.

Elle tressaillit, pencha la tête et gratta le sol de ses serres, creusant d'énormes sillons fumants. Avec un croassement perçant, elle reprit son envol à grandes et lourdes saccades.

— Toutes les formes de vie en Terrouest ne sont pas nécessairement des êtres pensants doués de bon sens, énonça l'Arcane. Nous n'avons pas de temps à perdre avec ce genre d'imprévus. Rune, un pas en arrière.

Connaissant la Tour, je reculai de cinq pas.

L'une des gemmes de son diadème luisit, son sort activé. Un halo de lumière bleue aussi épaisse que de la peinture fraîche auréola ses mains et, d'un geste, il arracha carrément une route balisée à la terre.

C'était un sentier long et inégal de sable instantanément vitrifié, parsemé de cendres de végétation. Il en émanait une magie défensive aussi forte que n'importe quel enchantement de ma connaissance.

— Addam, appela-t-il en retroussant l'une de ses manches.

Le haut de son bras était orné d'une multitude de bracelets de différents métaux. Encore des sceaux. Il défit les fermoirs cachés de quatre d'entre eux. J'obtins le bronze et le laiton ; Addam l'or et le platine. Il tapota chacun d'eux du doigt en nous les remettant pour nous en expliquer les effets :

— Givre et Sacrefeu pour Addam. Feu et Pulvérisation pour Rune. Je vous prête ces sceaux librement. Votre Volonté est désormais la leur.

J'enfilai les miens, soulagé de disposer de nouveau de sorts utiles, même s'ils ne m'appartenaient pas.

Nous repartîmes d'un bon pas sur le sentier improvisé, qui traversait un verger. L'ordre de marche changea en chemin : Mayan resta en arrière-garde, Addam prit la tête au côté de la Tour, et je restai derrière eux avec Brand et mon golem.

— Tu es exemplaire devant le seigneur Tour aujourd'hui, le félicitai-je tout bas.

— Tu crois qu'il a quatre autres poupées gonflables à ton effigie ?

Je réprimai un sourire.

— Ce sont sûrement des golems de lui, de sa femme et de ses deux enfants.

— « Je suis le trône de Dague », singea-t-il, et vous allez comparaître devant la cour.

— Vas-y, vide ton sac.

Son regard croisa le mien pendant une bonne seconde, soit l'équivalent d'un long tête-à-tête quand il était dans son rôle de garde du corps.

— C'était comment ? murmura-t-il. Quand tu as utilisé le sceau de masse, dehors, j'ai senti… par notre lien… Je ne sais pas. Comment c'était ?

Je rabaissai ma manche sur mes sceaux d'emprunt.

— Je crois qu'il vaudrait mieux que j'évite de me reposer sur des sceaux de masse. Je pense… je pense l'enfouir de nouveau à notre retour.

C'était certes une réaction inadaptée à une expérience émotionnelle déstabilisante, mais je n'avais pas les mots pour décrire le pouvoir tentateur de cette magie.

Après un instant de réflexion, il me demanda :

— Et à quel moment tu t'es dit que ce serait une super idée d'arracher ton haut ? T'as fait ton striptease sur un monceau de cadavres ?

— Le feu l'a désintégré.

— Laisse tomber, j'annule notre abonnement à la chaîne cinéma.

— J'étais une véritable torche humaine. Il a brûlé !

— Je te connais, tu vas me sortir cette excuse pendant les cent prochaines années. On… Regarde, là-bas ! s'interrompit-il en tendant subitement le doigt.

À travers un treillis de branches nues (cette partie de la Terrouest restait obstinément en automne), j'aperçus les murs voûtés blanc et bleu d'une petite basilique coiffée de plusieurs dômes. Des colombes voletaient le long des corniches et des tourelles. Ce détail charmant m'interpella, jusqu'au moment où je notai la gale marronnasse qui dévorait leur plumage. Ce lieu n'avait pas échappé à l'infection de la Terrouest.

La Tour avait également repéré l'édifice. Il nous fit signe de nous arrêter et, là encore, dégaina deux sceaux de masse. J'étais prêt cette fois, bien campé sur mes jambes, penché en avant pour attraper Addam au besoin. Brand et Mayan s'accroupirent légèrement de manière à baisser leur centre de gravité.

Le sort défensif de l'Arcane déferla sur la basilique, son énergie parcourant les murs et les dômes avec un éclat de verre en fusion. Lorsqu'il passa sur une remise jouxtant l'édifice, celle-ci explosa dans un nuage de pierre pulvérisée. Je ne voulais même pas savoir ce qui l'avait infestée ; les dangers visibles de la Terrouest me suffisaient.

— Restez sur vos gardes, nous conseilla-t-il en s'avançant vers d'imposantes portes ouvertes.

Sur la partie inférieure du vantail droit, une gélatine noirâtre gouttait de différentes entailles. Brand tira deux dagues de charbon vulcanisé de leur étui.

Nous pénétrâmes dans un narthex surplombé d'une tribune. Ashton n'avait même pas cherché à se cacher. Il se tenait dans l'abside, tout au fond, vêtu d'une chemise de soie, les pommettes toujours rehaussées de ces écailles de serpent métalliques à la mode, recroquevillé sur une blessure au ventre.

Une dizaine de récarnés l'entouraient. Rurik était en retrait. Tout son travail de reconstruction faciale était ruiné ; la liche était redevenue une créature difforme, tremblante d'émotions larvaires.

La Tour s'avança au centre de la nef et tapota du pied une surface invisible qui produisit des étincelles. Laissant mes yeux se perdre dans le vague, je mobilisai ma Volonté jusqu'à distinguer la barrière qui se dressait en travers du vaisseau.

— Ashton Saint-Gabriel, énonça le seigneur Tour.

La liche renversa la tête en arrière et vagit. Un pouvoir débridé s'expulsa de son corps dans une onde glaciale. Ashton laissa échapper un éclat de rire.

— Pardonnez-moi de ne pas m'incliner. Mon associé s'est mal comporté lors de l'invocation.

— Comment crois-tu que cette histoire va finir, haut descendant ?

— Je ne sais pas encore. Les impasses réservent parfois des surprises intéressantes. Que diriez-vous de négocier ?

Le seigneur Tour tâta de nouveau la barrière du pied en considérant longuement Ashton.

— Non, déclara-t-il.

Puis il plaqua les mains sur l'obstacle tout en libérant un sort scellé. Les murs qui servaient de points d'ancrage à la barrière se lézardèrent. Au deuxième coup, de la poussière s'éleva. Au troisième, la paroi invisible se fracassa dans un sifflement.

— La liche est à moi, nous prévint la Tour. Occupez-vous du reste.

Rurik se précipita sur lui dans un hurlement qui secoua la terre. À trois mètres l'un de l'autre, tous deux se figèrent subitement pour se livrer un duel de Volontés qui embrasa la poussière flottant entre eux.

D'autres sorts s'activèrent tandis qu'Ashton, Addam et moi nous préparions au combat. Brand envoya l'un de ses couteaux dans la nuque du récarné le plus proche. Celui-ci n'était même pas tombé que Mayan en abattit un autre avec un couteau à lui.

La blancheur du Sacrefeu d'Addam contrastait avec les flammes orangées de mon Feu.

— Je te laisse les récarnés, lui dis-je. Ashton est à moi.

Ce dernier esquissa un sourire ensanglanté. L'un de ses sorts fila vers le plafond dans un bruit de lame tournoyante. Un grand lustre en or se détacha. Juste avant de s'écraser, ses branches ouvragées s'articulèrent en pattes. *Une gargouille!* compris-je. Un autre sort me rasa la tête et frappa la fresque derrière moi. La peinture s'arracha lentement au mur dans un craquement sonore.

— Une arme contondante, une arme contondante! me cria Brand tout en visant un autre récarné.

— Ou alors…, dis-je avant de toucher le bracelet en laiton.

Le sort de Pulvérisation vibra dans mes ongles. Je le projetai vers la gargouille de plâtre, qui vola en éclats avant même de prendre forme.

Je frottai mes cheveux pleins de petits débris, puis reportai mon attention sur la gargouille d'or. Je devais faire vite; Ashton profitait du désordre pour s'esquiver par un couloir derrière l'abside.

— Salut, beauté, dis-je en faisant glisser mon sabre dans ma main.

La gargouille pivota en martelant le sol et dressa vers moi des pattes hérissées de fleurons. Son métal s'amollit et se remodela pour adopter une forme humaine, ses empreintes bordées d'or fondu.

Je tirai sur elle. L'éclair ricocha vers l'espace chargé d'énergie entre la Tour et la liche, provoquant une petite explosion. D'une secousse, je transmutai ma poignée de sabre en morgenstern. Sitôt la gargouille à ma portée, je lui démolis un bras et me baissai aussitôt pour éviter sa lourde riposte. Sans lui laisser le temps de se remettre en position d'attaque, je la frappai dans le dos, enfonçant le métal encore tendre. Une idée me vint.

Virevoltant de l'autre côté, j'agglomérai du Feu dans ma main libre jusqu'à créer une boule de la taille d'une balle de base-ball, que je lançai sur la gargouille. Projetée en arrière, elle atterrit pile entre la Tour et Rurik. Leur magie la pulvérisa en une seconde.

Le seigneur Tour interrompit un instant sa transe pour me jeter un regard désapprobateur.

Je me lançai à la poursuite d'Ashton. Brand et les autres me rattrapèrent à l'entrée du couloir.

— Ce couloir mène à la salle de la fontaine, m'indiqua Addam. C'est tout, il n'y a pas d'autre endroit où se cacher.

— Y a-t-il une issue dans cette pièce ?

— Rien que des fenêtres.

— Je dois rester veiller sur le seigneur Tour, dit Mayan, mais je m'assurerai que rien ne vous suive. Soyez prudent. Ce haut descendant n'est pas notre cible principale, alors ne prenez aucun risque.

— Tu vas pas m'apprendre mon boulot, lâcha Brand. Si on laisse Ashton se barrer, qu'est-ce qui l'empêchera d'invoquer la liche une troisième fois ? « Sécurité cinq », passe devant.

Mon golem s'élança. Il avait paumé ses lunettes de soleil, et ses yeux laissaient dans l'air des traînées orangées.

Je le suivis avec Brand et Addam dans un court corridor agrémenté de bustes en marbre. En marchant dans une traînée de sang, je me demandai si la blessure d'Ashton était grave. Je ne tardai pas à obtenir une réponse. Le couloir s'ouvrait sur une immense salle circulaire au milieu de laquelle trônait une fontaine. Ashton se tenait sur une estrade, face à nous, derrière une rangée de récarnés.

— Nous y voilà, déclara-t-il.

— À ton dernier monologue ? cracha Brand.

— Peut-être. Mais, comme je le disais, il se produit des choses intéressantes quand on se retrouve acculé dans un coin.

Des sorts scellés furent libérés. Ashton tendit la main vers la fontaine, délogeant plusieurs tuyaux pour créer un geyser d'eau. D'un geste, il commanda à la trombe de venir à lui. Il s'enduisit les doigts de sang sur son ventre et projeta plusieurs gouttes dans la colonne liquide. Le tourbillon s'assombrit, dégageant de la vapeur. De la magie de mort.

— Gèle-moi ce truc ! criai-je alors qu'Ashton envoyait la trombe vers nous.

Addam lança son Givre. Le sort ricocha sur l'eau empoisonnée, mais le tourbillon ralentit, puis gela. Je le détruisis d'une lance de Feu.

— Tuez-les ! hurla Ashton.

— « Sécurité cinq », dit Brand.

Golem et récarnés s'attaquèrent. D'un regard, mon Acolyte nous indiqua de les contourner d'un côté pendant qu'il passerait par l'autre. De la même façon, je lui suggérai une autre stratégie. Il se renfrogna, mais acquiesça. Addam et lui partirent du côté le plus éloigné.

Au moment où je passais de l'autre côté du couloir, Ella Saint-Nicholas déboula dans la pièce.

Elle courait sans grâce, affublée d'une chemise de nuit sans doute blanche à l'origine, serrant dans sa main un miroir fissuré comme une sorcière de dessin animé. Je tentai de la retenir, mais elle m'échappa. Trois colliers d'argent pendaient à son cou malingre. Fonçant vers les récarnés, elle toucha l'un des pendentifs et libéra un sort.

Il y a des tours que tous les Atlantes savent faire. De mauvais tours – comme cramer des fourmis à la loupe mais à l'échelle de jeunes dieux. En grandissant, la plupart finissent par passer à autre chose avant que leurs parents aient besoin de sévir mais, au fond de nous, nous nous en souvenons tous.

Le sort d'Ella ouvrit une brèche dans la réalité. Grâce à cela, elle arracha les âmes des récarnés. Il ne s'agissait pas de les tuer ni de les libérer : elle les déchiquetait. Il leur faudrait des décennies avant de retrouver la cohésion nécessaire pour mourir. C'était la profanation ultime de leur être.

De l'autre côté de la salle, Addam poussa un cri de désespoir en assistant à la scène.

— Affronte-moi ! hurla Ella à Ashton. Affronte-moi !

Mes deux compagnons se précipitèrent vers elle. Ashton activa un sort. Je visai sa tête et tirai. Il parvint de justesse à esquiver l'éclair, mais son sort s'interrompit.

Au moment où Addam l'atteignait, Ella libéra un autre sort en se tournant vers le golem. Un bruit strident de cisaillement se fit entendre. Des lambeaux de peau exsangues s'arrachèrent du visage du golem, de l'œil jusqu'au menton.

— Mets Addam à terre ! criai-je à Brand, terrifié. Mets-le à terre !

Les golems sont forgés grâce à des feux issus des plus profondes entrailles de la Terre. En l'ouvrant ainsi, Ella venait tout bonnement de dénuder une grenade.

Brand plaqua Addam au sol et roula avec lui derrière la fontaine abîmée. Je plongeai derrière un pilier. Le golem explosa. Le souffle faillit me renverser. À travers notre lien, je sentis la conscience de Brand s'éteindre, vivante mais évanouie. En jetant un bref coup d'œil dans leur direction, je vis qu'Addam ne bougeait pas. Je devrais me raccrocher à l'espoir qu'il allait bien ; je n'avais pas le temps de vérifier. Je me relevai péniblement dans la fumée de cordite.

Ella était accroupie derrière un Bouclier, tout comme Ashton. Je n'avais plus mon sabre. Je fouillai le sol du regard, hébété, vaguement conscient de ma commotion cérébrale.

La sœur d'Addam se rua comme une furie vers l'estrade. Ashton sortit des pendentifs de sa chemise et les enroula autour de son poing. La libération subite des sorts scellés emplit l'air de vapeur autour d'eux. Une demi-seconde avant qu'ils entament leur duel de magie, la terre trembla.

Un hurlement inhumain résonna de tous côtés. Je me couvris les oreilles et vis avec horreur une lanière d'énergie balayer le sol. Elle nous traversa, mouchant mon Feu au passage. Nous venions d'être frappés par un fil de rupture.

Ashton et Ella n'avaient pas encore compris. Ils gesticulaient l'un face à l'autre, déconcertés de ne pas voir l'effet de leurs sorts. Je ramassai une barre de fer dans les vestiges de la fontaine.

— Non, dit Ashton d'une petite voix en touchant frénétiquement ses pendentifs vides. Non !

Ella s'était entaillé le front et avait un œil couvert de sang.

— Pourquoi as-tu fait ça, Ashton ? gémit-elle.

Le haut descendant toucha ses bagues, son bracelet, sa broche de chemise en émettant un bredouillement désespéré.

— Pourquoi !? répéta la jeune femme d'une voix étranglée par un chagrin lucide. Je l'aimais, et il m'aimait aussi. Sais-tu ce que ça représentait ? combien j'ai attendu de trouver quelqu'un qui veuille de moi ? Pourquoi me l'as-tu enlevé ?

— Pauvre idiote, cracha l'associé d'Addam, des larmes aux yeux, tu ne comprends pas ce qui se passe ?

— Michael est mort, tout est fini, sanglota-t-elle. Je sais parfaitement ce qui s'est passé. Pourquoi as-tu fait ça ? On s'en serait sortis impunément !

— Vous ? Jamais ! répliqua-t-il.

— Bien sûr que si ! Ma mère ne nous aurait pas sanctionnés, elle aurait été impressionnée par mes actes. Elle aurait approuvé ! Elle aurait respecté ma force, ma détermination, mon ingéniosité. Après tout, elle n'a pas tenté de m'arrêter.

— Ella, intervins-je, avant de tousser à cause de la poussière, abandonne. Rien n'est perdu pour toi.

J'avançai prudemment, car rien ne me disait que tous ses sceaux étaient vides.

— Si. (Elle baissa le regard.) J'ai perdu ma raison de vivre.

— VENGE-TOI ! rugit Ashton. Si tu veux rendre hommage à Michael, alors règle son compte à ce minable ! Nous n'en serions pas là s'il n'avait pas mis son nez dans nos affaires !

— Ce n'est pas lui qui a tué Michael, mais toi. (Elle reporta son attention sur lui, ses yeux à présent dénués de folie.) Et, toi, pourquoi tu ne lui règles pas son compte ? Il ne te reste plus de sorts scellés, c'est ça ? Moi, j'en ai encore. Je peux t'infliger des souffrances épouvantables.

— Ella, écoute-moi, la supplia-t-il.

Il descendit les marches de l'estrade puis, une fois assez près, lui donna un coup de poing dans la clavicule. Un craquement se fit entendre. Ella gémit et tomba par terre, où elle demeura.

Ashton se tourna vers moi et je lus la vérité dans son regard. Ella avait raison. Il n'avait plus de sorts.

Je m'avançai vers lui d'un pas raide. Il leva les bras pour se protéger la tête. Je le frappai au ventre du bout de ma barre de fer pour le faire vaciller en arrière.

— À un moment, un domestique a entendu son ami crier de douleur. Il s'est précipité vers les hurlements, droit dans les bras d'un draugr, dis-je avant de lui assener un deuxième coup dans le ventre. Un autre a pris feu ; il est mort au moment où j'éteignais les flammes.

Cette fois, je visai le genou. Il s'effondra dans un hurlement. Je haussai la voix pour me faire entendre :

— Il y a aussi une femme dont le fils travaillait dans les jardins. Il est probablement mort coincé à l'extérieur de mon sort de Défense. Tu crois qu'il en reste quelque chose ? Tu crois qu'elle aura une dépouille à enterrer ? Ressens-tu la moindre émotion pour ces vies que tu as détruites, espèce de misérable résidu de consanguinité ?

Il se mit à ricaner entre deux hoquets de douleur.

— Attends un peu que je te dise ce que je ressens.

Je levai le bras, prêt à lui fendre le crâne.

— Ils avaient tout prévu ! s'écria-t-il en panique. Je crois qu'ils ont toujours su que les choses se passeraient ainsi. Ils m'ont mis une laisse attachée à un piquet et moi j'ai couru en rond.

— Mais qu'est-ce que tu me chantes ?

— Ils voulaient que tu interviennes. Ils ne cherchaient pas à m'aider ni à rembourser une vieille dette. En réalité, ils se moquaient bien de mes projets vis-à-vis de l'Ermite. C'est un échiquier dans un échiquier. C'est toi qui les intéresses. Ils *savaient* que, de toutes les putains de personnes sur cette île, c'est toi qui interviendrais.

— De qui parles-tu ? demandai-je d'un ton impérieux.

Des larmes tracèrent des sillons clairs sur ses joues sales.

— C'est toi, le cœur de cette histoire. Et c'est pourquoi tu vas m'exaucer.

— J'en doute.

— Tu vas me tuer, dit-il.

Je soupesai ma barre de fer d'une main.

— Ne t'inquiète pas, tu mourras. Pour tes crimes, tous les Arcanes se retourneront contre toi, même ton père. Tu ne survivras pas, Ashton.

— Si tu ne me tues pas tout de suite, ils viendront me chercher. Cette affaire n'ira jamais jusqu'au procès, ils ne voudront pas risquer que mon esprit soit rappelé pour confesser mes crimes. Ils m'enverront les Mères de chagrin. Ils oblitéreront mon âme. Tu comprends ce que j'essaie de te dire ? Ils m'effaceront.

— Tu ne peux pas me manipuler. J'ignore à quoi tu joues, mais ça ne prend pas avec moi.

— Je portais le masque du chat.

Je me figeai.

— Je portais le masque du chat, répéta-t-il.

— N'importe quoi, dis-je, mais ma voix tremblait.

— J'avais mis des lentilles pour que tu ne reconnaisses pas mes yeux. Nous portions tous des tenues noires achetées dans une boutique américaine bon marché. Nous étions neuf. Tout le monde se trompe sur ce chiffre, c'est peut-être volontaire de ta part, mais nous étions neuf dans la remise à calèches. Et j'avais le masque de chat.

Je faillis lâcher la barre. Je secouai la tête de déni. Ashton me gratifia d'un sourire sanguinolent.

— C'est moi qui ai plongé le manche à balai dans un tonneau de sel de voirie avant de t'enculer avec jusqu'à ce que tu hurles à en perdre connaissance.

Ma vue se brouilla. J'inspirai bruyamment, sans avoir le réflexe d'expirer. Je dus insuffler de force une nouvelle bouffée d'air dans mes poumons.

— Maintenant, tue-moi, dit Ashton.

— Ce n'est pas possible.

Son sourire s'effaça.

— J'étais autant un pantin que toi. Nous n'étions tous que des pantins. Tu ne sais pas ce qui est en jeu. Ni qui est ton véritable ennemi. Tue-moi !

— Je… C'est… « Des pantins » ? Que veux-tu… ? J'avais quinze ans, balbutiai-je d'une voix rauque. Je n'avais que quinze ans !

Des bruits me parvinrent du couloir. Le seigneur Tour m'appelait.

— Tue-moi ou je dirai *tout*, me menaça Ashton. Tu as oublié ce que j'ai vu ? ce que je sais ? J'étais là. Je sais ce qui s'est passé. Je connais les secrets que tu caches. Que se passera-t-il lorsqu'il l'apprendra ?

Aussitôt, ma colère se mua en terreur.

Une peur bien précise, que j'avais enfouie au tréfonds de mon cerveau. Elle ressortit comme une mauvaise herbe, traînant de néfastes racines de souvenirs.

— Tue-moi ! siffla-t-il.

De l'autre côté de la salle, la Tour m'appela de nouveau.

— Oh, mes dieux ! murmurai-je, aux abois.

Le seigneur Tour était là. Il découvrirait la vérité. Je ne pouvais pas prendre ce risque. Je perdrais tout.

— Tue-moi ou…

— Non, persistai-je. Non, non, tu…

Il cria tout haut :

— La nuit du…

Je touchai mon anneau d'argent et libérai l'Exode.

La voix d'une femme.

— Les gens soutiennent que le blanc est une couleur pacifique, me dit-elle. La couleur du silence, du repos, du vide. C'est un mensonge. Demande à tous ceux qui se sont retrouvés pris dans un blizzard meurtrier, ou qui ont vu des parasites sur leur téléviseur à la suite d'une explosion nucléaire, ou qui ont été confrontés à ton petit sort, là. Cet Exode était une belle catastrophe immaculée, mon enfant.

Tout autour de moi, la blancheur. Elle s'écoule, gémissante, un courant de sensations menant vers l'ineffable horizon.

— Tu apprécies beaucoup trop le néant, me reproche la femme.

Je l'ignore et laisse le Fleuve m'entraîner.

— Arrête, dit-elle, avant de me clouer sur place par la force de sa Volonté.

— *Réveille-toi, m'ordonne-t-elle, avant de me renvoyer dans mon monde.*

J'étais dans les bras d'Addam. Il me berçait en murmurant mon nom et en me caressant les cheveux. Ma frange était plaquée par un mélange de terre et d'huile.

Je n'entendais que d'une oreille. Ma poitrine me faisait souffrir. En baissant les yeux, je vis une croûte de sang séché sur une peau rougie comme par un coup de soleil. On venait de me soigner.

Mon lien d'Acolyte s'éveilla doucement. Sachant précisément où le trouver, je tournai la tête pour voir Brand. Il était étendu dans la poussière, non loin, sonné et à peine conscient. La veste d'Addam était roulée en boule sous sa tête.

— Tu es revenu, murmura le haut descendant.

J'ouvris la bouche pour lui demander pourquoi il faisait si sombre et toussai du sang. Il me massa délicatement le torse le temps que je domine ma toux. Je fis une nouvelle tentative :

— Où est Ashton ?… Pourquoi fait-il si sombre ?

— Ashton n'est plus là.

— Il a réussi à s'enfuir ? croassai-je.

— Non. Il… n'est plus.

— Tu l'as désintégré, m'informa le seigneur Tour. Ainsi que plusieurs piliers essentiels.

Je tendis le cou pour observer mon environnement. La salle était obscure, à peine éclairée par un artifice de lumière. Le plafond semblait à portée de main.

— On est dans une galerie souterraine ? m'enquis-je, désorienté.

— Non, répondit l'Arcane. Mon Bouclier est la seule chose qui soutient encore le toit. J'aurais besoin de ton aide pour nous libérer, une fois que tu auras repris ton souffle, bien sûr.

— Ben merde alors ! toussai-je.

La Tour murmura un artifice, ajoutant trois sphères lumineuses à la précédente. Je distinguais son visage à présent et je connaissais ce regard. Il tenait à voir ma réaction en personne.

— Que s'est-il passé ? m'interrogea-t-il.

— Je lui ai déjà tout expliqué, intervint Addam. Ashton allait se servir de magie proscrite. Tu nous as sauvés.

Non seulement c'était un piètre menteur, mais le seul fait qu'il essaie de mentir me laissa aussi penser qu'il n'avait peut-être pas perdu connaissance, en fin de compte. Je n'eus pas le temps de m'en inquiéter cependant, car Brand se réveilla en toussant.

— J'ai fait un rêve hyper chelou. Tu écrasais une mouche avec un sac de nitroglycérine.

— La version médicale ou la version explosive ?

— Tu veux vraiment que je vienne t'expliquer ma métaphore ?

— Oui, répondis-je en toute sincérité, car je voulais le voir bouger pour avoir la confirmation qu'il n'était pas blessé.

Son regard s'adoucit.

— Je vais bien, Rune. Tout le monde va bien.

Épilogue

Une semaine s'était écoulée.

Les ombres me faisaient encore sursauter. L'adrénaline du combat avait le chic pour s'imprimer dans la mémoire musculaire. Il était difficile de lâcher prise, même dans l'exiguïté rassurante du Réduit.

Ella Saint-Nicholas était en détention provisoire. On m'avait convoqué pour fournir des preuves soigneusement choisies à l'Arcanum. Pour des raisons qui ne regardaient que moi, j'avais décidé de protéger Geoffrey et Michael des accusations les plus graves. On garderait de Michael le souvenir d'un gros abruti manipulé par Ashton. L'Arcanum avait requis de Geoffrey qu'il s'acquitte d'un serment de Rédemption. Il resterait sous surveillance jusqu'à la fin de sa vie, mais il échappait à la peine de mort.

La dépouille incomplète d'Ashton avait été jetée dans une fosse commune. Je n'avais pas eu de nouvelles de la maison de la Force, ce qui m'angoissait étant donné que j'avais tué leur héritier. J'avais ouï dire cependant par Addam que le seigneur Force assumait le déshonneur des actes de son fils et ne les excusait pas.

L'esprit d'Ashton pourrait-il être rappelé pour interrogation ? Je l'ignorais. Une crise à la fois.

Aucune nouvelle de dame Justice non plus, mais il est vrai que j'étais responsable de l'arrestation de sa fille, que j'avais embarqué son fils dans une expédition en Terrouest (qui avait coûté la vie à de nombreuses personnes et pour plus d'un million de dollars de sceaux à Addam) et que son benjamin était dans le coma par ma faute. Je ne m'attendais pas à recevoir un panier-cadeau de sitôt.

Addam avait passé pratiquement tout son temps au chevet de Quinn, jusqu'au réveil de ce dernier. L'état de Christian, leur aîné, s'était stabilisé. Avec l'aide de Geoffrey, ils avaient pu déterminer de quelle plante Ashton s'était servi pour l'empoisonner et avaient développé un antidote.

Brand et moi étions retournés en Terrouest assister aux obsèques collectives des employés du Droit Chemin qui avaient péri lors du siège. J'avais tenu dans mes bras la petite-fille d'une vieille femme – la fillette que j'avais repérée dans le monte-plats – pendant que la grand-mère pleurait sur le cercueil de son fils.

Ciaran s'était de nouveau retiré dans l'ombre. Notre collaboration avait été aussi brève et étrange qu'inopinée. Je m'étais assuré que le seigneur Tour l'avait compensé pour sa peine et espérais avoir l'occasion de le remercier personnellement.

L'assistante d'Addam, Lilly Rose, nous avait fait des cookies et avait proposé de nous offrir un chaton. Ce à quoi Brand avait répondu que j'étais un jour parvenu à laisser mourir un cactus, mais que les biscuits étaient appréciés.

Le seigneur Hiérophante m'avait adressé une facture d'eau à la suite de mon court séjour dans son manoir, ainsi qu'une menace courtoise de ne jamais révéler ce que j'avais pu y découvrir – comme des soldats d'argile ? Je me gardais précieusement cette information pour plus tard, au cas où.

Quant à mon golem, j'ignorais si le seigneur Tour l'avait remplacé ou non.

Ce dernier s'était lui aussi muré dans le silence. Un gros chèque nous était parvenu, mais il ne m'avait pas parlé personnellement, ni interrogé sur les circonstances de la mort d'Ashton. Connaissant le bonhomme, cela voulait dire qu'il était en chasse. Malheureusement pour lui, j'étais prêt à tuer pour protéger certains secrets. Il ne me restait plus qu'à espérer qu'il respecterait la limite que je lui imposais.

Beaucoup de questions demeuraient sans réponses. Les événements de la semaine précédente avaient beau s'être conclus, ils me laissaient avec un beau sac de nœuds.

C'était la vie. Je devrais m'en accommoder.

— Max, appelai-je depuis l'entrée de la chambre d'amis.

Il ferma les yeux en faisant mine de dormir.

— Brand ne t'a pas encore fait écouter l'enregistrement ? demandai-je.

Sa curiosité le trahit et il entrouvrit un œil.

— Quel enregistrement ?

— Celui où tu dors.

— Pourquoi est-ce qu'il m'enregistre quand je dors ?

— C'est l'un de ses exercices formateurs. Il t'enregistre quand tu dors, puis tu dois t'entraîner à respirer exactement comme dans l'enregistrement. Comme ça, si tu te fais enlever, tu peux feindre la syncope.

— Je ne te crois pas, dit-il d'un ton hésitant.

— C'est pourtant vrai. Attends de voir l'épreuve finale. Je ne dis pas que tu vas te réveiller à moitié drogué et en pagne dans un bazar du Dédale, mais c'est une certitude.

J'entrai dans la chambre et m'assis au bord de son lit.

Il s'était bien remis de ses blessures grâce à beaucoup de repos, plusieurs cakes à la banane et pléthore de sorts de Soins. Pourtant, plus son état s'améliorait, plus il semblait se couper de nous. Quelque chose lui faisait peur et nous n'avions pas eu jusqu'à présent l'occasion d'aborder la question. J'optai pour une approche directe :

— Tu m'as l'air assez en forme pour discuter. (Comme il détournait les yeux, j'attendis patiemment que la gêne l'oblige à me regarder.) Il faut qu'on parle, Max.

— Tu vas me demander de partir, murmura-t-il avant de se planquer dans son oreiller.

— C'est faux.

— Tu ne veux pas que je reste.

— Là encore, t'as tout faux.

— Si, c'est vrai. Tout ça n'est qu'une illusion. Le fait que je vive dans cette chambre comme si c'était la mienne, les repas qu'on me donne, les vêtements qu'on m'achète. Ce n'est que du vent, ça ne durera pas.

— Qu'est-ce qui te fait dire ça ?

— C'est… (Il m'adressa un regard déchiré entre une perspicacité adulte et une confusion adolescente.) Je ne comprends pas ce que tu attends de moi. Tu es censé avoir des attentes, tout le monde en a. Autrement, ça n'a pas de sens.

— Tu te trompes. J'aimerais pouvoir te l'expliquer, mais c'est une chose que tu devras apprendre par toi-même. (Je marquai une pause, sans laisser le silence s'étirer, car la gentillesse ne rendrait pas ma question plus facile.) Max, qui en a après toi ?

On aurait dit que je venais de le gifler. Il secoua vivement la tête.

— Nous ne pouvons pas te protéger sans connaître l'identité de la personne, insistai-je. C'est ton oncle ? Je sais qu'il t'a molesté. Tu as peur qu'il te retrouve ?

— Me « protéger » ? se moqua-t-il, les yeux embués. Tu n'as jamais été tout seul, pas vrai ? Brand a toujours fait partie de ta vie. Ça doit être vraiment incroyable d'avoir un Acolyte.

— « Incroyable » ? Je choisirais sans doute un adjectif plus neutre.

— Tu en ris, mais tu ne le penses pas. Il ferait n'importe quoi pour toi. Il veille en permanence sur toi. Il tuerait pour te protéger. Je crois qu'il n'attend littéralement qu'un mot de ta part.

— Il veille sur les gens auxquels il tient, et il commence à tenir à toi, Max. Toi aussi, tu comptes pour lui maintenant.

— Et… et pour toi ?

— Max.

— Je veux compter pour toi.

— On en a déjà parlé, tu as dix-sept ans.

— Notre race a une grande longévité, argumenta-t-il. Je vivrai des centaines d'années, je n'aurai pas dix-sept ans éternellement.

Brand sauta de l'escalier sur le palier. Je savais déjà qu'il nous écoutait, et il l'avait compris, mais il tenait apparemment à me donner une leçon en me montrant qu'il s'était faufilé au deuxième étage à mon insu. La grille d'aération en haut permettait de mieux espionner les conversations.

— Y a pas à dire, tu sais y faire pour tirer les choses au clair, ironisa-t-il.

Il vint s'allonger sur le lit derrière Max. Après avoir arrondi l'oreiller pour soutenir sa nuque, il piqua du doigt le dos de l'adolescent.

— Qu'est-ce qui va pas dans ta tête ? C'est un vieillard.

Max cacha son rougissement le temps de se pâlir à l'aide de ses pouvoirs de changelin.

— Et puis tu t'y prends très mal. Si tu voulais vraiment lui taper dans l'œil, il aurait fallu te pointer en bas de sa fenêtre, sous la pluie, avec une énorme radiocassette.

— Brand.

— C'est quoi une « radiocassette » ?

Mon équipier émit un reniflement amusé.

— Et tu nous prends vraiment pour des buses ? Tu as esquivé toutes ses questions. Tu crois qu'on finira pas par trouver les réponses ?

L'adolescent nous regarda tour à tour.

— Je… Au début, j'avais peur que vous compreniez. Quand je suis arrivé au Réduit, vous pensiez que la perte de ma famille m'attristait, que je vous en voulais d'avoir participé au raid contre les Amoureux. Je ne savais pas comment vous dire la vérité, à savoir que… que je m'étais en réalité échappé. Mais, maintenant, j'ai l'impression que je n'ai échappé à rien du tout. (Sa voix se brisa.)

L'autre jour, un messager est venu au Réduit. Je ne sais pas quoi faire.

— Qui est venu ? demandai-je aussitôt.

Il secoua la tête.

Brand se redressa d'un bond et l'enjamba pour se placer devant lui. Max le regarda avec de grands yeux telle une biche prise dans des phares.

— Qui en a après toi ? l'interrogea-t-il.

— La... personne. La personne à qui j'étais... promis en mariage.

— Max, l'avertit mon Acolyte. Ne m'oblige pas à te reposer la question.

— Le Pendu, avoua-t-il enfin.

Je reculai et heurtai le mur. Brand redemanda d'une voix dangereusement calme :

— Le Pendu a envoyé quelqu'un chez nous ?

— Un messager, il a dit...

— Que le Pendu a toujours un droit sur toi ? hasardai-je comme il laissait sa phrase en suspens.

Il hocha la tête en signe de confirmation.

— Nous ne le laisserons pas faire, lui promis-je.

— C'est le Pendu, murmura-t-il.

— Et je suis moi, insistai-je. Nous ne le laisserons pas faire.

Une crise à la fois, pensai-je amèrement.

Plus tard le même jour, j'annonçai à Brand que je me rendais chez le seigneur Tour, puis quittai le Réduit seul. C'était mon mensonge bateau quand j'avais besoin de respirer un peu. Il était peu probable que Brand appelle volontairement le Pacific Bell pour savoir si j'allais bien.

Je pris le métro jusqu'à LèpreCon et gagnai une rue miteuse à plusieurs pâtés de maisons des bureaux d'Addam.

Le studio était le cadeau à loyer encadré d'un client qui ne pouvait pas me payer cash. Brand n'était pas au courant. Si ça ne tenait qu'à moi, il ne découvrirait jamais son existence. Mon nom ne figurait ni sur le bail ni sur les factures, rien ne permettait de remonter jusqu'à moi.

À peine arrivé, je m'attelai à mon petit rituel et me préparai du café.

Je me figeai en entendant un coup à la porte. Personne n'avait jamais frappé chez moi.

Naturellement, j'avais de quoi me défendre. Je m'étais prévu un petit cocktail de sorts agressifs et furtifs dans mes sceaux pour les impondérables. Je caressai mon ankh du pouce – Addam me l'avait depuis longtemps rendue, tout comme je leur avais rendu le disque de platine. Le sort s'activa dans un frisson et teinta un court instant mon monde de nuances sépia.

Sa magie stabilisée, j'utilisai le sort de Vision pour soustraire mentalement les strates de bois et de plâtre du mur. Le temps de faire ma mise au point après être passé de la paroi à des os et des tissus, je découvris deux individus très reconnaissables sur le palier. Je n'eus pas le temps de décider comment réagir qu'une voix dit :

— J'aime beaucoup quand vous faites la blague des bonbons d'Halloween. Celle sur la vendeuse de cosmétiques n'est pas très drôle et sans doute un peu sexiste.

Je désactivai la défense magique et déverrouillai la porte. Quinn Saint-Nicholas se tenait sur mon paillasson élimé, accompagné de sa tante Diana.

— Addam ne m'a pas dit que tu étais sorti de l'hôpital.

— Hum, fit-il en se grattant la joue.

— Nous y retournerons après, m'expliqua Diana en fixant un regard sévère sur son neveu. C'est ce que nous avons convenu.

Quinn tendait le cou pour regarder à l'intérieur de mon studio avec un intérêt manifeste. Il s'apprêtait à se faufiler entre la porte et moi quand sa tante s'éclaircit la voix et le rappela à l'ordre :

— Où sont passées tes bonnes manières ?

— Mes bonnes manières ?

— Neveu.

— Oh ! le cadeau. J'ai un cadeau !

Il farfouilla dans le gros sac à main en osier de sa tante, qui, le bras ballotté en tous sens, posa sur lui un regard exaspéré. Il sortit triomphalement une ceinture, qu'il me tendit pour inspection.

Elle était splendide : du cuir noir travaillé à la main avec des emplacements décoratifs tressés.

L'un d'eux contenait un petit disque de platine.

— C'est… ? demandai-je.

— Le sceau que vous avez rendu. Addam vous a dit de le garder, non ?

— Je ne peux pas accepter.

— Vous l'acceptez toujours, affirma-t-il en levant les yeux au ciel. Pourquoi refuser ? Vous avez sauvé Addam à plusieurs reprises, vous avez sauvé tellement de monde. Vous ne savez pas ce qui se serait passé sans vous ?

— C'est trop, insistai-je avec hésitation.

— Le sceau vous réclame. Vous l'avez plus utilisé que moi et à des fins plus nobles. Il vous reconnaît maintenant. Son chant s'adresse à vous.

Ayant déjà accepté l'idée que Quinn n'était pas un devin ordinaire, je ne fus pas plus surpris que cela par sa remarque. À ce stade, pourquoi ne parlerait-il pas aux sceaux ?

— Accepteriez-vous de laisser entrer Quinn pendant que nous discutons ? me demanda poliment Diana en récupérant la ceinture.

— Ce n'est pas vraiment un endroit pour les enfants, dis-je un peu bêtement.

— Je ne suis pas un enfant, affirma l'intéressé. C'est une lampe à lave, là-bas ?

Il se glissa promptement à l'intérieur pour aller l'examiner. Diana soupira.

J'étudiai un instant cette dernière. Des rides fendillaient à présent le vernis matronal qu'elle arborait deux semaines auparavant. Je pensais comprendre leur origine. Elle avait donné sa vie pour soutenir le règne de sa sœur et était jusqu'à récemment le chaperon d'Ella. Cette affaire l'affectait tout autant.

Me tournant vers le studio, je considérai Quinn en me demandant qui accompagnait qui en définitive. Notant mon regard, Diana dit :

— Nous avons été affreuses envers lui.

— « Nous » ?

— Moi et… Ella. Nous n'avons jamais été tendres envers Quinn.

Je m'abstins de tout commentaire. Édulcorer la vérité n'était pas mon fort.

— Quelle ironie ! poursuivit-elle. De toute notre famille, Quinn est le seul à avoir rendu visite à Ella en prison. Il n'en est pas à sa première sortie en douce de l'hôpital.

— Qu'a-t-il… ? (Je ne savais trop comment formuler ma question.) Je veux dire, Quinn sait-il ce qui va arriver à Ella ? A-t-il vu son avenir ?

— Elle ne sera pas exécutée, ils vont l'exiler. D'après Quinn, ce sera très dur… (elle ébaucha un sourire) mais, « le plus souvent », elle aura l'occasion de trouver le bonheur. Elle s'est même mariée une fois, et il lui redonnera l'appétit.

— Elle est complice de crimes très graves, lui rappelai-je.

— C'est une fille écervelée et abîmée qui a commis des actes stupides et dommageables. Et nous lui avons facilité la tâche. Surtout moi, ajouta-t-elle en serrant les lèvres.

Derrière moi, Quinn poussa une exclamation satisfaite en trouvant le bouton de la lampe à lave. Sa tante sourit tristement.

— Je suis habituée à servir de nounou aux enfants de ma sœur, et Quinn a besoin… d'amis. J'avais espéré qu'Addam consente à ce que je lui consacre mon temps.

— Il a élevé un charmant jeune homme, n'est-ce pas ?

— C'est incontestable. (Elle me tendit la ceinture.) Acceptez-la.

— C'est un sceau !

— Où sont vos bonnes manières ? répliqua-t-elle en agitant le cadeau avec insistance, avant d'ajouter pour la forme quand je le pris : Je vous cède ce sceau familial librement. Votre Volonté est désormais la sienne.

Et voilà, je possédais un huitième sceau.

— Quinn aimerait vous parler seul à seul, navrée pour le dérangement. Puis-je vous le confier pendant que je vais m'asseoir dehors ? Il y a une brise agréable dans le parc en face de votre immeuble.

— Ça ne me dérange pas, répondis-je après un court silence. Je vous le ramènerai dans quelques minutes.

Diana partie, je rentrai dans le studio et fermai la porte.

— Tu as bonne mine, Quinn.

Il tapotait la lampe dans l'espoir de diviser une bulle de lave en deux.

— Tu avais quelque chose à me dire ? demandai-je.

Il leva la tête. S'il avait eu cinq ou dix ans de plus, son expression aurait pu paraître circonspecte, mais il était trop jeune pour empêcher des tics de trahir sa nervosité.

— Parfois, vous avez besoin de me parler. D'autres fois, j'ai juste l'occasion de vous donner le sceau et nous en restons là.

— Parfois, j'ai besoin de te parler, opinai-je avant de réfléchir à la manière d'aborder le sujet. Pour comprendre pourquoi tu as tenté de tuer Max.

Son visage se décomposa, mais il garda le silence.

— Une fois rentré, j'ai eu beaucoup de temps pour réfléchir, poursuivis-je. Il reste tellement de questions sans réponses, et l'une d'elles concerne Max. Ça me taraudait : pourquoi est-il venu en Terrouest avec Brand ? D'après Brand, c'est toi qui lui as dit, par le biais du rêve de Max, de les emmener Ciaran et lui en Terrouest. Forcément, je me suis demandé : *« Dans ce cas, pourquoi Ciaran n'était-il pas au Bassin de Tourbe avec Brand ? »* Il savait que je serais aux prises avec Rurik, alors pourquoi ne pas venir me prêter main-forte aussi ? Puis Brand m'a rapporté que tu avais été clair là-dessus également : Ciaran devait rester au complexe avec Max pour l'empêcher de nous suivre. *Du coup*, j'ai commencé à me demander ce qui rendait Max si important. Pourquoi sa présence était-elle capitale ?

— Pour recevoir le coup de griffe, avoua-t-il d'une petite voix.

— Pour recevoir le coup de griffe à ma place, acquiesçai-je. Tu as utilisé Max comme un pion, Quinn.

— Je… Ce n'est pas ce que vous pensez. (Il déglutit péniblement, faisant jaillir des larmes de ses yeux.) Il a toujours eu de bonnes chances de s'en sortir, alors que vous, jamais. Chaque fois, vous mouriez. Vous ne comprenez pas. Vous ne savez pas ce que ça fait de *voir.*

— Donc tu laisses Max se faire blesser pour m'éviter la mort. Pourquoi ? Pour que j'aie toujours l'occasion de sauver Addam ?

— Non ! Ce n'est pas… Je ne suis pas aussi égoïste ! Je l'ai laissé recevoir le coup pour que vous puissiez écarter les nuages !

Je clignai des yeux, pris de court.

— Et, ça, c'était important, énonçai-je.

— Il n'y avait rien de plus important, murmura-t-il.

Ses propos me donnèrent la chair de poule. Me frottant les bras, je demandai :

— Pourquoi ?

— Je ne peux pas vous le dire. Je ne veux pas, peux pas. C'est dur à expliquer.

— Pourquoi ? Pourquoi ne peux-tu ou ne veux-tu pas me le dire ?

— Parce que ce n'est pas mon rôle.

— Alors c'est celui de qui ?

— Du temps, répondit-il tristement. Le temps vous le révélera.

Je lui tournai lentement le dos et allai m'isoler dans un coin. Une foule d'émotions se télescopaient dans ma tête. Addam bouleversait tout. Addam compliquait tout.

— Maudits prophètes, grognai-je, furieux.

— Je n'ai rien demandé, se défendit Quinn à mi-voix.

— Certes, mais tu es trop jeune pour prendre ce genre de décision. Tu as quinze ans, Quinn, tu n'as presque aucune expérience de la vie. Tu ne mesures pas les conséquences de tes choix.

— Je ne vois que ça, des conséquences !

— Oui, mais je ne crois pas que tu les comprennes. Ashton Saint-Gabriel a invoqué une tempête. Il s'est servi de la magie de climat. En ouvrant la masse de nuages, j'ai coupé l'orage en deux. Une partie s'est dissipée en Terrouest, l'autre a ravagé deux propriétés avant de s'éloigner vers l'océan, où elle a coulé un chalutier et emporté deux vies. En ce moment, c'est un petit ouragan qui remonte vers le nord.

— Mais les autres scénarios étaient pires ! Si vous n'aviez pas été là, il y aurait eu…

— Ce ne sont plus des probabilités maintenant ! Ce sont des faits. Gravés dans la pierre. Des gens sont morts et ils ne reviendront jamais.

Il était à deux doigts de sangloter. Son expression toucha une corde enfouie dans mon cœur dans un coin très personnel et intime. J'avais eu quinze ans moi aussi. Je m'étais retrouvé mêlé à des affaires d'adultes qui me dépassaient totalement. Je revins vers lui.

— Quinn, dis-je, avant de tomber à genoux et de le regarder dans les yeux, ce don finira par te tuer, tu en as conscience, n'est-ce pas ? La plupart des vrais devins ne meurent pas de vieillesse dans leur lit. Ils s'abîment dans leurs visions et meurent d'inanition, ou de crises cardiaques, ou de bêtes accidents, et ce quand ils ne perdent pas tout simplement la raison. Tu es trop jeune pour jouer avec ce don.

Il voulut dire quelque chose, puis se ravisa en secouant la tête. Je continuai :

— Je sais que tu ne peux pas t'en débarrasser, mais tu peux choisir de ne pas t'en servir de cette manière, et il existe des outils pour t'y aider.

— Lesquels ?

— Nous pourrons en discuter avec Ciaran, voire avec le seigneur Tour. Il y a des outils.

— Vous parlez de médicaments.

— Oui, mais il y a aussi l'alchimie. Il faudra nous renseigner.

— Vous dites tout le temps… « nous ».

— En effet.

De nouveau, ses yeux s'emplirent de larmes.

— Je vous fais peur.

— Moi aussi je fais peur aux gens.

Il me vint alors une idée – l'un de ces étranges coups de tête qui semblent destinés à bouleverser les choses d'une façon ou d'une autre.

— À quelle heure viens-tu au barbecue demain ?

— Quel barbecue ?

— Eh bien ! le barbecue. À quelle heure vous pensez arriver, Addam et toi ? N'hésitez pas à proposer à votre tante de venir aussi.

— Mais…

— Ton frère ne t'en a pas parlé ?

— Il a dit qu'il y allait. Je ne savais pas… Enfin, il n'a pas dit que vous vouliez me…

— Parfait, c'est réglé.

Son regard se perdit subitement dans le vague.

— Oui, je me souviens du barbecue. Je mange trois hot-dogs, même si Max en fait tomber un par terre très souvent.

— Dis donc, tu te rappelles la fois où on a parlé d'employer ton don avec parcimonie ? (Puis, malgré moi, je décidai d'alléger le ton.) Et maintenant qu'on sait qu'il fait tomber ton hot-dog je pourrai éviter la catastrophe.

— Vous essayez, mais Brand se fâche généralement parce que vous traînez près du gril et il vous donne un coup de poing dans le coude.

Je lui tapotai le genou amicalement et me relevai.

— Dis à Addam que, s'il apporte une bouteille de vin à mille dollars, je le frapperai avec son cadeau. Oblige-le à prendre le genre de chose qu'apporterait une personne normale et pas pleine aux as. Une pastèque, par exemple.

— Ce sera une pastèque, me promit Quinn avec un sourire en coin.

Voyant son regard s'attarder derrière moi, je me retournai pour débrancher la lampe à lave et la lui offris.

— Une dernière chose. Ce studio, c'est… c'est un endroit où je viens quand j'ai envie d'être seul. C'est un secret.

— Je ne dirai rien.

— Tu devrais d'ailleurs respecter le fait que certaines personnes n'aient pas envie d'être trouvées. Si nous voulons être amis, il nous faudra établir quelques règles de base.

— Je comprends, acquiesça-t-il d'un air grave. Et merci pour la lampe à lave.

Je le raccompagnai dehors, auprès de sa tante. De retour dans le studio, je remis les sécurités de la porte et me servis une tasse de café. Je restai un long moment immobile devant l'évier, à laisser mon esprit vagabonder.

Ma pause terminée, je rinçai la tasse, la rangeai dans le placard et me dirigeai vers le fond de la pièce. Je me concentrai sur ma chaîne de cheville en or. Un sort se libéra et vint envelopper ma main comme un gant d'électricité statique.

J'esquissai un geste vers le mur.

À la place du plâtre taché apparut tout un assemblage de notes, d'articles de presse, de Post-it, de photos, de rapports de la guarda. Des punaises ponctuaient de couleurs ternes le violent tableau noir et blanc de vingt années d'enquête. Tout en haut s'alignaient neuf grands carrés tracés au feutre noir.

Je sortis une page de magazine arrachée de ma poche et dépliai un cliché promotionnel d'Ashton Saint-Gabriel.

Avec un soin minutieux, je fixai la photo dans l'un des carrés.

Le jardin du Réduit était plus grand que la maison elle-même. La petite dépendance où logeait Queenie en occupait une bonne partie, mais il restait bien assez de place pour accueillir du monde. Enfin, « du monde » à l'échelle des asociaux que nous étions.

Addam, Quinn et Diana, Lilly Rose. Par courtoisie, j'avais convié la Tour et Ciaran, mais ils n'étaient pas venus. Addam découpait sur la table de pique-nique l'étrange pastèque noire qu'il avait apportée. Il m'en offrit une part en se dirigeant vers le gril, qu'il avait gentiment réquisitionné quand Brand avait commencé à avoir la main lourde sur l'alcool à brûler.

Je me retirai avec mon bout de pastèque sous le cerisier et écoutai les conversations. Lilly Rose parlait tout bas à Queenie des soins dentaires inclus dans sa mutuelle d'entreprise. Max et Quinn faisaient connaissance, et ce après que le jeune devin avait insisté sur le fait qu'il ne tolérerait aucun furet dans leur relation. J'eus même la surprise d'entendre Max rire, un son qui me fit très plaisir.

— Tu vois, dis-je en montrant ma pastèque à Brand quand il me rejoignit. Ça, c'est un cadeau normal. Addam peut tout à fait s'intégrer à la bande.

— Mais bien sûr, je ne compte plus le nombre de fois où des invités ont apporté une pastèque Densuke chez nous.

Je considérai la part de fruit dans ma main avec perplexité.

— Que veux-tu dire ?

— Je veux dire que ton type normal est un petit futé plein aux as.

Une demi-heure après la dernière platée du barbecue, on sonna à la porte. Je fis signe à Queenie de ne pas se déranger et rentrai dans la maison.

Je jetai d'abord un coup d'œil par le judas, celui que Brand avait placé à environ un mètre cinquante du faux judas. Un petit sourire m'étira les lèvres. J'attrapai un vieux livre posé sur l'étagère au-dessus du canapé puis ouvris enfin la porte.

— Bien le bonjour, Geoffrey.

Le haut descendant sur le perron m'adressa un regard méfiant.

— Merci d'être venu, ajoutai-je. Pardon de t'avoir prévenu à la dernière minute.

— Pourquoi suis-je là ? demanda-t-il, avant de renifler l'air. Tu organises un barbecue ? Tu m'as fait venir pour un *barbecue* ?

Je sortis sur le perron, n'hésitant pas à le pousser doucement comme il ne reculait pas, et refermai la porte derrière moi.

Il avait mauvaise mine. La semaine avait été rude pour lui. Si Michael avait eu droit à un enterrement, je n'en avais pas entendu parler, et l'enquête de l'Arcanum avait été éprouvante.

— Tu crois vraiment que je t'inviterais chez moi ? me moquai-je.

Il s'empourpra.

— Je n'ai plus à supporter tes attaques gratuites. Je suis en règle avec l'Arcanum.

— Parce que je t'ai protégé.

En guise de réponse, il se contenta de grincer des dents.

— Je t'ai protégé, répétai-je.

— Oui, tu m'as protégé, cracha-t-il, mais, même si tu leur avais tout dit, je m'en serais sorti. Ce n'était pas moi le grand méchant, et tu le sais.

— C'est un jeu dangereux de me dire ce que je sais. Ça me donne envie de poser un tas de questions.

— Amuse-toi bien à ton barbecue, lâcha-t-il avant de tourner les talons.

— Pas si vite. Je t'ai acheté un petit cadeau.

Je lui révélai la couverture du livre que je tenais. Son visage passa par tout un éventail d'émotions : l'agacement, la perplexité, le choc, la frayeur et, pour finir, l'impassibilité. Je ne lui prédisais pas un grand avenir dans le poker.

— Qu'est-ce que c'est ? demanda-t-il.

— Un exemplaire du livre que tu avais dans les mains quand on s'est vus la première fois dans les bureaux de Droite Ligne. (J'inclinai la reliure.) « Les Plantes rares et leur histoire ». Passionnante lecture.

— Je lis beaucoup de livres, Rune.

— Tôt ou tard, nous reparlerons du moment où tu as empoisonné Christian Saint-Nicholas.

— C'est *Ashton* qui l'a empoisonné. C'était *son* plan !

— Tu crois vraiment que tes petits mensonges tiendraient devant un interrogatoire de l'Arcanum ?

Il fit un pas en arrière et trébucha sur la dernière marche.

— Voilà ce que je pense, poursuivis-je. Je pense qu'Ashton était en effet le grand méchant de l'histoire. Je pense que tu es cupide et idiot, et que tu as vu une occasion de devenir important. Dans tous les cas, tu étais nettement plus impliqué que ce que tu as laissé entendre.

— Qu'est-ce que tu comptes faire ?

— Je vais te faire chanter, Geoff.

— Je... J'ai offert à l'Arcanum un serment de Rédemption. Je ne peux pas...

— Tu me feras un serment encore plus grand. Je préparerai le rituel ce week-end.

— Pourquoi ? demanda-t-il d'un ton impérieux. Pourquoi fais-tu cela ?

— Parce qu'un homme qui s'y connaît en poisons a maintenant une dette envers moi. Ça laisse rêveur. Maintenant, dégage de ma propriété. On se reverra bientôt.

Je rentrai et lui claquai la porte au nez. La tête qu'il faisait à ce moment-là ferait partie de mes souvenirs les plus jouissifs.

J'allais remettre le livre à sa place quand je remarquai un homme assis au bout du canapé. Son visage était caché par un capuchon marron d'où dépassait un grand nez enrhumé.

— Ah ! fis-je. Nous y voilà.

— Mon frère, me salua-t-il.

— Seigneur Ermite. (J'allai me vautrer dans mon fauteuil.) Vous avez suivi toute la conversation ?

Il émit un son dédaigneux.

— Ne va pas te féliciter de tes manigances. Tu n'arrives toujours pas à voir l'ensemble du tableau, petit.

Étant donné que c'était la première fois que nous échangions un mot, son arrogance avait quelque chose d'assez culotté.

— Il y a une prophétie à ton sujet, reprit-il.

— Ah, non, hein !

Je crus, sans en être sûr, distinguer la blancheur d'un sourire sous la capuche.

— Il est trop tôt pour t'en parler. Un jour, très prochain, tu viendras à moi en quête de réponses et je te dirai la vérité. Je te dirai ce que je sais. Je ferai cela pour le service que tu m'as rendu.

— Ashton était un crétin. Un raid sur l'Ermitage était voué à l'échec.

— Peut-être, ou peut-être pas. Quoi qu'il en soit, je m'acquitterai de ma dette.

Il se leva et croisa les bras sous ses manches.

— Sois prudent, mon frère. Les coïncidences s'accumuleront et le courant deviendra plus profond. Sois prudent.

Il se volatilisa.

Putains d'Arcanes! pensai-je.

À mon grand étonnement, je passai un après-midi très agréable et m'amusai.

Tout le monde mangeait, buvait, riait. C'était incroyablement normal. Même Quinn ne détonnait pas – il faisait son âge et se comportait en adolescent. Quand il apprit que Brand l'avait un temps soupçonné de tremper dans la disparition d'Addam, il devint extatique et passa le reste du barbecue à sautiller avec les mains sur les hanches en lissant une fausse moustache.

Alors que le soleil couchant embrasait l'horizon, je me retirai sur la terrasse surélevée avec une bouteille de bière. Addam me rejoignit après quelques minutes.

— Une Densuke, l'accusai-je. Vraiment?

— Je connais un gars qui en vend pas cher.

Je secouai la tête en réprimant un sourire. Il reporta son attention sur son petit frère, qui racontait une histoire à Max avec force gesticulations.

— Tu fais passer un message, me dit-il.

— Comment ça?

— En invitant Quinn. Sais-tu à combien de barbecues il a été convié dans sa vie? à combien d'anniversaires? combien de fois il a eu l'occasion d'être...? Rien que... (Sa voix s'étrangla, et il se racla la gorge.) Rien que pour cela, je t'aimerai, Héros.

— Et pourtant, nuançai-je d'une voix tremblante, tu as peur de moi.

Il haussa les sourcils.

— Ne me mens pas, Addam. J'ai bien vu ton regard dans la basilique.

À ma grande surprise, il éclata de rire. Il s'essuya les yeux puis s'esclaffa derechef.

— Évidemment que j'ai peur de toi. Tu as abattu une église sur nos têtes. Il y a de quoi être terrifié.

— Tu es un haut descendant comme moi, tout aussi puissant.

— Je suis un haut descendant. Toi, tu es un Arcane. Je l'accepte.

— C'est aussi simple que ça ? m'étonnai-je, avant de le dévisager sans être certain de vouloir une réponse à ma question suivante : Et c'est la seule chose qui te fait peur chez moi ?

— Ah... Concernant ton face-à-face avec Ashton, à la fin, tout est... tout est flou. J'en ai beaucoup moins entendu que tu le penses. Je sais seulement que c'était un moment très, très bouleversant pour toi. (Il me regarda dans les yeux.) Tu as des secrets. Je ne poserai pas de questions, je te fais confiance. Je te l'assure, ajouta-t-il en voyant mon air dubitatif.

Je restai un moment à remuer la bouche, incapable de formuler une phrase.

— Tu ne me convaincras pas que tu n'es pas mon *talla*, dit-il avec douceur. Tu ne me convaincras pas que nous ne sommes pas importants. (Il me déposa un baiser sur le front.) À partir de demain, je commencerai notre histoire amoureuse.

Là-dessus, il s'en alla.

La rambarde en bois sous mes mains bougeait. En baissant les yeux, je vis que des branches y poussaient, dont une garnie de bourgeons qui s'épanouirent en fleurs bleu pastel.

Brand me rejoignit et contempla avec moi la rambarde. Après un temps de réflexion raisonnable, il déclara :

— T'es vraiment un cas.

Puis il tapa le cul de sa bière sur le goulot de la mienne pour en faire jaillir de la mousse. Je ris en la tenant à bout de bras tandis qu'il repartait.

Il y a des moments dans la vie si immensément grands qu'il est même difficile de les appréhender. On se sent juste grisé, étourdi. Debout, là, sur cette terrasse, j'avais l'impression de voir mon avenir se dérouler devant moi. Des vagues de possibilités s'écrasaient les unes contre les autres, liées par la certitude insensée que tout pouvait commencer.

Que tout pouvait enfin commencer.

Remerciements

À la meilleure agente du multivers, Sara Megibow, de kt literary ; à mon incroyable éditrice, Rene Sears, de chez Pyr ; au Writer's Cramp et à ses auteurs éminemment talentueux ; aux merveilleux amis que je me suis faits par le biais de l'Emerging Leaders Network. J'ai, honnêtement, un million de remerciements à adresser, tout d'abord à Miss Hubbard, puis à toutes les personnes formidables de la maison d'édition Pyr (Rene ! Jade ! Jake ! Hanna !), à mon talentueux illustrateur de couverture, Micah Epstein, et, enfin, à la barista qui a préparé mon *mocaccino* glacé à l'*Open Eye* cet après-midi. Mais Sara, Rene, le Writer's Cramp, l'ELN… tous ces gens ont contribué à modeler le roman que vous venez de lire. Je leur suis extrêmement reconnaissant de leur talent et de leur soutien.

Découvrez très bientôt
la suite de *Tarot* :

2. *Le Pendu* (septembre 2023)

3. *Le Trône de Sablier* (octobre 2023)